EL
ITALIANO

ARTURO
PÉREZ-REVERTE

EL
ITALIANO

ALFAGUARA

Penguin
Random House
Grupo Editorial

Primera edición: septiembre de 2021

© 2021, Arturo Pérez-Reverte
© 2021, Penguin Random House Grupo Editorial, S.A.U.
Travessera de Gràcia, 47-49. 08021 Barcelona
© 2021, Penguin Random House Grupo Editorial USA, LLC.
8950 SW 74th Court, Suite 2010
Miami, FL 33156

2021, Augusto Ferrer-Dalmau, por la ilustración de p. 389
© 2021, Ricardo Sánchez Rodríguez, por los mapas de pp. 10-11, 12 y 13

Impreso en Mexico - *Printed in México*

ISBN: 978-1-64473-458-2

21 22 23 24   10 9 8 7 6 5 4 3 2 1

A ti llego, escapando del mar y del acoso de su
dios Poseidón.

Homero. *Odisea*

¿Quién sino un soldado o un amante arrostrará
los fríos de la noche?

Ovidio. *Amores*

A Carlota, cuyo mundo se prolonga bajo el mar

BAHÍA

DE

ALGECIRAS

ALGECIRAS

PUENTE
MAYORGA

CAMPAMENTO

LA LÍNEA DE LA CONCEPCIÓN

GIBRALTAR

0   0,54 mn
0   1 km

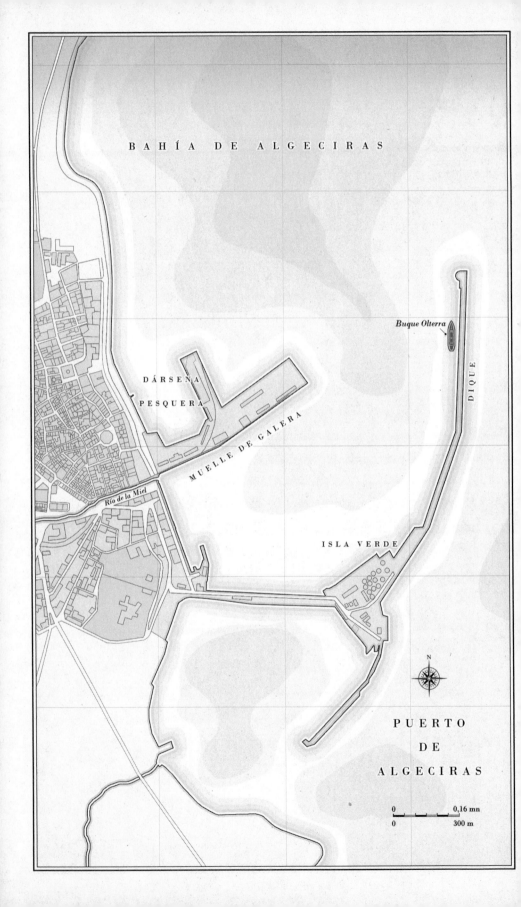

BAHÍA DE ALGECIRAS

Buque Olterra

DÁRSENA

PESQUERA

MUELLE DE GALERA

DIQUE

Río de la Miel

ISLA VERDE

N

PUERTO

DE

ALGECIRAS

| 0 | 0,16 mn |
| 0 | 300 m |

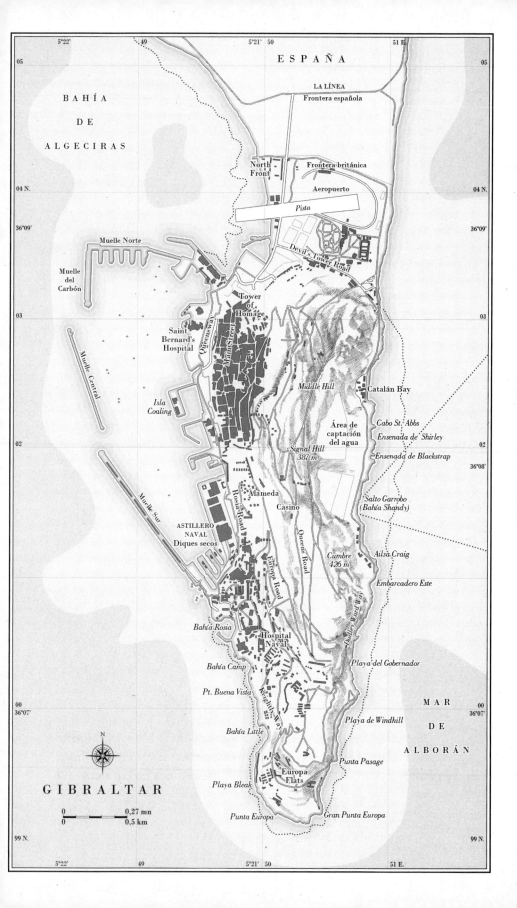

ESPAÑA

BAHÍA
DE
ALGECIRAS

LA LÍNEA
Frontera española

North
Front

Frontera británica

Aeropuerto

Muelle Norte

Pista

Muelle
del
Carbón

Devil's Tower Road

Tower
of
Homage

Saint
Bernard's
Hospital

Queensway

Main Street

Middle Hill

Catalán Bay

Isla
Coaling

Cabo St. Abbs

Área de
captación
del agua

Ensenada de Shirley

Ensenada de Blackstrap

Signal Hill
387 m

Alameda

Casino

Salto Garrobo
(Bahía Shandy)

Rosia Road

ASTILLERO
NAVAL
Diques secos

Europa Road

Queens Road

Cumbre
426 m

Ailsa Craig

Muelle Sur

Embarcadero Este

Bahía Rosia

Hospital
Naval

Dudley Ward Way

Bahía Camp

Playa del Gobernador

Pt. Buena Vista

Knights Way

MAR

Bahía Little

DE

Playa de Windhill

ALBORÁN

Punta Pasage

Europa
Flats

Playa Bleak

Punta Europa

Gran Punta Europa

N

GIBRALTAR

0   0,27 mn
0   0,5 km

Muelle Central

Entre 1942 y 1943, durante la Segunda Guerra Mundial, buzos de combate italianos hundieron o dañaron catorce barcos aliados en Gibraltar y la bahía de Algeciras. Esta novela está inspirada en esos hechos reales. Sólo los personajes y algunas situaciones son imaginarios.

El perro lo descubrió primero. Corrió hacia la orilla y se quedó olfateando y moviendo el rabo mientras gruñía con suavidad junto al bulto negro, inmóvil entre la arena y el agua color de nácar que reflejaba la primera claridad del día. El sol no sobrepasaba aún la sombra oscura del Peñón, proyectándola en la superficie de la bahía silenciosa y quieta como un espejo, salpicada por los barcos fondeados que apuntaban sus proas hacia el sur. El cielo era azul pálido, sin una nube, sólo marcado por la columna de humo que ascendía cerca de la embocadura del puerto; allí donde un barco, alcanzado durante la noche por un submarino o un ataque aéreo, había estado ardiendo toda la madrugada.

—¡Argos!... ¡Ven aquí, Argos!

Era un hombre. Lo comprobó mientras se acercaba, con el perro correteando ahora entre ella y el bulto inmóvil, como si la invitase gozoso a compartir el hallazgo. Un hombre vestido de caucho negro mojado y reluciente. Estaba tumbado de bruces en la orilla, el rostro y el torso en la arena y las piernas todavía en el agua, cual si se hubiera arrastrado hasta allí o lo hubiera depositado la marea. En la cintura llevaba sujeto con correas un cuchillo, en la muñeca izquierda, dos extraños y grandes relojes, y en la derecha un tercero. Las agujas de uno de ellos marcaban las 7 y 43.

Se arrodilló a su lado en la arena húmeda, y le tocó la cabeza: tenía el pelo negro y lo llevaba muy corto. Del pecho pendían una máscara de goma y un extraño aparato con dos cilindros metálicos. Sangraba por la nariz y los oídos y seguramente estaba muerto. Ella recordó las explosiones nocturnas, los focos de la defensa antiaérea que habían iluminado el cielo y el barco incendiado, y por un instante pensó que podía tratarse de un marinero. Pero en seguida comprendió que ese hombre no venía de una de las naves ancladas en la bahía, sino del mar mismo. O del cielo. Era un aviador, o un submarinista. Tal vez uno de los alemanes o italianos que atacaban Gibraltar desde hacía dos años. Y la línea de demarcación entre España y la colonia británica se hallaba a sólo tres kilómetros de allí, siguiendo la playa hacia levante.

Iba a levantarse para avisar a la Guardia Civil —había un puesto cercano tierra adentro, en la zona militar de Campamento— cuando creyó oírlo respirar. De modo que se inclinó de nuevo hacia él, acercándole dos dedos a la boca y el cuello, y entonces sintió un leve aliento y el latido muy débil del pulso en la arteria. Miró alrededor, confusa, en demanda de ayuda. La playa estaba desierta: a un lado la curva de arena que llevaba hasta la población de La Línea y la frontera, y al otro las casitas lejanas y sueltas de los pescadores de Puente Mayorga, que a esas horas faenaban en la bahía. No había nadie a la vista. El edificio más próximo era su propia casa, situada a un centenar de pasos de la orilla: una pequeña vivienda de una planta rodeada de palmeras y buganvillas.

Decidió llevar al hombre allí para socorrerlo antes de avisar a las autoridades. Y esa determinación cambió su vida.

16

1. Un enigma veneciano

El nombre de la librería era Olterra, y eso debía haberme puesto sobre aviso; pero en el invierno de 1981, como mucha otra gente, yo lo ignoraba todo sobre aquel misterio.

Me había detenido por casualidad ante el escaparate cuando paseaba por la calle Corfù, entre la Accademia y la Salute, porque un libro llamaba mi atención. Era *La gondola,* de Cargasacchi. Había dos ejemplares expuestos, uno de ellos abierto por una página con el plano detallado de esa embarcación. Siempre me interesó la arquitectura naval, así que entré en la librería, que era pequeña, confortable, calentada por una estufa de butano, con un ventanal trasero que daba a un canal de muros desconchados y portones roídos por el agua. La atendía una señora mayor de rostro agraciado y cabello blanco recogido en la nuca, que leía sentada en una silla con un elegante chal sobre los hombros. Un perro labrador dormitaba en la alfombra, a sus pies. Nos saludamos, pregunté por el libro y me trajo uno de los que estaban expuestos. Tras hojearlo un poco, lo puse aparte para llevármelo y miré otros. Había muchos de asunto náutico, así que me entretuve con ellos. Y mientras lo hacía, reparé en las fotografías de la pared.

Eran dos, en marcos acristalados. En blanco y negro. La más pequeña mostraba a una pareja de mediana edad sonriendo a la cámara mientras el hombre, maduro pero de buen aspecto, pasaba un brazo en torno a la cintura de la mujer. Tras observarla un poco advertí que esa mujer era la librera misma, diez o quince años atrás. En la otra foto, de mayor tamaño aunque peor calidad y más antigua, se veía a dos hombres: uno vestido con mono de faena y gorra de marino, y otro en pantalón corto y camiseta, posando ambos junto a una especie de torpedo situado en la cubierta de un submarino. Los dos sonreían, y el del pantalón corto aparentaba gran parecido con el hombre de la otra fotografía, aunque en ésta se lo veía mucho más joven. Pero era fácil reconocer la sonrisa atractiva, simpática, y el cabello muy corto y negro que en la segunda foto era ya encanecido y escaso.

La librera sorprendió mi observación, pues cuando volví la vista comprobé que me miraba.

—Interesante —comenté, más por cortesía que por otra cosa.

—¿Es usted español?

—Sí.

No dijo que ella también lo era, o al menos todavía no. Yo lo ignoraba, desde luego. En todo momento me pareció una completa veneciana. Hablábamos en italiano, y no cambiamos de idioma hasta algo más tarde.

—¿Por qué le parece interesante? —preguntó.

Señalé la foto de los hombres junto al torpedo.

—El *maiale* —dije.

Me miró con curiosidad, ligeramente sorprendida.

—¿Sabe qué es un maiale?

—Acabo de ver uno en el museo naval, junto al Arsenal.

No era sólo eso. También había leído algún libro y visto algunas fotos: Segunda Guerra Mundial, torpedos tripulados con cabezas explosivas, ataques submarinos contra Alejandría y Gibraltar. Una guerra oculta y silenciosa.

—¿Le interesa ese asunto?

—Algo.

Todavía me observó, pensativa, y luego se puso en pie para buscar en uno de los estantes. Mientras lo hacía, el perro —era una perra— se alzó sobre sus patas, me dio una vuelta alrededor y volvió a tumbarse con indiferencia en el mismo sitio que antes. Al fin la librera trajo dos volúmenes. *All'ultimo quarto di luna,* se titulaba uno. En el último cuarto de luna. Tampoco el otro título parecía revelador: *Decima Flottiglia MAS.* Las cubiertas eran más explícitas. Una mostraba a unos buceadores cortando una red submarina; otra, a dos hombres navegando medio sumergidos a bordo de uno de esos torpedos tripulados.

Los puse aparte con el libro sobre las góndolas. Seguía contemplando las fotografías de la pared.

—Un hombre apuesto —dije.

Ella no miró las fotos sino a mí, como si calculase hasta qué punto yo establecía una relación entre ellas. Después la vi mover un poco la cabeza.

—Realmente lo era —dijo en español.

Quedé asombrado por su pronunciación perfecta.

—Discúlpeme... ¿Somos compatriotas?

—Lo fuimos.

Me intrigó aquel verbo en pasado.

—¿Hace mucho que está aquí?

—Treinta y cinco años.

—Ahora lo comprendo. Parece nacida en Italia.

—Es una larga historia.

Me había vuelto a mirar las fotografías. Al hombre que le pasaba la mano por la cintura.

—¿Vive todavía?

—No.

—Lo siento.

Se quedó callada. Alzaba despacio una mano para tocarse el cabello recogido en la nuca, con un sorprendente ademán que me pareció casi de coquetería. Se había vuelto al fin hacia las fotos con una sonrisa dulce, y esa sonrisa parecía atenuar las arrugas del rostro, rejuveneciéndolo.

—Falleció hace cinco años —dijo.

Toqué con un dedo la portada de un libro y luego señalé la foto de los dos hombres y el maiale.

—¿Uno de ellos?

Apenas sonaba a pregunta, porque en realidad no lo era. Asintió la mujer.

—Lo fue.

Su tono era suave y rotundo al mismo tiempo. Y había en él algo de orgullo, advertí. Incluso desafío. Recordé entonces el nombre de la librería.

—¿Qué significa Olterra?

Sonrió de nuevo. Seguía mirando las fotografías, inmóvil. Al cabo de un momento encogió los hombros como si fuese a decir una obviedad.

—Significa hombres valientes —respondió—. En el último cuarto de luna.

Salí de allí quince minutos más tarde con los tres libros en una bolsa y caminé despacio hasta el canal de la Giudecca. Era uno de esos días invernales venecianos muy fríos y con el cielo despejado sobre la laguna, así que anduve por el muelle Zattere disfrutando del sol. Al llegar a la punta de la Aduana, que en aquella época todavía era lugar poco frecuentado por los paseantes, me senté en el suelo, la espalda apoyada en la pared, y hojeé los libros. Por entonces no era novelista, ni pretendía serlo. Sólo un periodista joven, reportero entre continuos viajes, al que le gustaban las historias del mar y los marinos. Y me hallaba de vacaciones. No sospeché que lo que entonces leía era el principio de otros muchos libros y largas conversaciones. El comienzo de una compleja indagación sobre personajes y sucesos dramáticos, la resolución de un misterio y el germen de una novela que tardaría cuarenta años en escribir.

Han pasado dos meses, pero Elena Arbués lo reconoce en el acto.

Está sentado a una mesa en la puerta del bar Europa de Algeciras, en conversación con otros dos hombres: bronceado, gafas oscuras, vueltas las mangas de la camisa blanca sobre los antebrazos, pantalón azul con cinturón de cuero y alpargatas. Parece conversar animado y sonríe mucho. Durante su breve y único encuentro anterior no llegó a verlo sonreír: un trazo blanco, simpático, que ahora ilumina el rostro moreno de corte meridional, atractivo, inequívocamente mediterráneo, que ella sabe es italiano, aunque lo mismo podría ser español, griego o turco. Una característica criatura del sur, nacida entre orillas e islas sin árboles ni agua: aceite, vino tinto, atardeceres rojizos, profundidades cálidas y dioses sabios y cansados. Mirarlo trae todo eso a su memoria. Y es, además, un hombre guapo. Más ahora que aquel día, pálido y manchado de sangre. Lleva el pelo igual de corto que la otra vez, cuando ella lo arrastró desde la orilla hasta su casa para tumbarlo en el suelo del pequeño saloncito con vistas a la bahía, todavía inconsciente, cubierto de arena, con Argos dándole lametones en las manos y el rostro arrugados, blanquecinos por una larga inmersión en el agua.

Conoce incluso su nombre, si es que era auténtico el que figuraba en la libreta de identificación que encontró en una funda de hule al cortar con unas tijeras de costura la parte superior del traje de caucho: *Lombardo, Teseo.*

21

2º Capo Regia Marina N. 355.876. Bajo la goma vestía un ligero mono de lana azulgrís con una estrella en cada solapa y tres galones en forma de ángulo en las mangas. Marina de guerra italiana, sin duda. Venido del mar, seguramente de un submarino, para atacar los barcos anclados en el puerto de Gibraltar y en la parte norte de la bahía. Un hombre rana. Un buceador de combate.

Aquel amanecer no había sabido bien qué hacer, así que improvisó sobre la marcha. Tras despojarlo del traje de caucho y abrir el mono para comprobar que no tenía otras lesiones, friccionó el pecho y los brazos con alcohol para hacerle entrar en calor y luego limpió la sangre de los oídos y la nariz. Más que de heridas parecía proceder de un golpe en la cabeza, aunque no era visible hematoma alguno. Recordó los sonidos y el barco incendiado durante la noche y acabó concluyendo que el daño se debía a alguna clase de conmoción interna. Tal vez una onda expansiva transmitida por el mismo mar. Quizá la explosión de una de sus propias bombas.

En cualquier caso, el hombre recobró el sentido. Elena había vuelto a tapar el frasco de alcohol cuando, al girarse de nuevo, vio que había abierto los párpados y la miraba con unos ojos verdes y turbios, cuyas córneas estaban inyectadas en sangre. Cuando ella habló de ir en busca de un médico, él siguió mirándola con fijeza, cual si no comprendiera sus palabras o el sentido de éstas; y tras un largo momento movió débilmente la cabeza a uno y otro lado. Debió acercarse a sus labios para escuchar lo que dijo a continuación: unas palabras y un número pronunciados con un suspiro de leve aliento. Teléfono, por favor. Eso fue lo que dijo. Por favor. Lo hizo en español, con suave acento de su propio idioma. Teléfono, repitió, y un número, 3568. Y se desmayó otra vez.

Ahora, detenida en la esquina del callejón del Ritz con la plaza Alta, disimulada entre la mucha gente que transita por el bullicioso centro de la ciudad, ella lo observa de lejos, atenta a los nuevos detalles, recordando la caminata de quince minutos hasta el locutorio telefónico de Campamento, aún vacío de militares. La ficha reluciente en su mano, el ruido al encajarse en la ranura, la sombra de dos años de soledad y rencor, las dudas con el dedo índice a un centímetro del disco de marcar mientras, a través de la ventana, contemplaba el cartel de TODO POR LA PATRIA sobre la puerta del puesto de la Guardia Civil. Un pasado todavía fresco, doloroso, agolpado sobre el presente incierto. La decisión final: tres, cinco, seis, ocho. Una voz al otro lado, masculina, española, sin acento ninguno. Teseo Lombardo, dijo ella. Y siguió un silencio. ¿Quién habla?, preguntó la voz. Da igual quién hable, respondió. Luego dio la dirección, colgó el teléfono y regresó a la casa.

Permanece inmóvil en la esquina, sin apartar los ojos del hombre ajeno a su presencia, aparentando contemplar el escaparate de una zapatería cuyo cristal le devuelve su propio reflejo, el fondo oscuro dibujando el luminoso contraluz de la calle: el vestido ligero y veraniego ceñido al talle, las dos manos sosteniendo el bolso contra el regazo, el cabello castaño corto, a la moda, levemente ondulado. Un buen aspecto de mujer todavía joven, figura esbelta, casi delgada, tal vez demasiado alta para la media española, con su 1,76 de estatura cuando no lleva zapatos de tacón: Elena María Arbués Ortiz, veintisiete años, viuda desde hace dos. Propietaria de la librería Circe, situada en la calle Real de La Línea de la Concepción.

Los tres hombres se han levantado de la mesa y caminan entre la gente que llena la plaza, en dirección a la calle Cánovas del Castillo. Van en mangas de camisa y tienen un aspecto sano, desenvuelto, que parece unirlos en un vago aire de familia. Relajados, conversando entre ellos, se dirigen hacia el puerto. Elena está a punto de dejarlos ir y ocuparse de sus asuntos —ha venido en autobús a la ciudad para resolver unos trámites burocráticos—, pero en el último momento cede al impulso. A la curiosidad que la incita desde aquella mañana en la playa y en su casa de Puente Mayorga. Al deseo de saber más del desconocido que hace dos meses ocupó una hora y media de su vida, del que no había vuelto a tener noticias, y al que no ha podido olvidar.

Cuando regresó a la casa después de la llamada telefónica, el hombre estaba despierto, ante la mirada vigilante de Argos, tumbado cerca, que vino feliz a su encuentro al verla aparecer. Seguía en el suelo, sobre la alfombra manchada de arena, cubierto por dos mantas y con la cabeza en el cojín que Elena había dispuesto bajo su nuca. A un lado estaban los restos del traje de caucho, y también los extraños relojes de esferas fluorescentes que ella había retirado de sus muñecas al darle las fricciones con alcohol. Pero observó que el cuchillo, que cuando salió a telefonear se hallaba aparte con los otros objetos, estaba ahora de nuevo a su lado, al alcance de su mano derecha. Bajo el mango de madera negra, la hoja desnuda relucía en la misma luz que, entrando por la ventana abierta al sur y la bahía, iluminaba el perfil del inesperado y extraño huésped.

—He avisado —dijo Elena mientras acariciaba al perro.

La mirada inquieta del yacente pareció relajarse. La observaba con fijeza, estudiándole cada expresión y ademán. Su desconfianza cedía poco a poco.

—No sé a quién —añadió ella—. Pero lo he hecho.

Asintió el hombre despacio, sin dejar de mirarla.

—Gracias —dijo al fin, ronco, débilmente todavía.

Estaba en pie frente a él, indecisa. No sabía qué más hacer. Era una situación absurda y extraña.

—Sean quienes sean —respondió—, supongo que vendrán pronto.

Lo vio asentir de nuevo y parpadear incómodo, como si contuviera un gemido. Debía de sentirse muy mal, pensó. Exhausto, dolorido y mal, pese a que era un hombre fuerte, de torso atlético. Había notado sus músculos de nadador cuando le daba las fricciones en el pecho. Seguía teniendo los ojos enrojecidos por los derrames, pero la nariz y los oídos ya no sangraban. Pensó ella otra vez en el petrolero incendiado y en lo que sabía de ondas expansivas transmitidas por el agua. Precisamente Samuel Zocas, el doctor Zocas, lo había comentado unos días atrás hablando de guerra, bombas y barcos en la tertulia del café Anglo-Hispano. Una explosión submarina, aunque fuese a cierta distancia, podía reventar por dentro a un ser humano.

—¿Ha avisado a alguien más?

El hombre —el italiano, ya sin la menor duda— hablaba un buen español, con sólo ligero acento. El tono era desconfiado, cual si el pensamiento le causara una viva inquietud. Lo tranquilizó ella con un movimiento de cabeza, cruzó los brazos y miró el cuchillo desnudo con reproche.

—Todavía no.

Remarcó el *todavía* y él parpadeó de nuevo, embarazado por su propia pregunta y la respuesta, antes de mirar al perro, extender torpemente una mano y acercar más el cuchillo para taparlo con las mantas como avergonzándose de que estuviera a la vista.

—Discúlpeme —murmuró.

Sonaba sincero. Ahora, pese al cuchillo oculto, parecía aún más desvalido. Señaló Elena una botella de vino de Málaga que estaba sobre la repisa de la chimenea apagada.

—Quizá le vaya bien un poco de eso.

Asintió él, y le trajo ella un vaso lleno en un tercio. Arrodillándose, lo acercó a sus labios. Bebió él tres cortos sorbos, y al tercero tosió. Elena miraba los galones en las mangas del mono militar.

—*¿Secondo capo, Regia Marina?* —dijo señalando el bolsillo donde le había metido de nuevo la libreta de identificación.

—*Sottufficiale.*

—¿Teseo, se llama? ¿Teseo Lombardo?

Lo vio dudar un momento, sobresaltándose al escuchar su propio nombre. Al cabo pareció recordar y comprender, aliviado.

—Sí —dijo.

—¿Qué ha hecho?... ¿De dónde viene?

No respondió a eso. No apartaba los ojos de los suyos.

—¿Por qué me ayuda? —preguntó a su vez.

Encogió Elena los hombros. No era una demanda de respuesta fácil. Ni siquiera para ella misma.

—Está herido —resolvió decir—. Y lo necesita.

Seguía mirándola inquisitivo, esperando algo más. Movió ella la cabeza, se puso en pie y dejó el vaso en el aparador.

—No lo sé —confesó, aunque no fuera del todo cierto.

En ese momento, Argos levantó la cabeza para emitir un leve gruñido de alerta. Después se oyó el motor de un automóvil deteniéndose ante la casa, llamaron a la puerta y el italiano salió de sus vidas.

Eso había sido todo, sesenta y cuatro días atrás. Piensa ahora Elena en ello, recordándolo mientras, excitada

26

por la curiosidad —su corazón late tan deprisa que a veces debe detenerse para recobrar la calma—, camina detrás de los tres hombres procurando no llamar su atención. Mantiene la distancia con suma cautela; a esa hora el centro de la ciudad hormiguea de gente y es fácil pasar inadvertida. Los ve entrar en un estanco y una farmacia, y luego en una tienda de ultramarinos de la que salen cargados con paquetes envueltos en papel de estraza. Si tienen cartillas de racionamiento, piensa, se habrán quedado sin cupones. Aunque tal vez los extranjeros no los necesiten.

Sigue tras ellos. Nada observa en su actitud de misterioso o clandestino: conversan con animación, muy relajados, y parecen de buen humor. En dos ocasiones ve Elena reír al hombre al que socorrió en Puente Mayorga. Recorren así el resto de camino hasta el puerto, donde entre los tinglados y las grúas se encuentran amarrados barcos de diferentes pabellones. Antes de llegar a la entrada se detienen en la pequeña dársena del río de la Miel y embarcan en un bote a motor mientras ella, parada en el muelle, los sigue con la vista. Desde allí observa que se dirigen al dique exterior, hacia un barco grande de casco negro y alta chimenea situada a popa, con aspecto de buque cisterna, amarrado al extremo del dique. Está lejos de las otras naves, situado aparte; y siete kilómetros más allá, en línea recta y al otro lado de la bahía, se alza la mole parda y brumosa del Peñón, un poco desdibujada en la calima bajo el sol cenital.

Desde donde se encuentra, Elena alcanza a distinguir una bandera italiana que ondea en la brisa de poniente. Conoce el nombre del barco porque lo ha visto, pintado en letras blancas cerca de la proa, al pasar junto a él en los transbordadores que van y vienen a La Línea y Gibraltar. Y antes estuvo un tiempo en la playa misma de Puente Mayorga, varado allí por sus tripulantes para evitar que fuera apresado por los británicos. Se llama *Olterra*.

Situado frente al Círculo Mercantil de La Línea, el café Anglo-Hispano conserva el estilo del siglo viejo: mesas de madera y mármol, espejos, mecheros de gas que nadie enciende y un cartel taurino con los nombres de Marcial Lalanda, Domingo Ortega y Morenito de Talavera. Cruje el suelo de madera y hay polvo en las cortinas, pero los ventanales dejan entrar mucha luz y muestran el animado ir y venir de la calle Real. Un par de veces por semana, Elena Arbués acude a tomar algo parecido a café, haciendo tertulia con sus amigos el doctor Zocas y Pepe Aljaraque, archivero del ayuntamiento. A veces se suma Nazaret Castejón, bibliotecaria municipal. Empezaron a reunirse allí hace un año y medio, por las mismas fechas en que Elena abrió su librería.

—No estoy de acuerdo contigo, doctor.

—Me sorprendería que lo estuvieras, estimado amigo.

Pepe Aljaraque golpea con un índice las páginas del *Gibraltar Chronicle,* abierto sobre la mesa, y se reclina en el respaldo de la silla. Es rubio y casi albino. El bigote caído, lánguido, acentúa su aspecto escandinavo, desmentido por el acento andaluz.

—La pena de muerte no tiene sólo un carácter punitivo, sino también ejemplar —afirma, rotundo—. Y más en los tiempos que corren. Te lo dice un patriota español que detesta a los ingleses.

—Y funcionario —ríe Samuel Zocas—. Patriota y funcionario municipal.

—Sí, bueno... Son sinónimos.

Mueve el doctor la cabeza mientras agita la cucharilla en su taza de sucedáneo de café. Acaba de llegar de la consulta particular, situada en su domicilio, que alterna tres días a la semana con servicios en el Colonial Hospital de Gibraltar.

—Demasiadas penas de esa clase se imponen en los últimos años —mira de soslayo al camarero, ocupado en sus cosas, y baja un poco la voz—. Hay otros métodos menos bárbaros.

Alza las manos Aljaraque, en ademán de impotencia.

—Ah, eso... Son tiempos brutales, como sabemos todos. Y a tales tiempos, tales métodos. El ser humano no escarmienta nunca.

El médico no parece convencido.

—Aun así, con guerra o sin ella, ejecutar a un trabajador español de los muelles, padre de familia, acusándolo de saboteador, es un exceso.

—No seré yo quien defienda a la pérfida Albión, ¿eh?... Que conste. Pero ese hombre, agente alemán, proyectaba hacer estallar una bomba en el Arsenal.

Adopta Zocas un aire dubitativo. Es menudo, calvo, miope, y la única mácula en su pulcro aspecto son dos dedos de la mano izquierda amarillos de nicotina. Siempre parece recién rasurado y huele a loción de afeitar como si acabara de salir de la barbería. Lleva lentes de acero y cierra con atrevidas pajaritas los cuellos impecables de sus camisas.

—Eso es lo que dicen —concluye, escéptico—. A saber si es cierto.

—En todo caso, se considera probado. Y ojo, no discuto el acto patriótico, que como simpatizante del Reich que soy puedo incluso aplaudir... Pero quien la hace y lo pillan la paga. Es de lo más normal. Los hijos de la pérfida Albión no se andan con bromas.

—Incluso así, intenciones no son hechos.

Se vuelve Aljaraque hacia Elena, que pasa distraída las páginas de un *Blanco y Negro*.

—¿Qué opinas tú?... Hoy estás muy callada.

—Os escucho —responde ella—. Pensaba en sabotajes.

—¿Y coincides en lo natural de la pena de muerte, si a uno lo pillan?

—Supongo que no es lo mismo un saboteador que un soldado.

—¿A qué te refieres?

Tarda ella en responder, pensando en el encuentro que tuvo por la mañana en Algeciras. En los tres hombres a los que siguió hasta el puerto.

—Hablo de alemanes e italianos —se decide al fin—. De enemigos de verdad para Inglaterra.

—Oh, pues claro. Eso es diferente. Son soldados que luchan por su patria en una guerra declarada. Nada hay que reprocharles.

—Pero a los espías los ahorcan, ¿no?

—Precisamente para eso sirve el uniforme —interviene Zocas, que ha sacado del bolsillo una lata de puritos Panter—. Quien lo viste es militar y queda protegido por la Convención de Ginebra. A quien no lo lleva, se esconde tras una divisa enemiga o es de otra nacionalidad no beligerante se le considera reo de soga o de piquete de fusilamiento.

—No es lo mismo servir a tu país que traicionar a la patria o actuar tras un disfraz —observa Aljaraque—. Nadie civilizado ejecuta a un prisionero de guerra.

El médico suelta una bocanada de humo mientras lo mira con cortés reproche.

—Bueno, Pepe, en España... —de nuevo observa con disimulo al camarero, que sigue ajeno a la conversación, y baja aún más la voz—. Aquí se ejecutó a unos cuantos, ¿no?... Ya me entiendes.

Apura el archivero el resto de su café y bebe un sorbo de agua.

30

—Las guerras civiles son otra cosa, oye. El salvajismo llevado al extremo. La ausencia de reglas.

—¿A mí me lo vas a contar, que tuve que tomar las de Villadiego?

Elena sabe que Samuel Zocas tiene motivos para decir eso. Obligado a refugiarse en Gibraltar por sus ideas liberales —perteneció a una logia masónica, se comenta, aunque nunca hablan de ello—, sólo pudo regresar sin que las nuevas autoridades lo incomodasen cuando personas influyentes, afectas al régimen, lo avalaron a uno y otro lado de la verja.

—Ya veréis como lo de ese desgraciado no es el último caso —está diciendo Aljaraque—. La comarca hierve de espías, saboteadores, agentes de unos y otros... Estamos en el ojo del huracán.

—Y nuestras autoridades hacen la vista gorda —señala tristemente Zocas.

—No siempre, cuidado. España está en la cuerda floja. Ya no es como cuando Alemania ganaba la guerra. Ahora la cosa anda indecisa; y Franco, que es un fenómeno, hace encaje de bolillos y guarda las formas. No es la primera vez que la Guardia Civil detiene a agentes nazis o fascistas y los expulsa de aquí.

—Yo tuve ocasión de ver a un buzo —dice Zocas—. Fue hace un par de meses, y lo comenté con vosotros.

—¿El del último ataque a Gibraltar?

—Ése... Estaba en el hospital cuando trajeron al cadáver.

—Italiano era, dijiste. Y luego lo publicaron los periódicos.

—Al parecer lo dejó un submarino en la bahía. Debieron de ser más, pero sólo cogieron a uno... Hundieron aquel petrolero llamado *Sligo* o algo parecido. ¿Te acuerdas, Elena? Fue cerca de tu casa.

La joven, que seguía pasando páginas de la revista, se queda inmóvil.

—Cómo olvidarlo —dice, simulando naturalidad—. Todavía hay restos allí. De ese barco y de otros.

—De haberlo cogido vivo lo habrían fusilado por saboteador —comenta Aljaraque—. Los ingleses son bien crueles y cabrones.

—No creo —lo contradice Zocas—. Era un soldado, a fin de cuentas... Ellos son duros pero respetan las reglas.

El archivero, que se ha puesto serio de pronto, mira brevemente a Elena.

—Respetan las suyas, y sólo cuando les conviene —apunta, grave.

También Zocas parece caer en ello, pues dirige a la mujer una mirada repentinamente contrita, de disculpa.

—Perdóname, Elena. No pretendía...

—Claro —sonríe ella, tranquilizada por el giro de la conversación—. No te preocupes, doctor.

—Soy un torpe.

—Olvídalo, por favor.

Sigue un silencio corto e incómodo. Aljaraque mira el *Gibraltar Chronicle* y el doctor, aún violento, se toca el nudo de la pajarita. A Elena, como a unas cuantas esposas más, la dejaron viuda los ingleses hace algo más de dos años, durante el ataque por sorpresa en Mazalquivir a la escuadra francesa del Mediterráneo —Francia acababa de rendirse a la Alemania nazi— para impedir que cayera en manos del enemigo. Unos cañonazos equivocados y ocho marinos españoles muertos,

Por fin, como buscando despejar el momento, habla de nuevo Zocas.

—En lo de aquel italiano muerto nada puede reprocharse a los ingleses, ¿no?... Son soldados unos y otros, matan y mueren. Cada cual cumple con su deber.

—Pues yo respeto más a los del Eje —insiste Aljaraque—. Ya sabéis que soy germanófilo e italianófilo.

Le toma el pelo Zocas.

—Dicho así suena a enfermedad venérea, Pepe. Pásate un día de éstos por mi consulta.

Mira el otro de reojo a Elena, amoscado.

—Eso no tiene gracia, hombre.

Mientras aparenta prestarles atención, ella rememora su propia historia, o más bien la del esposo perdido, primer oficial a bordo del mercante español *Montearagón* aquel 3 de julio de 1940: un barco neutral que estaba donde no convenía estar, una disculpa diplomática británica —*very and serious terrible mistake*— y una indemnización para las familias, víctimas secundarias de un holocausto que pronto sería general. Ochocientas libras esterlinas que permitieron a Elena abrir la librería para ganarse la vida. Y aun así, tuvo suerte. En los últimos tiempos, los *mistakes,* británicos o de otros, ya no son terribles. No se indemniza a nadie.

—Hay que tener valor, ¿verdad? —dice ella de pronto—. Meterse de noche en esas aguas y jugársela de semejante manera.

—No es ésa la fama que tienen los italianos —señala Aljaraque.

Modula Zocas un aro de humo mientras alza un dedo objetor.

—Siempre hay valientes en todas partes. Es cuestión de motivaciones.

—Pues aquel buzo que murió debía de estar motivadísimo.

—No te extrañe... Una bahía como ésta, con docenas de mercantes en la parte norte y las unidades de la Royal Navy en el puerto, es un panal de rica miel para hombres audaces.

—Bueno —señala Aljaraque—, los ingleses han extremado su vigilancia con redes antisubmarinas, patrullas navales, reflectores y cosas así... Ahora hay ataques aéreos, pero nada desde el mar.

Asiente Elena, pensativa.

—No —dice muy despacio—. Nada desde el mar.

Curro, el empleado de la librería, golpea con los nudillos el cristal de la ventana para entregar a Elena las llaves. Mira ésta el reloj y comprueba que son las siete y media. Tras despedirse de sus amigos —hoy toca pagar las consumiciones a Pepe Aljaraque—, sale a la calle. Curro es un joven linense flaco y con gafas, con estudios de bachillerato, que perdió tres dedos de una mano durante la Guerra Civil, en la batalla de Peñarroya. Tiene veintitrés años y es de toda confianza. Dos días por semana, Elena le permite irse media hora antes para que asista a la academia nocturna donde estudia inglés.

—He abierto la caja de novedades de Espasa-Calpe, doña Elena... También han llegado tres de Fernández Flórez, cinco de Stefan Zweig y el último de *Las aventuras de Guillermo*.

—Muy bien.

—Y he vendido *La montaña mágica* que nos quedaba. Habrá que reponer ejemplares.

—Claro... Me ocuparé mañana de eso.

—Acaba de venir la luz, así que he dejado el escaparate encendido.

—Yo lo apago, no te preocupes. Buenas noches.

—Buenas noches.

La librería está cerca, junto a la tienda de tejidos La Escocesa. Saluda Elena con un movimiento de cabeza a algunos transeúntes a los que conoce y a los comerciantes que ya bajan los cierres metálicos. Dos vecinas conversan con el mancebo de botica a la puerta de la farmacia, el dueño de la tienda de ultramarinos recoge el género expuesto en el exterior, hay niños que juegan en la calle y mujeres que charlan sentadas en sillas de enea, esperando a los hombres que vienen desde Gibraltar con la fiambrera vacía bajo el brazo y unas pesetas en el bolsillo. Las pocas farolas están apagadas, y tal vez no lleguen a encenderse hoy. El día languidece apacible, rutinario: el cielo se torna cárdeno sobre las terrazas de las casas y la luz crepuscular alarga y extiende las sombras.

—Buenas noches, Luis... Adiós, doña Esperanza.

—Buenas noches, Elenita, hija. Que descanses.

Antes de entrar en su tienda, contempla satisfecha el escaparate iluminado por dos bombillas de veinte vatios: modesto como el local, expone una veintena de títulos que ella selecciona cuidadosamente, combinando libros de fácil venta con otros menos solicitados, de modo que Baroja, Remarque o Vicki Baum coexistan con Homero y Montaigne. La parte superior de la vitrina está dedicada a la Colección Austral, y muestra el *Don Juan* de Marañón, los *Comentarios* de César y el *Carlos de Europa* de Wyndham Lewis; y abajo, muy visibles, obras policíacas y de aventuras con las llamativas cubiertas ilustradas de la Biblioteca Oro —Salgari, Zane Grey, Phillips Oppenheim, Edgar Wallace— y, en lugar destacado, el último libro de José María Pemán, *El paraíso y la serpiente,* y una reedición de *El misterio del Tren Azul* de Agatha Christie, que se está vendiendo muy bien. En el interior hay una pequeña sección de libros en inglés, frecuentada por personal británico del Peñón, militares sobre todo, en las visitas que hacen a este lado de la frontera.

Una vez dentro, Elena recoge el dinero de la caja registradora —cincuenta y siete pesetas, no ha sido un mal día— y lo guarda en el bolso. Mira alrededor para comprobar que todo está en orden, el suelo barrido, la mesa de novedades ordenada y los libros en sus estanterías, y al hacerlo su vista se detiene en la litografía colgada en la pared sobre el pequeño despacho que tiene al fondo, junto a la puerta del almacén e invisible desde la calle: un Ulises semidesnudo, náufrago que sale del mar mientras Nausícaa y sus doncellas se agitan escandalizadas. Y es bajo el influjo de esa imagen, que ve cada día en la tienda pero que por algún motivo hoy advierte con más intensidad, como la librera apaga la luz, echa el cierre, le quita la cadena a la bicicleta apoyada en la puerta —una Rudge de mujer sin barra central—, conecta la dinamo a la rueda para encender el pequeño faro y se aleja pedaleando hacia la bahía.

Para su propia sorpresa, que se concreta en una insólita desazón, Nausícaa y Ulises siguen dando vueltas en la cabeza de Elena mientras recorre los tres kilómetros que la separan de su casa. Y la cercanía del mar no atenúa el efecto: a partir del espigón de San Felipe, la carretera discurre contigua al prolongado arco de la bahía, al extremo del que se distinguen con claridad las luces lejanas de Algeciras. En contraste, al otro lado y más allá de las siluetas oscuras de los barcos fondeados con las luces apagadas, la masa negra del Peñón se destaca en la última claridad crepuscular, enorme, sombría como una roca despoblada y muerta; aunque, erizada de baterías antiaéreas, con veinte mil soldados británicos y el Arsenal y el puerto llenos de barcos de guerra, recele como cada noche una posible acción aérea enemiga. Tampoco la población de La Línea, pese a las luces despreocupadamente encendidas cuando hay corriente eléctrica, encara tranquila los anocheceres de Gibraltar: mientras los vecinos oyen el parte de Radio Nacional o la música de Radio Tánger, mantienen el oído atento al ruido de motores que pueda llegar del cielo. No sería la primera vez que las bombas italianas caen a este lado de la verja, causando muertos y heridos.

De pronto, Elena detiene la bicicleta y se queda inmóvil, apoyadas las manos en el manillar, contemplando la bahía vencida por las sombras. Sopla una brisa suave que trae olor de algas, salitre y petróleo derramado, calvario este último de los pescadores linenses. El mar está tranquilo y sólo se escucha el rumor leve del agua que lame con suavidad la arena, donde un tenue reflejo señala el contorno de la orilla. Oscuridad todavía sin luna, luces distantes en el lado de España, paz bajo un cielo ya negro donde se van afirmando despacio las estrellas.

El italiano.

Eso es realmente lo que tiene en la cabeza.

Lombardo, Teseo, recuerda; y por alguna extraña razón se estremece al hacerlo, hasta el extremo de que, sentada en el sillín de la bicicleta, aparta las manos del manillar y cruza los brazos como si de repente sintiera frío.

Lombardo, Teseo. 2º Capo Regia Marina.

Lo ha visto de nuevo esta mañana en Algeciras, cuando tan lejos lo consideraba ya de su espacio y de su vida; pero al que recuerda con intensidad es al otro. O al mismo hombre cuando parecía otro: el desconocido que hace dos meses estaba tumbado en la alfombra sucia de arena de su casa, mirándola inquieto, el cuchillo precavidamente al alcance de la mano. Al extraño Ulises salido del mar, vestido de caucho negro, sangrando por la nariz y los oídos: cuerpo duro y musculoso, pelo mojado, perfil masculino clásico, bien cortado, sobre el que encajaría con naturalidad el bronce de un antiguo yelmo griego. También recuerda los ojos verdosos e intensos que la estudiaron suspicaces y luego agradecidos, y la última mirada que le dirigió cuando dos hombres a los que ella no había visto nunca vinieron en su busca en un automóvil, ayudándolo a ponerse en pie con una manta sobre los hombros. Y mientras uno de ellos, flaco, alto, sin acento extranjero, le decía a Elena estamos en deuda con usted y confiamos en su prudencia y su silencio, con un gesto que era amable y equívoco al mismo tiempo, el hombre venido del mar la miró por última vez, muy intenso y muy fijo. Y los labios, que recobraban el color, se distendieron en una sonrisa agradecida, luminosa y blanca, de la que brotó la palabra *grazie*.

Es el perro el primero que intuye algo, pues alza las orejas y luego la cabeza que reposaba entre las patas, mira hacia la puerta y gruñe suavemente mientras Elena deja el libro que tiene en las manos y presta atención.

—Calla, Argos. Tranquilo... Cállate.

Nada se oye, pero el animal sigue inquieto. Se levanta ella, apaga la luz del flexo, abre la puerta y sale a la oscuridad del pequeño jardín, justo cuando un rumor lejano empieza a oírse procedente de la cercana sierra Carbonera. Un momento después, un rugir de motores a baja altura atruena la noche mientras sombras fugaces sobrevuelan la casa dirigiéndose a Gibraltar, iluminado sólo por la luna.

Otra vez, piensa ella. De nuevo están ahí, en el cielo.

Hacía diez noches que no venían.

Retrocede insegura, buscando protegerse junto al muro de la casa, con el perro, que tiembla pegado a sus piernas, mientras ve cómo las rápidas siluetas negras ganan altura sobre la bahía, al tiempo que la masa oscura de la colonia británica se enciende con una docena de finos y larguísimos haces de luz blanca, reflectores que oscilan y se entrecruzan en el cielo como en una extraña fiesta luminosa. Por un momento uno de ellos alumbra la forma negra de un avión y luego la de otro, antes de perderlos. Después, inmediatamente, rápidos resplandores empiezan a reventar salpicando el cielo: explosiones de artillería cuyo sonido seco, monótono, tarda unos segundos en oírse. Bum, bum, bum, hacen. Bum, bum, bum, bum, bum. También hay trazos blancos y azulados que ascienden despacio y se extinguen en el aire o caen reflejados en el agua, recortando en contraluz las siluetas de los barcos fondeados. Y un instante después, los fogonazos de las bombas que impactan en el Peñón destellan con resplandores naranjas y un retumbar sordo que Elena siente en los tímpanos y en el pecho.

Apenas dura un minuto. De pronto cesan las explosiones de las bombas y la artillería antiaérea, los reflectores aún oscilan unos segundos rastreando el cielo vacío y se apagan uno tras otro devolviendo la noche al relucir de las estrellas y la luna. La enorme roca torna a ser una masa oscura cuya única luz es ahora el punto rojizo, preciso y distante, de un incendio que parece arder por la zona del puerto gibraltareño. Y la calma vuelve a la bahía.

Entra Elena en la casa y oprime el interruptor del flexo para seguir leyendo, pero se ha ido la luz. A tientas, con la facilidad de la costumbre, coge una caja de fósforos, levanta el tubo de vidrio de un quinqué de petróleo, regula la ruedecilla y prende la mecha. La luz entre amarilla y naranja ilumina el saloncito, los libros en sus estantes, el aparador con loza y botellas, la mecedora, la mesa y la alfombra sobre la que Argos ha vuelto a tumbarse con indolencia. También alumbra un viejo cuadro en la pared, sobre el sofá, cuyo lienzo craquelado muestra un velero que intenta ganar el puerto entre las olas de un temporal. Y una foto en un marco, sobre la mesa de trabajo: Elena tres años más joven, del brazo de un hombre moreno y apuesto que viste uniforme de la marina mercante, gorra bajo el brazo y galones de piloto en las bocamangas.

Ya no tiene ganas de seguir leyendo.

No, desde luego, esta noche.

Así que ni siquiera lo intenta. Permanece de pie en el centro de la habitación, contemplando la fotografía. Sumida en el sabor amargo y dulce de la memoria aún reciente, todavía en carne viva. En los recuerdos y sensaciones físicas, lejanos pero no olvidados. Aunque, concluye, dos años después la soledad no es tan terrible como al principio, más vivo el dolor, llegó a esperar. O a temer. La templa el discurrir apacible de los días, el trabajo, los libros, el mar cercano, la compañía del perro, los largos paseos, los amigos situados a una distancia adecuada, la libertad de espíritu sin grandes afectos: ni siquiera, muy distante, el de su padre —una carta a veces, alguna fría llamada telefónica—, que envejece tras las zozobras de la guerra en Málaga, a casi doscientos kilómetros de allí. Hay, incluso, alivio en la ausencia de lazos próximos, de vínculos íntimos con sus perplejidades y miedos. Alivio y también fortaleza. Es poco lo que se teme cuando es poco lo que se espera, más allá de una misma. Cuando, en caso necesario, la vida cabe en una maleta con la que poder alejarse de cualquier paisaje sin necesidad de mirar atrás.

Sólo Argos, piensa. Y entonces se inclina para acariciar al perro, que al sentir su mano se vuelve patas arriba para que le rasque la tripa. Sólo él y esa figurada maleta. Un mundo neutro, cómodo, desprovisto de sorpresas y emociones. Fácil de transportar y de habitar, allí o en cualquier otro sitio.

Y sin embargo, concluye. Sin embargo.

Tras reflexionar un momento, se dirige al aparador y abre un cajón. Los tres extraños relojes que el hombre que salió del mar llevaba consigo están allí desde entonces. Ella se los retiró de las muñecas mientras lo atendía, y ni él ni quienes fueron a buscarlo pensaron en cogerlos cuando se fueron. Se llevaron el cuchillo pero olvidaron eso. Los descubrió en el suelo cuando ya se apagaba el ruido del automóvil, y estuvo un rato estudiándolos antes de guardarlos en el cajón, ocultos bajo unas servilletas y manteles doblados, a la espera de que alguien viniese y los reclamara. Pero nunca vino nadie, y ahí siguen, dos meses después.

Los saca y los contempla otra vez. Se trata de un reloj, una brújula y otro aparato cuya utilidad le resulta desconocida. Los tres son de acero, con correas de goma. La brújula consiste en media esfera de plexiglás y un cuadrante con los puntos cardinales que flota en su interior. La esfera negra del reloj muestra la inscripción *Radiomir Panerai;* y sus marcas, como en los otros, son fluorescentes, visibles en la oscuridad. El tercer instrumento tiene una escala de cifras que tal vez indiquen presión, o profundidad.

Se sienta con los tres instrumentos en el regazo. El hombre hallado en la orilla del mar y el que reconoció por la mañana en Algeciras se funden en su cabeza, perturbándola cual si se acercase insegura a un acantilado o un pozo que la inquietaran y atrajesen al mismo tiempo: un misterio por desvelar, el cabo suelto de un enigma. Ahí afuera hay una guerra, otra más, o tal vez siempre sea la misma; y los tres relojes que tiene en las manos, el italiano reencontrado cerca del puerto, su secreto —es indudable que lo hay, o lo sigue habiendo— forman parte de ella. Intuye que si no devuelve esos relojes al cajón y se olvida de quien los llevaba, si continúa adelante con la idea que poco a poco define sus intenciones, ella misma pasará a formar parte del oscuro entramado. De las bombas y los reflectores engañosamente lejanos que iluminaron Gibraltar hace un momento.

A fin de cuentas, decide, no soy yo quien habrá ido al encuentro. Ya vino la guerra a mí sin que yo la buscase. Hace más de dos años en Mazalquivir, hace dos meses en el amanecer de la playa, hace unas horas en Algeciras. Curiosas geometrías de la vida. Hay cosas que ocurren solas, concluye. Tal vez porque alguna regla oculta determina que deben ocurrir. Y tres veces son demasiadas para considerarse al margen.

Sonríe absorta, con cierto asombro, sin darse cuenta de esa sonrisa. Sentada en su casa a la luz del quinqué, el perro echado a sus pies y los tres relojes en el regazo, Elena Arbués acaba de decidir que la guerra que creía ajena vuelve a formar parte de su vida.

Ahora necesita saber, y piensa hacerlo.

2. Los hombres del último cuarto de luna

Es el *sottocapo* Gennaro Squarcialupo quien primero se fija en la mujer: delgada y más alta que la media de las españolas, con un vestido claro, ligero, que moldea sus piernas y caderas. La descubrió hace un momento entre la gente que, a la sombra de un toldo hecho con vela de barco, ocupaba las mesas de la terraza del bar restaurante Miramar, el más próximo a la entrada del puerto. La vio de lejos, sentada y bebiendo algo, con un sombrero de ala mediana que cubría parte de su rostro. Squarcialupo le dirigió entonces una rápida ojeada valorativa —es napolitano y le gustan las andaluzas, tan parecidas a las mujeres de su tierra— y siguió adelante con sus compañeros recién desembarcados en el arranque del muelle de la Galera: el subteniente Paolo Arena y el suboficial Teseo Lombardo.

Ahora la ve otra vez al volverse casualmente a mirar atrás. Parece la que estaba en la terraza y camina por la calle Cánovas del Castillo en la misma dirección que ellos, unos veinte pasos por detrás. Squarcialupo advierte la coincidencia sin darle importancia, contempla un momento a la mujer y sigue andando con los otros. Hay mucha animación en el centro de esta ciudad que tanto templa al *sottocapo* la nostalgia de su lugar natal. Además, estirar las piernas le viene bien porque lleva dos días sin salir de una bodega calurosa y sucia, reparando primero la válvula de vaciado de una bomba de aire que da problemas, y después el reostato de propulsión de un motor eléctrico. Se supone que ese trabajo corresponde al mecánico especializado, un sardo llamado Roccardi; pero éste lleva una semana en un hospital de Cádiz, con apendicitis, y todavía no ha llegado un relevo.

Sin embargo, Squarcialupo no se queja. Es bajo, atlético, con un pelo ensortijado y espeso que intenta domar peinándolo hacia atrás con gomina. Un meridional de buen carácter y excelente humor a quien gusta disfrutar de la vida. Camina despacio, satisfecho, un cigarrillo en los labios y las manos en los bolsillos del pantalón, gozando del paseo y del día soleado que la brisa del sudeste mantiene agradable. Como sus dos compañeros, va en mangas de camisa, calza alpargatas y lleva un documento de identidad a nombre de Fabio Collana, de la empresa de reparaciones y reflotamientos navales Stella, de Génova. Eso lo convierte en empleado de una empresa civil en un puerto neutral: cobertura irreprochable, incluso en una España que, aunque hasta ahora se mantiene al margen de la guerra, simpatiza con la posición de Italia en el conflicto mundial. Marineros de apariencia indisciplinada que bajan a tierra para frecuentar bares y, los días de paga, alguna sirena de muelle a tanto la media hora. En Algeciras hay ojos por todas partes y conviene ser precavidos.

—Ahí hay una ferretería —dice el subteniente Arena, señalando un comercio.

Arena es flaco y de nuez prominente, con bigote recortado y aspecto de galgo triste. Entran él y Lombardo en la tienda, y Squarcialupo se queda en la puerta, observando la calle. La mujer ha desaparecido, y quizá se trataba de una coincidencia; aunque haberla visto dos veces en media hora lo deja vagamente inquieto. Esa ciudad no es un lugar hostil, pero al enviarlos allí les recomendaron ciertas precauciones esenciales. Al fin y al cabo, Algeciras y las inmediaciones de Gibraltar son coto de caza para varios servicios secretos: casas de campo, ventas de carretera y hoteles como el Reina Cristina de la ciudad o el Príncipe Alfonso de La Línea bullen de espías ingleses, alemanes, italianos y españoles, que van y vienen actuando cada uno por su cuenta. Nada de eso afecta de modo directo al equipo del que forma parte Squarcialupo, pero es saludable mirar por encima del hombro, pues nunca se sabe. Y, como dice un antiguo refrán marino que también usan en España, al camarón que se duerme se lo lleva la corriente.

Después de la ferretería, donde adquieren componentes mecánicos y eléctricos necesarios para reparaciones, los tres hombres se dirigen a la plaza del mercado Torroja. Bajo la moderna lumbrera circular resuenan las voces de los vendedores, y más parece zoco moruno que lonja española: los puestos de ultramarinos y especias mezclan olores con frutas y verduras, bacalao seco y barriles de sardinas en salmuera. Eso hace que Squarcialupo se sienta aún más en su ambiente, cual si se tratara del barrio de Nápoles donde nació hace veintisiete años. En capacidad de adaptarse al bullicio mediterráneo, con África a sólo veintidós kilómetros, el *sottocapo* de la Regia Marina lleva ventaja a sus compañeros de esta mañana, que aunque también son resultado de la escuela de buzos de la Décima Flotilla de Medios de Asalto, curtidos en duros adiestramientos y con acciones de guerra en sus hojas de servicio, para ciertas cosas resultan algo estirados. Son gente del norte, de esa que arruga la nariz ante los efluvios meridionales: Paolo Arena es ligur, de Savona; y Teseo Lombardo, veneciano.

Es entonces cuando la divisa de nuevo. Squarcialupo está comprando fruta —siempre se encarga él de regatear

45

el precio con los vendedores—, y al levantar la vista descubre a la mujer un par de puestos más allá, interesada en el mostrador de una pescadería. Se ha quitado el sombrero, pero la reconoce igual. Y sin duda es ella: la que vio en la terraza del bar y luego en la calle. Es la tercera vez, y eso le hace sentir un malestar extraño: una desagradable incertidumbre que lo pone alerta, suspicaz. Quizá no esté sola, considera. Tal vez haya otros vigilando. Puede que sólo sea la parte visible de una amenaza más seria y peligrosa.

—Hay una mujer junto al puesto de pescado —comenta a sus compañeros—. No miréis ahora, pero creo que nos está siguiendo.

Sorprendido, el subteniente Arena se vuelve con disimulo en esa dirección.

—¿La del vestido claro? —inquiere en voz baja, tras un momento.

—Ésa.

Mira otra vez Arena de soslayo.

—¿Y crees que nos sigue?

—Desde hace un buen rato... Estaba en el puerto cuando llegamos.

—¿Estás seguro?

—Como del Duce.

—Hablo en serio, Gennà.

—Lo he dicho en serio. Estoy casi seguro.

—¿Y no puede ser una coincidencia?

—También, claro que sí. Pero van tres veces en poco tiempo.

Arena se ha vuelto hacia el otro miembro del grupo.

—¿Qué opinas tú?

Teseo Lombardo no parece escucharlos. Permanece inmóvil, muy serio, mirando a la mujer. Lo hace fijamente, sin ningún disimulo; y aunque tiene la piel del rostro tan curtida por el sol como sus compañeros, ha palidecido.

46

—No la mires así, hombre —lo reprende el subteniente—. Va a darse cuenta.

—Es ella —dice al fin Lombardo.

Arena se queda boquiabierto.

—¿Quién es ella?

—La mujer de Puente Mayorga. La de la playa.

—No fastidies. ¿La que...?

—Sí.

Se miran los otros, confusos. De pronto, Lombardo se aparta de ellos.

—Teseo, ni se te ocurra —lo reconviene Arena, alarmado.

Pero Lombardo no hace caso. Camina hacia la mujer y se detiene a su lado. Entonces ella levanta la cabeza y los dos se quedan inmóviles, mirándose.

—Esto no me gusta, Gennà —dice Arena.

Asiente Squarcialupo, tan preocupado como el subteniente.

—A mí tampoco.

En los años ochenta del siglo pasado, la via Pignasecca era —y sigue siéndolo cuando escribo esta historia— uno de los lugares más vivos y bulliciosos de Nápoles. Todo el pulso de la ciudad latía allí entre puestos callejeros, olor a carne, verdura, pescado y pizza caliente. Caminar por esa calle era sumergirse en una multitud que compraba, discutía y reía: matronas con cestas de la compra, fulanos que en la puerta de los bares fumaban y bebían cerveza, rostros patibularios que no querrías encontrar en un callejón oscuro, mujeres de belleza densa y espesa. Envuelto, todo, en un rumor de colmena mezclado con bocinazos de motos y automóviles, bajo una luz mediterránea que se introducía entre decrépitos palacios donde, en salones convertidos en humildes apartamentos, apellidos aristocráticos coexistían con el pueblo llano como si toda la ciudad fuese un bucle sin final. Una película continua de Vittorio De Sica.

Se potessi avere
mille lire al mese,
senza esagerare,
sarei certo di trovar
tutta la felicità...

Esa antigua canción tarareaba Gennaro Squarcialupo, observándome, mientras yo conectaba mi magnetófono. La *trattoria* Il Palombaro estaba en la esquina de la via Pignasecca con la via Porta Scura. El primer día —me había proporcionado su dirección la librera de Venecia— llamó mi atención la muestra situada sobre la puerta, junto al nombre del local: una calavera con una flor entre los dientes. Il Palombaro era una casa de comidas especializada en pasta, pescado y plato del día, frecuentada por gente de los comercios y el hospital cercanos. Ocho mesas dentro y seis fuera, al sol en invierno y bajo un toldo en verano. Atendía la familia del propietario, ya jubilado: anciano de pelo crespo y blanco aún abundante, hombros que en otro tiempo fueron fuertes, tallado el rostro de profundas arrugas y marcas. Durante tres días conversé con él junto a un altarcito callejero con flores de plástico dedicado a alguno de los innumerables santos napolitanos, sentado a la mesa donde el antiguo *sottocapo* de la Regia Marina se instalaba a diario para comer, conversar con los vecinos y criticar cómo su hijo y su nuera llevaban el negocio.

—Teseo Lombardo era mi binomio habitual —me confirmó.

—¿Binomio?

Hizo un ademán evocador.

—Así nos llamábamos... Operábamos por parejas, y solíamos ir juntos. Sentados a horcajadas sobre el maiale, cuyo nombre técnico era *Siluro a Lenta Corsa:* torpedo lento.

—¿Lombardo era su jefe en cada misión?

Me miró como si evaluase mi ignorancia. El antiguo buzo tenía unos ojos pardos y duros que de vez en cuando parecían examinarme, cautos.

—Él era suboficial, y yo su operador... Pero la camaradería era tanta que nadie prestaba atención a los galones. Ni siquiera los oficiales. Nos habíamos entrenado todos juntos, pasándolo igual de mal. Corríamos los mismos peligros. No recuerdo ni un solo caso en que uno de nosotros hiciera valer su graduación sobre los demás.

La idea, siguió contando, era golpear sistemáticamente Gibraltar, y que los enemigos no adivinaran de dónde venían los ataques: submarinos, buceadores procedentes del mar... Que imaginaran lo que pudieran. Y realmente se volvieron locos. La base de Algeciras era por completo secreta, y lo siguió siendo durante toda la guerra. Sólo después averiguaron los ingleses qué ocurría. De dónde salían los buzos italianos para cruzar la bahía y volar sus barcos.

—Debieron de pagar ustedes un precio muy alto —supuse.

Se quedó callado un momento. Miraba el rectángulo de sol de la calle con aire pensativo.

—Algo pagamos, sí —dijo.

—¿Muchos muertos?

Asintió y estuvo otro poco en silencio.

—Demasiados —respondió al fin.

Miraba la calle como si aquellos a los que recordaba estuvieran a punto de doblar la esquina y sentarse a la mesa.

—Salían de noche y no regresaban —añadió tras un momento—. Otros eran capturados, como yo mismo lo fui.

Me incliné hacia él con renovado interés.

—¿Usted lo fue?... ¿Lo apresaron?

—Pues claro.

—¿Y cayeron muchos?

La nuera nos había servido dos cafés y él removía el suyo con la cucharilla.

—A la larga teníamos pocas posibilidades, ¿comprende? —bebió un sorbo—. O te mataban o te cogían. Aunque a ninguno de nosotros le sacaron nunca una palabra fuera de nuestro nombre, grado y número de identificación.

Rió, deteniéndose en ello. Después bebió otro poco y volvió a reír.

—No éramos fáciles de convencer —comentó, satisfecho.

—¿Valió la pena?

—¿Que si valió? —los ojos duros brillaron de malicia—. ¡Tendría que haber visto las caras de aquellos ingleses arrogantes, viendo hundirse las naves en el puerto!... En sus mismísimas narices. Lo hicimos en Gibraltar y también en Alejandría, Suda y Argel. Les dimos pero bien.

Se quedó pensándolo e hizo una mueca zorruna, buscando mi complicidad.

—Qué italiano es eso, ¿no le parece?... Hacer cosas que otros nunca harían porque son incapaces de imaginarlas.

Me mostré de acuerdo mientras recordaba lecturas, comentarios, películas: Alberto Sordi, Ugo Tognazzi, Dino Risi, Luigi Zampa y los demás. La Italia vieja, sabia, escéptica e infeliz; el humor y el drama combinados, asumidos con naturalidad estoica.

—Eso desmiente —dije— el tópico de que los italianos lucharon con poco entusiasmo.

Me miró como si yo fuera tonto.

—Cada cual lucha según quién es y lo que cree —me dirigió otra ojeada penetrante—. ¿Conoce la vieja consigna fascista *Credere, obbedire, combattere*?

—La conozco.

—Pues no sé si nuestros altos jefes y almirantes creían —asintió—. Pero nosotros sí creíamos.

No me detuve en ese aspecto. No era oportuno, de momento. Para entonces ya había leído e investigado un poco, y sabía que a partir de 1943, cuando el mariscal Badoglio capituló ante los aliados, la unidad de incursores submarinos italianos se había dividido en dos bandos: unos se unieron a los aliados y otros siguieron fieles al compromiso con los alemanes.

Ahora el antiguo *sottocapo* me miraba con vago recelo.

—¿Qué piensa hacer con lo que le cuento?

—Todavía no lo sé —fui sincero al responder—. Soy periodista, como dije. Y el asunto me interesa... Tal vez escriba un reportaje.

Pareció sorprendido.

—¿Ha venido hasta Nápoles sólo para hablar conmigo?

—No, cubro unas maniobras de la OTAN... Decidí aprovecharlo.

—¿Hablará con otros?

—Si los localizo, puede que sí.

Sonrió de modo extraño.

—No quedamos muchos vivos.

Saqué un paquete de cigarrillos y le ofrecí uno, pero negó con la cabeza mientras se llevaba una mano al pecho. Dijo algo sobre que sus pulmones no toleraban el tabaco. Yo encendí el mío.

—¿Cómo actuaban usted y Lombardo con los maiales?

Entornaba el anciano los ojos, recordando. Lombardo, contó, era el jefe del binomio e iba delante, donde estaban los mandos para regular rumbo, velocidad y profundidad. Él iba detrás con la palanca de inmersión rápida, teniendo a su espalda la caja de herramientas para cortar redes y mordazas que sujetarían las cargas a las aletas estabilizadoras de las naves enemigas.

—Me pregunto qué los llevó a meterse en eso.

—Pertenecíamos a la Décima Flotilla, todos voluntarios. Antes de la guerra yo había sido buzo... Sacaba coral en el Mediterráneo y madreperla en el mar Rojo.

—¿Y su compañero?

Se detuvo un instante a hacer memoria.

—Creo que la familia tenía un modesto astillero de góndolas en Venecia... Por lo que recuerdo, había trabajado allí.

—¿Cuándo se conocieron?

Me lo dijo: otoño de 1941. Escuela de buzos de Livorno y base secreta de adiestramiento de Bocca di Serchio, cerca de La Spezia, situada en una finca de caza puesta a disposición de la Regia Marina: un paraje discreto de aguas tranquilas, arena blanca, pinares y abundante vegetación, a salvo de miradas inconvenientes. Allí, en el más absoluto secreto, se formaban los operadores de los medios de asalto en navegación nocturna, ataques desde y bajo el mar, franqueo de obstrucciones navales y hundimiento de naves enemigas. Lombardo y él estaban muy bien coordinados, hechos el uno al otro, a soportar los efectos del frío y el anhídrido carbónico al respirar oxígeno a presión doble o triple de la normal. Adiestrados de una forma intolerable para otros seres humanos.

Movía la cabeza el viejo buzo, evocador.

—Ni a las chicas nos dejaban acercarnos... En aquel tiempo, la única diversión era ir al cine a Viareggio o a comer en la *trattoria* Buonamico.

—¿Estuvieron juntos desde el principio, todo el tiempo?

—No. Él entró en acción antes que yo.

Me dio detalles. Su compañero había dejado Bocca di Serchio para ser asignado a uno de los grupos de asalto que operaban desde los submarinos *Scirè* y *Ambra*. Fue así como Teseo Lombardo y otro buzo llamado Corrado Gattorno, que murió en esa misma acción contra Gibraltar, hundieron el petrolero *Sligo*. El napolitano y el veneciano se reunieron en Algeciras durante el otoño de 1942, y para entonces la Décima ya había atacado a los ingleses en la bahía de Suda con lanchas explosivas hundiéndoles el *York*, el *Bonaventure* y otras naves; y luego, con maiales, el *Valiant*, el *Queen Elizabeth* y el *Sagona* en Alejandría. También lo intentaron contra Malta, aunque fue un fracaso.

—Lo de Algeciras fue inteligente y bien planificado —añadió Squarcialupo—. Para esa operación encubierta nos eligieron a hombres selectos, muy entrenados: el grupo Orsa Maggiore.

Me interesó el nombre, no porque lo oyese por primera vez sino por el modo en que se refería a él. Su tono.

—¿Osa Mayor, dice?

Lo vi asentir con vigor. Orgulloso.

—Ésos éramos nosotros: la escuadrilla del último cuarto de luna.

Lo miré asombrado, porque al antiguo *sottocapo* le temblaba ahora ligeramente el mentón, donde despuntaban pelos blancos sin afeitar. De improviso parecía más viejo, tal vez incluso vulnerable, y advertí una rara humedad en sus duros ojos pardos. Tras un momento callado, inmóvil, se miró las manos huesudas, deformadas por la artrosis, y sonrió con intensa melancolía.

—Todo se planificó cuidadosamente y empezamos a operar en serio desde Algeciras a finales de 1942... Cuando me incorporé al grupo, Teseo y los otros llevaban algún tiempo preparándolo. Incluso habían hecho ataques sin los maiales, a nado desde el submarino *Scirè*, poniendo unas minas pequeñas que llamábamos mignotas y bauletos.

Yo ataba fácilmente cabos.

—Y en una de esas incursiones —apunté— fue cuando se conocieron Teseo Lombardo y Elena Arbués.

—Sí, en aquella playa... Y luego, dos meses más tarde, ocurrió lo del mercado, donde yo descubrí que ella nos estaba siguiendo.

—¿Y cómo era él?

—¿Teseo? —sonreía, evocador—. Muy buena persona.

Insistí.

—¿Cómo de buena?

Lo pensó un poco más.

—Más duro consigo mismo que con sus compañeros —respondió al fin—. Simpático, trabajador, sencillo. Un poco inocente, pero fiable y muy sereno. Un buen hombre, como le digo... Uno de tantos que han nacido héroes y no lo saben.

Lo tiene delante en el mercado de Algeciras, callado e inmóvil. Tan próximo que puede notar su respiración. A Elena Arbués se le corta la suya cuando al levantar la vista lo descubre a su lado. Hay un interrogante cálido, más sorpresa que reproche, en los ojos de reflejos verdes que la observan. Lo mira ella sin disimulo, minuciosa, reconociendo de cerca el rostro mediterráneo, el pelo tan corto como la otra vez, el mentón bien rasurado, los hombros sólidos bajo el blanco de la camisa que contrasta con la piel atezada y deja ver, bajo el cuello abierto, una cadenita de oro con una pequeña cruz.

—¿Qué hace aquí? —pregunta él.

Buen español, aunque con algún acento. Como la otra vez. Lo ha dicho sin aspereza, con una extraña suavidad que a ella la conmueve, atenuando la vergüenza súbita que ha sentido al verse descubierta. O tal vez, piensa atropelladamente, era eso lo que buscaba. Su intención. Que él la mirase como la mira ahora. Así que se limita a un ademán vago que espera parezca indiferente.

—Lo reconocí —dice con sencillez.

—¿Cuándo?

—Hace tres días.

Ve que parpadea, y eso la hace sentirse más segura. Casi victoriosa. Despeja su timidez comprender que se siente tan desconcertado como ella. Tal vez más, porque Elena lleva esos tres días pensando en el encuentro, buscando forzar la casualidad, sentada cada mañana con un libro en la terraza del bar mientras meditaba lo que haría si por azar volvía a verlo. Sin embargo, ningún plan, ninguna frase preparada, ninguna idea previa se sostiene ahora ante esa mirada masculina todavía incierta. Ante los ojos color de hierba húmeda que siguen mirándola con una mezcla de confusión y recelo. Un recelo, sin embargo, desprovisto de enfado o de miedo. Limpio, decide ella. Y casi infantil. Como el de un muchacho sorprendido por reglas que desconoce.

—No debería estar aquí —le oye decir dubitativo, como si más que dirigirse a ella se lo planteara a sí mismo.

—Quien me sorprende que esté es usted. Lo creía muy lejos.

—Lo estuve. Yo...

Se interrumpe, indeciso. Mira alrededor y se detiene en los dos hombres que permanecen inmóviles, preocupados, observándolos a diez o quince pasos.

—No debo hablar con usted.

—Me temo que está haciéndolo... No creo que pueda elegir.

Se queda callado. Estudiándola. Al fin mueve los hombros con ademán resignado.

—Venga —dice.

La seguridad de ella se deshace en un instante. Con movimiento casi imperceptible, él le ha tocado un codo, invitándola a acompañarlo hacia un lateral del mercado, donde están los puestos de comida, asan pulpo y despachan bebidas. El breve contacto la estremece. Lo sigue, o más bien se deja llevar sobre el suelo mojado que huele a peces y a mar, entre los mostradores con rodajas de atún y emperador, langostinos y pescado de escamas relucientes y ojos saltones. Cuando se detienen junto a los puestos, la invita a sentarse a una mesa y ocupa otra silla mientras ella ve que los otros dos se mantienen a distancia, aunque ahora su actitud es distinta. Más que a ellos, parecen atentos a la gente que los rodea. Suspicaces y vigilantes.

—Discúlpeme —dice él—. Todavía no le he dado las gracias.

Hace Elena un ademán de fingida indiferencia.

—Me las dio hace dos meses, en mi casa. Antes de que se lo llevaran sus amigos, o quienes fueran.

—No lo recordaba.

—Pues lo hizo. En italiano.

—Ah... El caso es que fue usted muy...

—¿Amable?

—Valiente.

—No hubo nada de valor en lo que hice —mueve la cabeza—. Avisé a quien me dijo, y vinieron a buscarlo. Eso fue todo.

—Pudo entregarme a los carabineros.

—Pensé hacerlo, desde luego. Pero lo vi tan desvalido que cambié de idea.

Se quedan callados, mirándose. Cuando se acerca un camarero, ella no pide nada y él encarga una cerveza El Águila que ni siquiera toca.

—Aún tengo en casa unos objetos que le pertenecen: tres relojes.

Lo ve sonreír. Una sonrisa amplia, blanca, que aclara el rostro bronceado. Un gesto natural. Simpático.

—Es cierto, se quedaron allí... Un reloj, una brújula y un profundímetro.

—Confío en que no le hayan hecho falta.

Lo ha preguntado con intención, y por un segundo él parece a punto de decir algo —tal vez me dieron otros, piensa ella—, pero se limita a seguir mirándola sin responder, con el resto de sonrisa en los labios.

—¿Por qué nos ha seguido?

—No *los* he seguido. Lo he seguido a usted.

—¿Y qué pretende?

—Nada en especial... ¿No habría hecho lo mismo, en mi lugar?

Lo ve pensar un instante.

—Supongo que sí.

Mira el botellín de cerveza y desliza un dedo por el cristal húmedo. Después alza de nuevo los ojos, inquisitivo.

—¿Qué va a hacer ahora?

—No me propongo hacer nada. Ya he dicho que lo vi hace tres días, casualmente.

Él parece admirado.

—¿Ha estado vigilando el puerto todo ese tiempo? ¿Por si volvía a verme?

—Sí. Y fue divertido. Como estar en una novela o una película, ¿comprende?... Jugar a detectives. Deseaba confirmar que era usted. Lo que hace todavía aquí.

Baja él un poco la voz.

—Ya sabe lo que hacía. O lo sospecha.

—Creo que lo sé. Me refiero a lo que hacía, o hizo. La pregunta es qué hace ahora.

Él parpadea de nuevo.

—Es complicado.

—Sí... Supongo.

Se queda pensativo, con expresión grave. Parece muy serio.

—No voy a ofenderla pidiéndole discreción.

—Está en lo cierto. Me ofendería.

—Perdóneme.

La sonrisa amable que a veces rozaba la boca del hombre se ha esfumado por completo. De pronto se pone en pie, mete una mano en un bolsillo y deja unas monedas sobre la mesa.

—No puedo permitirme estar tanto tiempo con usted. Tengo...

Ella lo mira desde su silla.

—¿Obligaciones?

—Puede ser peligroso.

—¿Para quién?

—Para los dos.

—Está usted en ese barco... El *Olterra*.

Lo ve ponerse repentinamente lívido. Casi alarmado. Mira a sus dos compañeros y luego a ella. Y vuelve a sentarse.

—Trabajamos para repararlo —dice, bajando todavía más la voz—. Su capitán lo hizo embarrancar para escapar de los ingleses.

—Lo sé. Ocurrió cerca de mi casa.

—Una empresa genovesa lo reflotó e intenta ponerlo en condiciones de navegar. Queremos devolverlo a la patria.

—¿Ya no es buzo?

—Lo sigo siendo. Trabajo en la reparación del casco.

Hace Elena un ademán referido a los otros dos hombres.

—¿Como ellos?

—Sí.

—¿Son civiles, pese a la guerra?

—Exacto.

—¿Y usted?... ¿Ya no es *secondo capo* de la Regia Marina?

La mira con mucha fijeza.

—¿Cómo sabe eso?

—Su libreta de identificación, recuerde. La vi cuando estuvo en mi casa.

Ojea él alrededor, inquieto.

—Le ruego que...

—No es necesario que ruegue nada. Tiene usted mi palabra.

La mira con aire extraño, como si aquel «tiene mi palabra» en boca de una mujer lo desconcertase todavía más.

—En cuanto sea posible le daré las explicaciones necesarias —dice al fin.

—No necesito explicaciones.

—Aun así, se lo prometo. En realidad, tiene derecho.

Asiente ella, pensativa. Convencida, incluso. Ahora lo mira casi desafiante.

—Supongo que sí, ¿verdad?... Que tengo derecho.

Inclinado sobre los libros expuestos en la mesa de novedades, Samuel Zocas, el doctor Zocas, limpia los lentes de acero con un pañuelo inmaculado que, doblado en tres puntas perfectas, devuelve después al bolsillo superior de la chaqueta. Hasta Elena llega su olor a loción Floïd.

—Aquí tienes la *Official Guide of the Railways,* doctor.

Alza la cabeza Zocas, complacido, mientras ella le pasa el grueso volumen en inglés: la última edición, actualizada, de la guía oficial de ferrocarriles de los Estados Unidos.

—Oh, magnífico.

Elena señala a Curro, que al fondo de la librería abre cajas y ordena libros. Acaban de llegar cuatro ejemplares del último de Jardiel Poncela, y ya hay uno expuesto en el escaparate.

—Lo recibimos con el envío que llegó esta mañana.

—Espléndido.

Hojea el doctor el anuario con avidez, siguiendo con un dedo impaciente, de uña recortada y bien pulida, las columnas de estaciones y horarios: *Chicago/Saint Louis, 04:32, 11:17, 17:45, 02:00. Dallas/Houston, 09:30, 12:05, 15:43, 19:27...* Al fin mueve la cabeza, satisfecho.

—No sabes qué alegría me das —levanta la vista, se ajusta mejor los lentes—. ¿Se te ocurre algo más apasionante que saber a qué hora un padre de familia de Illinois toma su tren para ir al trabajo, y cuánto tiempo invierte en el trayecto?... ¿O a qué hora exacta pasará su convoy por el puente sobre el Mississippi, o por la Granite City Junction?

—Pues no, la verdad —sonríe Elena—. No se me ocurre.

—Te aseguro que es un formidable ejercicio matemático. Como acceder de forma privilegiada a la trama de una casi perfecta malla global... ¿Me comprendes?

Ella sonríe de nuevo.

—Lo intento.

—Una vez iniciada en ello, te resultaría fascinante: la precisión y la exactitud combinadas con la modernidad, salpimentadas con el factor imprevisible del fallo técnico, o el error humano... Deberías probar.

—Lo haré.

Dirige Zocas a las pilas de libros un vistazo melancólico y esperanzado.

—¿Hay alguna noticia sobre el anuario de la Deutsche Reichsbahn que ando buscando? ¿La guía de 1940?

—Nada todavía, aunque confío en conseguírtela... Ten en cuenta que los mismos alemanes la retiraron de las librerías, incluso en el extranjero.

Asiente el doctor, resignado.

—Lógico, por su parte. No querían dar facilidades a los enemigos.

—Supongo.

—Pero a los aficionados nos privan de esa joya... ¿No te parece?

—Alguna debe de quedar por ahí, de modo que seguiremos buscando. Un amigo de Madrid, librero de viejo, está en ello. Confiemos.

—Espléndido, querida... Espléndido.

De nuevo se sumerge el doctor en la contemplación de la guía norteamericana. Soltero, atildado, excéntrico, aunque tres días por semana cruza la frontera para trabajar en el Colonial Hospital y tiene consulta en La Línea, la pasión particular de Samuel Zocas son los ferrocarriles. Es miembro de varias asociaciones de aficionados, y también una enciclopedia viviente sobre locomotoras, vagones y vías férreas en el mundo. Incluso tiene publicada a su costa una *Breve historia de los ferrocarriles europeos* —en la librería hay cinco ejemplares, pero no se ha vendido ninguno—. Elena no ha estado en su casa, pero sabe que posee una biblioteca especializada, una colección de maquetas y un diorama con vías férreas en miniatura, estaciones, túneles y puentes, por donde circulan trenes de juguete. Para tomarle el pelo a Zocas, su contertulio Pepe Aljaraque, el archivero del ayuntamiento, asegura que cuando los hace funcionar, en bata y zapatillas, se encasqueta una gorra de jefe de estación y sopla un silbato: extremo que el doctor niega siempre con acentuado énfasis, aunque sonríe enigmático al hacerlo.

—¿Cuánto hace que no pasas a Gibraltar, Elena?

Zocas ha levantado la vista del anuario y la observa, cortés. Ella se encoge de hombros.

—Casi tres semanas. Y tengo que ir un día de éstos, a hacer algunas compras... Y cigarrillos, por supuesto.

Enarca las cejas Zocas, sin palabras, con gesto solidario. En la España de la moralidad y las buenas costumbres, sólo los hombres tienen derecho a cartillas de fumador para adquirir tabaco. Ninguna mujer decente puede comprarlo de modo oficial. Ni siquiera las casadas o las viudas.

—A mí me toca ir mañana, precisamente... He de estar en el hospital a las nueve en punto. Y si lo deseas, puedo acompañarte. Soy conocido en la frontera y siempre se agilizarán los trámites.

—Te lo agradezco.

—¿Tienes tus documentos en regla? ¿Y el pase?

—Claro.

—Yo suelo cruzar temprano. ¿No te importa?

—En absoluto.

—A las ocho y cuarto en la verja, entonces.

—Perfecto.

El doctor se pone el libro bajo el brazo, saca la billetera, paga sin pestañear las abrumadoras dieciséis pesetas que vale la guía de trenes norteamericana, y Elena le devuelve el cambio.

—¿Qué hay del último bombardeo? —se interesa ella—. El *Gibraltar Chronicle* apenas dice nada.

—Ya —tras contarlas minuciosamente, Zocas se guarda las monedas devueltas en el bolsillo—. Sólo protesta porque, aprovechando que sus vuelos son nocturnos, los italianos violan a menudo el espacio aéreo español.

—¿Hubo víctimas?

Zocas mira a Curro, que sigue ocupado en lo suyo.

—Un muerto y tres heridos, todos militares —responde en voz baja—. Menos mal que los linenses están obligados a regresar a este lado cada anochecer. Eso reduce el riesgo para nuestros compatriotas.

Es cierto. Como sabe Elena, seis mil españoles cruzan cada día la verja para trabajar en la colonia británica, sobre todo desde que la población civil no imprescindible fue evacuada de allí. Dejando aparte la pesca, el contrabando y los cuarteles militares de Campamento, La Línea y sus alrededores viven de Gibraltar.

—¿Muchos daños?

—Algunos hubo, sí... Las bombas alcanzaron el Arsenal, los almacenes de la Dutch Shell, la estación eléctrica y un depósito de carbón del muelle sur.

—¿Y los barcos del puerto y los fondeados en la bahía?

El doctor, que ha vuelto a hojear la flamante guía, hace un ademán distraído.

—Oh, por ese lado no hay novedad. Los ataques aéreos se centran en el Peñón y hace tiempo que los sumergibles italianos no se aventuran en la bahía... Hay redes antisubmarinas por todas partes, las defensas son enormes y la Royal Navy patrulla entre Punta Europa y Punta Carnero. Los ingleses están realmente blindados.

El *sottocapo* Gennaro Squarcialupo hace girar la maneta en el sentido de las agujas del reloj. Después, inclinándose con oído atento, escucha cómo el reostato incrementa las revoluciones del motor eléctrico.

—Ahora va bien —dice.

—Pásalo a la segunda muesca —ordena Teseo Lombardo—. Y luego, a la tercera.

Sentado a horcajadas sobre el puesto delantero del torpedo tripulado, con el agua hasta las rodillas, Squarcialupo mueve despacio la ruedecilla de control, sintiendo cómo la corriente de ciento ochenta amperios acelera la hélice. Para que ésta no gire en vacío, el maiale está sumergido a medias en la piscina, más de popa que de proa, trincado con una braga y cuatro cinchas para inmovilizarlo.

—Reduce —dice Lombardo.

Gira Squarcialupo la maneta en sentido contrario, muesca a muesca. El motor de 1,6 HP responde perfectamente. Bate el agua en la cola, y el sonido reverbera en los mamparos metálicos de la amplia bodega.

—Todo resuelto.

—Eso parece.

—Páralo.

Cortada la corriente, cesa el leve zumbido del motor y todo queda en silencio. Squarcialupo se incorpora y sube al muelle de la piscina, goteando agua sobre el enjaretado de teca. Lombardo le pasa una toalla y un cigarrillo.

—Un problema menos.

—Sí.

Hace calor y huele mal en el ambiente poco ventilado, pues los extractores de aire no funcionan. Los dos buzos están en bañador, piernas y torsos desnudos. Durante un par de minutos fuman callados, mirando satisfechos la forma larga y oscura del maiale. Se trata de un SLC —*Siluro a Lenta Corsa*— de la serie 200, que incluye las últimas modificaciones técnicas. De sus casi siete metros de longitud, 1,20 corresponden a la parte delantera: una cabeza explosiva removible, equipada con doscientos treinta kilos de tritolital y una espoleta Borletti de relojería, suficiente para mandar al fondo cualquier barco al que se le coloque debajo. En la bodega donde está la piscina, situada al nivel del mar, que a través de un portillo oculto comunica con el puerto y la bahía de Algeciras, la luz de potentes lámparas eléctricas ilumina las formas alargadas y oscuras de otros cinco maiales puestos en seco, varados sobre caballetes de madera en la plataforma del muelle. Por todas partes hay cables y baterías eléctricas, bidones de grasa y aceite, herramientas y equipos de inmersión. La bandera tricolor cuelga de un mamparo sobre la calavera con el clavel en la boca, tallada en madera, de la Décima Flotilla.

—¿Se han confirmado los binomios para pasado mañana? —pregunta Squarcialupo.

Asiente Lombardo. El sudor hace brillar su torso desnudo, que reluce como el de un antiguo atleta ungido de aceite.

—Tú vienes conmigo, como estaba previsto.

—Ah, bien... ¿Cuántos somos, al final?

—Dos equipos. Los otros operadores son el teniente Mazzantini y Ettore Longo.

—¿No íbamos a ir tres equipos?

—Mazzantini dice que esta vez bastará con dos. No quiere arriesgar más por ahora. Hay que ver cómo salen las cosas.

Dirige Squarcialupo una ojeada al maiale.

—Saldrán bien —suspira.

—Más nos vale.

—¿Qué tiempo se espera?

—La luna en su último cuarto, y se espera de marejadilla a marejada en la bahía. En el peor de los casos, tardaríamos dos horas en cruzar... De hora y media a dos horas.

—Y el regreso.

Se miran. Lombardo apura el resto del cigarrillo y, agachado hasta el suelo, desprende allí la brasa. Después deja la colilla en una lata de aceite vacía que hace de cenicero.

—Y el regreso, claro.

A Squarcialupo le gusta su compañero. Aunque excelente nadador, adiestrado en innumerables ejercicios tácticos, el napolitano aún no ha vivido una acción de combate real; así que Lombardo le lleva ventaja en eso. El veneciano tiene veintinueve años y es un hombre tranquilo, fiable, de extraordinaria resistencia física, que conserva la calma bajo toda clase de presión. Como le ocurre al propio Squarcialupo, sus pulsaciones en momentos críticos nunca superan los ochenta latidos por minuto. Uno y otro son buzos natos, y se conocen hasta el punto de adivinarse los pensamientos. Esa clase de vínculo resulta natural en el grupo Orsa Maggiore: todos los operadores, sin distinción de grados, se entrenaron juntos en Bocca di Serchio y La Spezia con incursiones bajo el mar, franqueo de redes submarinas, manejo de torpedos tripulados, instalación de cargas explosivas. La vida de cada cual depende del compañero, y lo saben.

Mira Lombardo el reloj convencional —un Longines comprado en Cádiz— que lleva en la muñeca izquierda.

—Vamos arriba, Gennà... Tenemos reunión en quince minutos.

Tirando de las cadenas del polipasto, izan el maiale hasta dejarlo suspendido fuera del agua. Después se visten: pantalones de sarga marinera, alpargatas, camiseta de tirantes Squarcialupo, camisa de faena gris el veneciano. Tras abrir la escotilla y cerrarla al pasar —entrada secreta camuflada en un pañol cerca de la proa, difícil de localizar si no se busca—, suben por la escalerilla metálica que lleva a la cubierta superior, y de allí salen a la principal, a cielo abierto, cerca del molinete del ancla, deslumbrados por la luz del sol en un cielo sin nubes. A su espalda, por la banda de babor del buque amarrado al dique sur del puerto, queda Algeciras, muy blanca en la claridad que inunda la bahía; y en el lado opuesto, a cuatro millas en línea recta, se alza la masa rocosa de Gibraltar, azulada y gris en la distancia: el antiguo Jebel-Tareq de los árabes, la montaña de Tarik, la llave británica del Mediterráneo. Sólo allí, en la cresta, se advierte una pequeña montera brumosa, causada por el viento de levante.

Squarcialupo comprueba que la mirada de su compañero recorre el arco de la costa desde el Peñón hacia poniente, deteniéndose a medio camino, en Puente Mayorga. Sus iris glaucos reflejan la luz.

—¿Qué hay de ella? —pregunta el napolitano.

Lombardo permanece inmóvil un momento, fijos los ojos en la misma dirección. Al fin hace un ademán ambiguo y silencioso.

—¿Podemos estar seguros? —insiste Squarcialupo.

—Creo que sí.

—Es mucho lo que arriesgamos.

Parece pensarlo el otro un poco más. Al cabo repite el gesto.

—Podemos estar seguros. Estoy convencido de eso.

—¿Y qué dice el teniente Mazzantini?

—Todavía le da vueltas.

—Ella podría delatarnos.

Mueve Lombardo la cabeza.

—Lo habría hecho ya.

Es cierto, asume Squarcialupo: hace dos meses, cuando la mujer encontró a Lombardo desvanecido en la playa, y hace dos días, en la misma Algeciras. Salvo que la apariencia de no delatarlos responda a un plan.

—Sin embargo, nos siguió —concluye—. Nos vigilaba.

Lo observa de soslayo Lombardo.

—¿Tú no lo habrías hecho?

67

—No sé qué decirte. Puede ser una treta... Estar de acuerdo con los ingleses.

Lombardo vuelve a mirar el seno norte de la bahía, donde las casitas de pescadores de Puente Mayorga puntean, lejanas, la línea baja y parda de la costa.

—Nuestros agentes en la zona están indagando sobre ella —dice tras un momento.

Le dirige Squarcialupo una ojeada inquisitiva.

—¿Y tú?

—¿Qué pasa conmigo?

—Es a ti a quien recogió en esa orilla y llevó a su casa... Es a ti a quien reconoció el otro día. Hablaste con ella. Eso te expone más que a nadie.

Se encoge el otro de hombros.

—Y a todo el grupo, como consecuencia —ahora lo observa con intención—. ¿Es lo que quieres decir?

—Más o menos.

—Ella es razonable, o eso me pareció.

—Y curiosa.

—También, claro que sí... ¿No lo serías tú, en su caso?

—Pues la curiosidad mató al gato.

Se miran, conociéndose. Seguros del otro. Saben que ninguno de los dos, por carácter y adiestramiento, pierde la cabeza con facilidad. Por eso fueron seleccionados para la Décima Flotilla y por eso están a bordo del *Olterra*. Haría falta más que una mujer para hacerles cometer errores. Para poner en peligro a los camaradas, tan unidos como hermanos.

—De lejos parece guapa —apunta Squarcialupo.

Una sonrisa responde a la otra. La de Lombardo es franca, abierta. Hace pensar en la de los delfines.

—No está mal.

—Y no se diría española, ¿verdad?... Tan alta.

Dicho eso, el napolitano canturrea:

A chi piaccion gli occhi neri,
a chi piaccion gli occhi blu,
ma le gambe, ma le gambe
a me piacciono di più.

Un roce apagado se oye a su espalda, en la escala que sube del entrepuente. Junto a ellos aparece el teniente de navío Lauro Mazzantini, que además de llevar suelas de caucho anda como un gato.

—¿Qué tal el número Cinco?

Se enderezan ligeramente los dos buzos. No hay maneras militares entre ellos, pero perviven los viejos hábitos.

—Resuelto el problema, mi teniente. Operativo al cien por cien.

Asiente el jefe del grupo Orsa Maggiore. Es un joven delgado y atlético, de hombros anchos. Pelo rubio, ojos azules, mentón cuadrado. Viste ropas civiles, como todos: pantalón corto, camiseta blanca y sandalias. Le pasa a Squarcialupo el *Corriere dei Piccoli*. Sabe que al napolitano le gustan las viñetas.

—Toma. Me lo ha dado nuestro vicecónsul.

—Gracias, mi teniente. ¿Qué hay de *Il Calcio*?

—No ha llegado aún.

—Vaya... Estoy deseando leer los detalles de la paliza que los del Nápoles le dimos a la Roma.

El oficial no le presta demasiada atención. Trae algo en la cabeza.

—Hay que poner los maiales en carga —dice al fin—. Inteligencia Naval confirma la llegada de un portaaviones inglés.

Se animan los rostros. Contempla Mazzantini el Peñón lejano y tuerce la boca en una sonrisa traviesa: la de un niño ante el escaparate de una pastelería.

—Si no rola al sur, el levante mantendrá un par de días en calma la bahía. Estaría bien darles una mala noche a los ingleses.

Los dos buzos se muestran de acuerdo. Después, Squarcialupo estudia de reojo a Lombardo y se decide al fin.

—Hablábamos de la mujer, mi teniente.

Se ensombrece la mirada del oficial.

—¿Qué pasa con ella?

—Teseo está tranquilo, confiado —el napolitano señala a su compañero con el pulgar—. Pero yo no lo estoy tanto.

Siente clavados en él los ojos de Lombardo, que lo mira con reprobación. Pero no le importa, porque entre ellos sobra confianza. Una de las reglas del grupo Orsa Maggiore es compartirlo todo con los camaradas, sean recelos o esperanzas. Malas o buenas, las ideas sin expresar, las tensiones retenidas dentro pueden pudrirse y dar problemas. Por eso todo se plantea, todo se analiza, todo se comenta. Quienes pueden morir juntos han aprendido a vivir juntos.

—Se portó bien conmigo aquella vez en la playa —opone Lombardo—. Sólo nos avisó a nosotros.

—Es verdad. Pero hace dos días...

Los interrumpe Mazzantini alzando una mano.

—La he hecho investigar por nuestros agentes de Villa Carmela... Se llama Elena Arbués y perdió a su marido durante el bombardeo de Mazalquivir. Era marino mercante y el barco fue alcanzado por los disparos de los ingleses. Ahora cobra una pensión de viuda y tiene una librería en La Línea.

—¿Alguna actividad política?

—Ninguna. No está afiliada al partido nacional de Falange, pero según la Guardia Civil su expediente parece limpio. Tampoco se le conocen contactos sospechosos en Gibraltar.

—Pero nos siguió en Algeciras, mi teniente —señala Squarcialupo—. Reconoció a Teseo y nos vigilaba.

Se mete el oficial las manos en los bolsillos y mueve la cabeza, quizá preocupado, sin apartar los ojos de Gibraltar.

—Sí... Ése es un hueco en nuestra seguridad. Habría que cerrarlo de alguna manera.

3. La librería de Line Wall Road

La brisa de levante mantiene el cielo despejado cuando Elena y el doctor Zocas cruzan la verja. El control es muy estricto: una vez dejados atrás los guardias civiles del lado español, hacen cola ante el cobertizo donde aduaneros gibraltareños comprueban la documentación. Algunos transeúntes son cacheados de arriba abajo. Vigilan el lugar policías de uniforme y soldados ingleses con salacot, pantalón corto y bayonetas caladas en los fusiles.

Un *bobby* alto y rubio, de aspecto británico que contrasta con su fuerte acento andaluz, reconoce a Zocas y le indica una puerta lateral, menos frecuentada.

—Venga por aquí, doctor... No hace falta que espere en la fila.

—La señora está conmigo.

—Pues que venga ella también.

El trámite es rápido; tras una ojeada superficial a sus pases, Elena y Zocas caminan por la Spain Road hacia la pista del aeródromo militar, donde los detiene la sirena de aviso. Unos soldados con uniforme azul de la RAF bajan la barrera y, casi al mismo tiempo, dos aparatos toman tierra con rugir de motores, chirridos y polvareda del tren de aterrizaje.

—Spitfires —dice Zocas—. Excelentes aviones de caza.

Se ha quitado el panamá para observarlos mejor, haciéndose sombra en los ojos, y contempla los aviones con deleite de aficionado a la técnica.

—No son tan hermosos como una locomotora Pacific 462, pero tienen su encanto —concluye.

—Y además, vuelan —apunta Elena.

—Oh, eso de volar está sobrevalorado. ¿Viajaste en avión alguna vez?

—Nunca.

—Yo lo hice en una ocasión. Reconozco que la aviación resulta útil para hacer la guerra; aunque en la vida civil, a la que el mundo retornará algún día, rebaja el placer de los viajes. Ir de un lado a otro con prisas tiene su lado práctico, pero no es comparable a un vagón de tren de primera clase, un libro en las manos, levantando la vista para contemplar el paisaje. Dormir en un cómodo coche cama, mecido por el dulce traqueteo de los bogies.

Lo mira divertida Elena.

—No hablas en serio, ¿verdad?

—Pues claro que hablo en serio. Una mujer joven y culta como tú debería ser sensible a tales cosas —la observa de través, paternal—. El modo de viajar cuenta incluso en materia de idilios.

—Déjate de idilios, doctor —suspira ella.

—Bueno, llámalo como prefieras: flirteo, encanto, *glamour*, vida social... Estás en la flor de la vida. En la edad.

—Sí... En la edad de ser librera.

—No seas tonta. ¿Vas a comparar el limitado ámbito de un viaje aéreo con esos maravillosos grandes expresos europeos? ¿El vino de Borgoña temblando en las copas bajo la luz de las bujías eléctricas, en el coche comedor del Tren Azul o el Orient Express?

Elena se ha puesto seria.

—Ahora esos trenes transportan soldados.

—Todo volverá a su lugar, no te quepa duda.

Sonríe ella al fin, un poco forzada. Sabe que hay cosas y seres que no volverán a su lugar ni a ningún otro. La guerra se los llevó para siempre.

—Eres un romántico.

Se ajusta Zocas el nudo de la pajarita, soñadores los ojos bajo el ala del sombrero. Por un momento parece oscurecérsele el gesto, pero en el acto lo desmiente una mueca de humor.

—No puedo negarlo, querida amiga... Realmente es lo que soy. Un romántico.

Tras pasar el túnel y cruzar la explanada de Grand Casemates Square, se adentran en Main Street. El aspecto de la calle comercial de la colonia, muy vivo antes de la entrada de Gran Bretaña en la guerra, se ve sombrío. Las fachadas blancas y el cielo azul no disipan la tristeza que impregna el ambiente: hay pocos civiles y muchos uniformes, algunas tiendas están cerradas y otras languidecen escasas de público. Sólo ante los despachos de pan, carne, aceite y tabaco se forman filas de gibraltareños y españoles, casi todos hombres. Los edificios oficiales, con centinelas armados en la puerta, se ven protegidos con tiras de esparadrapo en las ventanas y sacos terreros. Frente a la catedral de St. Mary, un kiosco de prensa expone, colgadas con pinzas de tender la ropa, portadas de revistas y periódicos con grandes titulares: *La Wehrmacht, a las puertas de Stalingrado. La RAF golpea Düsseldorf y Bremen. Un convoy británico rompe el cerco de Malta.*

Se despiden allí. Zocas adquiere el *Gibraltar Chronicle* y *El Calpense* y con ellos bajo el brazo se aleja calle arriba, camino del Colonial Hospital. Elena se entretiene haciendo compras en los comercios próximos: un par de medias de nylon en los almacenes Seruya, un frasco de

Coque d'Or de Guerlain, medio cartón de Craven —es maravilloso que nadie pida aquí tarjeta de fumador a las mujeres— y una linterna eléctrica de bolsillo. Tras disfrutar de un verdadero café en el bar americano del hotel Bristol, que tiene un centinela armado en la puerta, toma la calle que baja en dirección al puerto, se detiene al llegar a la esquina y entra en un portal con una placa de latón atornillada en la pared: LINE WALL BOOKSHOP. Después sube hasta el segundo piso.

—Buenos días, profesor.

—Elena, qué feliz sorpresa. Pasa, por favor. Pasa... Deja ahí las bolsas, si quieres.

Sealtiel Gobovich es un sexagenario de barba blanca y ojos miopes. El pelo, descuidado, le cubre un poco las orejas. Viste un pantalón arrugado, lleva sandalias y una camisa a cuadros entreabierta sobre el pecho velludo y canoso. Huele a tabaco de pipa y a papel viejo: algo natural en él, pues desde hace tres décadas atiende la Line Wall, que además de ediciones actuales tiene una importante sección de libros raros y antiguos; y su vivienda, comunicada por una escalera de caracol, se encuentra en el piso de arriba. Durante los años de la guerra española, refugiada en Gibraltar con su padre, Elena recibió allí clases de inglés y aprendió el oficio del que hoy vive.

—¿Qué haces a este lado de la verja?

—Compras. Necesitaba algunas cosas.

—Tú eres más de café que de té... ¿Te hago uno?

—Acabo de tomarlo en el Bristol.

—Una taza de té, entonces.

Se sientan en la terraza, desde donde se aprecia una amplia vista del puerto y la bahía; con las baterías antiaéreas que protegen las instalaciones, las grúas, tinglados y depósitos de combustible, y también las grises estructuras de los barcos de guerra amarrados a los muelles y los oscuros mercantes al ancla más allá de los diques. Al otro lado, en la distancia, se divisa azulada y nítida la ciudad de Algeciras.

—¿Sigues sin tomar azúcar?

—Sigo sin tomarla.

Durante un rato beben té y conversan sobre libros y guerra: problemas de suministro, gibraltareños y linenses que leen o no leen, estado del negocio de Elena. Sealtiel Gobovich enciende una pipa y abarca el paisaje con un ademán.

—Cuando hay bombardeos salgo a mirar... Como espectáculo pirotécnico, la guerra es fascinante.

—También es peligroso, profesor. El puerto está muy cerca.

—Sí, claro. Eso aumenta la emoción del asunto.

Ella mira un instante las ventanas del piso superior.

—¿Y qué opina Sara?

Sigue el librero la dirección de sus ojos y esboza una sonrisa triste.

—A la pobre se la llevan los diablos. Dice que estoy loco, porque la ayudo a bajar al refugio con los vecinos que nos quedan y después vuelvo a subir aquí.

—¿Cómo está ella?

—Regular... Nunca tuvo buena salud, y todo esto la debilita más. Por eso no la evacuaron con los otros. Menos mal que el racionamiento es soportable y apenas falta de nada. Por otro lado, es una suerte que los ingleses consideren las librerías un servicio esencial en tiempos de guerra y me dejen seguir en Gibraltar.

—¿Todavía ayuda ella?

—Ahora, poco. El asma la hace sufrir demasiado, y el polvo de los libros empeora las cosas. Así que me las arreglo como puedo.

—Me gustaría saludarla.

—Está dormida. Hace tiempo que no se despierta antes del mediodía —se inclina hacia Elena, solícito—. ¿Cómo está tu padre?

—Bien... Volvió a Málaga y allí sigue. Envejece solitario y gruñón, como siempre. Traduciendo a sus viejos clásicos.

—¿Os veis?

—Poco.

—¿Ya no lo molestan las autoridades?

—Apenas. Los primeros meses, cuando regresó, tuvo que presentarse a menudo en la comandancia de la Guardia Civil. Pero hace tiempo que lo dejan en paz. A sus sesenta y siete años lo consideran inofensivo.

—¿De qué vive?

—La casa es suya, y pudo conservarla. A veces le mando algún dinero.

—Fue una suerte que pudiera refugiarse aquí durante la guerra. A casi todos los profesores y maestros de escuela que conocí los fusilaron.

—Sí, fue una suerte.

—También para mí. Gracias a eso trabajamos juntos.

A Gobovich se le ha apagado la pipa y vuelve a encenderla. Mira Elena el interior de la tienda, donde, además de en los estantes, los libros se apilan sobre las mesas y el suelo.

—¿Sigue teniendo clientes?

Niega el librero, de nuevo envuelto en humo.

—No muchos en esta época: algunos oficiales, marinos o soldados, y un par de bibliófilos locales. El libro de Drinkwater sobre el asedio de 1790 me lo quitan de las manos cuando aparece un ejemplar, y ayer vendí una *Naval Gazetteer* de 1801 por dos libras a un capitán de la Royal Navy... Pero son excepciones. La guerra encoge los bolsillos.

—Supongo que la poesía aún se vende bien.

—No creas. Lo que más piden es novela actual: misterio, policial, aventuras... De Edgar Wallace a Sabatini. Entretenimiento para una vida de guarnición.

Con la mano que sostiene la pipa señala el interior, y acaba en un ademán de impotencia.

—Lo que necesito es reorganizarlo todo —añade—. Hacer fichas de los últimos libros. Pero estoy cansado y hay días en los que tengo pocas ganas. Entonces me quedo arriba con Sara, leyendo, oyendo música o escuchando la BBC.

—Puedo venir algún día a echarle una mano.

—No quiero molestarte —la mira indeciso—. Demasiado tienes con lo tuyo.

—No es ninguna molestia. Mi librería va bien. Tengo un empleado de confianza.

—Hace mucho que no te hago una visita. Que no cruzo la verja.

—Es cierto, pero no importa.

Arruga el librero la frente, repentinamente grave.

—No me gusta esa España de Franco. Me hace sentir incómodo, ya sabes... Me ensombrece.

—No se preocupe, les ocurre a muchos. Ya vengo yo cada vez que paso a Gibraltar.

—Sabes que es un placer recibirte. Y si un día tienes tiempo libre y te apetece sacudir el polvo de unos cuantos libros viejos, como hacías antes, sabes dónde están. Aquí eres bien recibida... Lo que siento es no poder pagarte.

—No diga tonterías, por favor. Eso no sería necesario.

—Como te digo, son malos tiempos.

—Le debo mucho, profesor. Y fui feliz aquí: aprendí un idioma y un oficio. Probablemente seguiría con usted si no...

Se interrumpe, pues los recuerdos acuden contradictorios, dulces y amargos a la vez. Cruza los brazos cual si de repente sintiera frío y Gobovich la observa, comprendiendo, con extremo afecto.

—Fue aquí donde lo conociste, ¿no?

Asiente ella. Después, por primera vez desde hace mucho, pronuncia el nombre en voz alta.

—Miguel.

—Eso es, Miguel... Un apuesto muchacho al que vi dos veces: una aquí mismo y otra en Algeciras, en vuestra boda. Eras la novia más guapa que he visto en mi vida.

—Aquella primera vez fue hace tres años... Él entró a preguntar por el *Northern Atlantic Ocean* de Findlay.

—¿Y lo teníamos?

—Lo teníamos.

—Pues se llevó el libro y a ti.

Mueve Elena despacio la cabeza.

—No fue tan sencillo... Ni tan rápido.

En realidad sí lo había sido. El barco, amarrado esos días en Gibraltar, era el *Montearagón:* primer destino civil de vuelta a la marina mercante, como primer oficial, tras dos años y medio de guerra a bordo del crucero *Almirante Cervera*. A él le gustaban los tratados de navegación antiguos, y alguien había dicho que en la Line Wall tenían algunos. Se lo confesó más tarde. Entré en la librería, te vi rodeada de viejos volúmenes como si los iluminaras con tu presencia, y pensé: ésta es la mujer con la que me voy a casar. Y así lo hice.

—Once meses de matrimonio no es mucho tiempo —comenta Gobovich.

—No, desde luego... No lo fue.

La casa de Puente Mayorga había pertenecido a la familia de él, y el puerto base del barco era Algeciras; de modo que se establecieron allí mientras Elena asumía la insólita condición de esposa de marino. De aquellos once meses apenas sumaron tres juntos, incluida la luna de miel: un mes, dos semanas, una semana, tres días, una semana, once días, dos semanas, nueve días... Y cuando él desapareció en Mazalquivir, todavía eran de algún modo desconocidos el uno para el otro. Tal vez, piensa ella a veces, dichosamente desconocidos. Una breve porción de vida en común sin tiempo para la rutina ni el estrago. Una especie de paréntesis maravilloso, de sueño desconcertante y extraño.

Una nube ha cubierto el sol por un momento. Al descubrirlo de nuevo, la bahía y el puerto resplandecen con destellos cegadores, moteados por las siluetas grises y negras de los barcos a contraluz. Una gran bandera británica ondea orgullosa en la brisa, sobre un mástil cercano.

Devuelta al presente, Elena entrecierra los ojos deslumbrados y sonríe, melancólica.

—Aún conservo ese libro.

Nunca supe con certeza, mientras buscaba encajar las diferentes versiones de una historia nacida de varias voces, a qué se debió el nuevo encuentro de Elena Arbués y Teseo Lombardo. Todavía hoy ignoro si por parte del italiano se trataba de una iniciativa personal o del cumplimiento de una orden. Eso último proviene de Gennaro Squarcialupo, quien sentado a la puerta de su *trattoria* en Nápoles me aseguró —conservo las notas y la grabación magnetofónica— que su compañero actuaba en aquella ocasión siguiendo órdenes directas del teniente de navío Mazzantini, resuelto éste a averiguar lo que en situación tan delicada podía esperarse de una mujer que sabía demasiado del grupo Orsa Maggiore. Sin embargo, en las dos conversaciones que aún mantuve en Venecia con la propia Elena tras entrevistarme con Squarcialupo, ella mencionó con naturalidad el episodio, sosteniendo que lo que llevó a Lombardo a La Línea en vísperas del nuevo ataque contra Gibraltar fue iniciativa personal de éste.

No se trató, aseguraba ella, de cálculos tácticos sino de sentimientos. O más bien, del comienzo de éstos y sus complejas y peligrosas consecuencias.

Lo cierto es que sobre ese punto, decisivo para lo que ocurrió más tarde, resulta difícil establecer la verdad. Al menos, la verdad absoluta. Cuando al fin me decidí a escribir esta historia, casi cuatro décadas después de varios reportajes publicados en el diario español *Pueblo*, donde me limité a contar la epopeya del barco fantasma y de quienes en torno a él lucharon y murieron —*Un caballo de Troya en Gibraltar*, titulé, sin imaginar que un día escribiría una novela sobre eso—, ni la librera de Venecia ni el veterano buzo napolitano vivían ya. Squarcialupo falleció al poco tiempo de nuestra entrevista, y supe de la muerte de ella en la Nochevieja de 1997, cuando encontrándome en la ciudad fui a la librería, comprobé que ya no se llamaba Olterra, sino Linea d'Ombra, y la nueva propietaria me puso al corriente. En realidad, de las personas relacionadas con los ataques italianos a Gibraltar entre 1942 y 1943 no queda ninguna con vida; así que sobre la historia de Elena Arbués y Teseo Lombardo sólo poseo los testimonios que obtuve en su momento, anotaciones de un comisario de policía local a quien mencionaré más adelante, alguna referencia contenida en *Deep and Silent*, libro de memorias escrito por el capitán de corbeta Royce Todd, y unas pocas líneas de *Little Wilson and Big God*, autobiografía del novelista Anthony Burgess, que sirvió en la colonia británica durante la guerra. El resto sólo puedo imaginarlo, ayudado por ciertos pormenores que me proporcionó un testigo indirecto que vive todavía: un gibraltareño llamado Alfred Campello, hijo de alguien que sí anduvo cerca de cuanto sucedió.

Por ahora, lo que importa es lo ocurrido el mismo día en que Elena Arbués volvió de su visita a Gibraltar; cuando por la tarde, mientras trabajaba en su librería de la calle Real de La Línea —escribiendo con lápiz el precio en la esquina superior derecha de cada primera página de los últimos títulos recibidos—, oyó sonar la campanilla de la puerta y, al levantar la vista, encontró a Teseo Lombardo parado en el umbral.

Ninguno dice una palabra mientras caminan en dirección al mar. Es ella quien guía los pasos de ambos, y él la sigue. Avanzan sin propósito determinado, sin acordar un destino. Han salido de la librería y se limitan a moverse despacio uno junto al otro entre manchas de luz y sombra. Ni siquiera se miran. Tampoco han cambiado más palabras que el «buenas tardes» de Lombardo y el «qué hace usted aquí» de Elena; y estas últimas no obtuvieron otra respuesta que una sonrisa insegura, tal vez azorada, por parte del hombre. Eso fue todo, seguido por un silencio más intenso que incómodo, menos desconcertado que expectante. Después ella pidió a Curro que se hiciera cargo de la tienda, pasó junto al italiano sin despegar los labios ni mirarlo y salió resuelta a la calle, que poca discreción ofrecía con el Círculo Mercantil, el café Anglo-Hispano y los bares de la calle Real a dos pasos. Así que la dejó atrás, cruzó en diagonal la plaza de la iglesia y se dirigió a la calle Méndez Núñez, que desemboca en la playa de Poniente. En ningún momento se volvió a mirar, pero sentía los pasos del hombre, primero detrás y luego a su lado. Y ahora, con el pueblo a la espalda y el mar a la vista, repite la pregunta.

—¿Qué hace aquí?

Se ha vuelto a mirarlo al fin: camisa blanca remangada, perfil moreno, gafas oscuras que reflejan un doble sol cada vez más bajo. *Secondo capo* Teseo Lombardo, recuerda. Regia Marina italiana.

Él tarda un momento en contestar.

—Pensé que podría recuperar el reloj, la brújula y el profundímetro que olvidé en su casa.

Otra vez aquel suave acento latino, comprueba ella. Esa forma cálida de arrastrar las palabras, con una ligera entonación final.

—¿Eso pensó?

—Sí.

—¿Los necesita de nuevo?

El italiano no responde a eso. Mira el mar mientras permanece inmóvil, las manos en los bolsillos y la brisa haciendo aletear el cuello abierto de su camisa. Me recuerda, piensa Elena, a una de esas estatuas antiguas, dioses y hombres que los desafían, con límites imprecisos entre unos y otros.

—Se los devolveré —dice ella tras un momento.

—Gracias.

Se encuentran cerca del espigón de San Felipe, viejo dique de piedra que se adentra en un mar que el levante mantiene tranquilo. A uno y otro lado, en la arena moteada de algas y grumos de petróleo, hay barcas varadas junto a las que unos pescadores recorren las redes, reparándolas. También se ven palangres agrupados esperando el mar y cañizos con pulpos secándose al sol. Trae la brisa el olor de la pez que un caldero de calafate calienta sobre una hoguera.

—Qué hermoso lugar —dice él.

Elena no responde. Se aparta el cabello de la frente, revuelto, y observa el Peñón cercano, los barcos fondeados a poca distancia de la orilla. Ese día son una docena de distintos tamaños: grandes mercantes, petroleros y pequeños vapores. Algunos enarbolan pabellón neutral o muestran los colores de identificación pintados en el casco, aunque la mayoría lleva la bandera roja de la flota mercante británica; y uno de ellos, un Liberty negro y largo, las barras y estrellas norteamericanas.

—Dicen que preparan otro convoy —comenta ella al fin.

El italiano permanece callado y quieto, como si no hubiera oído sus palabras. Al cabo de un momento encoge los hombros y se vuelve hacia ella. El gesto, imprevisto, la turba. Pero logra mantenerse impasible.

—Puede ser —comenta el hombre—. ¿Por qué me mira de ese modo?

—Por su expresión. Si tuviera una cámara, le haría una foto. Parece un lobo ante un rebaño de ovejas desvalidas.

Ha logrado expresarlo serena, sin que aflore el nerviosismo que la remueve por dentro. Que la tiene tensa como un resorte. Y entonces lo ve sonreír: otra vez el ancho trazo blanco del rostro, cuchillada de luz en la piel curtida de sol y mar.

—No tanto —le oye decir con suavidad—. Estas ovejas tienen pastor y perros guardianes.

Se quedan callados otra vez, contemplando los barcos.

—Soy un técnico a bordo del *Olterra* —añade él tras un momento—. Trabajo en su reparación, y eso es todo.

Lo mira Elena con exagerada sorpresa.

—¿Ha venido desde Algeciras para decirme eso?

—Podría ser.

Mueve ella despacio la cabeza, cual si intentara convencerse a sí misma.

—Marinero, dice que es.

—Sí.

—¿Y saboteador en sus noches libres?

Él no responde, inexpresivo, y se limita a mirar el mar. Están a veinte centímetros uno del otro, hombro con hombro. Esa cercanía sigue turbando a Elena, que sin embargo se esfuerza por no mostrar emoción. Recela de manifestar una inconveniencia; de expresar algo de lo que pueda arrepentirse. Inquieta por eso, cuando habla de nuevo lo hace con súbita dureza.

—¿Teme que lo delate?... ¿Por eso ha venido, para asegurarse?

Se quita él las gafas de sol y la mira con fijeza casi dolorida, como lo haría un muchacho al que reconvinieran por algo que no hizo.

—Usted merecía una explicación.

Suena sincero. Mucho, o tal vez demasiado. Imposible saberlo. Es un buen chico, piensa ella, o un consumado actor. Quizás ambas cosas a la vez.

—Que, naturalmente, no me va a dar.

Lo dice con una aspereza que intenta disimular los fuertes latidos de su corazón. Los iris de tonos claros, dilatados por el sol poniente, permanecen fijos en ella. *Glaucopis* en griego, recuerda Elena. Verdes como los de Atenea.

—¿La esperaba?... Me refiero a la explicación.

—No soy tan ingenua.

—He venido a no dársela. Y a que comprenda por qué no se la doy.

Elena deja de prestar atención a lo que escucha, pues se encuentra ocupada en sus propios sentimientos. El nerviosismo inicial incluye ahora una sensación extraña, o tal vez sólo olvidada: una certeza agradable, desconcertante, casi física. Cual si algo en su interior se esponjara tras una larga sequedad.

—¿De dónde es?

La observa un instante, indeciso, mientras abre y cierra las patillas de las gafas de sol. Ella casi puede advertir en sus ojos una rápida evaluación de pros y contras. Y la claudicación final.

—Nací en Venecia.

—¿En serio?

—Pues claro —se cuelga las gafas de un botón de la camisa e indica las barcas varadas junto al espigón—. Me crié en un astillero de góndolas.

—¿De góndolas?... Me toma el pelo.

—En absoluto.

Una lancha a motor navega cerca de la orilla. Pintada de gris, lleva bandera británica y a bordo hay cuatro marineros armados. Sin el menor reparo por hallarse en aguas españolas, se mueve despacio entre los mercantes fondeados. El italiano no la pierde de vista hasta que la ve alejarse hacia el puerto del Peñón.

—Algún día todo esto habrá pasado —dice—. Me refiero a lo malo.

Mueve ella la cabeza, escéptica.

—No estoy segura. Cuando algo acaba, algo empieza de nuevo.

Él se ha agachado a coger una piedra de la arena: redonda, plana, pulida por el mar. Incorporándose, inclina el torso a un lado y la arroja con un movimiento fuerte y preciso, haciéndola saltar cuatro veces en el agua antes de hundirse, lejos.

—¿Se quedarán mucho tiempo? —pregunta ella, y se arrepiente en el acto.

El italiano hace un ademán inconcreto.

—No comprendo ese plural... Mi español no siempre es del todo bueno.

—Me refiero a usted y sus compañeros.

Vuelve él a contemplar la bahía y los barcos, evasivo. Silencioso.

—Me gustaría volver a verla —dice al fin, sin mirarla.

—Por los relojes.

—Claro.

Ríen los dos, de pronto. Una risa semejante, tranquila. Tal vez un punto cómplice.

—¿Puedo llamarla Elena?

—Vaya... Sabe mi nombre.

—¿Puedo llamarla así? —insiste él.

—Por supuesto.

—¿Por qué me ayudó en aquella playa, Elena?...

De pronto, ella deja de estar nerviosa. Los recuerdos acuden en su ayuda y ahora se siente superior. O dueña, al menos, de sus palabras y sus sentimientos. Hasta el corazón recobra su ritmo habitual.

—¿Ha leído usted a Homero?

—No mucho.

—Ulises.

—Ah.

—Soy algo mayor de lo que era Nausícaa...

—¿Quién?

—La muchacha que encuentra en la playa.

—Ah.

—Tengo algunos años más que ella, como le digo; pero fui joven y conservo el recuerdo. La sensación. Cuando era estudiante, mi padre me hizo traducir ese pasaje de la *Odisea,* el canto sexto... Cuando el náufrago llega del mar.

—Comprendo.

—No creo. Dudo que lo comprenda.

Ahora es el italiano quien parece desconcertado. Frunce el ceño como si se esforzase en estar a la altura, y Elena lo ve de nuevo vulnerable, igual que cuando yacía en el suelo de su casa de Puente Mayorga esperando que fueran a buscarlo.

—He sabido que es usted viuda. Que los ingleses...

Alza ella una mano, interrumpiéndolo.

—No quiero hablar de eso.

—Discúlpeme.

—No tiene derecho.

—Lo siento.

Se mueve él un poco, apartándose de ella, incómodo. Mira el suelo como si buscara otra piedra plana que arrojar, pero sólo hay conchas vacías, madejas de algas secas y grumos de alquitrán.

—Debo hacer un viaje —comenta al fin—. Un viaje largo.

A ella se le para el corazón. Un latido en falso, o de menos. Puede que dos.

—¿Y peligroso?

—Tal vez... Pero si vuelvo de ese viaje, me gustaría verla otra vez.

Lo ha dicho esforzándose en sonreír, con una extraña combinación de aplomo e inocencia.

—Verme —murmura Elena.

—Sí.

Hay un vacío oscuro que acaba de abrirse ante ella, en alguna parte de su cabeza. O de su memoria.

—Para recuperar su reloj, su brújula y su profundímetro —apunta en tono ligero.

Lo ve asentir despacio.

—Eso es.

—Téngame informada.

—Lo haré... O lo harán.

—No —a Elena se le endurece la voz—. Ya sé qué es eso, que lo hagan otros. Y en tal caso, prefiero no saber.

Cada día, desde la ventana de su oficina, Harry Campello puede ver el cementerio de Trafalgar. Cuando necesita despejarse o reflexionar, baja a la calle, cruza Europa Road y va a comerse allí un sándwich mientras oye cantar a los pájaros, sentado en un banco de piedra junto a la tumba del capitán Thomas Norman, muerto de sus heridas tras combatir a bordo del navío *Mars* el 21 de octubre de 1805. Campello tiene treinta y seis años: la misma edad, según lo inscrito en la lápida funeraria, que el pobre capitán Norman cuando falleció tras larga agonía en el hospital naval. Eso lo hace reflexionar, sentado en el cementerio, sobre la fragilidad de la vida y las empresas humanas, especialmente en los tiempos que corren. Por suerte para él, que también combate en una guerra, no lo hace entre el humo y los astillazos de un navío de línea, ni a bordo de una moderna unidad naval de las amarradas en el puerto, sino en un despacho donde el mobiliario es una mesa, dos sillas y un archivador; y cuya pared principal, a uno y otro lado de un retrato del rey Jorge VI, ocupan dos mapas con crípticas señales cuyo sentido sólo él conoce: uno de la colonia, muy detallado, y otro de la bahía, que incluye el Peñón y Algeciras.

Junto a la tumba del capitán Norman, sin chaqueta y echado atrás el sombrero, floja la corbata en el cuello desabotonado de la camisa, Harry Campello fuma un cigarrillo mientras observa cómo los pájaros picotean las últimas migajas de los restos del sándwich de queso y pepino que esparció por el suelo para ellos. De pronto levanta la vista y ve al otro lado de la cancela, respetuosamente parado y en espera de llamar su atención, a su ayudante, Hassán Pizarro: individuo de pelo bermejo, pecoso, muy flaco, de manos nerviosas.

—¿Qué pasa, Hassán?

—El rosbif está hecho, comisario.

—Te he dicho mil veces que no me llames comisario en la calle.

Mira el ayudante a uno y otro lado. Uno de sus párpados está entrecerrado y tiene una cicatriz encima, en la ceja. Una reyerta con un contrabandista de tabaco, un par de años antes de la guerra, estuvo a punto de dejarlo tuerto. Aunque peor quedó el otro cuando lo esposaron. O después de que esposaran lo que quedaba de él.

—No hay nadie.

—Es igual... —lo mira Campello con desgana—. ¿Qué pasa con el rosbif?

Hassán le guiña, cómplice, el ojo sano.

—Que cuando quiera usted. Todo a punto.

—Voy.

Suspira Campello, deja caer la colilla al suelo y se pone en pie, espantando a los pájaros. Es un hombre bajo y sólido: hombros de luchador y manos grandes que siempre parecen a punto de cerrarse en puños para golpear. El rostro no lo desmiente: está marcado de cicatrices —una viruela sin otras consecuencias, en la infancia— y su nariz ancha y aplastada le da aire de gángster o policía de película norteamericana —los íntimos bromean llamándolo Caggie, en referencia al actor James Cagney, con quien tiene cierto parecido—. Comisario de la policía local, su trabajo coincide con su aspecto: dirige el duro Gibraltar Security Branch, la sección paramilitar que depende directamente del gobernador del Peñón y goza de una autonomía ajena a las normas. Centrado en la represión del sabotaje enemigo, «el Branch», como lo llaman los iniciados, es una discreta mano izquierda que mantiene limpia la mano derecha de los británicos. Dicho en corto: el que se encarga del trabajo de contraespionaje más sucio.

Campello mira el reloj.

—Esos cabrones han tardado en ablandarlo.

—Estaba un poquito duro.

—Ya.

De regreso a la oficina, que es un edificio de tres plantas con sótano, Campello pasa por su despacho para ponerse la chaqueta y recoger unos documentos que hay en una bandeja de madera, junto a la foto de su mujer y sus tres hijos; que, según la última carta con matasellos de Irlanda del Norte, siguen en un hotel para refugiados de Belfast. Después desciende al sótano dividido en celdas, cada una con un candado en la puerta. La última es la sala de interrogatorios, iluminada por una bombilla desnuda que cuelga del techo. Dentro están un hombre sentado ante una mesa, con grilletes en las muñecas y la cabeza hundida entre los brazos, y dos de pie, vigilándolo. Campello entra, se sienta y pone los documentos sobre el tablero.

—Si firmas la declaración, hemos terminado.

Levanta el detenido la cabeza. Es joven, lleva dos días sin afeitar, tiene el pelo despeinado y revuelto, y aunque los ojos se ven enrojecidos de sufrimiento y sueño, el rostro no muestra huellas de violencia: ni golpes ni marcas a la vista. Un trabajo impecable. Campello dirige una mirada de aprobación a los que están detrás. Ambos son corpulentos, inexpresivos y estólidos. Uno, de pelo pajizo y piel pálida; otro, moreno de aspecto meridional. Están en mangas de camisa, y como todos en el Branch visten ropas civiles. Bateman, que es galés, proviene del ejército británico; Gambaro, de la policía local.

El detenido contempla con ojos turbios los documentos que Harry Campello le ha puesto delante. Son cuatro folios mecanografiados y dos copias de cada uno hechas con papel carbón.

—¿Viene ahí lo de los explosivos? —pregunta con voz quebrada.

—Supongo.

—¿Supone?

Asiente el comisario. Ha sacado una cajetilla de Gold Flake y le ofrece uno.

—Viene.

Ignora el joven los cigarrillos y sigue mirando el documento, sin tocarlo.

—He confesado —dice.

Sonríe Campello, aprobador.

92

—Y has hecho muy bien, hijo. Es bueno aliviar la conciencia.

Duda el joven, abatido. De pronto empieza a leer con avidez, como si en aquellas líneas mecanografiadas buscase un ápice de esperanza. Al fin frunce el ceño, se interrumpe y mira al comisario.

—He contado lo que he hecho y lo que sé —dice—. Pero lo de los explosivos es mentira... No había dinamita escondida en el almacén.

—Habrías acabado por tenerla, ¿verdad?

—No lo sé.

—¿Cómo que no lo sabes?

El joven mira de soslayo a Bateman y Gambaro.

—Esa dinamita la pusieron éstos cuando fueron a detenerme.

Enarca Campello una ceja, severo.

—Eso que afirmas es muy grave.

—Más grave es lo que me están haciendo.

Se queda callado el comisario, cual si meditara. Después se encoge de hombros.

—Qué más da quién la puso, hombre.

—Pues claro que da.

Alza Campello un dedo índice y admonitorio.

—¿Ibas o no a volar los depósitos del Ragged Staff Magazine?

Se pasa el joven las manos esposadas por la cara.

—Puede ser.

Señala Campello los documentos.

—No empecemos de nuevo, ¿vale?... Ya has confesado que sí.

—Me han obligado.

Hacen Bateman y Gambaro ademán de acercarse al detenido, pero el comisario los detiene con una mirada.

—Pues ya está —apunta—. Con eso vale, hijo. Te van a ahorcar igual.

—Pero la dinamita no era mía.

Apoya Campello los codos en la mesa. Persuasivo.

—Mira... Que lo fuera o no es un simple detalle técnico. Un argumento legal que ayuda a engrasar el mecanismo de la justicia. Tú eres un saboteador que actúa para una red falangista española, que a su vez trabaja para los alemanes y los italianos... Eso es un hecho, ¿verdad?

Asiente levemente el otro.

—Y nosotros te hemos echado el lazo —prosigue Campello—. Así que punto. Y tras conversar amigablemente nos lo has confesado, ¿no?... Punto final.

—Me torturaron: golpes en el vientre, toallas mojadas. Me han hecho cosas que...

—Bueno, ya —mira Campello a sus hombres como si buscara confirmarlo o desmentirlo—. Eso dicen todos, ¿verdad?

Asienten Bateman y Gambaro, tan impasibles como mastines tranquilos. El comisario se lo hace ver con un ademán al detenido, cual si aquello fuera irrefutable.

—Lo importante —añade mientras toca los documentos con un dedo— es que si firmas esto te dejaremos en paz. ¿Comprendes?... Irás a una cómoda celda de Moorish Castle, a comer y dormir tranquilo. Llevas cuarenta y dos horas sin pegar ojo, así que descansas tú y descansamos nosotros.

—¿Y después?

—Después te harán un juicio rápido, y se acabó. Todo muy británico. Si sabes comportarte, hasta podrás decir un breve discurso antes de que dicten sentencia. Así, los periódicos de Franco dirán que eres un tío cojonudo, un héroe.

—Pero la dinamita no es mía.

—Y dale con la dinamita. Escucha, hijo... Con ella o sin ella dará lo mismo. Pero si no firmas para facilitarnos el papeleo, estos dos amigos tendrán que seguir convenciéndote. Y créeme: no vale la pena prolongar el mal rato —le acerca más el documento y saca una estilográfica del bolsillo interior de la chaqueta—. Así que venga, echa ahí una rúbrica y fúmate luego un pitillo.

—No fumo.

—Vale, pero firmar sí sabes. Y mira, esta Waterman es cojonuda —se la pone en las manos—. Comprada en Beanland, Malin & Co., en Main Street, justo al lado de donde trabajas, o trabajabas... Y la tinta es azul. Verás qué bien escribe.

Empieza a leer el joven el documento otra vez, y a las pocas líneas levanta la cabeza. Una lágrima cae por su cara y queda suspendida en los pelos del mentón sin afeitar.

—Tengo una novia —murmura con voz opaca.

Asiente Campello, paternal.

—Sí, en San Roque, lo sé... Y más a tu favor: si no lloriqueas y te sale un bonito discurso al final del juicio, estará orgullosa de ti. Y para qué decir tus padres. Te irás como un tío machote y un patriota español. Así que míralo por el lado positivo, oye. No todos podemos elegir cómo y cuándo adornar la despedida.

Había empezado a escribir esta historia cuando visité a Alfred Campello, el hijo menor de Harry, en su residencia de Marbella. No estaba seguro de hasta qué punto ayudaría a encajar los hechos, pero necesitaba intentarlo. Varios hilos me conducían hasta su padre, y no quedaban más testigos contemporáneos de lo sucedido en Gibraltar entre 1942 y 1943, aunque por esa época Alfred sólo fuera un niño de tres años refugiado con su madre en Belfast.

—Venga a verme cuando quiera —me había dicho al teléfono—. Será un placer.

Nos citamos a comer en el hotel Puente Romano, y encontré allí a un hombre todavía lúcido y vigoroso, con buena memoria. Se parecía mucho a una fotografía de su padre que más tarde vi enmarcada junto a otra de la madre, en su casa. El hijo del que fuera jefe del Gibraltar Security Branch resultó un agradable conversador, con su español de acento andaluz simpáticamente trufado de anglicismos. Llevaba quince años jubilado de la Gib Insurance Company, seguía en forma y jugaba al golf. Había leído un par de mis novelas, y eso facilitó las cosas. Para la sobremesa me invitó a su casa de la parte baja de Nueva Andalucía, ingirió allí dos whiskys —habían caído otros dos en la comida— y respondió al resto de mis preguntas sin esquivar ninguna. Comprendí que disfrutaba recordando.

Estábamos sentados en las confortables butacas del salón de su casa, con vistas a la playa soleada y desierta, pues era noviembre. En un momento de la conversación se puso en pie, fue hasta la repisa de la chimenea y regresó con un objeto que me mostró, sonriente.

—¿Sabe qué es esto?

Lo cogí, estudiándolo con atención. Era un viejo cuchillo con hoja ancha, de unos veinte centímetros de longitud, filo en uno de los lados, cachas de madera fijadas con tres tornillos en el mango y una funda metálica con restos de pintura negra.

—Lo sospecho —dije.

—Pues sospecha correctamente. Tiene ahí un auténtico *coltello-pugnale* reglamentario del grupo Orsa Maggiore. Lo llevaba uno de los italianos que atacaron Gibraltar. Y que, por supuesto, nunca volvió a su base.

—¿Era de su padre?

—Sí. De pequeño me gustaba jugar con él, aunque me lo permitía pocas veces. Perteneció a un hombre valiente, decía antes de quitármelo de las manos.

—¿Conoce el nombre del buzo que lo llevaba?

Asintió mientras recuperaba el cuchillo.

—Se llamaba Longo.

—¿Fue su padre quien se lo dijo?

—No, eso lo supe después —lo extrajo a medias de la vaina y volvió a introducirlo con un golpe seco—. Mi padre siempre aseguró que no lo sabía, aunque eso no era verdad.

Sonreí, comprensivo.

—Es curioso, ¿verdad?... Suele ocurrir que quienes viven guerras no se inclinen a contárselas a sus hijos.

—Cierto. Supongo que prefieren dejarlos al margen. No envenenarlos con cierta clase de rencores.

—O vergüenzas —apunté sin mala intención.

Me miró con curiosidad. Penetrante.

—Sí —admitió tras un momento—. Puede ser.

Luego me contó cómo había llegado el arma hasta Harry Campello: una incursión nocturna como tantas otras, con aquellos torpedos tripulados que usaban los italianos. Salían de un mercante amarrado en Algeciras cuyo secreto no se conoció hasta acabada la guerra. A los británicos los volvían locos esos ataques, que creían lanzados desde submarinos. Las aproximaciones al puerto de Gibraltar estaban llenas de obstáculos, con barreras de redes, reflectores y patrullas navales que arrojaban cargas de profundidad cada diez minutos. Pero aun así, tenaces, los buzos seguían atacando.

—Los italianos tuvieron mala fama en la guerra, ya sabe: Abisinia, el norte de África... No eran soldados con prestigio; hasta hay películas sobre eso. Pero cuando salía la conversación, mi padre no toleraba que les faltaran al respeto. Algún día os contaré de lo que eran capaces los italianos, decía. Nunca lo contó, sin embargo; o no del todo. Evitaba hablar de aquella época. Sólo más tarde supe a qué se refería.

Se levantó de la butaca, invitándome a seguirlo, y nos dirigimos a un canterano cuya vitrina superior estaba llena de libros y carpetas. Se puso unas gafas de leer y la abrió, indicándome una larga fila de agendas encuadernadas en piel.

—Durante dieciséis años, entre 1939 y 1955, mi padre anotó las incidencias de su trabajo —cogió uno de los cuadernos y lo puso en mis manos—. Todos contienen fechas y datos muy precisos... Nadie excepto él los abrió hasta su muerte.

Hojeé la agenda, que era de 1940. El espacio correspondiente a cada día estaba lleno de una letra pequeña y apretada. Se alternaban el español y el inglés.

—¿Cuándo murió?

—Hace diecisiete años. Y comprendo que callase, porque algunas cosas que anotó no son ejemplares. Debemos entender que estaban en guerra.

Contemplé los demás cuadernos: todos muy ajados, piel roja, azul o verde, ya descolorida. Campello había cogido otro y pasaba páginas, buscando.

—Al leerlos pude comprender mucho sobre él y sus enemigos de entonces. Sí, aquí está... Respecto a ese cuchillo, escuche lo que escribió en el otoño de 1942.

Leyó en voz alta:

Incursión detectada por lanchas patrulla. Los descubren cuando intentan pasar primera red, y cargas profundidad suben a uno a la superficie. Estoy en muelle con Todd y Moxon y veo sacar cadáver. Es italiano, como suponíamos. Me quedo con su cuchillo. Al rato salta en la bahía el mercante Samoa Pilot, *de 8.000 toneladas.*

Lo miré, muy interesado.

—¿Ese Todd era Royce Todd?

—Sí, el mismo.

—Leí sus memorias.

—Yo también —señaló unos estantes con libros en la pared opuesta del salón—. Por ahí andan. Y como veo que sabe, el entonces alférez Todd era jefe de una unidad de buzos enviada a Gibraltar para colaborar en las medidas de protección contra los italianos. Hay un viejo refrán colonial: el lobo afgano se caza con perros de Afganistán.

—Muy adecuado —opiné.

—Y muy de los ingleses de entonces. Creo que hasta hicieron una película sobre ellos con John Mills o Laurence Harvey... Con uno de ésos.

—Harvey. *The Silent Enemy,* se titula. La he visto.

—Ah. ¿Buena?

—Regular. Muestra a los británicos más eficaces de lo que fueron.

Se echó a reír, malicioso.

—Según mi padre, en esto de los ataques italianos no lo fueron mucho.

—Estoy interesado por uno de ellos en concreto —aventuré—. Y también por una mujer.

—¿Qué italiano le interesa?

—Se llamaba Teseo Lombardo.

Me estudió con atención. Después tomó de mis manos la agenda para devolverla a su lugar.

—El cuchillo no era suyo... De ése se tuvieron noticias más tarde.

Seguía pensativo. Miraba la fila de agendas y yo lo miraba a él.

—También había una mujer de por medio —insistí.

Afirmó despacio.

—Pues claro que la había.

Sentí como si el sol entrase incontenible en el salón, iluminándolo todo.

—¿Elena Arbués?

Casi lo vi sobresaltarse. Había vuelto a observarme, aunque de modo diferente: más atento y más cauto. Yo estaba mejor informado de lo que él había creído, e intentaba establecer hasta qué punto. Tiempo después, cuando ganamos confianza y empezamos a tutearnos, Alfred Campello confesaría que al oír pronunciar ese nombre empezó a tomarme en serio.

—Sí, ésa —confirmó.

—¿Llegó su padre a conocerla?

—No sólo la conoció, sino que en estos cuadernos hay información sobre ella —pasaba las páginas, buscando—. Aquí está... La primera vez que se la vigiló como sospechosa fue en una librería de Line Wall Road.

—¿Sospechosa? —se me habían encendido las señales de alerta—. ¿De qué?

—Tendría usted que leer esta parte de los diarios —golpeteó con las uñas en la agenda, indeciso—. Pero lamento no poder prestárselos... Compréndalo.

—Lo comprendo, por supuesto. ¿Podría consultarlos aquí?

—Le llevará dos o tres días —dijo tras pensarlo un poco.

—Dispongo de tiempo. Puedo quedarme en el hotel y venir mañana, si no le causa molestia. ¿Qué opina?

Sonrió al fin, decidido. Amable.

—No veo inconveniente. Será un placer invitarlo a una copa y charlar sobre mi padre y todo aquello... Me refresca los recuerdos.

Devolvió la agenda a su sitio y cerró la vitrina. Parecía que buscase el modo de expresar algo. Cuando al fin lo hizo, entendí que trataba de prevenirme ante lo que podía descubrir en las anotaciones del antiguo responsable del Gibraltar Security Branch. Y garantizar mi benevolencia. Se trataba de otros tiempos y mentalidades, dijo tras pensarlo un poco más. Lo hizo en tono evocador, melancólico, y luego se quedó callado un momento.

—Era una época de héroes y de villanos bajo cualquier bandera —añadió con cierto énfasis—, sin que los límites de unos y otros estuvieran claros... ¿Comprende lo que quiero decir?

Advertí por dónde iba.

—Por supuesto —dije.

—No podemos juzgarlos con ojos de ahora, ¿verdad? Ni a mi padre, ni a nadie.

—Claro que no.

—Después de todo, aquél fue un momento de hombres especiales.

—Y de mujeres —apostillé.

—Oh, claro. Tiene razón... En este caso, también de mujeres.

4. Sombras en la bahía

Salieron silenciosamente del *Olterra* uno tras otro, con intervalos de diez minutos, y después de girar en círculo para ajustar las brújulas se reunieron dos cables a levante del dique sur de Algeciras. Cada torpedo tripulado lleva a dos operadores sentados encima a horcajadas, con el agua por los hombros, de la que sólo emergen las cabezas con máscaras de buceo. Son cuatro pequeños puntos casi invisibles entre la marejada suave que agita la bahía, en la oscuridad apenas iluminada por el último cuarto de luna.

Sentado en la parte posterior de su maiale, el *sottocapo* Gennaro Squarcialupo siente entre las piernas la suave vibración del motor eléctrico, ahora en punto muerto. Ante él, al alcance de un brazo y más allá del paraolas de acero que protege su asiento, ve la cabeza del jefe de su unidad, el *secondo capo* Teseo Lombardo, que maneja los mandos: timón de maniobra, maneta de velocidad, brújula Lazzarini y otros indicadores. Desde su puesto, a través de la delgada capa de agua oscura, Squarcialupo percibe la suave fosforescencia de los instrumentos situados delante del compañero.

—¡Rumbo setenta y tres!... ¡Directos hasta la farola!

La voz del teniente de navío Lauro Mazzantini —su segundo es el buzo Ettore Longo— llega confusa desde el otro maiale, apagada por la distancia, el chapoteo de agua y la máscara del autorrespirador ARO/49 —oxígeno en circuito cerrado para no dejar burbujas en la superficie—, que debe de haberse quitado a medias para hablar. El jefe de la incursión está confirmando las instrucciones expuestas antes de salir del barco nodriza: las dos unidades navegarán casi en superficie y manteniéndose a la vista, a flor de agua y con rumbo 73° hasta divisar, si está encendida, la luz del muelle del Carbón de Gibraltar. A partir de ese momento se sumergirán a cota de ataque y cada binomio podrá operar por su cuenta.

—¡Décima! —dice el teniente—. ¡A la boca del lobo!

Es la forma de desearse buena suerte en el grupo Orsa Maggiore. Squarcialupo siente cómo Teseo Lombardo pasa la maneta a la primera muesca y luego a la segunda, el motor vibra con más intensidad y el maiale avanza de nuevo. Segunda, tercera muesca: el agua rompe a la altura del cuello de los operadores, que con las máscaras aflojadas respiran el aire libre y salobre, lleno de salpicaduras, a fin de ahorrar oxígeno. Por suerte no hay viento y la marejadilla es soportable. El inconveniente es que eso hace más visible el trazo de espuma, la estela de fosforescencia que, pese a la escasa luna, las cuatro cabezas dejan en la superficie.

Tres millas así son muchas millas, piensa resignado Squarcialupo. Transcurrirán dos horas antes de que alcancen la posición de ataque, y para entonces el frío, la tensión y la fatiga habrán pasado factura. Él mismo siente los primeros efectos: la humedad se desliza hasta la mitad inferior de su cuerpo y empieza a producirle molestos calambres que intenta aliviar mientras, agarrado al asidero del maiale con una mano, se frota las piernas con la otra. Su traje Belloni de goma tiene alguna fisura por la que se filtra el agua, y ésta moja el mono de faena con distintivos de la Regia Marina que lleva debajo para que, en caso de ser capturado, los ingleses le apliquen la Convención de Ginebra y no lo fusilen por saboteador.

El maiale avanza ahora en la cuarta muesca, aunque la corriente adversa parece retrasar un poco su marcha. La velocidad real, calcula Squarcialupo, no será más de una milla y media por hora. A veces pierde de vista a Mazzantini y Longo, que navegan a su derecha, pero cada vez las dos cabezas reaparecen al cabo de un momento con el mismo rumbo y a la misma distancia, apenas visibles en la inmensa superficie negra de la bahía, bajo el cielo estrellado y la poca luna que, sobre la masa oscura del Peñón lejano, riela en el agua.

Poco tiene Squarcialupo que hacer hasta que lleguen a Gibraltar. Es Lombardo quien gobierna y él se limita a ir detrás, con la palanca de inmersión rápida al alcance de la mano, encajado entre su compañero y la caja de herramientas donde llevan lo necesario para fijar la carga cuando la desprendan bajo la carena de los barcos enemigos. A fin de ocupar la mente y no pensar en el frío y los calambres que lo atormentan, el napolitano repasa las maniobras cien veces ejecutadas: la secuencia que permitirá, si todo sale bien, echar al fondo la nave que él y su compañero tienen asignada como objetivo. Nada de su vida pasada o su futuro incierto importa esta noche: ni recuerdos, ni familia, ni amigos. Sólo la camaradería con el hombre silencioso cuyos hombros y cabeza tiene delante, y las dos sombras casi invisibles que surcan el agua unos metros a su derecha entre las pequeñas crestas de la marejada, donde la luna reluce como pececillos de plata. Lo único que cuenta ahora, o que existe, es el intento de cruzar las redes submarinas y penetrar en el puerto, atacando alguna de las unidades que hay dentro: el binomio Mazzantini-Longo, el portaaviones *Formidable,* abarloado al muelle sur; mientras que la presa de Lombardo y Squarcialupo es el acorazado *Nelson.*

En mitad de la bahía aumenta la marejada y se hace difícil respirar aire limpio. También la flotabilidad del torpedo tripulado da problemas —si los llaman maiales, cerdos, es porque suelen dar motivos para ello—, y tiende a navegar con la proa más elevada que la popa, sin que logren corregirlo. Aparte el frío y los calambres, eso somete a Squarcialupo a la incomodidad de sumergir demasiado a menudo la cabeza, haciéndole tragar un agua salobre que le causa violentas arcadas. Cuando ya no puede soportarlo más, toca el hombro de su compañero, se lo dice, y éste le ordena ajustarse el autorrespirador y recurrir al oxígeno.

Recortada en la claridad lunar, la masa oscura y amenazante de Gibraltar, sin ninguna luz visible, está cada vez más próxima. A cada momento que pasa, a cada vuelta de hélice, a cada cable recorrido, la enorme roca parece más grande y más alta, como un monstruo maligno que aguardase agazapado en las sombras. A la izquierda de los maiales se distinguen ya las siluetas más oscuras de la media docena de buques mercantes que, fondeados frente a la costa española, en el seno norte, van quedando por el través. Si es imposible forzar la entrada del puerto, ellos serán el objetivo secundario.

Consulta Squarcialupo la esfera fluorescente de su reloj y calcula, por la hora, que deben de encontrarse a media milla de las primeras obstrucciones submarinas, próximos ya al punto desde el que empezarán el ataque. Como buen hijo de Nápoles —por algo lleva el nombre del patrón de la ciudad—, el *sottocapo* es hombre religioso, de verdaderas creencias. Los peligros de la guerra, el frío y el miedo, el horror de la oscuridad bajo el mar, no han hecho sino reforzar su fe; o tal vez, aunque no sea exactamente lo mismo, la necesidad de conservarla intacta. Por eso, incapaz de apartar los ojos del sombrío Peñón entre las salpicaduras que la bahía negra le arroja sobre la máscara, empieza a mover los labios en una muda plegaria. Dios te salve María, murmura. Llena eres de gracia. El Señor es contigo.

Royce Todd debe de andar por los veinticinco años, calcula Harry Campello. Procede de la marina mercante y es experto en trabajos submarinos. Tiene un rostro aniñado, simpático, con una descuidada barba rubia y unos ojos azules de apariencia cándida. A su camisa de uniforme, con las palas de alférez de navío en los hombros, le falta un botón, y los pantalones cortos descubren unas piernas musculosas poco velludas, con un calcetín subido casi hasta la rodilla y el otro caído sobre el tobillo. Las piernas las mantiene extendidas sobre un taburete y las manos ocupadas por un vaso con dos dedos de coñac Fundador. En su boca humea un cigarrillo.

—Cada diez minutos —está diciendo—. Ése es el ritmo. Dejamos caer una carga explosiva cada diez minutos. Y pasada media hora rompemos durante otro tanto el ciclo, de forma aleatoria, y volvemos a empezar.

—¿El efecto de esas bombas es cónico? —se interesa el teniente de navío Moxon.

—Más o menos. La onda se expande abajo, a unos quince metros. Cuanto más profundo naden los buzos enemigos, más vulnerables son, pues el diámetro es mayor.

—Y si se mueven cerca de la superficie son más detectables, supongo.

—Exacto.

—Estupendo, muchacho.

Están sentados los tres, Campello, Todd y Will Moxon, en la pequeña oficina del muelle del Carbón desde la que se organiza la vigilancia exterior del puerto. Se conocen hace tiempo. Moxon es el enlace de Inteligencia

Naval con el Gibraltar Security Branch, y él y Campello han ido a contarle a Todd que al atardecer se vieron señales luminosas en Punta Europa, emitidas en dirección al mar. No se ha detenido al responsable ni se detecta actividad de superficie, así que el incidente puede estar relacionado con un submarino.

—¿A cuánta gente tienes de guardia esta noche? —se interesa Campello.

—La dotación de dos lanchas, una fuera y otra dentro del puerto. Con audífonos y bombas a bordo —se detiene Todd y señala al vacío, en dirección a un sonido apagado y lejano—. ¿Oís?... Son mis chicos del puerto —consulta el reloj—. Cada diez minutos, como digo.

Durante un momento, abstraído, el marino mira la carta náutica del Peñón que está clavada con chinchetas en la pared, encima de una mesa en la que, junto a la botella de coñac y un revólver Webley en su funda, hay una tetera caliente sobre un hornillo, una lámpara Petromax que ilumina a medias la estancia y una pila de ejemplares viejos de *Punch* y de *Horizon*. Sus ojos claros contemplan el plano como si repasaran en él que todo está en orden y no olvida nada. Al fin, relajado, aparta el cigarrillo, se lleva el coñac a los labios y con un ademán negligente invita a sus visitantes a llenar de nuevo sus vasos vacíos.

—Nada malo, para ser español. No os andéis con remilgos.

A Campello le cae bien el joven oficial. Familiarizado con el trasfondo de los seres humanos, cuando conoció a Royce Todd, a quien todos en la Armada llaman Roy, lo catalogó como un inglés excéntrico de la variedad agradable; uno de esos individualistas inclinados al deporte y la aventura, a los que sólo circunstancias excepcionales logran vestir de uniforme; e incluso entonces se toman la guerra como un partido de tenis. Todd encaja en el perfil: seguro de sí, enemigo de protocolos, indisciplinado en tierra, todo indica que en el mar él y su equipo de Protección Submarina ya son otra cosa. Tiene bajo sus órdenes a una docena de hombres, la mitad buzos experimentados. Además de patrullar el puerto y el fondeadero de la bahía, a ellos corresponde sumergirse cuando sospechan que hay cargas explosivas debajo, arriesgándose a que les estallen en la cara. Y Todd es el primero que lo hace.

Moxon, el teniente de navío, es quien parece más inquieto por lo de Punta Europa. Es alto, nervioso, guapo. Lleva la gorra puesta y el pantalón corto planchado con raya perfecta. Su rostro es muy conocido: era actor antes de la guerra, especializado en papeles de secundario elegante —el habitual amigo simpático del protagonista—. Su parentesco con el actor y dramaturgo Noël Coward, próximo al primer ministro Churchill, le ha valido un destino cómodo en Gibraltar en lugar de helarse en los convoyes a Murmansk o ser torpedeado en el Atlántico Norte, y también un papel en la película *Sangre, sudor y lágrimas,* que se acaba de estrenar con gran éxito. Locuaz, sociable, propenso a llamar a la gente *muchacho* y *viejo amigo,* más que a un oficial de la Armada se parece a sí mismo representando en el cine un papel de oficial de la Armada. Todo eso hace que en sus ratos libres, que son muchos, el general Mason-MacFarlane le encargue organizar espectáculos de entretenimiento para la guarnición —hace poco trajo a Greer Garson y a John Mills—, y que ejerza un envidiable derecho de caza entre las cotizadas Wrens del cuerpo auxiliar femenino en el Peñón.

—Si las señales eran para un submarino —comenta Moxon—, es posible que esté en la bahía, listo para desembarcar a unos buzos... Si no lo ha hecho ya.

Arruga Todd el entrecejo.

—¿Y si los atacantes vinieran desde la costa?

Mira Moxon a Campello como si coincidiesen en lo absurdo de la pregunta.

—Eso lo veo difícil —observa el policía—. No imposible, pero sí improbable. Los españoles tienen mucho cuidado, pues quieren parecer irreprochables. La neutralidad les conviene más que nunca.

—¿Está bien asegurado el puerto? —pregunta Moxon.

Le explica el alférez de navío que no es fácil forzar la entrada. Esta noche no se prevé movimiento de naves, así que las redes están cerradas tanto en la embocadura norte como en la sur. Hay dispuestos audífonos, proyectores de luz y centinelas armados en los espigones.

Suena otro estampido sordo, lejano. Todd se calla, alza un dedo y sonríe satisfecho.

—¿Los oís?

—¿Son tus hombres, muchacho?

—Pues claro —Todd se da un golpecito en la esfera del reloj—. Diez minutos justos... Después de la siguiente cambiarán la secuencia.

Permanece callado un momento mientras contempla otra vez la carta náutica de la pared. La luz de la lámpara aceita las hebras rubias de su barba.

—Me preocupan más los barcos que están fondeados en la bahía —prosigue al fin—. Tenemos allí cinco transportes, dos petroleros y un buque hospital. Por eso mis chicos patrullan especialmente esa zona, yendo y viniendo todo el rato entre ellos.

—¿Puedes garantizar la seguridad? —inquiere Campello.

Le da el otro una larga chupada al cigarrillo, ahuecando la cara. Después bebe un sorbo de coñac.

—Incluso respecto al interior del puerto, garantizar es una palabra excesiva.

—Dicho de otra forma —tercia Moxon—, no puedes garantizar una puta mierda.

—Correcto.

—Bueno, tampoco suelen atacarnos superhombres. Lo más probable es que sean unos macarronis grasientos, de los pocos capaces de pelear... Desde que acorralamos a Rommel, el Mediterráneo es zona de responsabilidad italiana. Al menos, en teoría.

De nuevo con el vaso en los labios, hace Todd una mueca insolente.

—Pues esos macarronis, como los llamas, ya nos hundieron en Gibraltar un petrolero y un mercante.

—Hasta un reloj parado da la hora correcta dos veces al día.

—No los subestimes, Will.

—No lo hago. Pero también pueden estarse apuntando tantos ajenos.

—¿Te refieres a buzos alemanes?

—Por ejemplo —asiente Moxon—. ¿Por qué no?... Podrían perfectamente estar echando una mano a sus aliados.

—¿Hay pruebas de eso?

—Ninguna, muchacho. Ninguna.

—Pues hasta que las haya, déjate de alemanes. —Todd mira a Campello—. ¿Qué opina el Branch?

Sonríe el policía.

—Yo sólo represento a la parte civil en este asunto. Cuando habla la Royal Navy, escucho y aprendo.

—Muy encomiable.

—Gracias.

Le guiña el alférez de navío un ojo a Moxon.

—Es prudente, nuestro poli.

—Sí, pero no te fíes —asiente el otro.

Todd se vuelve de nuevo hacia Campello.

—Déjate de cautelas y dime qué piensas.

El comisario vierte más coñac en su vaso y lo alza un poco, a medio brindis.

—Voto por la soleada Italia.

—¿Al cien por cien?

—Al noventa y nueve.

Se echa otra vez Todd atrás en su asiento, satisfecho.

—Bueno, la prueba más clara es lo ocurrido hasta ahora: dos ataques a Gibraltar, uno a la bahía de Suda con hundimiento de un petrolero y del crucero *York,* otro ataque a Malta y el hundimiento en Alejandría de los acorazados *Valiant* y *Queen Elizabeth...* Eso, sin contar las pequeñas incursiones. Y todo lleva firma de la Regia Marina —ríe seco e insolente, bebe más coñac y vuelve a reír dentro del vaso—. No está del todo mal, ¿verdad?, para tratarse de grasientos macarronis.

El aullido de la sirena, la alarma del puerto, brota súbitamente fuera, en la noche. Es un quejido ronco y metálico, prolongado, que suena como si el Peñón tuviera vida y le desgarrasen las entrañas. Los tres hombres se miran desconcertados. Todd es el primero que reacciona, poniéndose en pie de un salto.

—Tenemos visita —dice mientras se ciñe el revólver.

Se precipitan al exterior, cruzándose con sombras que corren y gritan. Los proyectores bailan sus haces de luz en la negrura del muelle, escrutando las aguas. Al otro lado de la entrada norte del puerto, donde está situada una doble Oerlikon de 20 mm, resuenan secos estampidos. Puntea la oscuridad el rastro de las trazadoras disparadas en dirección al mar.

Enmudece la sirena cuando los tres hombres alcanzan el extremo del muelle del Carbón, junto a la farola apagada. Hay allí una garita de infantes de marina y un proyector que se mueve a derecha e izquierda, barriendo el agua negra entre las balizas que sostienen las redes de obstrucción. Se oyen disparos de fusil y el haz ilumina las salpicaduras de las balas. Una lancha está abarloada al muelle. Salta Todd a bordo, ruge el motor y la embarcación se aleja entre una humareda de gasolina, penetrando en la noche.

—¡Allí! —grita Moxon, extendiendo un brazo.

Mira Harry Campello en esa dirección. Iluminada por los proyectores más allá de las balizas de la obstrucción exterior, una forma humana oscura, reluciente de agua, acaba de emerger y flota boca abajo.

Cuando al fin decidí narrar la parte menos conocida de esta historia, consulté mis viejas notas y reportajes de los años ochenta, así como cuanto sobre el grupo Orsa Maggiore y sus incursiones en la bahía de Algeciras pude encontrar: desde el conocido libro *X Flottiglia MAS,* de Valerio Borghese, hasta monografías especializadas como el interesante *Cento uomini contro due flotte,* de Virgilio Spigai, o el detallado manual técnico *I mezzi d'assalto,* de Spertini y Bagnasco. Reuní de ese modo una veintena de títulos que, unidos a los testimonios de Elena Arbués y Gennaro Squarcialupo y a los diarios de Harry Campello, me fueron de extraordinaria utilidad.

Sin embargo, necesitaba detalles más precisos sobre el aspecto humano de tan asombrosa aventura: pormenores que permitieran profundizar en algunos personajes y narrar de modo exacto y creíble, aunque fuese bajo la forma de una novela, lo que vivió cada cual. Ésa era la parte más difícil; y ya me resignaba a confiarla a la imaginación cuando el escritor Bruno Arpaia, viejo amigo y traductor de mis novelas al italiano, vino inesperadamente en mi ayuda.

Me encontraba en Milán por asuntos editoriales, y fui con Bruno y con Paolo Soraci, entonces jefe de comunicación de las librerías Feltrinelli, a cenar al Vecchio Porco. La conversación acabó girando en torno a nuestros respectivos trabajos, y les confié mis dificultades. Después hablamos de otras cosas. Regresé a Madrid, y a los pocos días Bruno me hizo llegar una valiosa documentación que había obtenido gracias a un almirante amigo suyo, jefe del Ufficio Storico de la Marina italiana: los informes operativos que, entre 1942 y 1943, cada buzo de los que atacaban Gibraltar hacía al regreso a su base, si es que lograba regresar. Y cuando vi los nombres, se me erizó la piel: *Secondo capo Lombardo, Teseo... Sottocapo Squarcialupo, Gennaro... Tenente di vascello Mazzantini, Lauro...* En un informe firmado por el teniente de navío Mazzantini, referido a uno de los intentos de forzar con dos maiales y cuatro operadores las barreras antisubmarinas del puerto de Gibraltar, leí lo siguiente:

Aunque el Peñón está oscurecido, las luces de Algeciras a nuestra espalda y de La Línea por el través permiten orientación perfecta con rumbo 73º, navegando en la cuarta muesca a cota de máscara.

Mi SLC da problemas de flotabilidad, lo que me obliga en el último tramo a navegar aproado, con mi operador, marinero Ettore Longo, sumergido. Eso lo fuerza a usar el respirador, con su consiguiente consumo de oxígeno.

A unos 500 m del puerto me separo del binomio Lombardo-Squarcialupo. Cada equipo se sumerge para atacar por separado, perdiéndolos de vista a partir de ese momento.

Mi intención es forzar la red y penetrar en el puerto. Paso a la tercera muesca y me sumerjo a 9 m para no dejar fosforescencia que me delate en la superficie.

Cuando emerjo de nuevo a cota de máscara para comprobar mi posición, me encuentro junto al Detached Mole. Estoy tan cerca que veo el punto rojo de un centinela que fuma. De nuevo me sumerjo y navego paralelo al muelle. Busco la entrada.

Sonido de cargas submarinas seguido de rumor de hélices. Desciendo a 18 m. Las hélices nos pasan por encima. Aproximadamente un minuto después oigo el estallido de una nueva carga cuya onda expansiva apenas nos afecta.

Reanudo la marcha a cota de 7 m con rumbo sur.

Encontramos la red de la entrada norte. Descendemos para franquearla por la parte inferior. Nuestro SLC sigue dando problemas, volviéndose a ratos ingobernable y con tendencia a salir a la superficie.

Mi operador hace señales de que se ha agotado el oxígeno de su autorrespirador. Le ordeno utilizar el de respeto, de menos duración.

No conseguimos levantar la red, que es muy pesada. Las cizallas hacen poca presión y no logran cortar los eslabones. Se me llena la máscara de agua y sólo consigo vaciarla parcialmente.

El SLC tiene ahora exceso de flotabilidad. Logramos mantenerlo abajo accionando válvulas y agarrándonos a la red, pero el esfuerzo nos deja al límite de la resistencia.

Mientras maniobro intentando mantenernos, operamos accidentalmente la inmersión rápida y el aire comprimido envía burbujas a la superficie. Observo resplandor de proyectores luminosos sobre nosotros y sospecho haber sido descubiertos.

Inicio maniobra evasiva. Escucho motor de lancha acercándose y explosiones en el agua cada vez más próximas. Con el motor en cuarta muesca navego a cota de 20 m con rumbo 350º. La lancha pasa por encima y una explosión cercana nos alcanza con su onda expansiva. Aturdido, sofocado por el agua de la máscara, consigo mantenerme sujeto al asiento, pero compruebo que Longo ha desaparecido del suyo.

Se detiene el motor del SLC, que se sumerge bruscamente fuera de control. Para intentar parar el descenso maniobro la palanca de emersión e intento arrancar de nuevo con el timón arriba. Sin resultado.

El manómetro de profundidad alcanza 30 m, su límite máximo. Un momento después, la proa se clava en el fondo.

Al límite de mi resistencia física, conecto el autodestructor del SLC y a punto de perder el conocimiento asciendo a la superficie. Me quito la máscara y el aire fresco me reanima.

Un barco fondeado me oculta del puerto. Nado hacia él, y agarrado a la cadena del ancla me quito el autorrespirador y lo hundo. Después hago pedazos con el cuchillo el traje de caucho y lo hundo también, lastrado con el plomo de mi cinturón.

Cuando recobro fuerzas nado hacia la orilla, donde piso tierra en las cercanías del hotel Príncipe Alfonso.

Tras volver del revés las estrellas del cuello y los galones en las mangas de mi ropa de faena para no ser identificado si me cruzo con carabineros españoles, sigo la carretera hasta el punto de emergencia previsto con nuestros agentes locales.

—¿Está muerto? —pregunta Roy Todd.

Harry Campello aparta los dedos de la carótida del buzo enemigo. La piel del cuello se siente húmeda, fría.

—Sí.

—No tiene heridas visibles. ¿Lo reventó una de las cargas?

—Probablemente.

—Qué hijo de puta... Es el segundo que pescamos este año.

Le han quitado al cadáver la máscara del respirador, y la linterna eléctrica del teniente de navío Moxon ilumina un rostro inmóvil y pálido, de expresión serena, sin otras huellas de la reciente agonía que los párpados entreabiertos y la sangre que gotea de los tímpanos reventados para diluirse en el agua que encharca el suelo del muelle, bajo el cuerpo mojado.

—Parece un hombre mayor —comenta Moxon.

—No, es joven —apunta Todd—. El efecto de la presión y el tiempo que ha pasado bajo el agua para llegar aquí le envejecen la cara... Se normaliza al cabo de un rato.

—Éste ya no se va a normalizar, muchacho.

Hay un corro de marineros e infantes de marina contemplando la escena. Fuman y parlotean, curiosos. Tras ordenar que callen y se alejen, poniéndose en cuclillas, el jefe de los buzos británicos revisa el equipo del muerto.

—¿Puede haber más ahí fuera? —pregunta Campello.

Se encoge Todd de hombros.

—Es posible.

—¿Cuándo estaremos seguros?

—No podemos estarlo.

Resopla el policía, inquieto.

—¿Ni siquiera ahora?

—Ni siquiera.

Con un movimiento de cabeza, Todd indica las explosiones submarinas que siguen sonando a intervalos, próximas, en la oscuridad quebrada por los haces luminosos de los proyectores.

—Por eso mis lanchas —añade— siguen cribando el agua a uno y otro lado de las redes... Si queda alguien vivo ahí abajo, debe de estar pasándolo muy mal.

Señala Will Moxon el cuerpo yacente.

—¿Y éste, de dónde sale?

—Echémosle un vistazo.

Observa Campello que Todd presta especial atención al autorrespirador que el cadáver lleva sujeto al pecho, sobre el traje de inmersión negro mojado. Toca y estudia minuciosamente cada objeto antes de despojarlo de él: cinturón, cuchillo, reloj, profundímetro. Tras sacar un cortaplumas del bolsillo, taja el caucho a la altura del cuello, en vertical, descubriendo debajo un mono azulgrís de faena con una pequeña estrella en cada solapa.

—Italiano —confirma.

Le quita la libreta de identificación que lleva en una funda estanca de hule y se la acerca a los ojos bajo la luz de la linterna de Moxon.

—*Secondo nocchière Longo, Ettore* —lee en voz alta—. *Regia Marina.*

—Segundo timonel —dice el otro—. Eso equivale a un cabo de nuestra Armada.

Asiente despacio Todd, que contempla pensativo el cadáver. Muy atento y muy serio. Después, Campello lo ve hacer algo extraño: guardándose la cartilla de identificación, el alférez de navío acerca una mano al rostro del muerto y, tras rozarlo con los dedos en algo parecido a una caricia, cierra sus párpados entreabiertos con un insólito ademán de afecto. Un gesto casi fraternal que sorprende al policía.

—Vino de muy lejos —le oye decir.

No es el suyo el tono de un hombre victorioso. Suenan ahora estampidos más fuertes, sordos y lejanos, al otro lado de los muelles, hacia el sur, en la negrura de la bahía. Son las cargas de profundidad que arrojan dos corbetas ocupadas en la caza del posible submarino enemigo del que habrá salido el buzo. Desde el Detached Mole y el muelle sur, los haces de luz de los proyectores siguen escudriñando las aguas contiguas al puerto. Se incorpora Todd con el reloj del muerto en una mano.

—Llévenselo —ordena a los infantes de marina.

Levantan el cadáver entre varios, y se alejan con él entre las montañas de carbón apilado en el muelle. A la luz oscilante de la linterna de Will Moxon, Campello observa que han olvidado en el suelo el cuchillo del italiano. Agachándose mientras finge atarse el cordón de un zapato, lo coge y se lo guarda. Aún está mojado, y siente cómo el agua salada y fría le humedece el bolsillo.

Los haces de los proyectores barren la superficie del agua, ocho metros sobre sus cabezas. Esa luz difusa convierte el espacio que circunda al maiale y a sus dos tripulantes en una esfera sombría, verdosa, vagamente traslúcida, estremecida a intervalos por la onda expansiva de las cargas de profundidad que estallan próximas. A veces esa claridad superior ilumina un poco el fondo cercano con sus relieves de algas y fango, y Gennaro Squarcialupo ve con mayor nitidez la cabeza y la espalda de su compañero Teseo Lombardo, traje estanco Belloni y correas de goma de la máscara respiratoria en la nuca, inclinado sobre los mandos con el motor en la cuarta muesca, realizando maniobras evasivas que los alejen del ruido de hélices en la superficie y de las bombas que caen al azar.

Agarrado al asidero del asiento, el cuerpo encorvado y tenso, Squarcialupo desconoce la suerte corrida por el maiale que tripulan el teniente Mazzantini y Ettore Longo. Es imposible saber si penetraron en el puerto, si los detectó el enemigo o si, como ellos, intentan esquivar las cargas explosivas. Los vio por última vez cuando, tras navegar dos horas y media a cota de máscara, se separaron y sumergieron a fin de atacar cada equipo por su cuenta. Treinta minutos después, Lombardo emergió para asomar la cabeza y situarse. La franja larga y oscura del muelle del Carbón estaba a un cable de distancia, apagada su farola como las otras luces del puerto, aunque reconocible con sus grúas bajo la gran mole del Peñón. Entonces Squarcialupo y él se sumergieron a ocho metros, avanzando en segunda muesca y con rumbo sur, buscando la red de obstrucción en la entrada más cercana.

No hubo suerte. Cuando dieron con ella fue imposible levantar la red, anclada al fondo; las cizallas no lograban cortar los anillos, y pasar el maiale por encima, entre las boyas, resultaba arriesgado. Así que después de trabajar a tientas y en absoluta oscuridad, comunicándose mediante golpes en el hombro, renunciaron a entrar en el puerto. Para entonces, el agua filtrada en el traje de buceo de Squarcialupo empapaba su ropa interior y lo hacía tiritar de frío, produciéndole dolorosos calambres en las piernas, y los pliegues de caucho laceraban la piel mojada. Los dos buzos abandonaron la red al límite de sus fuerzas, y Lombardo puso rumbo paralelo al muelle, en dirección norte, en busca de los objetivos secundarios. Fue entonces cuando se desató el infierno: luces de proyectores en la superficie, sonido de hélices, cargas de profundidad demasiado próximas. La onda expansiva y la presión súbita del agua en el pecho y los tímpanos, como golpes sordos que retumbasen en las entrañas.

Piensa Squarcialupo, cuando la tensión le permite pensar —lo bueno de la tensión es que relega el miedo para antes o después—, que no se trata de ellos. Que no es su maiale la presa que buscan los ingleses. De ser así, lo más probable es que Lombardo y él estuviesen ya localizados, prisioneros o muertos. Tal vez descubrieron a Mazzantini y Longo con los audífonos situados en diques y lanchas, o por la fosforescencia en la superficie, y a ellos dan caza los ingleses. En todo caso, el napolitano confía ciegamente en su jefe de equipo. El hombre dulce, tímido a veces, que Teseo Lombardo es en tierra firme nada tiene que ver con el operador implacable en que se transforma cuando está en el mar. Squarcialupo conoce su competencia y sangre fría desde los adiestramientos en Bocca di Serchio y La Spezia, donde ambos sufrieron y aprendieron juntos. Cuando entra en acción, a Lombardo se le contraen las pupilas, desaparece la sonrisa y el delfín se transforma en tiburón. Squarcialupo no puede ver ahora el rostro de su compañero, pero sabe que su expresión bajo la máscara del autorrespirador es exactamente ésa: la de un cazador tenaz, concentrado en mantenerlos vivos a los dos y operativo el maiale, llevándolo lejos de la vigilancia inglesa para volver a intentarlo. Para atacar de nuevo.

Metidas las manos en los bolsillos de una gabardina que perteneció a su marido, con un pañuelo de seda cubriéndole la cabeza, Elena Arbués contempla los haces de luz de los proyectores que oscilan, se encienden y apagan bajo la masa oscura del Peñón. El perro Argos es una forma inquieta y veloz que corretea por la playa, cruzando una y otra vez el contraluz de la bahía en sombras. Y cerca de la orilla silenciosa, sobre el fondo de los resplandores lejanos, los barcos fondeados e inmóviles se recortan en la noche, semejantes a fantasmales siluetas de hojalata.

Tal vez él esté de nuevo ahí, piensa mientras observa las luces de los proyectores. El hombre al que conoce. Quizás esos trazos luminosos que se entrecruzan como tentáculos pretendan atraparlo en su red; sacarlo fuera del mar que lo protege y amenaza al mismo tiempo. Puede que haya cruzado de nuevo la bahía para intentarlo una vez más, solo o con sus compañeros: hombres tenaces que persiguen el deber o la aventura, seres singulares capaces de atreverse a lo que no se atreven otros. De moverse con sigilo por un medio oscuro, doblemente hostil, donde hoy se concitan los peligros del mar y de la guerra.

Suena un ladrido de Argos, desconfiado, seco. El perro ha venido junto a ella como si quisiera protegerla y gruñe a la oscuridad, pegado el flanco cálido y palpitante a su pierna derecha. Hay alguien cerca.

—¿Quién anda ahí? —pregunta, inquieta.

Responde una voz masculina desabrida. Conminatoria.

—Guardia Civil. No se mueva.

—No estoy haciendo nada malo.

Suena el chasquido metálico de un fusil acerrojando una bala.

—Le digo que no se mueva... Y sujete al perro, si no quiere que le peguemos un tiro.

Elena se inclina para tranquilizar a Argos, acariciándole la cabeza mientras una linterna eléctrica se enciende cerca, deslumbrándola. Dos sombras se mueven detrás del resplandor. Entrelucen charoles y armas.

—Documentación.

—No la llevo... He salido a pasear a mi perro.

—¿Dónde vive?

—En la primera casa junto a la playa. La que tiene buganvillas en la tapia y dos palmeras en el jardín. Me llamo Elena Arbués.

—¿La librera de La Línea?

Ha cambiado el tono, menos áspero. Asiente Elena.

—Ésa.

La luz recorre su cuerpo de arriba abajo y vuelve a iluminarle el rostro. Al fin se apaga y las dos sombras se definen más en la oscuridad: siluetas de tricornios y fusiles sobre el fondo claro de la arena y el negro del mar.

—No debería estar aquí, señora. Mire cómo anda Gibraltar.

—Allí hay jarana —dice una segunda voz, más ronca.

—¿Es un ataque?

—No sabemos lo que es, pero usted debería volver a su casa. Hay contrabandistas que usan este sitio para alijar... Noches así, cuando no se sabe qué vendrá del mar, son peligrosas.

—Tienen razón —admite ella—. ¿Quieren un cigarrillo?

—¿Español o inglés?

—Rubio de la verja.

Ha sacado del bolsillo un paquete de tabaco y lo ofrece a los guardias, sintiendo el roce áspero de sus dedos al coger un pitillo cada uno. A la luz del fósforo que encienden advierte sus rostros: bigotes negros, ojos oscuros, rostros flacos bajo los tricornios. Uno joven y otro mayor, el de la voz ronca. Éste lleva galones de cabo en las mangas.

—Tengan... Quédense la cajetilla.

El cabo se guarda el paquete con naturalidad.

—Gracias.

—¿Qué creen ustedes que está pasando?

Se apaga el fósforo. Tres puntas rojas en la playa. Los haces de luz lejanos siguen moviéndose en el puerto de Gibraltar.

—Los han despertado de mala manera —comenta el cabo.

—Alguien ha ido a darles una mala noche —dice el otro.

—Vendrán del mar, imagino —apunta Elena—. Sean quienes sean.

—Pues claro. ¿De dónde van a venir, si no?

—No he oído aviones.

—Nosotros tampoco. Podrían ser submarinos, para-caidistas o quién sabe qué. Hay muchos rumores sobre eso.

—Pero nosotros no sabemos nada —dice el segundo guardia.

—Exacto... Nada de nada.

Tras otra carrera por la playa, Argos regresa y vuelve a res-tregarse contra Elena. Lo acaricia ella entre las orejas y sien-te la lengua húmeda del animal cuando éste lame su mano.

—Se dice que hay agentes y espías por todas partes —comenta—. En el hotel Príncipe Alfonso y en Algeciras.

—Podría ser, no le digo lo contrario —se enfría el tono del guardia—. Pero nosotros no nos metemos en eso. Nuestro deber es vigilar la playa, y aquí andamos.

Suena la risa contenida del cabo.

—Aunque tampoco viene mal —apunta— que a los de ahí les den un susto de vez en cuando.

Las luces y explosiones submarinas quedaron atrás, pero la corriente es fuerte y desvía el rumbo; así que, con el profundímetro en trece metros de sonda, Teseo Lombardo para el motor, posa el maiale sobre el fondo herboso de algas y Gennaro Squarcialupo larga el cabo guía con una boya negra, ascendiendo a la superficie agitada ahora por una leve marejada. Una vez allí, el napolitano cierra la llave del oxígeno, se quita la máscara e inhala con ansia el aire fresco de la noche.

Al sudeste según la brújula, bajo el cielo estrellado y la mole de la roca, el puerto de Gibraltar está de nuevo a oscuras. Ya no hay luna, no se ve allí ni una luz y todo parece haber vuelto a la calma. Mira Squarcialupo alrededor y advierte al otro lado de la bahía el resplandor lejano de Algeciras. También, cerca de donde se encuentra, casi interpuestas entre él y las tenues luces de La Línea, siluetas de buques fondeados.

El maiale se ha desviado a causa de la corriente, confirma. Los llevó más allá de los objetivos secundarios, hacia Puente Mayorga y el seno septentrional de la bahía. Va a sumergirse para prevenir a su compañero cuando un chapoteo indica que también Lombardo ha subido a la superficie: su cabeza emerge junto a la del napolitano. Entre las salpicaduras de agua, el doble cristal de la máscara refleja las luces distantes.

—Nos hemos pasado —informa Squarcialupo en voz muy baja mientras bracea para mantenerse a flote—. La corriente nos desvió a babor.

Lombardo tarda en responder. También se ha quitado la máscara y dirige una ojeada circular a la bahía. Es difícil distinguir bien los objetivos sobre el fondo oscuro de la costa.

—Tenemos que volver atrás —responde al fin—. Hay algún barco grande.

Advierte Squarcialupo que habla entrecortado, inseguro, cual si lo sofocasen la marejada y el esfuerzo de mantenerse en la superficie.

—¿Todo bien, Teseo?

—Me duele la cabeza, pero ya estoy mejor.

—¿Funciona bien tu equipo?

—Creo que he respirado anhídrido carbónico.

—*Cazzo*.

—No te preocupes... Ya está resuelto.

Para no inquietar a su compañero, Squarcialupo decide ocultarle la entrada de agua en su traje y los calambres que le torturan las piernas. No puede evitar, sin embargo, que el frío le haga castañetear con violencia los dientes.

—¿Cómo estás? —pregunta Lombardo, preocupado.

—Perfectamente... Sólo algo destemplado.

Los dos buzos recuperan fuerzas mientras bracean meciéndose en el agua agitada y negra. Squarcialupo mira hacia Gibraltar.

—¿Qué habrá pasado con Mazzantini y Longo? —comenta—. Probablemente esa alarma era por ellos.

—Puede que entrasen en el puerto.

—Sea lo que sea, ojalá hayan podido escapar.

—Seguro... Son chicos listos.

—Sí.

Otro calambre atenaza la pierna derecha de Squarcialupo, que aprieta las mandíbulas para no gemir. Dejándose hundir un poco, se frota la pantorrilla con las dos manos y emerge de nuevo, resoplando agua.

—¿Todo bien, Gennà? —se interesa Lombardo.

—Todo bien.

—¿Listo para atacar?

—Por supuesto.

Durante un momento más estudian los barcos fondeados y los marcan en las brújulas de sus muñecas.

—A ciento veinte grados, ese de ahí —decide Lombardo—. Aprovechemos la zona de sombra.

Se encajan las máscaras, y compensando la presión en los tímpanos descienden a la oscuridad donde reposa el maiale. Cinco minutos después navegan en segunda muesca en dirección sudeste. Inclinado tras el paraolas de acero para ofrecer menos resistencia al agua, Squarcialupo advierte que una corriente adversa resta potencia al motor, por lo que su compañero cambia a tercera. Al fin emergen con cautela cerca del objetivo, en el sector oscuro que la nave proyecta ante las luces de La Línea.

Para desolación de Squarcialupo, el nombre que alcanzan a distinguir en la popa pertenece a un barco con matrícula de Génova: se trata del *Eraclea,* mercante capturado por los ingleses al principio de la guerra. Aunque ahora lleve pabellón enemigo, les da reparo echar al fondo un trozo de Italia; así que deciden dirigirse a otro barco grande cuya estructura corresponde a un Liberty de siete u ocho mil toneladas. A unos doscientos metros de éste, se sumergen de nuevo y empiezan el ataque.

Lo han practicado muchas veces, y por eso ejecutan la maniobra de modo casi instintivo. En el último tramo avanzan despacio para no hacer ruido al dar con la carena enemiga, que aparece de pronto como un monstruo dormido en la negrura del mar. La parte de obra viva sumergida es mucha, lo que indica que el barco se encuentra a plena carga. Lombardo dirige el maiale hacia popa, cerca de las hélices, donde Squarcialupo palpa el acero cubierto de caracolillo hasta dar con la aleta estabilizadora de estribor. Habrá unos quince metros al fondo, calcula.

La operación dista de ser cómoda: el maiale hace honor a su nombre, se niega a equilibrarse, y la corriente amenaza descabalgar a los buzos. Mientras Lombardo se agarra sujetando el torpedo entre las piernas, Squarcialupo abandona el asiento y fija en la aleta la mordaza del cabo donde suspenderá la cabeza explosiva, introduce el cabo por la argolla de ésta, y nadando a tientas pasa al otro lado de la quilla para fijar la segunda mordaza en la aleta opuesta. Luego regresa al maiale, retira el perno de la cabeza explosiva y el morro del torpedo se desliza por el cabo hasta dejar los doscientos treinta kilos de tritolital suspendidos bajo la carena. Regulada la espoleta de retardo, el napolitano vuelve al maiale, golpea el hombro de su compañero y se alejan a toda velocidad.

Media hora después, ya sin oxígeno en los autorrespiradores, emergen para proseguir en superficie, arrumbados a la farola roja del muelle de Algeciras.

Sentado junto a Will Moxon bajo una grúa del muelle del Carbón, con los pies colgando sobre el agua, Harry Campello ve emerger a Roy Todd y agarrarse a la escala de la lancha amarrada debajo. Desde la embarcación lo ilumina un marinero que sostiene en alto una linterna de queroseno.

—La red está intacta —dice Todd, aún sofocado por la inmersión—. Al puerto no ha entrado nadie.

Se ha quitado la máscara de buceo, que cuelga sobre el aparato respirador sujeto al pecho. No viste traje de inmersión como el italiano muerto; los buzos británicos en Gibraltar carecen de él. Cuando Todd arroja a bordo de la lancha las aletas de caucho y sube por la escala, el agua le pega al cuerpo la camiseta y el pantalón corto mojados. El marinero deja la linterna y le pasa una toalla.

Moxon no parece convencido.

—¿Habéis revisado también los cascos de los barcos que están dentro?

—Tengo a mis chicos en ello —Todd se frota vigorosamente con la toalla y se la deja sobre los hombros—. Hasta ahora no han reportado novedades.

Piensa Campello en eso. Por nada del mundo haría el oficio de los buzos, en busca de bombas que pueden estallar mientras se encuentran abajo. Hay que estar algo loco, concluye. O más que algo.

El alférez de navío ha subido al muelle, sentándose junto a ellos. Le pasan la botella de coñac español, que Moxon ha ido a buscar, y le da un largo trago. Después tose, y con los dedos todavía húmedos acepta el cigarrillo que le encienden. Hace dos semanas, cuenta, sus buzos encontraron en uno de los barcos de fuera una bomba nueva. La espoleta no era de relojería, sino que estaba conectada a una hélice pequeña que la haría estallar con determinado número de vueltas.

—Un artilugio la mar de cabrón, daos cuenta... Se le pone al barco y no pasa nada hasta que éste leva anclas y navega por alta mar. Entonces, cuando alcanza los cinco nudos, pumba. No queda medio hundido al tocar fondo, como aquí, sino que se va a pique por completo. Y además, hace creer que ha sido un submarino.

—Vaya cabrones —opina Moxon.

Sonríe Todd, ecuánime, sacudiéndose gotas de agua de la barba rubia.

—Bueno, hacen la guerra a su manera. Son ingeniosos —mira a Campello como si le dedicase el adjetivo—. Imaginación mediterránea, supongo.

—Creía que el fascismo había acabado con la imaginación —responde el gibraltareño.

—No con toda. De hecho, esta forma de atacar la han inventado ellos. Y nos llevan ventaja. Desde que forzaron el puerto de Alejandría y supimos cómo lo hicieron, intentamos ponernos a la par... Pero la verdad es que vamos por detrás.

—¿Incluso en material?

—Desde luego. ¿Has visto el autorrespirador del buzo muerto?... Hasta el equipo que traen es asombrosamente bueno.

—Quién lo hubiera dicho —comenta Moxon.

—Pues así es. Según para qué cosas, los italianos son más modernos que la vieja Inglaterra.

—Pero la calidad humana...

—No se la discutirás a unos fulanos capaces de salir de un submarino o de donde salgan, venir hasta aquí de noche y hacer lo que hacen, ¿verdad?

—No, claro.

—Pues eso.

Un marinero le trae a Todd ropa seca, y éste se pone en pie y se quita las prendas mojadas. Desde la lancha, la linterna ilumina su torso desnudo y compacto, el vello dorado entre el arranque de las piernas fuertes.

—Una cosa es que Italia sea un desastre —comenta mientras se viste—, con el payaso de Mussolini, sus generales emplumados como pavos reales y todos esos millones de infelices a los que arrastró a una guerra que no deseaban... Otra, que haya italianos valientes, dispuestos a todo, tan patriotas como nosotros.

Campello está de acuerdo.

—Un hombre desmotivado será siempre mal combatiente —observa—. Pero uno con motivos para luchar es peligroso.

—Exacto... Y éstos son peligrosos.

—Hablas de ellos con admiración, muchacho —se sorprende Moxon.

—Sé qué es guerrear bajo el mar. Y cómo son los hombres que lo hacen.

—Tus iguales.

—No son mis iguales, sino mis enemigos... Pero los respeto.

El alférez de navío ha vuelto a sentarse, y con un último trago vacía la botella de coñac. Después de contemplarla pensativo, la arroja al agua. De pronto, a Campello se le antoja muy joven: una insólita expresión adolescente parece aclararle más la mirada.

—Me pregunto —dice Todd— si el almirante autorizaría un sepelio del italiano con honores militares.

Lo observa Moxon, atónito.

—¿Al macarroni fiambre?

—A ése.

—¿Te has vuelto loco?

—Enemigo o no, tiene derecho a un funeral reglamentario. A ser arrojado al mar envuelto en su bandera, según la tradición... Sería un bonito gesto, si nos lo permitieran.

—Espíritu deportivo —señala Campello.

Lo dice en tono sarcástico, pero Todd parece tomarlo con seriedad porque el policía lo ve asentir, grave.

—Sí... Confío en que el almirante lo tenga.

—Lo tendrá, sin duda —comenta Moxon—. A los almirantes les gusta el cricket.

Todd sigue mirando a Campello como si lo calibrase.

—¿Qué opinas, Harry?

Indiferente, el policía hace un gesto evasivo.

—Carezco de espíritu deportivo.

—¿Estás seguro?

—Por completo. Mi forma de combatir es otra.

—Los honores póstumos al enemigo no son parte de tu trabajo —ríe Moxon.

—En realidad, ninguna clase de honores, sean militares o civiles. No es la mía una guerra con demasiado honor.

—Eficacia, supongo —apunta Todd.

—Claro. Ésa es la palabra... Yo trabajo en el lado menos elegante del asunto.

Frunce el otro el ceño, analizando aquello.

—Buscas saboteadores, ¿no? —concluye—. Los detienes y los haces confesar.

—Algo así, en efecto. Para que los juzguen y los cuelguen.

—¿Y les aprietas mucho las tuercas?

—En absoluto —Campello descubre los dientes con falsa inocencia—. ¿Por quién me tomas?... Todos se dejan convencer con amables diálogos.

Moxon suelta una carcajada, pero Todd se mantiene serio.

—*Convencer* es entonces la palabra.

—Sí.

—Nunca se me ocurriría *convencer* a un prisionero de guerra.

—Pues hay quien lo hace, viejo amigo —señala Moxon.

—Allá cada cual... Yo no lo hago.

—Mis clientes no son prisioneros de guerra —precisa Campello—. La caballerosidad os la dejo a los militares.

—¿No les aplicas la Convención de Ginebra?

Torna a sonreír el policía, siniestro.

—No sé de qué convención me hablas. Ésa no la he leído, me parece.

—Tus métodos...

Se quedan sin saber qué opina Todd de los métodos de Campello: en ese momento, más allá del puerto y cerca de la costa española, resuena un estampido lejano y una gran llamarada asciende al cielo, salpicando de rojo el agua de la bahía.

—Hijos de puta —exclama Moxon con la boca abierta—. Pero qué hijos de puta.

El estampido hace vibrar los cristales de la casa. Argos, que dormitaba tumbado en la alfombra, alza las orejas, se incorpora y emite un aullido inquieto. Elena deja el libro junto al quinqué —esta noche tampoco hay luz eléctrica—, se pone en pie y sale al porche acompañada por el perro. Más allá de la orilla, pasada Punta Mala, un hongo de fuego asciende tiñendo de rojo el agua negra y los contornos de la playa. La silueta del hotel Príncipe Alfonso, situado en alto, se destaca sobre el resplandor que ilumina la bahía.

—Quieto, Argos, quieto... Ven aquí. Estate tranquilo.

Permanece inmóvil, fascinada por el espectáculo. Al cabo de unos minutos se acerca a la verja. Gruesos trazos bermejos y negros surcan la noche como un gigantesco fuego de artificio que escape a todo control; y cada uno de esos trazos, que describen una trayectoria curva antes de precipitarse al mar, aviva cortinas de llamas que se extienden y ocultan la silueta de un barco, cuya mitad posterior parece haber desaparecido. Es como si hubiera contenido combustible, o explosivos.

Quizás él esté ahí, vuelve a pensar. En el mar. Tal vez sea quien lo ha hecho y ahora vaya de regreso, o esté muerto o prisionero. Es posible cualquier cosa o ninguna de ellas, y también que siga a salvo en Algeciras, esperando noticias de los compañeros que salieron de misión. Aunque también podría ser, concluye estremeciéndose, que estuviera desvanecido en la playa como la otra vez. Pese a lo absurdo, esta idea la sobrecoge con una extraña emoción que le seca la boca y humedece los ojos. Y es así como, impulsivamente, empuja la verja y camina en la oscuridad, decidida y rápida, hacia la orilla cercana.

No hay nada allí, comprueba aliviada. Sólo el reflejo del incendio en el agua. Se detiene de pronto, paralizada por una idea súbita y poco tranquilizadora, pues se acerca demasiado a una certeza. Sorprendida de sí misma, experimenta algo parecido a un remordimiento. Una sensación de vaga culpa. Qué estás haciendo, Elena, se dice. Qué diablos ocurre en tu cabeza y tu corazón.

Nunca había vuelto a inquietarse por un hombre, advierte con algo semejante al pánico. Once meses de matrimonio la acostumbraron a las esperas solitarias, al mar gris y el oleaje como aprensión sombría, a la nube convertida en feo presagio, al escalofrío bajo la lluvia en la orilla, a la soledad de horas, días y semanas en un hogar vacío. Tras el amargo desenlace creía haber dejado todo eso atrás: no más lentos desgarros de ausencias, no más miradas inciertas al barómetro y de reojo al azar. No más angustias en una vida en adelante confortable, desprovista de emociones. Libros y paz interior bastarían. El proyecto, o tal vez la seguridad, de una existencia serena para el resto de sus años.

Sin embargo, el sentimiento vuelve a estar ahí. Casi taimado. Tan próximo —y eso la estremece— a la traición. Establecer qué es lo que traiciona resulta ya más complejo. Práctica como es, ignora hasta dónde pueden traicionarse recuerdos, sensaciones, fragmentos de un pasado. Ella no es de melancolías o nostalgias, ni de culto a fantasmas; tiene demasiada conciencia de la necesaria economía de los sentimientos. Centenares de libros leídos la adiestraron: peleó bajo las murallas de Troya, buscó el mar con diez mil griegos y estuvo en la cueva del Cíclope. Ha leído hazañas de héroes, atrocidades de tiranos, meditaciones de filósofos. Conoce los riesgos, los precios y las reglas, aunque no puede evitar sentir como traición íntima, propia, hecha de pasado e intuiciones, la incertidumbre que la turba mientras ve arder la nave cercana. Hay hombres ahí, bajo el negro del mar y la bóveda oscura y estrellada, venidos de lejos para destruir y matar, a los que otros hombres que también saben destruir y matar estarán buscando.

Ésa es la traición, concluye al filo del asombro, ante la noche quebrada en rojo, en la orilla donde la ilumina el resplandor del incendio: anhelar que uno de tales hombres extraños siga vivo. Desear verlo otra vez. Nada puede hacer para que eso ocurra, pues los hilos del azar, los mecanismos raros de la vida y la muerte, los manejan crueles e imaginados dioses. Ella sólo puede mirar inmóvil desde la playa; y esa inmovilidad, tranquila en apariencia, oculta la lucha feroz que acaba de estallar entre sus sentimientos y su razón, combate rápido que concluye con una evidencia: la fotografía del esposo que sonríe desde el pasado impreciso deja de tener sentido. Es ahora, esta noche, ante el barco que arde en la bahía, cuando el marino muerto en Mazalquivir, el hombre al que Elena Arbués amó una vez, muere al fin de verdad y para siempre.

5. Desafíos y venganzas

Llegamos a un punto de este relato donde los hechos ceden sitio a la imaginación: un espacio en blanco que, pese a su importancia en lo que sucedió más tarde, sólo puede llenarse con suposiciones. Y algunas de ellas son, incluso, contradictorias.

Como ya señalé, en la historia de Elena Arbués, Teseo Lombardo y el grupo Orsa Maggiore hubo algo que el *sottocapo* Gennaro Squarcialupo no fue capaz de aclarar durante los tres días de conversación que mantuvimos en su *trattoria* de Nápoles; o más bien me dio una versión distinta de la que la propia Elena daría más tarde, durante la última visita que le hice en Venecia. Tampoco los cuadernos de Harry Campello iluminaron el misterio, aunque algunas anotaciones del policía gibraltareño fueron útiles en tal sentido. En todo caso, al tratar esta parte de la historia tuve dificultades para penetrar la causa verdadera, o íntima, de cuanto ocurrió después. Para comprender qué llevó a Elena a dar los pasos que dio en adelante, y que tanto influirían en los acontecimientos posteriores.

El momento clave, me aseguró Squarcialupo, fue la segunda visita que Lombardo hizo a la librera. Según el napolitano, ya la primera tarde en que su compañero de equipo apareció en La Línea lo había hecho siguiendo instrucciones del jefe del grupo, teniente de navío Mazzantini. De acuerdo con esta versión, la propietaria de la librería Circe era entonces un cabo suelto; un factor potencialmente peligroso que amenazaba la seguridad de las operaciones. Por eso convenía sondearla para averiguar hasta qué punto podían fiarse de ella, o no.

—Pudo haberse enamorado —planteé.

—¿Quién, Teseo?

—Pues claro.

Estábamos sentados al sol en la puerta de Il Palombaro, con dos vasos de vino tinto y el magnetófono funcionando sobre la mesa. Vi que el rostro surcado de arrugas del antiguo buzo se contraía en una mueca escéptica.

—Todo es posible, puestos a suponer —respondió—. Pero en hombres como los que éramos entonces, eso es poco creíble. Por lo menos, al principio.

Afirmé mi idea.

—También los héroes se enamoran, ¿no?

Me miraba Squarcialupo con los párpados entrecerrados, queriendo establecer si yo hablaba en serio.

—No creerá que alguien como Teseo —dijo tras un momento—, un combatiente entrenado y fiable que se jugaba la vida, se dejaría llevar por tonterías sentimentales... Imaginar que se acercó a esa mujer por un impulso romántico es no conocerlo, ni conocernos.

—La suya no fue una historia convencional —objeté—. Arrancaba de un suceso decisivo, cuando lo rescató en la playa... Hubo algo a partir de ahí, supongo.

Sonrió, incrédulo.

—¿Eso se lo ha dicho ella?

—Todavía no le he planteado ese aspecto del asunto —confesé.

—Pues debería hacerlo, porque yo sólo conozco la parte que me toca.

—Es razonable pensar en un giro sentimental —insistí.

Tras un momento de silencio me lo concedió a regañadientes.

—Él estaba agradecido, sin duda. Y no niego que después se complicó la cosa.

Bebió un sorbo de vino y se quedó otra vez pensando.

—Estuve presente en varias conversaciones —dijo al fin— que Teseo y el teniente Mazzantini tuvieron a bordo del *Olterra*... A nuestro jefe le preocupaba esa mujer, como a todos. Hasta Teseo estaba inquieto, aunque intentaba quitarle importancia. Era un punto débil en nuestra protección, y todo podía irse al diablo.

—¿Cumplía órdenes, entonces? —insistí.

—Cuando fue a verla antes y después de la noche que perdimos a Ettore Longo, desde luego que las cumplía... No trataba de ponerla de nuestra parte, ni mucho menos. Sólo tantear si podía perjudicarnos.

—¿Y si hubiera supuesto un peligro para ustedes?

Volvió a sonreír y miró a uno y otro lado de la calle, adoptando aires clandestinos de otro tiempo. Aquella súbita cautela lo rejuvenecía.

—Había modos.

—¿De qué? —me interesé.

—De neutralizarla.

—¿Se refiere a...?

—Eh, claro que no. Teseo no lo habría permitido, y tampoco nosotros actuábamos así. Había una guerra que hacíamos de forma dura, pero éramos unos caballeros —se encogió de hombros—. Al menos, algunos entre nosotros lo eran. Y créame, más que los ingleses. Ellos sí jugaron sucio. Siempre lo hacen.

—¿Lo fue su compañero Teseo?... ¿Un caballero?

—Por completo. Veneciano de la vieja escuela: una mezcla rara de integridad, inocencia y orgullo. Un buen

137

hombre, sí. Un perfecto caballero, como le digo... ¿Sabe lo que hizo cuando al fin cazamos el *Nairobi,* minutos antes de que la carga estallara?

Aquello me desconcertó. El *Nairobi* había sido un crucero de batalla británico, atacado por el grupo Orsa Maggiore en el puerto de Gibraltar. Yo sabía algo sobre esa nave, o hasta ese momento creía saberlo.

—No —confesé—. O no demasiado. No todo.

Hizo un mohín pícaro mientras se llevaba el vaso de vino a los labios.

—Ya se lo contaré despacio. Con detalle.

Mantuvo el vaso en alto, bebió otro sorbo y volvió a dejarlo en la mesa. La nuera había salido a escribir con tiza el menú del día en una pizarra, y los dos se enfrascaron en una rápida discusión en dialecto napolitano de la que apenas entendí unas palabras: algo sobre añadir tomates a los espaguetis con pescado. La nuera regresó adentro, malhumorada, y Squarcialupo retomó la conversación.

—Si hubiéramos detectado peligro en esa mujer, había formas de controlarla —prosiguió—. A través del cónsul de Italia y nuestra embajada en Madrid teníamos contacto con las autoridades españolas, que podían detenerla o alejarla de allí... No eran necesarias soluciones brutales.

Le pregunté si los españoles estaban al tanto de lo que ocurría en el *Olterra* y lo negó, rotundo.

—Conseguimos ocultárselo también a ellos —añadió—. Los confundimos a todos hasta el final... Los engañamos como a chinos.

—Volvamos a la librera —pedí—. ¿Qué ocurrió al fin?

—Pues que Teseo fue a verla una primera vez, y luego una segunda. Y hubo otras. Puede que a partir de ahí lo moviese algo más que el deber o el patriotismo. La verdad es que desde entonces fue distinto... Hasta yo me di cuenta, aunque él no era dado a confidencias.

Squarcialupo se echó atrás en la silla e hizo un gesto extraño: una especie de mueca entre valorativa y admirada. Casi respetuosa, me pareció.

—Y luego pasó lo que pasó —dijo.

—¿Qué pasó?

—Que ella, por iniciativa propia, dio un paso que nos asombró a todos —el viejo buzo entrecerraba otra vez los párpados, complacido—. Y eso cambió el orden de las cosas.

—El amor está sobrevalorado desde hace mucho —comenta Pepe Aljaraque.

—¿Desde Bécquer? —se interesa Nazaret Castejón, la bibliotecaria municipal.

—Desde más atrás.

—¿Lope de Vega y quien lo probó lo sabe? —sugiere el doctor Zocas.

—Desde Ovidio: «Júpiter se divierte con los perjurios de los amantes»... Ahí ya queda todo resuelto.

Sonríe Elena. Es última hora de la tarde y el sol declinante ilumina los viejos cortinajes del café Anglo-Hispano y los azulejos de la pared. Al otro lado de la ventana discurre el ajetreo de la calle Real, y en la acera opuesta los camareros se mueven entre las mesas y sillas de mimbre ocupadas por socios del Círculo Mercantil.

—De eso nada, Pepe —apunta—. No lo empañes con tu habitual cinismo.

Insiste el aludido, agitando suavemente su copa de anís del Mono mezclado con coñac.

—Verduras de las eras, Elenita. El amor en su concepto clásico es un espejismo.

—¿Lo dices por experiencia?

—Lo digo porque lo digo.

El doctor Zocas, teatral, se señala la solapa izquierda con el purito humeante, a la altura del corazón.

—Discrepo profundamente, querido amigo. Como sentimiento, sigue siendo un móvil poderoso.

—Positivo, incluso —señala Nazaret Castejón.

El doctor agradece el apoyo con una mirada de reconocimiento. La bibliotecaria es miope, culta, solterona y romántica. Muy delgada, usa lentes de acero y tiene un fuerte pelo gris que lleva muy corto y le da un vago aspecto de monja exclaustrada.

—Nos eleva, nos sublima, nos...

Se queda un momento indecisa, buscando verbos.

—Disfrazamos de amor muchas cosas inconfesables —la releva Aljaraque—. El sexo, por ejemplo.

Dirige Zocas al archivero una mirada reprobadora mientras indica a las dos mujeres con ademán desolado.

—Por Dios, hombre. Que hay señoras.

—Hace mucho que nadie en su sano juicio se enamora así —insiste el otro, impermeable a la reconvención—. Con arrebatos y tal. Está más pasado de moda que el cine mudo.

—¿El amor no es un sentimiento moderno, quieres decir? —se interesa Elena.

—Exacto.

—Qué disparate —opina Zocas.

—Nada de disparate —sostiene Aljaraque—. En el siglo de la tecnología, el maquinismo surrealista y las grandes carnicerías colectivas, es imposible enamorarse de verdad.

—¿Y qué es de verdad, para ti?

—Pues así, a la antigua.

—¿Tú crees?

—Estoy seguro. La humanidad ha perdido la inocencia necesaria.

—¿Es necesario ser inocente para amar? —pregunta Nazaret.

—Para creer que se ama, sin duda... Eso que hoy llamamos amor no es más que una etiqueta que pegamos en el envase para vender mejor ciertos artículos de dudoso contenido.

—Un invento capitalista —señala Elena, divertida.

—En cierto modo.

—Tal vez lo haya sido siempre.

—Estoy seguro. Pero antes, al menos, se daba el dulce engaño. Bastaba un poeta para llevarte al huerto... Hoy el mundo tiene los ojos demasiado abiertos. Nos los han abierto a bombazos.

—Yo creo que el amor romántico sigue siendo una tabla de salvación —comenta Nazaret—. Un consuelo y un refugio, más necesario que nunca en los tiempos que vivimos.

Asiente Aljaraque, zumbón.

—Te acepto lo del amor como refugio, o burladero. Algo donde esconderse y hasta analgésico, si me apuras... Pero me das la razón.

—¿En qué?

—La palabra amor, tal como la utilizamos, no es otra cosa que un recurso práctico: un invento de la humanidad para disimular palabras como lujuria, egoísmo, territorialidad y conservación de la especie.

—Demasiado prosaico —interviene Zocas, indignado—. ¿Niegas que hay amores que dejan huella?

—Sí... En el maquillaje de las mujeres y en los cuellos de las camisas de los hombres.

—Cómo te gusta ir de cínico —lo censura Nazaret.

Ríe el archivero, complacido, y apura su copa.

—Para ti el amor, entonces, es burdo, ¿no? —insiste la bibliotecaria—. Egoísta y artificial.

—Trofeo social y materia que sacia, nada más. El *eros* de los griegos, la *cupiditas* romana... La pasión, en suma.

141

Una combinación de elementos químicos que hace su efecto mientras dura y no llega el hastío. Entonces pensamos que un antiguo amor ha muerto y creemos enamorarnos de otros.

Nazaret y el doctor Zocas miran a Elena, incómodos. El fantasma de Mazalquivir vuelve a planear sobre la tertulia, pero ella permanece impasible.

—O de nadie, en adelante —sugiere ella con suavidad.

—¿Negáis la existencia del amor eterno? —pregunta Nazaret.

Levanta las manos Aljaraque cual si la respuesta fuese obvia.

—El amor de corazones atravesados por flechas es un absoluto timo. Un invento romántico. Y además, tiene fecha de caducidad.

—Pero hay amores duraderos, Pepe.

—Cuando es un sentimiento, incluso en una situación así, hablamos de otra cosa: amistad, afecto, serenidad, costumbre... Pero el amor pasión para toda la vida, ese que hace oír campanas y pajaritos y empuja al abnegado sacrificio, es hoy un recurso de los poetas y los novelistas de kiosco de ferrocarril.

—Lugares muy dignos, por otra parte —protesta Zocas, tocado en lo vivo—. Esos kioscos de estación, templetes de la cultura viajera y popular.

—¿Queréis decir que no hay lugar en nuestro tiempo para los amores heroicos? —pregunta Nazaret—. ¿Para la ansiedad de la espera, la embriaguez del abrazo, la angustia de la separación?

Lo dice como si reclamase para sí un resquicio de esperanza; pero el archivero se mantiene firme.

—Ninguno —replica, despiadado—. Madame Bovary, Anna Karenina, Anita Ozores, huelen a naftalina. Las heroínas de antaño son hoy unas pobres idiotas... Por no hablar del joven Werther y compañía.

Nazaret no se da por vencida. Tal vez su propia soltería la hace inmune al desaliento: a olvidar sueños aún vivos en la ceniza, conservados en soledad y lecturas como pétalos secos entre páginas de un libro.

—Hay cientos de casos modernos, famosos, de amor casi heroico —insiste con viveza—. Alfonso XII y Mercedes, Victoria y Alberto, Eduardo y Wallis Simpson...

Sonríe Aljaraque, burlón.

—González y Byass, Joselito y Belmonte, Quintero, León y Quiroga...

—Dejémoslo, anda. Contigo es de verdad imposible.

Aljaraque está mirando a Elena, penetrante y provocador. Con intención.

—¿Qué opinas tú?

Esta vez ella tarda en responder. Hace rato que coteja lo que escucha con sus propios sentimientos. Con su memoria y su presente.

—Hay una clase de amor que podría tener que ver con la aventura —dice al fin.

—¿Con la aventura? —se sorprende Aljaraque—. Vaya punto curioso.

—Que esperamos desarrolles —sugiere Zocas, interesado—. Porque imagino que no te refieres a una aventura convencional, ¿verdad?... A un episodio frívolo.

Lo piensa ella un poco más. Nunca se lo había planteado de esa forma, pero ahora todo parece asentarse despacio. Casi oye el rumor de las piezas mientras encajan unas con otras. Entonces los mira a los tres, un poco desconcertada. Exponerlo en voz alta resulta difícil.

—En ocasiones —lo intenta, cauta— buscamos una persona adecuada para el amor, o la encontramos sin buscarla...

Se detiene de nuevo, intentando ordenar las ideas. Lo que empieza a descubrir en sí misma. Aguardan los otros, expectantes.

—¿Y? —la anima Nazaret.

—Pues que si esa persona aparece, quizá nos amemos a nosotros en ella.

La bibliotecaria hace un mohín decepcionado.

—Te refieres al amor egoísta, claro. Menuda vulgaridad. Le estás dando la razón a Pepe.

—No... Hablo de algo más intenso que eso. Más complejo. Nos enamoramos, en realidad, de la imagen del amor que tenemos en la cabeza, proyectando ahí los libros leídos, el cine que hemos visto. Incluyendo nuestros sueños, deseos, tristezas y alegrías...

Se detiene otra vez. La luz poniente que ya se extingue parece endurecer sus rasgos. Tan confuso todo, piensa estremeciéndose. Y tan diáfano.

—Todos los desafíos pendientes —concluye— y también todas las venganzas.

Ningún automóvil ha pasado por la carretera desde que dejó atrás el pueblo, y no hay ruido que turbe la calma mientras muere el día. Camina con las manos en el manillar de la bicicleta, respirando el aire salobre que huele a madejas de algas secas, combustible derramado y arena sucia. El crepúsculo se adueña de la bahía, convertida en media luna rojiza que refleja el cielo. No hay marejada ni viento: el agua próxima, donde flotan manchas de petróleo, está silenciosa. En el contraluz de poniente se ven planear las últimas gaviotas entre las naves fondeadas que apuntan sus proas en diversas direcciones. Cubierto de alquitrán, un alcatraz aletea agonizante en la orilla.

Al pasar el puente junto al hotel Príncipe Alfonso, donde la carretera empieza a separarse de la playa y la flanquean chumberas y cañizales, Elena contempla lo que todavía puede verse del barco atacado hace dos noches: parte de la proa y la estructura central, ennegrecida por el incendio, aflora del agua a trescientos metros de la costa. Algo más allá, una patrullera británica, que ha estado dando vueltas en torno al barco siniestrado como para certificar su defunción, se aleja dejando una larga estela en dirección al Peñón, que pasa del bermejo al gris mientras hacia su cresta se retira despacio la última claridad del día.

Sigue empujando la bicicleta, pues no tiene prisa. Mira el paisaje, aunque sus pensamientos permanecen anclados en algo que hace un momento dejó atrás. Al cerrar la librería no anduvo como de costumbre hacia la carretera y el mar, sino que se desvió por la plaza que ahora llaman del Generalísimo Franco, acercándose a la calle Gibraltar para entregar unos libros en casa de un cliente, maestro en el grupo escolar de la Velada, en cama con pulmonía. Pocas mujeres decentes caminan solas por ese lugar mal empedrado y lleno de agujeros donde juegan niños harapientos, y ninguna lo hace a partir de la última hora de la tarde, cuando abren cabarets y bares nocturnos y la guarnición de la colonia pasa a este lado de la verja, en busca de alcohol y mujeres desde que la moralista esposa de un gobernador hizo cerrar allí los burdeles. El racionamiento, el hambre y la miseria de una España sumida en la pobreza tras la Guerra Civil lo ponen fácil. A la vuelta, Elena se cruzó con soldados y marineros ingleses vestidos de paisano, borrachos como animales, que la piropearon con la grosería de quienes, pese a Dunkerque, Creta y Singapur, aún se dan aires arrogantes: gentuza convencida de que todo a este lado de la frontera, una botella, una mujer, una vida, puede comprarse con un puñado de libras esterlinas. Y cuando se alejaba de allí oyó a un mugriento limpiabotas sentado en una esquina resumirlo en voz alta, tranquilo y lacónico, mientras se guardaba la triste moneda que acababan de darle por sus servicios:

—Hihosdelagranputa.

Carretera adelante, se cruza con una pareja de la Guardia Civil: guerreras verdes, fusiles al hombro, tricornios forrados de lona para mitigar el resol en los charoles. Tal vez sean los mismos de la playa. Caminan uno por cada lado de la carretera, la saludan y siguen adelante. A la entrada de Campamento se detiene en la venta de Antón Seisdedos, apoya la bicicleta en una columna del porche, y al entrar la envuelve un rumor de conversaciones y humo de tabaco. Como es habitual a esa hora, militares de los cuarteles vecinos beben o juegan al dominó, y algunos pescadores se juegan a las cartas los lugares para echar las redes esta noche. No hay allí otra mujer que la del ventero, mas la librera de La Línea es conocida y a nadie extraña su presencia. Compra un cuarto de hogaza de pan y un litro de vino, charla con Antón, que le prepara unas albóndigas de atún en una fiambrera, bebe una copa de manzanilla de Sanlúcar y fuma un cigarrillo en el porche antes de coger la bicicleta, meterlo todo en la cesta que lleva colgada del manillar y pedalear el último medio kilómetro hasta su casa.

Recostado en la pared del edificio de la aduana británica, floja la corbata, echado atrás el sombrero y las manos en los bolsillos, Harry Campello observa la larga fila de trabajadores españoles que regresan a La Línea. El sol poniente alarga sus sombras sobre la cinta de asfalto gris: son muchos los que entran cada mañana y regresan al anochecer, pues tienen prohibido pernoctar en la colonia. La mayor parte lo hace a pie, pues en la España aún empobrecida por la posguerra civil, una bicicleta es un lujo al alcance de pocos. Los afortunados que poseen una se mueven con más facilidad y pueden utilizarla para el menudeo de contrabando permitido, tabaco y pequeños objetos que los guardias del otro lado, que también se benefician de eso, dejan pasar sin grandes dificultades. Los españoles llegan tras cruzar la pista del aeródromo. Sus documentos suelen comprobarse por la mañana, a la entrada; a la salida, sólo si se trata de alguien sospechoso o que transporta algo inhabitual. Por eso los aduaneros gibraltareños se muestran ahora tan relajados como el cabo y los dos soldados del Cuarto Batallón de los Black Watch —una de las fuerzas que guarnecen el Peñón—, uniformados con *short* caqui, gorra escocesa y fusil ametrallador Thompson colgado al hombro.

Campello, sin embargo, no está relajado en absoluto. Sabe que entre esos rostros morenos de aspecto humilde, que charlan y bromean animados por el retorno a casa, se esconden insidias y amenazas. Que los agentes nazis y fascistas, los espías, los saboteadores cruzan la frontera infiltrados entre esa gente y vuelven al otro lado con informaciones que amenazan la seguridad de la colonia y el papel de Gibraltar en la cadena de comunicaciones, vital para el esfuerzo militar británico, que conecta el Atlántico con Egipto y el Mediterráneo oriental a través del eslabón intermedio de Malta.

A veces, cuando el trabajo se lo permite, el comisario jefe del Gibraltar Security Branch acude como ahora a la frontera, por la mañana o a última hora de la tarde, sin más objeto que echar un vistazo a las caras y las actitudes: comprobar rostros, descartar unos y memorizar otros. Hacer que en caso necesario, sin despertar sospechas, los aduaneros verifiquen discretamente una identidad, un trabajo, unos hábitos. Echar las redes un poco al azar es una labor de rutina que luego, con paciencia y cabeza, permitirá conectar unas piezas o desecharlas. Un trabajo más de instinto que de otra cosa.

Hassán Pizarro, el ayudante pelirrojo del comisario, viene a apoyarse también en la pared. Trae la chaqueta al hombro y el rostro pecoso está cubierto de sudor. Sin decir nada, se sitúa junto a su jefe. Los dos miran alejarse a uno de los españoles: un hombre alto de mediana edad, vestido con un arrugado traje claro y cubierto con gorra de lona, que en ese momento pasa junto a los aduaneros y cruza la verja en dirección al otro lado.

—¿Alguna novedad? —pregunta Campello.

Hassán ha sacado un pañuelo y se enjuga la frente.

—Ninguna. A la salida del puerto compró una botella pequeña de Queen Anne en la tienda de Jorge Russo, conversó un momento con un conocido frente a la Post Office y se vino para acá. No le he visto hacer nada sospechoso.

—¿Quién era el conocido?

—Un empleado de la Royal Insurance —Hassán saca un papel y consulta sus notas—. Un tal Pitaluga.

Hace memoria Campello.

—A ése lo conozco, ¿no?... Lo tenemos controlado.

—En efecto, jefe. Lista verde.

—¿Llegó a entrar en la oficina de Correos?

—No.

Se quedan callados, viendo pasar a la gente. Hay algunas mujeres, pero son pocas; casi todas trabajan como cocineras, sirvientas o limpiadoras en la colonia. Los hombres suelen ser obreros del puerto o dependientes de comercio.

—También tengo el informe del astillero —comenta Hassán.

Mira Campello hacia la verja, por donde ha desaparecido el hombre del traje claro.

—¿Y qué tal?

—Trabaja bien, cumple y no hace nada fuera de lo normal.

—Tal vez esté limpio.

—Eso parece, comisario.

—Que no me llames comisario en la calle, coño.

—Puede que sí, jefe. Que de verdad esté limpio... En dos semanas no le hemos pillado ni una.

Mueve Campello la cabeza, reflexivo.

—Sí, es posible.

—Entonces, ¿lo dejamos en paz?

—Sólo relativamente, porque nunca se sabe. Ponlo en la carpeta azul para echarle un vistazo de vez en cuando... También el chico que trabajaba en Main Street parecía inocente, y ahí lo tenemos: en Moorish Castle, esperando juez y soga.

Siguen mirando pasar a los españoles. A veces Campello detecta entre ellos un rostro conocido: alguien a quien ha vigilado o se propone vigilar. Para eso, sabe, los ingleses nunca andan finos. Son torpes y elementales, tanto en las sospechas como en el modo de resolverlas. Les falta psicología local y se les huele a una milla. Con todo su despliegue de seguridad militar y civil en la colonia, cualquier gibraltareño les da mil vueltas en lo de trajinarse a la gente. El propio Campello mantiene una eficiente red de colaboradores entre los contrabandistas de uno y otro lado de la verja, cobrándose en información lo que ellos en beneficios. Ninguno de los arrogantes ingleses que conoce es capaz de eso.

—Un ataque como el de hace dos noches no se improvisa —le comenta a Hassán—. Esos buzos vinieron a tiro fijo, sabiendo lo que buscaban. Y aunque los muertos no hablan, o hay que fijarse mucho para oír lo que dicen, el objetivo del que trincamos era el interior del puerto. Sabían qué barcos estaban dentro y fueron a por ellos.

Suena la sirena de aviso del aeródromo, y un momento después un ruido de motores atruena la pista. Aterriza un avión de transporte. Lo hace un poco justo, forzando el corto recorrido, pues aún no está terminada la ampliación que se hace a costa de las aguas territoriales españolas. No son tiempos de miramientos diplomáticos.

—Tienen a gente vigilándonos, de eso no hay duda —dice Campello cuando cesa el ruido—. Y si ese fulano que acaba de cruzar no es uno de ellos, será otro.

Asiente voluntarioso Hassán mientras se quita una legaña del ojo sano.

—De los que trabajan en el puerto tenemos a tres sospechosos más. Si descartamos a éste...

—No he dicho que lo descartes. Sólo que lo dejes en conserva.

—Bueno, pues entonces seguimos con cuatro: tres en la lista roja y uno en la azul. Y todos vigilados. Ni a mear van sin que les escuchemos el chorro. Si alguno es lo que tememos, acabará cayendo.

—Más nos vale... Que caigan antes de que hagan daño.

Vuelve a secarse el sudor de la frente el subalterno.

—¿Es verdad que han echado al mar el cuerpo del buzo italiano?

—Con todos los honores —confirma Campello.

—Estos ingleses son unos teatreros, comisario. Quiero decir jefe.

—Sí, lo son.

—Les encantan esas cosas, ¿verdad?... Pueden ser los más cabrones que parió Dios, pero el paripé que no falte.

—Así se conservan imperios, Hassán. Con hipocresía, hijoputez y mano dura.

—Eso es verdad. Y si no fuera por el señor Churchill, todo se habría ido al carajo. A punto estuvo, y aún tenemos la pelota en el alero.

Recuerda Campello, sarcástico, el sepelio del buzo italiano. Fue esta misma mañana, y Roy Todd, que tiene sentido del espectáculo, los invitó a Moxon y a él a presenciarlo desde el muelle: lancha con dos marineros uniformados y el propio Todd con gorra de plato y palas de alférez de navío en los hombros, cuerpo amortajado con un lastre a los pies, bandera italiana que a saber de dónde diablos había salido. La lancha navegó bahía adentro, y a una profundidad adecuada se echó el muerto al agua con un toque de silbato, una corona de flores y Todd en posición de firmes, llevándose la mano a la visera para saludar. Honor al enemigo y tal. No sonó una gaita porque no había ninguna disponible. Emotivo hasta la náusea.

—¿Te gusta ser británico, Hassán?

—Pues claro, jefe.

—Dejando lo cursi aparte, tiene sus ventajas, ¿no?

—Muchas.

—Y más si eres policía.

—Eso ya es lo máximo... Mis abuelos eran traperos hebreos en Marruecos, y aquí me tiene usted. Que a su vez vino cuando crío desde Malta. Imagine cómo serían nuestras vidas al otro lado de la verja, entre tanta hambre y miseria. Eso, claro, si Franco no se nos hubiera llevado por delante como a mi tío Jacobo, al que le dieron el paseo en Tarifa.

Asiente Campello, que sigue mirando rostros de los que llegan camino de la verja.

—Oiga, jefe...

—Dime.

—¿Cree usted que alguna vez recuperarán los españoles esto?

—Por las malas, seguro que no.

—Pero si España entra en la guerra y nos invaden...

—Si no cambian mucho las cosas, ese peligro ha pasado. Luego, cuando acabe todo, veremos qué hacen los diplomáticos. Conociendo a los ingleses, esto no lo sueltan ni hartos de vino. Por ese lado podemos estar tranquilos.

—Pero usted está casado con una española.

—Con mi Fina, sí... De San Roque. Y menuda es. Se ha vuelto más británica que yo.

—¿Sigue en Irlanda, con los críos?

—Eso parece. Ayer tuve otra carta.

Entre los últimos que se acercan, el comisario reconoce al doctor Zocas. Atildado como suele, abotonada la chaqueta y con una correcta pajarita en el cuello de la camisa, el médico se cubre con un sombrero de paja. Camina pensativo, contemplando el suelo ante sus zapatos bien lustrados. Un poco antes de llegar a donde está Campello, Zocas levanta la vista y su mirada se encuentra con la del policía. Saluda éste con una discreta inclinación de cabeza y el otro responde con el mismo ademán antes de alejarse. Hassán, que ha sorprendido los gestos, se lo queda mirando.

—¿Lo conoce bien, jefe? —se interesa.

Compone el comisario una mueca ambigua.

—¿Al doctor?... Bueno, sí. Un poco.

—Va y viene dos o tres días a la semana —fruncido el ceño, Hassán sigue mirando alejarse al médico—. Y es extraño, ¿verdad? Nunca lo hemos investigado.

—No hace falta, trabaja en el Colonial Hospital y tengo su expediente —responde Campello en tono ligero—. Está bajo control... Lo tuvimos aquí refugiado durante la guerra porque los fascistas querían darle matarile.

—¿Por republicano?

—Por masón.

—Aun así, me sorprende que nunca haya ordenado usted echarle un vistazo.

El comisario le dirige una ojeada severa.

—¿Y quién te dice que no lo hago personalmente?

Duda el otro.

—Bueno, pues no sé. ¿Cree usted que el doctor...?

Alza Campello una mano, interrumpiéndolo.

—Mira, Hassán.

—Dígame, jefe.

—No metas las narices donde no te mande yo que las metas. ¿Entendido?

Parpadea el ojo sano del otro, intimidado.

—No del todo; pero a sus órdenes.

—Eso es, a mis órdenes. Ocúpate de tus asuntos. Y Samuel Zocas no es asunto tuyo... Ni mío.

Cuando Elena llega ante la verja de su casa, casi ha oscurecido. Le sorprende encontrar allí una motocicleta. Todavía queda alguna claridad, pero el jardín está lleno de sombras. Mientras abre preocupada la cancela, Argos acude a su encuentro, alegre como siempre, pero esta vez el comportamiento del perro es inusual: ladra feliz aunque inquieto, viene correteando hasta ella, brinca, le lame las manos, se aleja y acude de nuevo. Algo raro ocurre. Elena cierra la cancela a su espalda y camina despacio y alerta en dirección a la casa. El perro está allí, inmóvil al fin junto a una silueta negra y desconocida. Y al verla aparecer, esa silueta viene a su encuentro.

—Espero no haberla asustado —dice una voz con acento italiano.

—¿Qué hace aquí?

—Quedamos en que pasaría a que me devolviera la brújula, el reloj y el profundímetro.

—Es cierto.

—Pues aquí me tiene.

A Elena le late desacompasado el pulso. Procurando sosegarse, recorre con aparente calma el último tramo de jardín hasta la casa, deja allí la bicicleta y coge la cesta. La sombra masculina la acompaña, manteniéndose a distancia. El perro corretea alrededor y se oyen sus gruñidos satisfechos.

—Veo que ha hecho buenas migas con Argos.

—Sí, es un perro noble. Amistoso.

—No con todo el mundo.

—Conmigo sí lo es, como ve. Tengo buena mano para los perros.

Sigue un corto silencio. Una pausa incómoda. Desconfiada, por parte de la mujer.

—¿Ha venido a propósito para eso?... ¿Para que le devuelva sus relojes?

La respuesta llega tras un par de segundos de indecisión, o así lo parece.

—No, tenía otras cosas que hacer por la zona.

—Ah, ya veo.

—Aproveché la ocasión.

Mira Elena hacia la verja y el mar próximo, donde la noche se adueña de todo. Apenas queda algo de claridad lejana en el confín del cielo estrellado. Ya no se ve el barco medio hundido. Saca las llaves del bolso y sube los cuatro peldaños de la entrada.

—Supongo que debo invitarlo a entrar.

El hombre tarda un momento en responder, como si lo meditara.

—No es necesario —dice al fin, y suena realmente indeciso—. Si lo prefiere, puedo esperar aquí.

Ella se sorprende de verdad.

—¿Y por qué va a quedarse fuera?

—No sé —él parece dudar de nuevo—. Esto es España, ¿no?... Su reputación.

—¿De qué me está hablando?

—Pues no sé. Un hombre en casa, al oscurecer.

Elena se echa a reír. O es demasiado inocente, piensa, o se lo hace. En vez de irritarla, esa idea estimula su curiosidad.

—No tengo vecinos que acechen tras los visillos. En cualquier caso, de mi reputación me ocupo yo. No se inquiete por eso.

Abre la puerta, lo invita a entrar y le da sin resultado al interruptor de la luz. Tantea en busca del quinqué y la caja de fósforos, enciende la mecha y coloca el tubo de cristal. Una claridad suave y tamizada ilumina el salón y al hombre que está de pie mirando en torno como si buscara reconocer el lugar. Viste pantalón oscuro y camisa blanca, sin corbata, bajo una cazadora negra. Sus ojos verdes y tranquilos lo observan todo detenidamente: los muebles, la alfombra, la chimenea, apagada, los libros cuyo peso arquea los estantes, la fotografía de boda, ella y el marido vestido con uniforme de la marina mercante.

—¿Aquí me trajo? —pregunta él.

—Sí.

Se observan en aquella vaga luz que parece hacerlo todo más incierto todavía: con aparente indeterminación, él; con disimulada desconfianza, ella. Tras un momento, Elena va hasta el aparador, abre un cajón y saca el reloj y los otros instrumentos de buceo y los pone sobre la mesa. Él apenas los mira.

—Gracias —dice casi con timidez.

Al cabo de un momento, los coge y se los mete en los bolsillos de la cazadora.

—Iba a hacerme la cena —comenta ella.

El hombre parpadea y hace un movimiento torpe, perplejo, como si cayera en la cuenta de algo. El quinqué le ilumina medio rostro, dejando la otra mitad en sombra.

—Por supuesto... No la molestaré más, lo siento. Me iré en seguida.

Elena le da la espalda, desenvuelta, dirigiéndose a la cocina con la fiambrera.

—Bueno, hay bastante para dos —dice mientras enciende allí otra lámpara—. ¿Le gustan las albóndigas de atún?

—Mucho —suena la voz del hombre desde la habitación.

—¿Quiere acompañarme?

—¿Me está invitando a cenar?

Ha aparecido en la puerta y parece sorprendido. Asiente Elena mientras enciende el fuego y pone las albóndigas a calentar en una cazuela.

—Pues claro.

Alza la vista para mirarlo, y por primera vez esta noche lo ve sonreír. El trazo blanco en el rostro moreno es, como cuando en la playa arrojaba piedras al mar, una sorprendente combinación de aplomo y de inocencia. O eso le parece a ella. Nunca antes, piensa, había visto a nadie sonreír así.

—Con mucho gusto —le oye decir.

—Puede quitarse la cazadora, si lo desea. Hace calor.

—Gracias.

Extiende Elena un mantel sobre la mesa de la cocina, pone platos y cubiertos, abre la botella de vino y cenan casi en silencio, mirándose y al mismo tiempo esquivándose las miradas. Ha vuelto la luz eléctrica, así que ella se levanta y apaga los quinqués. Después, el italiano la ayuda a lavar los platos y regresan al salón, donde encienden cigarrillos.

—Sólo puedo ofrecerle un málaga dulce. Ya lo probó, aunque tal vez no lo recuerde.

Ve que sonríe de nuevo.

—Se lo agradezco, pero hoy no es necesario... Bebo muy poco alcohol.

De nuevo se quedan callados, fumando. Él está sentado en el sofá y ella en una mecedora, con una mesita baja de por medio. Lo ve dirigir otra mirada atenta en torno, como si ahora viese el lugar de forma distinta.

—No recordaba nada de la casa —dice.

—Es natural. Estaba desvanecido cuando lo traje aquí.

La mirada del hombre se detiene en la foto enmarcada que está sobre la mesa de trabajo.

—¿Es su marido?

—Era.

—Cierto, lo siento... Me he informado sobre usted. Conozco la historia.

—Me pregunto cuánto se habrá informado, y con quién.

No responde el italiano a eso. Mira la brasa de su cigarrillo e, inclinándose, lo apaga con cuidado en el cenicero.

—Usted plantea un problema.

—¿A usted, o a otros?

Él ha vuelto a recostarse en el sofá, las manos sobre las rodillas. Ahora su sonrisa insinúa una disculpa.

—A mí... Eso quiero decir.

—Pues no sabe cómo lo siento. Ser un problema para usted.

—Me expreso mal, perdóneme otra vez. No es culpa suya.

Se queda callado y mueve las manos, incómodo. Después vuelve a apoyarlas en las rodillas.

—Mi trabajo en España es delicado —murmura al fin.

—Me lo figuro.

—Y no soy yo sólo. Tengo compañeros. Y están preocupados.

—Ya entiendo —a Elena se le endurece la voz—. Quieren saber si soy una cotorra charlatana. De las que hablan demasiado.

Él parece escandalizarse al oír aquello.

—Por Dios —protesta—. Jamás pretendería...

—¿No cree que ya he tenido ocasión para hablar de muchas cosas, y sin embargo no lo he hecho? ¿Desean usted y sus compañeros que lo certifique por escrito? ¿Quieren garantizar mi silencio?

—Le ruego que no se ofenda.

157

—¿Que no me ofenda, dice? —se ha puesto en pie tras dar una chupada furiosa al cigarrillo y aplastarlo en el cenicero—. ¿Ha venido a ofrecerme dinero?... ¿O a amenazarme?

El italiano también se levanta, confuso.

—Le suplico que comprenda...

—Comprendo mucho más de lo que usted cree, y déjeme demostrárselo.

A continuación, atropellada, torrencial, Elena expone en voz alta todo cuanto sabe y cuanto imagina: la actuación de buzos de combate italianos, los ataques a Gibraltar desde tierra y no desde submarinos, la complicidad de agentes clandestinos locales, su certeza de que el barco amarrado en el dique sur de Algeciras, el *Olterra,* es el lugar donde se refugian.

—Y todo eso me da igual —concluye—. Hay una guerra y nada tengo que agradecer a los ingleses, sino todo lo contrario. Por mí, como si ustedes y los alemanes les hunden la flota del Mediterráneo completa... ¿Se entera de una vez?

—Me entero —admite él, abrumado.

De pronto, siguiendo un impulso irracional, ella se le acerca con tal vehemencia que lo ve a punto de retroceder un paso.

—Sin embargo —prosigue—, confieso que siento curiosidad por algo. Así que voy a hacer la pregunta, y de que la responda dependerá que continuemos esta conversación o la demos por terminada... ¿Está preparado?

Lo ve parpadear de nuevo, y aflora tanta timidez en los ojos verdes que se siente conmovida. Le daría un beso, piensa de pronto, sorprendida de sí misma. En la cara o en la boca. Sí. Ahora mismo.

—Lo estoy —le oye decir en tono casi heroico.

Otra vez la inocencia, se dice ella. Llegados a ese punto ya no es posible fingir, excepto si se trata de un actor consumado. Es así como intuye, o al fin comprende, que todo el tiempo él ha estado diciendo la verdad.

—¿Participó en el ataque de hace dos noches?

El italiano parece considerarlo un momento. Lo ve ladear la cabeza, esquivo al principio, apartando los ojos de los suyos, y volver a mirarla.

—Puede que sí.

—Se dice que murió un buzo italiano.

Lo piensa él otro instante.

—Es posible.

—¿Sabe que creí que podía ser usted?

Casi lo ve sobresaltarse.

—¿Lo creyó?

—Lo temí.

Esta vez el silencio es largo. Mucho. El italiano la mira de modo tan extraño que ahora es Elena quien se siente desconcertada. Después, bruscamente, él se aparta y coge la cazadora.

—Gracias por la cena, y por devolverme mis cosas. Siento haberla molestado esta noche.

—¿Poniendo en peligro mi reputación?

—También.

Mueve ella la cabeza, apoyadas las manos en las caderas.

—No ha sido ninguna molestia, y mi reputación sigue a salvo... Si Argos lo aceptó ahí fuera, bien puedo aceptarlo yo.

Hace él ademán de dirigirse a la puerta, pero se queda quieto con aire dubitativo, sin concluir el movimiento. Si me besara ahora, piensa ella, no haría nada en absoluto por impedírselo. Pero sé que no lo hará.

—Quizás en otro momento —dice él y Elena se estremece, pues por un segundo cree que ha adivinado sus pensamientos—. En otro lugar.

—¿En otra vida? —sonríe, rehecha.

La mira el italiano largamente, con tímida curiosidad.

—Es una mujer extraña —concluye.

—Y usted un hombre muy torpe.

Alza él la cabeza como si le hubieran dado un golpe en el mentón, y de nuevo le adivina ella la incertidumbre. La duda.

Cielo santo, piensa casi maternal. Espero que no sea así bajo el mar. Acabarían por matarlo en seguida.

Él está mirando la foto de la boda. Después se echa la cazadora al hombro y se dirige a la puerta.

—¿Seguirán atacando a los ingleses? —pregunta ella.

Lo ve detenerse, otra vez indeciso. Se ha vuelto a mirarla.

—¿Por qué pregunta eso?

—Porque hay algo que sé, o que puedo averiguar... Algo que puede serles útil. Que tal vez les interese.

6. La habitación 246

—Sin azúcar, ¿verdad?

—Sí. Gracias.

Sealtiel Gobovich ha hecho café y deja una taza humeante en la mesa junto a Elena. Después se va a atender a un militar que busca algo en el apartado de literatura inglesa. Cuando ella termina de rellenar la última ficha —«*The Complete Short Stories of Joseph Conrad*, London, Hutchinson & Co.»—, la introduce en el archivador y bebe el café caliente, saboreándolo despacio. Un momento después, tras comprobar que Gobovich sigue ocupado con el cliente, coge su bolso y, aparentando ir a fumar un cigarrillo, sale a la terraza. El sol aún se ve alto y la vista de la bahía es espléndida: el arco de la costa alejándose hacia Punta Carnero, Algeciras como pequeña mancha blanca bajo las montañas que quiebran el paisaje en azules y grises. El viento salpica el mar de borreguillos y la costa africana se distingue nítida en la distancia, veinticuatro kilómetros al otro lado del Estrecho.

La cámara es una Kodak Tourist comprada esta mañana por ocho libras y veinticinco chelines en una tienda de aparatos fotográficos de Main Street: tiene un objetivo plegable, de fuelle, y una vez cerrada abulta poco más que un libro de pequeño formato. Dejando el paquete de cigarrillos y el encendedor en el repecho de la terraza, Elena saca la Kodak, se asegura de que no la ven desde los edificios próximos, abre la lente y, llevándose la cámara a la cara, aprieta el obturador, hace girar el carrete y repite cuatro veces la misma operación, fotografiando el puerto, las baterías antiaéreas, los depósitos de combustible y las estructuras grises de los barcos de guerra amarrados en los muelles. Después guarda la cámara, enciende el cigarrillo y fuma casi inmóvil mientras se normalizan los latidos de su corazón desbocado.

No debí beber ese café, piensa. No era lo más adecuado. Aun así, pulsaciones aparte, le sorprende sentirse más tranquila de lo que esperaba. Que no se le corte la respiración ni tiemblen los dedos que sostienen el cigarrillo. Pasó gran parte de la noche despierta, imaginando este momento; y ahora, sin embargo, todo sucede rápido y natural, casi metódicamente, como si hubiera ensayado antes cada gesto, cada mirada, cada temor. Debo analizar esto más despacio, concluye. Tengo que estudiarme a mí misma cuando esté lejos de aquí, tranquila y a salvo al otro lado de la verja. Con la mente libre para reflexionar, ahora que he dado el paso, sobre lo que hago y lo que todavía me propongo hacer.

Cuando regresa al interior, el librero y el militar conversan sobre el ejemplar del *Oxford Book of Spanish Verse* que éste acaba de adquirir. Lo hacen con cordial familiaridad, así que deduce que el cliente es habitual de Gobovich.

—Ah, Elena, mira... Te presento a Jack Wilson.

Se saludan estrechándose la mano. Wilson es alto, de pelo pajizo. Ojos húmedos levemente saltones. De bebedor fácil, piensa ella. En la guerrera lleva los tres galones de sargento y la insignia —un libro abierto sobre dos rifles cruzados— del Cuerpo de Educación del Ejército. Su rostro es vulgar pero habla un inglés elegante, de resonancias cultas. Hay mucha literatura leída en esa voz.

—Librera en La Línea, vaya —comenta—. Tengo que dejarme caer algún día por allí... ¿También tiene títulos en inglés?

Asiente, distraída. Pensando más en irse que en otra cosa.

—Sí, algunos.

—Espléndido.

Procurando actuar con naturalidad, ella ha dejado el bolso sobre la mesa, deliberadamente abierto. Gobovich se quita la pipa de la boca y contempla a Elena con afecto.

—¿Te marchas ya?

—Sí, he llenado treinta y dos fichas. Seguiré en un par de días, si puedo.

—Cómo te lo agradezco, querida.

—Por favor... No diga eso. Me gusta volver aquí.

—¿Está su librería cerca de la frontera? —pregunta el militar.

—En la calle Real —ella se ha vuelto a mirarlo—. ¿Visita el pueblo a menudo?

—Oh, bueno, ya sabe... Como la mayor parte de mis compañeros, voy a tomar una copa de vez en cuando —guiña un ojo sonriendo con desenfado, y el gesto desagrada a Elena—. No son visitas culturales, precisamente.

Ha pasado del inglés a un español bastante correcto. Mira distraído el bolso y luego a la mujer.

—Hay un autor que me gusta mucho —añade tras un momento—: Valle-Inclán. Intenté una traducción, pero tuve que abandonarla.

Mientras reprime el impulso de alargar una mano y cerrar el bolso, Elena se esfuerza por aparentar interés.

—¿Qué obra?

—*Viva mi dueño*. Me pareció asombrosa.

—No es una prosa fácil para un lector extranjero.

—Justo por eso me atrae. Es increíble cómo retuerce el idioma, y esas imágenes contundentes y atrevidas que utiliza... En inglés sonaría difícil.

—Te lo dice un ferviente admirador de Joyce —interviene Gobovich.

Mira Elena al militar con más atención.

—Me gusta Joyce —dice.

—¿Está traducido al español?

—Todavía no, que yo sepa.

Se sorprende el otro.

—¿Lo ha leído en inglés?

—Sí.

—Lo habla muy bien —certifica Gobovich.

—Yo soy un hombre fiel a *Finnegans Wake* —sonríe Wilson—. Y encuentro que el *Ulises* cobra más sentido al leerlo aquí, en Gibraltar... Creo que Joyce interpretó bien este lugar, aunque no lo visitara nunca.

—Sin embargo, juzgó mal a Molly Bloom —objeta Elena—. Ella nunca habría hablado un irlandés tan bueno.

—Interesante —Wilson se ha quedado muy quieto—. ¿Qué le hace pensar eso?

—Lo de que el padre fuera comandante me parece un farol de Joyce. No creo que llegase a sargento mayor; y lo más probable es que no se hubiera casado con una española, sino con una gibraltareña.

—Oh. Eso es magnífico... Siga, por favor.

—En todo caso, en lugar de ese dublinés puro que Joyce pone en su boca, lo más probable es que Molly lo hablase con acento andaluz.

Enarca Wilson las cejas.

—¿Perdón?

—Ceceando.

—Oiga. Eso es maravilloso. ¿Me permite usarlo?

—Todo suyo. ¿Es usted escritor?

—Lo intento a veces —una mueca burlona—. Lo que soy de momento es soldado de Su Majestad Jorge VI.

Elena señala la insignia del uniforme.

—Del Cuerpo de Educación, por lo que veo.

Se mira Wilson la insignia como si la viese por primera vez.

—Oh, esto es una contradicción en sí misma... Ningún soldado es educable.

—Jack escribe poesía, y lo hace muy bien —apunta Gobovich entre dos bocanadas de humo—. Colabora en *Poetry London*.

—Sólo esporádicamente —el militar golpea con los nudillos el libro que acaba de comprar—. ¿Qué tal anda su librería de poesía española?

—Bien surtida, desde luego.

—Espléndido. Tendré que acercarme a echar un vistazo... ¿Antonio Machado? ¿Luis Cernuda?

—Naturalmente.

—¿García Lorca?

—También.

—Creía que ése estaba prohibido, por republicano.

Apunta Elena una sonrisa vaga y triste.

—Lo rehabilitó su propia muerte.

—Comprendo. Ustedes los españoles son muy...

Se queda indeciso, fruncido el ceño. Buscando la palabra.

—¿Paradójicos? —apunta Elena.

Se ilumina el rostro del inglés.

—Eso es.

Elena coge el bolso con mano firme, lo cierra, se lo cuelga en el antebrazo.

—No imagina lo paradójicos que podemos llegar a ser.

En el verano de 1982 publiqué una serie de tres artículos sobre el grupo Orsa Maggiore, titulada *Un caballo de Troya en Gibraltar*. Y poco después, un extenso reportaje en la revista argentina *Gente*. Aquel invierno viajé otra vez a Venecia por asuntos familiares; así que metí los recortes de prensa en una carpeta y me presenté en la librería de la calle Corfú. Allí, sentado junto a la misma estufa de butano del año anterior, aguardé a que Elena Arbués lo leyera todo mientras la perra labradora, tumbada en la alfombra, no apartaba de mí sus ojos leales y oscuros.

—Está muy bien —dijo ella al terminar—. Las cosas ocurrieron realmente así, y le agradezco que no haya mencionado mi nombre. Pero hay un error importante... La mujer a la que usted se refiere no era yo.

Me quedé desconcertado. Yo hablaba en el reportaje de una mujer que había colaborado con la Décima Flotilla desde su casa en la costa española, cerca de La Línea. Casada con un marino italiano, precisaba, aunque sin ir más allá. Para mí era evidente que sólo podía tratarse de ella. Mientras escuchaba mis justificaciones, la librera atendía paciente, con una suave sonrisa en la boca. Al cabo movió la cabeza.

—Usted me ha confundido con Conchita Peris del Corral, una española casada con el agente italiano Antonio Ramognino... El matrimonio vivía, como yo, cerca de la playa; aunque ellos algo más lejos, en una casa llamada Villa Carmela.

—Vaya. Creí que ésa era la suya.

—No, en absoluto. Aquélla sí fue realmente una base operativa y un puesto de vigilancia de la bahía. Desde allí se lanzaron operaciones antes de que estuviese en servicio el *Olterra,* y en ese lugar se refugiaron algunos de los buzos que, tras los ataques a Gibraltar, se vieron obligados a nadar hacia la costa española.

Se detuvo, pensativa. Miró las fotos de la pared: la de ella con su marido y la de los dos buzos junto a un maiale en la cubierta de un submarino. Yo sabía ahora que aquel submarino se había llamado *Scirè*.

—Lo ignoraba entonces —añadió tras un momento—, pero fue a Villa Carmela donde telefoneé la noche en que llevé a Teseo a mi casa, después de encontrarlo en la playa... Y Antonio Ramognino y el teniente Mazzantini quienes vinieron a buscarlo.

—¿Llegaron a conocerse usted y Conchita Peris?

—No, nunca nos encontramos. Todo se llevaba a cabo con mucho secreto, y procuraban no relacionarnos.

—Lamento la confusión —me disculpé.

Sonrió de nuevo, evocadora.

—No se preocupe, al contrario. Me alegro de eso, porque prueba que se mantuvo bien el secreto. Que Teseo y sus compañeros me protegieron cuanto les fue posible... Y que en cierto modo, incluso después de muertos, siguen haciéndolo.

Se había vuelto a mirar el reloj de péndulo que en la pared marcaba las doce y media. Luego me alargó la carpeta con los recortes de prensa.

—Puede conservarlos —sugerí.

—Gracias.

Se puso de pie, imitada en el acto por la perra.

—Es hora de que Gamma dé un paseo... Es muy buena, pero tiene sus necesidades.

Apenas dudé un instante.

—¿Puedo invitarla a comer?

Me observaba con curiosidad. Apagó la estufa y movió los hombros, indecisa. Señaló la carpeta sobre la mesa.

—Usted ya publicó sus reportajes.

—Nada tiene que ver con eso. Se trata de algo personal. Preguntas sin respuesta.

Sonrió por tercera vez. Enigmática, ahora. Descolgó de una percha un viejo chaquetón azul marino y un gorro de piel.

—El mundo está empedrado con preguntas sin respuesta.

Se había inclinado para enganchar la correa en el collar de Gamma, que movía feliz la cola. Advertí que, pese a las manchas de la piel y la artrosis que empezaba a deformar sus manos, Elena Arbués mantenía una elegancia de movimientos natural que los años respetaban. Entonces la imaginé joven y atrevida.

—¿Por qué lo hizo? —me arriesgué a preguntar.

Se quedó inmóvil, mirándome mientras la perra se frotaba contra sus piernas.

—¿A qué se refiere?

Me desentendí de su repentina sequedad. Tal vez no haya otra ocasión, pensé. Y nada pierdo con intentarlo.

—Correr aquellos peligros —respondí—. Trabajar para ellos.

Parecía meditarlo, o quizá sólo buscaba un modo cortés de echarme de allí.

—Creo que el suyo es un problema de concepto —dijo al fin—. Yo nunca trabajé para ellos.

—Pero Teseo Lombardo...

—Teseo fue mi marido. De él me enamoré, y ése es otro asunto. El resto era cosa mía.

Lo dijo de un modo tajante, casi brusco, que no admitía consideraciones. Estaba junto a la puerta, invitándome a salir. Me puse la bufanda en torno al cuello, me abotoné el abrigo y salí a la calle. Ella cerró con llave, a mi espalda.

—Hay una pequeña *trattoria* donde suelo comer —dijo de repente—. Ahí mismo, en el muelle Zattere.

—Permítame acompañarla.

—Claro.

Caminamos sin decir nada más, bajo el sol que apenas calentaba las viejas piedras y espejeaba en los canales. Retenía ella los tirones de la correa de Gamma, entornados los ojos heridos de luz mientras yo la observaba a hurtadillas. Las arrugas marcaban sus párpados y las comisuras de la boca, pero intenté borrarlas en mi imaginación, reconstruyendo las facciones de cuatro décadas atrás. Quería aproximarme lo más posible a la mujer de veintisiete años que había encontrado a un hombre desvanecido en la playa, en mitad de una guerra, y había terminado por casarse con él. Por seguirlo a Venecia con una nueva identidad y una nueva vida.

—¿Tuvieron hijos? —pregunté de pronto. Hasta ese momento no había pensado en ello.

—Sí, uno... Es empresario y trabaja en Milán.

—¿Le ha dado nietos?

—Dos.

Estábamos cerca del muelle cuando me señaló un antiguo cobertizo de tablas oscuras y tejado rústico al otro lado del canal junto al que caminábamos. Había dos góndolas delante: una amarrada a unas palinas y otra puesta en seco en una rampa, sobre calzos de madera.

—Primero fue del abuelo y después del padre de Teseo. Ahí se crió él.

—¿Pertenece todavía a la familia?

—Mi marido lo vendió en los años sesenta, cuando murió su padre.

La *trattoria* se llamaba Alle Zattere y era un pequeño local de pasta y pizza: cuatro mesas dentro, dos fuera y la cocina a la vista —después estuvo cerrado varios años antes de abrir de nuevo, algo más lejos y con estilo diferente—. Nos sentamos en la puerta, al sol, atada la perra a la pata de una silla. Pedimos espaguetis con botarga y vino del Piamonte. Fue una comida agradable, frente a los grandes barcos que pasaban por el canal.

—¿Por qué lo hizo? —insistí al fin.

—Si piensa en la abnegación de una joven enamorada, puede quitárselo de la cabeza.

—En realidad no tengo ninguna idea preconcebida.

—Mejor así... No dudo que haya mujeres capaces de eso y de mucho más. Incluso de lanzarse por amor a aventuras extraordinarias y heroicas. Pero no fue mi caso.

Miraba hacia la Giudecca, más allá del ancho canal. Se pasó una mano por la frente como para avivar un recuerdo, o buscando cómo expresarlo.

—Todo fue mucho más prosaico —dijo de pronto—. Más simple de lo que imagina. Y sólo duró unos pocos días.

Fue entonces cuando Elena Arbués me contó lo de Mazalquivir: el despiadado bombardeo inglés del puerto tras el armisticio franco-alemán de 1940, los barcos franceses hundidos, el mercante neutral alcanzado, los ocho españoles del *Montearagón* que se sumaron a los 1.297 muertos y 351 heridos franceses.

Lo fue contando serena, monocorde, sin énfasis ninguno. Con una calma objetiva y antigua. Yo la escuchaba estupefacto.

—¿Actuó por venganza? —pregunté cuando al fin guardó silencio.

Pareció pensarlo un poco.

—No creo que sea la palabra adecuada —repuso.

Sonaba sincera. Se había inclinado para acariciar la cabeza de la perra.

—Lo fue al principio, tal vez. Puede que por un momento creyera en eso... Pero ahora, con el tiempo, comprendo que no fue así. En realidad nunca pretendí vengarme de nada.

Alzó las manos como para representar el peso de cuanto nos rodeaba. Del mundo y de la vida.

—Era una especie de equilibrio, ¿comprende?... Un modo de ajustar el fiel de la balanza.

Permaneció un momento con las manos alzadas y después las bajó lentamente, con ademán que me pareció fatigado.

—No podía asistir a aquello cruzada de brazos —continuó tras un momento—. A toda esa arrogancia...

Se interrumpió, cual si fuera a dejarlo ahí.

—¿Británica? —apunté.

La luz contrajo sus pupilas hasta hacerlas pequeñas y duras como puntas de piedra negra. De pronto ese brillo me pareció joven y peligroso.

—Usted no vio esos barcos de guerra navegar por la bahía como si estuvieran en el patio de su casa... A los soldados, borrachos como animales, cruzando la verja en busca de carne fresca: viudas con hijos que necesitaban comer, esposas de maridos encarcelados por Franco. Aprovechándose del hambre que dejó la Guerra Civil. Corrompiendo y comprándolo todo.

Se detuvo, dubitativa.

—No sé si entiende lo que le digo.

—Más o menos —repuse.

Me estudió para comprobar si seguía mereciendo sus confidencias.

—¿Leyó la *Ilíada*?

Asentí confuso, ignorando a dónde pretendía ella llegar.

—Quería verlos sangrar, aunque fuera un poco —prosiguió—. Contribuir a eso. Desmentir el papel pasivo de mujer que espera en el hogar mientras los hombres ajustan cuentas con la Historia... Me negaba a mirar la llanura de lejos, desde lo alto de las murallas de Troya: también yo era capaz de incendiar las naves negras varadas en la orilla.

Volvió a acariciar a Gamma.

—Lo mío era sólo relativamente un hogar. Una casa, un perro y una librería.

De improviso se echó a reír, y la risa parecía quitarle años del rostro.

—No era mucho lo que tenía que perder.

Tras decir eso permaneció callada, sonriente aún, mirando un gran transatlántico que navegaba despacio por el canal.

—Las banderas nunca significaron nada para mí —añadió al fin—. Sin embargo, por un extraño cúmulo de casualidades, el hombre al que encontré en la playa apareció en el momento adecuado... Y es verdad que me enamoré de él. Pero antes lo convertí en mi bandera.

Pasa entre las palmeras y buganvillas que adornan la entrada, agitadas por el levante, y sonríe al portero uniformado que, ante las columnas del porche, se toca la visera de la gorra. En el hotel Reina Cristina hay un cóctel —no son casuales el día y la hora elegidos para la cita— y el vestíbulo y el salón bullen de gente: buena sociedad de Algeciras, cónsules, consignatarios de buques, invitados diversos. Se conversa en varios idiomas, las señoras van elegantes, hay uniformes, y Elena se pregunta cuántos miembros de los servicios secretos españoles y extranjeros, cuántos espías e informadores habrá entre esos correctos caballeros. Como de pasar inadvertida se trata, viste para la ocasión: seda estampada en tonos discretos, zapatos de tacón no demasiado alto para no resaltar su estatura, cabello levemente ondulado. El maquillaje se ciñe a lo imprescindible: un toque de carmín suave y algo de sombra de ojos. Nada que la diferencie de las mujeres que charlan copa en mano con sus acompañantes o, sentadas en los grandes sofás tapizados de color malva, escuchan la música de la pequeña orquesta que toca bolero tras bolero bajo el arco acristalado que da al jardín.

Procurando aparentar naturalidad, gabardina al brazo, Elena cruza el salón y, abriendo el bolso mientras finge buscar la llave de su habitación, evita el ascensor, alcanza las escaleras, sube los peldaños sin vacilar y se encuentra en el pasillo alfombrado del segundo piso. Es allí donde, al fin, se detiene un momento para dar tiempo a que se calmen los latidos de su corazón. Después respira hondo varias veces y camina de nuevo en busca del número 246.

La habitación es espaciosa y hay dos hombres dentro. Uno, Teseo Lombardo, es quien abre la puerta. El otro, que estaba sentado en la cama hablando por teléfono, cuelga y se levanta al verla entrar. Es un joven alto y rubio, de facciones agradables. A tono con el ambiente de abajo, los dos llevan chaqueta y corbata.

—Es un honor conocerla —dice el rubio alto.

Ella no dice nada. Se quedan en pie, mirándose. No se han estrechado las manos. Nadie sonríe. La habitación huele a humo de cigarrillos —hay cuatro colillas en un cenicero— y por la puerta vidriera que da a la terraza se ven la bahía y la forma lejana del Peñón.

—Gracias por venir.

Eso añade el mismo hombre, solemne. Su español es correcto. Parece vagamente embarazado, y tampoco Lombardo parece seguro de sí.

—¿Quiénes somos? —pregunta Elena, serena.

El gesto grave del otro se vuelve aprobador. Hay un brillo de reconocimiento en sus ojos azules. Tiene cara de actor de cine, piensa ella. Se parece a uno italiano, Amedeo Nazzari, que a su vez recuerda un poco a Errol Flynn.

—Puede llamarme Ortega —dice—. Es un nombre adecuado, si le parece bien.

—No tengo nada que objetar —responde ella.

—¿Le importa que la llamemos María?... Es por su propia seguridad.

—Tampoco me importa.

—Excelente.

El tal Ortega señala a Lombardo y esboza la primera sonrisa de la conversación.

—A él, como ya lo conoce, no lo llamaremos de ninguna forma.

Ha sacado un paquete de cigarrillos, golpea suavemente para que asome uno y se lo ofrece a Elena, que niega con la cabeza. Señala el italiano una botella de oporto que hay sobre una mesa baja entre dos sillones de cuero y metal, y ella repite el ademán.

—¿Quiere sentarse, María?

—Gracias.

Ocupa uno de los asientos, la gabardina a un lado, el bolso sobre las rodillas, sentada en el borde. Los dos hombres se quedan de pie frente a ella. Ortega mira a Lombardo como para cederle la palabra.

—Es mi superior —aclara éste.

Asiente Elena.

—Me he dado cuenta.

—Y se pregunta por qué está dispuesta a ayudarnos. Y hasta qué punto.

—¿Sólo es él quien se lo pregunta?

—También yo... Y algún compañero más.

—Mis motivos son cosa mía.

Interviene Ortega, en tono amable.

—Sabemos que su marido...

—No lo meta en esto —interrumpe ella, seca—. Si vuelve a mencionarlo, saldré por esa puerta y me olvidaré de ustedes.

—La hemos investigado, como puede suponer. Es necesario.

—Comprendo que lo sea. Pero los resultados no me interesan.

—Aun así...

—¿Ha leído *Los tres mosqueteros,* señor Ortega?

Se extraña el otro. Mira a Lombardo y después de nuevo a ella.

—Eh... Pues sí, claro. ¿Qué tiene que ver?

—Cuando al principio de la novela le preguntan a Porthos, el grandullón, por qué acepta batirse con D'Artagnan, se limita a responder: «Me bato porque me bato».

Lo deja ahí por un instante, dándoles el tiempo de comprender mientras se echa atrás en el sillón para apoyarse en el respaldo, acomodándose mejor.

—Mis motivos son asunto mío —añade—. También me bato porque me bato. Lo que debe importarles son los resultados.

Con una mano en un bolsillo de la chaqueta, Ortega la estudia, perplejo.

—¿Qué sabe de nosotros, María?

Ella se lo dice, sin omitir nada: Gibraltar, buzos italianos, ataques submarinos. El petrolero amarrado en el dique exterior de Algeciras como almacén o como base. El *secondo capo* Teseo Lombardo desvanecido en la playa, frente a su casa.

—Usted es uno de los que fueron a buscarlo aquella noche —concluye.

Se sorprende Ortega.

—¿Me ha reconocido?

Abre ella el bolso y saca el carrete fotográfico.

—Aquí tienen cinco fotografías del puerto de Gibraltar. Deberían verse los barcos y las instalaciones... No sé si las imágenes son buenas, porque no tengo medios para revelar la película y no es prudente hacerlo en un estudio. Así que lo dejo en sus manos.

Se lo entrega y permanece el italiano inmóvil, mirando el carrete. Después lo guarda en un bolsillo.

—Es una sorpresa —reacciona al fin—. Cuando se comunicó con nosotros no esperábamos que hubiese ido tan lejos.

—Ignoro lo lejos que puedo haber ido. Como he dicho, no sé si las fotos les serán útiles, o no.

—Ha corrido mucho riesgo al tomarlas. Supongo que sabe...

—Lo sé.

—Los ingleses no se andan con miramientos. Que sea mujer no cambia nada. En esto, como en muchas otras cosas, son despiadados.

—Conozco muy bien cómo son.

Sigue un silencio largo. Los dos hombres cambian otra mirada mientras Elena saca sus cigarrillos y se pone uno en la boca. Antes de que utilice su encendedor, el llamado Ortega se inclina, instintivamente cortés, para darle fuego con el suyo.

—Llegada la ocasión, ¿haría más fotos?

—Sí —responde sin vacilar.

El italiano se palpa el bolsillo de la chaqueta, pensativo, y frunce el ceño.

—Podemos proporcionarle otra cámara más pequeña y discreta. Más fácil de esconder.

Sonríe Elena.

—¿Una cámara de espía?

—Podríamos llamarla así.

Recuerda ella la tensión del pase de la frontera: el carrete oculto en el forro descosido y vuelto a coser del bolso, el vacío en el estómago y los esfuerzos para comportarse con naturalidad. La fila de gente a la espera, las miradas de los aduaneros y los soldados ingleses. Quince minutos de agonía. Había elegido el momento de mayor aglomeración, la hora de salida de los trabajadores españoles, y todo fue bien. Logró mantener la calma, y hasta que pasó junto a los guardias civiles de la verja y caminó hacia la explanada sintiéndose a salvo, no empezaron a temblarle las piernas. De ese modo anduvo en línea recta hasta el bar Siete Puertas. Una vez allí, sin importarle las miradas de los hombres acodados en el mostrador, pidió una copa de coñac y se la bebió de un trago.

—No quiero su cámara —responde al fin—. Si los ingleses la encuentran, no les quedará ninguna duda... Prefiero usar la Kodak con que tomé esas imágenes. Nada hay sospechoso en tenerla, si después retiro el carrete y pongo otro con fotos corrientes.

—Parece razonable —asiente Ortega.

Después, en pocas palabras, hace una descripción del momento y el curso de la guerra, que se ha vuelto difícil para Italia en el Mediterráneo. Una victoria próxima parece improbable, pero los ataques contra Gibraltar pueden reducir la presión aliada. Por eso, la orden recibida es intensificar las acciones en la bahía de Algeciras, dando prioridad a las grandes naves de guerra británicas.

—Nos interesa toda información sobre portaaviones, acorazados y cruceros... ¿Está dispuesta a ayudarnos en eso?

—Lo estoy.

—No tenemos tiempo de darle un adiestramiento adecuado.

—Sabré arreglármelas.

—¿Qué más necesita?... ¿Podemos ofrecerle algo?

—En este momento no se me ocurre nada. Sólo un medio de contacto seguro.

—No queremos ponerla en peligro... ¿Tiene alguna idea? ¿Alguien en quien pueda confiar?

Es ahora cuando por primera vez, entre el humo de su cigarrillo, Elena mira abiertamente a Teseo Lombardo. Hasta este momento había esquivado hacerlo.

—Confío en él.

Mueve la cabeza Ortega.

—Qué curioso —sonríe un poco—. Es lo mismo que él dijo cuando se planteó este asunto: «Confío en ella».

Los ojos color hierba de Lombardo están fijos en la mujer. Muy serio y casi inocente, piensa ella sosteniéndole la mirada; que no es la de alguien satisfecho por la conversación, sino todo lo contrario. Parece preocupado, cual si se preguntara si hacen bien en tener a Elena allí. En dejarla implicarse de esa forma.

—Hay un aspecto delicado —dice Ortega—. Y pido disculpas por mencionarlo. Tendrá gastos, seguramente... Necesitará dinero.

—¿Está diciendo que van a pagarme?

Su tono hace vacilar al italiano.

—Bueno... Por supuesto, nosotros...

Apaga ella el cigarrillo en el cenicero.

—No quiero nada, olvídelo. Si los ingleses acaban ahorcándome, que no sea por dinero.

Se queda callado e inmóvil Ortega, como si no supiera qué decir.

—Es una mujer muy valiente —comenta al fin.

Luego, tras una corta vacilación, se vuelve hacia su compañero, se despide de Elena y sale de la habitación, dejándolos solos: sentada ella, de pie Lombardo. Mirándose uno a otro.

—Nada de esto la obliga —murmura el italiano.

—¿Quiere decir que puedo echarme atrás?

—Naturalmente... Incluso debería hacerlo.

Ella señala la puerta por donde se ha ido Ortega.

—Creía que estaba de acuerdo con él.

—No en todo.

—Me sorprende que diga eso.

—Lo que usted se propone hacer es peligroso.

—Ya lo hice una vez.

—Cuantas más veces lo haga más peligroso será, María.

Tuerce ella la boca con desagrado.

—No me llame María. Usted, no.

—Creía que...

—Creyó mal.

Mira Elena otra vez la puerta.

—¿Cómo se llama él?

—Ya se lo ha dicho: Ortega.

—Déjese de tonterías. Ustedes y sus juegos de claves y de niños.

Alza él una mano, solicitando la ocasión de explicarse.

—Estamos en guerra —dice—. Va a arriesgar la vida por nosotros, y eso no es un juego... Lo hará por Italia y por España.

Ríe ella, irónica, mientras deja el bolso y se pone en pie.

—No meta a España en esto. Ni siquiera a Italia.

Lombardo ha dado un paso atrás, cediéndole espacio. Parpadea confundido, intentando encajar lo que oye.

—En realidad no es por eso —prosigue Elena—, aunque guardaré las apariencias como si lo fuera. La cuestión es otra. Usted y sus compañeros conocen mi identidad. Y yo quiero saber el nombre real del hombre que acaba de irse.

—No es conveniente —casi se sobresalta él—. Me pone en un compromiso.

Camina ella hacia la vidriera, la abre y sale a la terraza cubierta. Más allá de las copas de las palmeras, la bahía es un semicírculo azul con la enorme y alargada roca parda al fondo.

—Lo saben todo sobre mí, según ha dicho su jefe. Porque de verdad es su jefe, ¿no?

Lombardo la ha seguido hasta situarse a su lado.

—Lo es —responde.

—Debo confiar en su grupo, así que es razonable que también los someta a alguna prueba de lealtad. En especial a usted.

—¿Por qué a mí?

—Porque con usted empezó todo.

Apoya él las manos en el antepecho de la terraza, contemplando el mar. Al cabo mueve un poco la cabeza con aire abatido.

—Yo no puedo...

Se vuelve ella con deliberada brusquedad.

—Eh, vamos, *secondo capo* Teseo Lombardo... Si me atrapan los ingleses, ¿cree que habrá mucha diferencia entre lo que debo y no debo contar?

Lo ve parpadear de nuevo. Bajo la luz exterior, sus iris parecen todavía más verdes.

—¿Siempre es usted tan fría?

—Sólo cuando, como señala, arriesgo la vida.

—Pues parece que tenga el hábito.

—He descubierto que es un hábito fácil de adquirir.

Se inmoviliza el perfil masculino: pelo negro muy corto, nariz recta, mandíbula fuerte donde apunta el tono oscuro de la barba. Un magnífico ejemplar de hombre con rostro y cuerpo de hombre, piensa ella. Siglos de sol y mar Mediterráneo lo hicieron así. Innumerables temporales, guerras, pesquerías y naufragios, naves varadas en la arena bajo el cielo estrellado, fuegos hechos con madera de deriva. En los museos hay bronces y mármoles que se le parecen.

—¿Por qué dice que todo empezó conmigo? —le oye preguntar.

Elena se vuelve, exasperada. Lo golpearía, piensa. El muy estúpido.

—Por Dios —responde como si fuera obvio—. Usted en aquella playa. La primera vez.

Lombardo sigue absorto en el paisaje. O lo parece.

—Se llama Mazzantini —dice al fin—. Teniente de navío Mazzantini.

Ha pronunciado el nombre con un candor herido, cual si hacerlo violentara su conciencia.

—¿También sale de noche a la bahía, como el resto?

—También... Es un buen hombre.

Ahora se miran de frente, por fin cara a cara, sin apartar los ojos uno de otro.

—¿Por qué me lo ha dicho? —inquiere ella.

—Me pidió una prueba de confianza.

—¿Y por qué me la da? Usted es un soldado. No falta a sus deberes con facilidad.

Aún duda él un poco más.

—Si los ingleses...

Aspira aire súbitamente, y se calla. Sigue mirándola con fijeza. Bajo la chaqueta entreabierta y la corbata, la camisa blanca moldea su pecho de nadador. Está muy cerca y huele neutro y cálido, como un niño. Elena siente que una ola de tibieza sube desde su vientre al corazón. Hace más de dos años que no la abraza un hombre.

—Si me apresan, y por mi propio bien, es mejor que tenga algo que contarles... ¿Verdad?

Lombardo no responde a eso. La sigue mirando como antes, casi inocente. Lo besaría ahora mismo, piensa ella, si no fuese faltar al decoro. Le tomaría el rostro entre mis manos y le besaría la boca, rozándome con esa barba dura que le apunta ya en el mentón. Oliendo su piel y su pasado.

—No sé cómo será ese teniente suyo, pero usted sí es un buen hombre.

Lo ve sonreír. Ese trazo blanco que Elena ya casi ama.

—El otro día dijo que soy torpe.

Asiente ella.

—Veo que se acuerda.

—También recuerdo que le dije algo así como que en otro momento, en otro lugar...

—¿En otra vida?

—Eso es.

—No lo dijo. Sólo empezó a decirlo.

—Sí.

—¿Qué nos habría ocurrido en otra vida?

—Yo... Bueno. Quiero decir que usted...

Nada más va a ocurrir hoy, comprende ella. Y puede que sea lo adecuado: que nada ocurra y todo se resuma en las palabras *quizás* o *nunca*. Entonces, sin pensarlo, llevada por un impulso inexplicable, alza una mano y la apoya en el pecho del hombre. Sólo eso: sitúa la mano sobre su corazón, buscando los latidos. Y lo consigue. Baten lentos y acompasados a través de la camisa. Así deben de ser bajo el mar y la noche cuando él se juega la piel, concluye. Cuando combate.

—Sólo tenemos esta vida —dice ella.

La mira, paralizado por la sorpresa, quieto como esas antiguas estatuas que tanto se le parecen. Entreabre él los labios como si palabras todavía imposibles de pronunciar —o tal vez ya imposibles— se hubieran trabado en ellos. Y un momento después, con el calor del hombre y el latir del corazón hormigueándole en los dedos, Elena retira la mano, coge bolso y gabardina y se marcha de la habitación 246.

A esa misma hora y a poco más de siete kilómetros de allí, en el lado opuesto de la bahía, Harry Campello cruza el jardín del Rock Hotel de Gibraltar. Varios soldados de los Ingenieros Reales en uniforme de faena trabajan construyendo un escenario, y otros apilan sillas plegables.

El aroma de las flores se mezcla con el de la madera recién aserrada. Suenan martillazos.

—Qué sorpresa, muchacho —exclama Will Moxon, que al verlo aparecer interrumpe su conversación con otro militar—. Tú por aquí.

—Tenía que ver a gente.

El teniente de navío bebe un sorbo de la botella de cerveza que tiene en la mano.

—¿Alta seguridad?

Mira de reojo Campello al segundo hombre: un tipo alto, delgado, con galones de sargento del Ejército de Tierra. Es raro ver allí esa graduación, pues al Rock sólo tienen acceso jefes y oficiales.

—Algo así —responde, cauto.

—Pues yo he sido relevado de mis funciones habituales durante cuarenta y ocho horas —Moxon abarca el jardín con ademán desganado—, para que me ocupe de esto.

Sonríe Campello.

—¿Y eso es bueno, o malo?

—Depende de cómo salga. Con el pretexto de que soy actor, el general MacFarlane en persona ha visto en mí a la persona adecuada para organizar una representación del último diálogo de Otelo y Desdémona: «Tal es la causa, tal es la causa, alma mía»... Etcétera. Quiere sacarle partido a la visita de Gielgud y Leigh.

—¿John y Vivien? —se sorprende el policía.

Moxon apura el último trago y deja la botella en una maceta.

—Sí, ésos. Participan en el Programa de Entretenimiento de Tropas y llegan mañana en vuelo directo desde Casablanca, con un cantante cómico y dos o tres chicas guapas que cantan disfrazadas de Wrens.

—Bonita noticia. Pero no sé si una historia de celos es lo adecuado para una guarnición masculina que vive a miles de kilómetros de sus esposas.

—Ahí está el punto, creo —asiente divertido Moxon—. El general opina que tendrán más deseos de ganar la guerra y volver a casa de una vez.

—Y aumentar la estadística de crímenes pasionales, como en 1918.

—Ya salió el policía aguafiestas... De todas formas, no se lo cuentes a nadie, porque es alto secreto. Si se filtra antes de tiempo se montará aquí un buen barullo, y el general me colgará por los pulgares.

Estudia Campello al otro militar. En estos tiempos, o en todos, conviene saber quién es cada cual antes de abrir demasiado la boca.

—¿Quién es tu amigo?

—Oh, disculpa... Te lo presento: John Burgess Wilson.

—Encantado.

—Puedes llamarlo Jack, es un buen tipo. Nos conocimos en la Universidad de Manchester... Allí componía canciones raras que les mojaban las bragas a las chicas.

—Sólo a las feas —lo corrige el otro con calma—. Las guapas compraban sus bragas en Burberry y procuraban no mojarlas.

—Qué bueno —ríe Moxon—. Tengo que anotar eso.

Se estrechan la mano. El tal Wilson tiene unos ojos húmedos y sus labios son finos, pálidos, un poco afeminados. Moxon le apunta con un dedo remedando una pistola.

—Que no te engañen los tres galones... Jack está en el Cuerpo de Educación, escribe cosas y es un poeta bastante potable. Un fan de Joyce.

—¿De quién?

—Joyce, James. El de *Ulises,* ya sabes.

—Ah.

—Me está echando una mano con Shakespeare.

—Ah.

Dirige Moxon una ojeada crítica a los carpinteros y luego mira el reloj.

—La hora de la ginebra, como dicen en la India. El barman de este hotel no es malo. De las pocas cosas que no han militarizado todavía... ¿Nos acompañas, Harry?

Asiente Campello.

—Hora de la ginebra es mi verdadero apellido.

—Pues a ello.

Entran en el bar, se acomodan en los taburetes de la barra y Moxon pide tres Old Tom. Hay otros oficiales, un pianista con uniforme de la banda de música de los First Herts que toca *Nunca seas cruel con un vegetal*, y ninguna mujer. A través de la vidriera, Campello puede ver la bahía y la costa algecireña iluminadas por una luz cada vez más densa y rojiza. Al otro lado del Estrecho, entre una ligera bruma azul y gris, se distingue África.

—Me gusta el sitio —comenta Moxon—. Uno de los pocos de este pedrusco donde no huele a ajo —se vuelve hacia Wilson y le guiña un ojo—. ¿Conoces el chiste sobre qué es un gibraltareño?

—No.

—Un moro que habla español y que se cree inglés... Ja, ja.

Sonríe un poco el otro mientras moja los labios en su bebida.

—Muy gracioso —dice Campello.

—No es nada personal, viejo camarada. Me conoces. Tú quedas fuera de eso.

—Qué generoso de tu parte.

Beben, escuchando la música.

—¿Cómo va el trabajo, Harry? —se interesa Moxon.

Campello duda un momento y se encoge de hombros.

—El asunto de Punta Europa me tuvo un par de días tras una pista falsa: un sospechoso español que frecuentaba a un farmacéutico hebreo de Governor's Street... Al final resultó que se estaba tratando una gonorrea, porque le avergonzaba hacerlo en La Línea.

Ríe Moxon, encantado.

—No se puede ganar siempre.

—Eso dicen.

El pianista toca ahora *Eres el deleite de mi corazón*. Moxon llama la atención del barman.

—Otros tres Old Tom, muchacho. Con un poquito más de ron.

Señala después a Campello y vuelve a guiñarle un ojo a Wilson.

—Harry caza espías y saboteadores, figúrate... Es su trabajo.

—Y Will es un bocazas —apunta el policía—. No es su trabajo, pero le encanta.

—Pese a este uniforme y a mi presente de actor en dique seco, soy un tipo sociable, viejo amigo. Eso exige conversación, y Jack es de confianza.

—De la tuya, querrás decir.

—A eso me refiero. Lo conozco desde antes de la guerra. Y aquí donde lo ves, es todo un héroe.

—Lo soy —confirma el otro, sarcástico.

—Se ocupa de inculcar nociones básicas al Grupo Operativo de los Muelles, que es la peor gentuza que tenemos aquí, sobre el Imperio británico, nuestros aliados americanos y soviéticos, la democracia y cosas así... Los culturiza, o lo intenta.

—Pues no le envidio el trabajo, porque a esos estibadores los conozco bien —opina Campello—. Roban en el puerto cuantas mercancías pueden para venderlas en el mercado negro. Son brutos y violentos.

—Y analfabetos —asiente Wilson.

—También.

—Incapaces de leer ni la tira cómica de Jane en el *Daily Mirror*... Los cabrea pertenecer al ejército, la poca paga y la disciplina militar.

—Los sindicatos los tenían mal acostumbrados.

—Me he dado cuenta.

—Jack tiene un truco estupendo para hacerlos callar cuando alborotan en clase —comenta Moxon.

—Que es siempre —confirma éste.

—Cuéntaselo, anda.

—No tiene mucho secreto... La orden militar de exigir silencio no funciona con ellos, y si les gritas ¡caballeros! se descojonan. Así que agarro a un estibador cualquiera de la primera fila y le hablo en susurros. Entonces todos se callan para averiguar qué le estoy diciendo, y ya son míos.

—Muy hábil —aprueba el policía.

El barman pone los tres nuevos cócteles sobre el mostrador. Moxon prueba el suyo y hace un gesto complacido. Wilson mira a Campello, curioso.

—¿Le han dicho alguna vez que se parece a ese actor americano, James Cagney?

—Varias.

—¿Y caza muchos?... Espías, como dice Will.

—Menos de los que quisiera.

Ríe Moxon.

—Ahí donde lo ves, es aún más duro que Cagney. Ya ha hecho ahorcar a un par de hijos de puta.

—¿En serio?

Campello bebe de su copa y no dice nada. Insiste Wilson.

—¿Qué es lo que buscan con más interés los agentes enemigos?

Responde el policía con desgana: información sobre los depósitos de munición y combustible que hay en los túneles, el aeródromo, las baterías situadas en lo alto del Peñón. Y, por supuesto, el puerto.

—Todo lo que hay en el puerto les interesa mucho —concluye.

—Vaya.

—Sí.

Wilson lo piensa un momento.

—Conozco un lugar desde el que se ve el puerto de maravilla —dice al fin—. Los astilleros, los depósitos, los barcos... Se ve todo.

—Seguro que Harry lo tiene controlado —comenta Moxon—. No se le escapa ni una.

El instinto profesional ha avivado la curiosidad de Campello.

—¿De qué lugar me habla?

—Una librería en Line Wall Road, situada en un segundo piso... Tiene una terraza con una vista espléndida.

Lo piensa un momento el policía.

—¿La de Sealtiel Gobovich?

—Ésa.

—Conozco la tienda, pero no recuerdo la terraza.

—Pues es magnífica. Precisamente estuve allí hace un par de días. Además, conocí a una chica singular... Una librera del otro lado de la verja.

—¿Guapa? —se interesa Moxon.

—No está mal, para los tiempos que corren.

—¿Española?

—Eso creo.

—¿Y qué hacía con Gobovich? —pregunta Campello.

—Trabajó allí durante la guerra de España, y lo visita de vez en cuando.

—¿Casada o soltera? —inquiere Moxon.

—Es viuda de un marino mercante.

—Ah, vaya.

—Según me contó Gobovich, al marido lo mataron en Mazalquivir.

El instinto de un policía veterano es como el del caballo que, perdido el jinete, se encamina solo hacia los establos. Campello bebe un sorbo de su copa y la pone sobre el posavasos de cartón con la silueta y el nombre del hotel, exactamente en el círculo de humedad que dejó al levantarla.

—¿Quiénes lo mataron?

—Pues quiénes van a ser... Nosotros, los británicos.

7. Los trenes del doctor Zocas

Hay nubes bajas y amarillas que vienen de África, con temporal del sudoeste en la bahía. Quizá traigan lluvia. Rompe el agua a lo lejos, alzándose con altos estallidos de espuma en la escollera del dique sur del puerto de Algeciras. El viento hace gualdrapear el toldo del bar restaurante Delicias, junto al hotel Marina Victoria.

—Nada que hacer —comenta Gennaro Squarcialupo—. Esta noche no hay quien salga.

—Ni mañana —coincide Teseo Lombardo—. Esto dejará una marejada imposible.

—Mala suerte.

—Sí.

Sentados en la terraza, los dos italianos contemplan el muelle de la Galera. El mal tiempo aplaza todas las acciones previstas. Ni siquiera el barco que enlaza la ciudad con Tánger ha podido hacerse a la mar: acaba de suspender su salida, y los contrariados pasajeros abandonan la estación marítima de vuelta a sus casas, hoteles y pensiones. Cocheros y taxistas se agolpan ante ellos, felices con el imprevisto, reclamándoles el equipaje.

Lombardo termina de beber su vermut y se recuesta en la silla.

—Tampoco hay prisa —comenta.

—No, desde luego. No la hay —Squarcialupo mira en torno para asegurarse de que no tienen a nadie cerca—. Y puede que sea mejor así, ¿no?... Ese convoy que se está formando tardará un poco en reunirse. Tendremos la tienda mejor abastecida, y más para elegir.

—Es posible.

Sonríe Squarcialupo, soñador.

—Daría mi vida por un portaaviones, hermano.

—Pues lo mismo la tenemos que dar.

Lombardo lo ha dicho con sencillez, en tono objetivo. Se sobresalta Squarcialupo al oírlo. Lo incomoda la naturalidad con que el veneciano habla de lo que no se debe. Así que, repentinamente serio, mira de reojo mientras se toca la medalla religiosa que lleva al cuello y hace con los dedos el gesto de espantar la mala suerte.

—Maldita sea... No hables así delante de un napolitano, por favor. No fastidies.

Sonríe Lombardo, distraído.

—Me conformaría con un acorazado, Gennà. Incluso con un crucero.

Squarcialupo conoce esa sonrisa y la aprecia mucho. La vio docenas de veces en el rostro mojado de su compañero al quitarse la máscara del autorrespirador tras los terribles entrenamientos en Bocca di Serchio y La Spezia —orientación nocturna, paso de obstrucciones submarinas, uso de explosivos—, donde sólo uno de cada cinco aspirantes aguantaba hasta el final: un gesto nunca desalentado, tranquilo, infatigable, que hasta en los peores momentos animaba con un golpe de luz las facciones agotadas por la presión del agua y el duro trabajo. La sonrisa de delfín: una sonrisa, y cuanto significa, que ata con lazos tan fuertes como los familiares, o incluso más. En realidad, concluye el napolitano, Teseo Lombardo, el teniente Mazzantini y los demás camaradas del grupo Orsa Maggiore son su verdadera familia. La única que cuenta ahora, hermanos de vida y muerte. Con ese pensamiento dirige otra ojeada a la puerta del hotel.

—El teniente confía en pescar peces gordos —mira el reloj—. Y por cierto, está tardando mucho.

Su compañero le ofrece un cigarrillo y Squarcialupo lo acepta con gusto. El paquete es Lucky americano; rubio de verja, como dicen aquí. Pese a la escasez general y al racionamiento, el tabaco se vende en casi todos los bares, libre de impuestos. Como en Nápoles, suspira nostálgico, antes de la guerra. Ojalá, en vez de encontrarse en el puerto de Algeciras, estuviera ahora sentado en la galería Umberto I con uno de esos cigarrillos en la boca y una cerveza Peroni en la mano, viendo hacer compras a mujeres guapas, elegantes, de ojos oscuros como el pecado y olor a colonia Colpevole.

—Ya saldrá —dice Lombardo—. Tranquilo.

Fuman y esperan. Cada uno siente en el bolsillo el peso ligero de una navaja automática —las armas de fuego se descartan, por prudencia—. Están allí para cubrir al teniente, que desde una habitación del hotel comunica con el mando de Inteligencia Naval. El contacto se hace con el aparato de radio que un miembro del consulado emplaza periódicamente en distintos lugares de la ciudad, cambiando de sitio para dificultar su localización. La radio montada en el *Olterra* la reservan para urgencias, a fin de que pase lo más inadvertida posible. Y no se trata sólo del espionaje enemigo: los sistemas de radio-localización españoles, que deberían mirar hacia otro lado, pueden jugar malas pasadas si alguien les engrasa la palma de la mano. El dinero circula con generosidad desde cualquier bando y Algeciras hierve de fisgones que cobran de todos a la vez: agentes dobles e incluso triples. En cuestión de sobornos, nadie puede fiarse de nadie.

—Ahí viene el teniente —dice Lombardo.

Squarcialupo se vuelve a medias y ve a Mazzantini, que ha salido del hotel y se acerca con aire despreocupado y las manos en los bolsillos: alto, apuesto y rubio como un arcángel vestido de paisano.

—Todo en regla —comenta, sentándose con ellos.

Tiene aspecto animado y afirma levemente, mirando el puerto.

—¿Habrá cacería? —pregunta Lombardo.

Asiente de nuevo el oficial.

—Habrá... Confirman lo del convoy.

Sonríen los buzos, codiciosos. Lobos jóvenes con apetito. Silba Squarcialupo la musiquilla comercial de *La hora del Campari*.

—¿Para cuándo, mi teniente?

—Tres o cuatro días, coincidiendo con el final del mal tiempo.

—Colosal.

—Lo es, sí. Ya hay barcos en Cádiz y otros han salido de Lisboa.

—¿Caza mayor?

—Relativa, pero no está mal: un transporte grande de tropas, el *Luconia* —el teniente ha bajado la voz—. También petroleros y mercantes. Y dos cruceros de batalla, me aseguran... Deben reunirse en Gibraltar en los próximos días.

—Tenemos tiempo —calcula Squarcialupo.

—De sobra.

—Suponiendo que lleguen los repuestos.

Hace Mazzantini un ademán hacia el hotel.

—Acaban de confirmar que ya están en camino desde Huelva.

—¿También los acumuladores de sesenta voltios?

—También. Me dicen que desembarcaron ayer mismo.

—Vaya... Por una vez estamos siendo eficaces. Ya sólo falta que recibamos la *Gazzetta dello Sport*.

Asiente Mazzantini. Es seguro de sí, educado y prudente. Sabe mandar en voz baja y no exige a nadie nada que no sea capaz de hacer él. Su familia es de clase alta, de antes de la marcha sobre Roma: Squarcialupo recuerda que cuando el duque Aimone d'Aosta los visitó en la base de Bocca di Serchio se entretuvo con él, preguntándole por sus padres con mucha cordialidad. Un viejo título de la nobleza ligur, venido a menos en la nueva Italia. Estirpe de patriotas. Su padre murió en el Isonzo durante la Gran Guerra y su bisabuelo en Custoza, luchando contra los austríacos.

—Si todo llega a tiempo, tendremos tres maiales operativos para dar una mala noche a los ingleses.

—Ojalá.

Dos hombres se aproximan conversando y ocupan una mesa cercana. Parece casual, pero nunca se sabe. Tras un momento de silencio, Lombardo llama al camarero y paga la cuenta. Los tres italianos se ponen en pie y caminan hacia el muelle. Allí el viento es más fuerte.

—Vamos a necesitar información precisa —comenta el teniente en voz baja—. Hay que mantener una vigilancia extrema, tanto de la bahía como del puerto. Lo de fuera está cubierto desde Villa Carmela y con los pescadores que paga y controla nuestro consulado. En cuanto a lo de dentro...

—Tenemos gente allí —interviene Lombardo.

Lo hace tan rápido y vehemente que Mazzantini se lo queda mirando.

—Ya, pero hablo del puerto, ¿comprendes? De las redes antisubmarinas hacia dentro. Las fotos que trajo tu amiga María...

—No es mi amiga.

—Las fotos son buenas —prosigue el oficial sin inmutarse—. Desde su punto de observación se ve perfectamente dónde amarra o fondea cada barco.

—Quizá sea demasiado pronto para que se ocupe de eso —opina Lombardo—. No tiene experiencia.

Mazzantini hace un gesto indiferente. Han pasado la garita de carabineros y caminan junto a la marquesina de la estación marítima. El sudeste y la marejada hacen chapotear el agua contra el muelle entre los barcos amarrados a los norays. Hay vagones de carga inmóviles en las vías. Planean, imperturbables, docenas de gaviotas sobre las chimeneas amarillas y rojas de la Trasmediterránea, y las banderas flamean con violencia, tensas al viento.

—Las fotos que tomó —comenta Mazzantini— situaban cada nave de guerra en su punto de amarre... Si hace otras cuando el convoy se esté formando en Gibraltar, iremos sobre seguro.

—La Royal Navy siempre se queda dentro, protegida —observa Squarcialupo.

—A eso me refiero. Si los situamos con exactitud, cuando pasemos las redes cada cual podrá orientarse hacia su objetivo... Bastará la brújula. Ni siquiera necesitaremos asomar la cabeza para echar un vistazo.

—Atacar a tiro fijo —se complace Squarcialupo.

—Sí.

—Me gusta eso de no asomar la cabeza en mitad de un puerto enemigo.

Mazzantini está mirando a Lombardo, inquisitivo.

—Habrá que pedírselo, ¿no?... Que haga fotos veinticuatro horas antes del ataque.

Se endereza el veneciano. Incómodo.

—¿Por qué me lo dice a mí, mi teniente?

—Porque alguien tiene que hacerlo.

—Eso la pondrá en peligro.

—Ella se ofreció, y quiere que tú seas el contacto.

Squarcialupo observa que su compañero se queda en silencio y que el oficial lo mira con dureza.

—Esto es una guerra, Teseo.

196

Lombardo permanece callado, vuelto con obstinación hacia el puerto y la bahía. Insiste Mazzantini.

—Se trata de hacer todo el daño posible al enemigo. Y ella ha elegido bando.

—Sigo sin ver claras sus razones —sostiene Lombardo al fin.

—Si quieres comprender a una mujer, te volverás majara —tercia Squarcialupo—. Así que ni lo intentes.

—Las razones no importan ahora —remacha el teniente—. Cuentan los resultados. Vamos a hundir barcos enemigos y María nos ayudará en eso.

—Si la descubren allí...

Chasquea la lengua Mazzantini. Si la descubren los ingleses, si nos ahogamos en el mar, si nos matan en ese puerto, dice, estoico. Te repito que esto es una guerra, *secondo capo* Lombardo. Por si no te has dado cuenta.

—La diferencia —añade— es que tú, Gennaro y yo mismo la hacemos a nuestro modo... Incluso aunque al final fuéramos derrotados, cuando salimos de noche a esa bahía redimimos muchas miserias de nuestra pobre patria. No luchamos porque seamos fascistas, que eso ya es cosa de cada uno.

—Yo soy fascista —objeta Squarcialupo—. Y a mucha honra.

—Luchamos porque somos italianos, ¿entendéis?... Para vengar cabo Matapán, Génova, Tobruk, Malta... Para borrarles a esos ingleses soberbios la sonrisa de superioridad que tienen en la boca.

Han llegado al ángulo del muelle, junto a la grúa. Algo más allá, entre ellos y Gibraltar, se alarga el dique sur con el *Olterra* amarrado casi al extremo, proa hacia la bocana.

—Somos voluntarios para luchar así —zanja Mazzantini—. Y esa mujer ha elegido hacerlo a nuestro lado... Por eso asume las consecuencias, como nosotros.

Lombardo no dice nada. Mira hacia el *Olterra* y la silueta lejana y brumosa del Peñón. Squarcialupo apoya la mano en el hombro de su compañero.

—El teniente tiene razón, hermano —dice—. Ella tiene un par de huevos.

Asiente con vigor Mazzantini, que también mira hacia Gibraltar.

—Y que lo digas, Gennà. Más que muchos hombres que conozco.

—Qué sorpresa. Pasa, por favor. Ven aquí.

Pasiva, Elena se deja abrazar por su padre. Manuel Arbués nunca fue pródigo en abrazos, pero tal vez la edad y la separación han cambiado las cosas. Modificado ciertas actitudes.

—¿Cuánto hace que no venías? ¿Un año?

—Más.

—Válgame Dios... Cómo corre el tiempo.

Se quita la gabardina y recorre el pasillo atestado de libros. Huele a cerrado, calor de brasero bajo la mesa camilla, papel viejo. Por la ventana del pequeño despacho entra una luz mortecina que ilumina más estantes con libros, la máquina de escribir rodeada de cuadernos y carpetas, grabados con escenas clásicas colgadas en las paredes: el juicio de Paris, Príamo implorando la piedad de Aquiles, Eneas huyendo de Troya. *Una salus victis nullam sperare salutem.*

—¿Y qué haces en Málaga?

—Nada en especial, un asunto de trabajo. Y aprovecho para verte.

Sólo lo último es cierto. Ha tenido tiempo de sobra para analizarlo durante las tres horas de viaje en autobús desde San Roque, con un libro sobre las rodillas del que apenas leyó unas páginas. Mirando por la ventanilla la carretera ondulada y sinuosa entre montaña y mar, las torres vigía en ruinas sobre las peñas altas de la orilla, las casas blancas de Estepona y Marbella tras los eucaliptos que bordean la ruta. Para reflexionar sobre por qué visita a su padre precisamente ahora. Qué la hace regresar, aunque sea un momento, a la cueva del Cíclope. Al vientre de madera del caballo de Troya.

—No tengo nada que ofrecerte. Sólo vino moscatel.

—No te preocupes.

—¿Hago café?... Tengo algo que casi lo parece, o al menos que puede beberse.

—No importa. No quiero nada.

El padre se ve incómodo, más aún que ella. Turbado por el antiguo silencio de ambos. Ninguna discusión extrema, ninguna crisis violenta propició el tiempo muerto. Sólo una última conversación, cruel por parte de Elena; una despedida fría y luego el vacío de la distancia, la escasez de noticias. La indiferencia. Ella regresó a la casa de Puente Mayorga para no volver, y él siguió inclinado sobre sus libros y sus notas, antiguo catedrático hoy sin alumnos: míseras clases particulares, traducciones de clásicos griegos y latinos que ya nadie publica, nadie conoce y a nadie aprovechan.

Debiste pelear, dijo ella la última vez, parada en el umbral y a punto de marcharse. O quedarte, al menos, y afrontar la suerte que corrieron otros. Debiste luchar, o morir, y tal vez luchar y morir, en vez de esos tres años refugiado en Gibraltar, la humillación del regreso con la cabeza baja, la sumisión a quienes te hacen gracia de libertad y vida tras llenar cementerios con hombres mejores que tú. La existencia oscura y gris a la que ahora te condenan. Eso fue lo que dijo el último día antes de irse. Me lo enseñaste cuando niña, mientras por encima de mi hombro vigilabas la traducción del libro II de la *Eneida*.

Da igual el bando, dan igual las armas, dan igual los dioses. En ese último extremo, la única salvación de los vencidos es no esperar salvación alguna.

El padre la mira, todavía de pie. Todavía indeciso. Elena sabe que lo recuerda todo tan bien como ella. Cada gesto y cada palabra. Hay tiempos y silencios que, prolongados, sólo enquistan la memoria.

—Siéntate, por favor.

Lo hacen uno frente al otro. Ha envejecido mucho, observa ella. Más anciano y descuidado. El pantalón de pana, las zapatillas, la vieja camisa de franela no mejoran su aspecto. Las mejillas sin rasurar desde hace un par de días apuntan pelillos blancos. Me gustaría sentir piedad, piensa.

—¿Cómo te va, hija?

Hija. Desmenuza ella la palabra en su mente. Nunca la llamaba así, antes. Sólo Elena, Elenita. Ahora ya no se atreve. La palabra *hija* la reservaba para una desconocida.

—Me va bien... La librería marcha.

—Me alegro.

—Gracias.

La observa con atención todavía incierta.

—Es raro.

—¿Qué es lo que te parece raro?

—Que estés aquí. Que quieras verme.

—¿Por qué es raro?

—Pues no sé. Cuando nos vimos la última vez... Cuando te fuiste, quiero decir.

—¿Pensaste que no volvería nunca?

—Algo parecido, sí.

—Yo también lo pensé.

Hay dos fotografías enmarcadas sobre un estante de la librería. Una es de ellos con la madre, que tiene a Elena en brazos; en el rostro de la madre hay una sonrisa triste como un presentimiento. La otra foto es de Elena en su boda:

200

vestida de raso blanco, del brazo del apuesto oficial de la marina mercante. La misma de la casa de Puente Mayorga.

El padre sorprende su gesto.

—Era un buen hombre —comenta—. Me gustaba. Lástima que, bueno. Ya sabes.

Lo escucha ella sin despegar los labios. El padre apoya las manos en las rodillas y se inclina un poco hacia delante, buscando palabras que llenen el silencio.

—¿Sigues sola?

—Sí.

Un amago de sonrisa insegura que se desvanece rápido.

—No sé. Eres joven todavía. A tu edad, deberías...

La mirada de ella lo hace callar.

—¿Te arreglas bien? —pregunta a su vez.

—El dinero que me mandas ayuda mucho. Las clases particulares y los derechos de las viejas traducciones son escasos, pero algo hacen... Y Austral ha reeditado mi *Anábasis*.

—Lo sé. La tengo en la librería.

—Algo me pagarán, imagino. He reclamado.

Otro silencio largo, incómodo.

—¿En qué trabajas ahora? —pregunta Elena.

—Una antología de la lírica arcaica griega. Fragmentos sueltos, raros.

—Tal vez te la publiquen.

—Podría ser.

—¿Sigues sola? —repite él—. ¿O tal vez...?

Se levanta Elena y el padre lo hace de inmediato.

—Tengo cosas que hacer. Sólo quería verte un momento.

—¿Para qué has venido?

Se ha acercado ella a la pared y mira los estantes. En uno, agrupados, siguen sus viejos libros de estudiante: la gramática griega, la antología latina. Alargando despacio una mano, dubitativa, dándose oportunidad de retirarla antes de consumar el ademán, toma su *Odisea* subrayada y pasa las páginas, recordando. Aún están allí sus marcas de lápiz señalando cesuras y diéresis en los hexámetros.

—Hay algo que me propongo hacer —dice—. O quizá debo hacer, en realidad.

—¿Puedo serte útil para eso?

—En cierta forma lo eres. Al fin y al cabo, tú me enseñaste a amar a los héroes.

Devuelve el libro a su lugar y afronta la mirada perpleja de su padre.

—Sin ti nunca los habría reconocido, supongo —añade.

—No creo que yo...

—Oh, no, en absoluto. O tal vez también lo fuiste algún tiempo, antes de que nuestra Troya ardiera. Cuando me susurrabas declinaciones griegas y latinas mientras te esforzabas en que descifrase a Homero y Virgilio: «Háblame, oh, musa, del hombre de innumerables astucias que por mucho tiempo anduvo errante»...

—Recuerdo lo de *astucias*. Al traducir, preferías esa palabra —sonríe esperanzado ante la oportunidad de congraciarse—. Yo me inclino por *recursos*, ¿te acuerdas?... «Varón de múltiples recursos».

—Siempre me pareció una traducción blanda por tu parte. Mediocre, incluso. Así, de sagaz y hasta peligroso, Ulises pasa a ser un buscavidas vulgar, un picapleitos casi cobarde.

Afirma melancólico el padre.

—Sí, eso decías entonces.

—Lo sigo diciendo.

Piensa ella un momento en eso, consciente del gesto duro que le sube a la boca.

—A fin de cuentas —añade—, nadie pone lo que no tiene... Incluso traduciendo a Homero.

Acusa el golpe el padre. Aparta la mirada, finge contemplar los libros, retrocede dos pasos. Al fin la mira a ella, otra vez desconcertado.

—Has dicho que te propones hacer no sé qué.

—Sí.

—Hay algo extraño en ti cuando lo dices. Y sigo sin averiguar qué te trae hoy aquí.

—Quería confirmar mi percepción del héroe.

—¿Tu qué?

Arruga la frente, queriendo comprender. Al cabo cree haberlo hecho. Señala la foto de la boda.

—Tu pobre marido...

Reprime Elena el impulso de reír con desprecio.

—No me refería a él.

Coge la gabardina y se la pone. El padre intenta ayudarla, pero ella se lo impide con un movimiento de cabeza. Se queda quieto, mirándola.

—Aquel verano no tuve tiempo de regresar a por tu madre —dice—. Todo ocurría muy rápido. Sólo te encontré a ti, y te llevé a Gibraltar.

—Me llevaste *contigo* a Gibraltar, y a toda prisa.

—Me buscaban para matarme, como a tantos otros. Yo era muy conocido en Málaga. No podía esperarla.

—Y aquí se quedó: sola, sin su marido y su hija.

—Pensaba enviar a buscarla. Lo sabes. Me ocupé después, en cuanto pude... Cuando dispuse de medios.

—Ya era tarde. Pagó tu fuga con la cárcel, donde el tifus acabó con ella.

—Lo recuerdo cada día.

—Yo también.

Camina por el pasillo delante de él y habla sin volverse.

—¿Cómo traducirías *vadimus immixti danais haud numine nostro*?

Los pasos del padre son roces tenues de las zapatillas en el suelo. De pronto se detienen.

—*¿Eneida?*

—Claro.

—Avanzamos mezclados entre los griegos, amparados por un dios que no es el nuestro.

Elena ha abierto la puerta de la calle y se vuelve con una mano en el picaporte.

—¿Me bato porque me bato?

Lo ve pestañear confuso. Casi asustado.

—No comprendo.

—Da igual —asiente ella—. Supongo que se trata exactamente de eso.

Por Line Wall Road circula un convoy precedido por un jeep con las gorras rojas de la policía militar británica. Parado junto a los muros de piedra gris del King's Bastion, Harry Campello lo ve pasar: camiones con lonas cubriendo la carga, en dirección a la parte sur del puerto. Cuando se aleja el último vehículo, el policía cruza la calle y se encamina hacia la esquina de Bomb House Lane. Allí, junto a una cabina telefónica, se entretiene observando los edificios altos, sus ventanas y balcones. Después va hasta el portal de la librería de Sealtiel Gobovich, que está abierto, y sube hasta el segundo piso. Hay dos clientes más; así que, tras intercambiar un saludo, el librero deja de prestarle atención. Mira Campello los libros, hojea un tratado sobre infecciones por hongos y enfermedades de la piel, y luego, como de modo casual, se asoma a la terraza. La vista desde allí es realmente espléndida, con el puerto y la bahía bajo el cielo amenazante de lluvia, rizada de borreguillos de espuma blanca por el viento que sopla con fuerza.

Cuando regresa al interior, acaba de irse el último cliente. Campello se acerca a la mesa principal, mira los títulos y hace otra vez ademán de hojear alguno. Al fin coge una novela de Dennis Wheatley y se la muestra al librero.

—¿Qué vale *El eunuco de Estambul*?

—Cinco chelines y seis peniques.

—El título promete... Me lo llevo.

Lo pone aparte y sigue mirando en la mesa.

—Es una suerte que la librería permanezca abierta —dice tras un momento.

Se muestra de acuerdo el librero, entre dos bocanadas de humo de su pipa.

—El gobernador Mason-MacFarlane nos considera servicios esenciales —comenta.

—Por supuesto —confirma Campello.

—Las guerras también se ganan con cultura.

—Y que lo diga.

Finge mirar más títulos. El librero señala con el caño de la pipa un ángulo de la tienda.

—Tenemos ahí una sección de libros viejos y antiguos muy interesante. Tal vez le apetezca echar una mirada.

Sonríe el policía, excusándose.

—No soy buen lector. En realidad es mi esposa la que lee.

—Entiendo —asiente el otro, comprensivo—. Suele ocurrir, y más en estos tiempos. ¿Sigue ella en Gibraltar?

—No, la tengo en Belfast. Pero le envío paquetes de vez en cuando.

Indica el librero uno de los ejemplares que están sobre la mesa.

—Si es para ella, le recomiendo la última novela de Margaret Morrison.

—Creo que ya la tiene... ¿Me aconseja alguna más?

—Esa de Florence Riddell se está vendiendo bien.

Mira Campello título y portada: *Royal Wedding*, se titula. «Una fascinante historia de revolución, asesinato y amor de la hermosa princesa Tania», lee en la solapa. Más bien nauseabundo, concluye. Pero finge interés.

—¿Y dice que se está vendiendo bien?

—Hasta la evacuación, desde luego. Es muy romántica. Quizá no es lo que nosotros leeríamos, pero a las señoras les encanta.

—Me la llevaré también, entonces.

La pone aparte el policía, con la otra.

—Vine alguna vez con mi esposa, antes de la guerra —miente, como al descuido—. Puede que nos recuerde.

Duda el otro, quitándose la pipa de la boca.

—Sí, es posible. Su cara me parece familiar.

Sonríe otra vez Campello.

—En Gibraltar nos conocemos casi todos... Creo que había aquí una chica trabajando. Una española.

Lo ha deslizado en tono casual. Satisfecho, ve afirmar al librero.

—Sí, Elena.

—No recuerdo el nombre, o no llegué a saberlo... ¿Sigue con usted?

—Regresó a España. Ahora tiene una librería en La Línea.

—Vaya. No me diga.

—En la calle Real. Bastante bien puesta, me parece. Ella conoce el oficio.

Se encaminan hacia la caja registradora.

—¿Ha vuelto esa joven por aquí?

—Precisamente viene estos días a echarme una mano. Mi mujer está enferma.

—Lo siento. ¿No la evacuaron?

—Su salud lo desaconsejaba.

—¿Algo serio?

—Asma aguda.

—Vaya. Espero que mejore.

—Gracias.

Marca en la caja el librero el total de la compra.

—Son once chelines y seis peniques. Le hago descuento por ser gibraltareño.

—Es muy amable —responde el policía mientras saca un billete de una libra—. Así que esa muchacha española ayuda aquí... ¿Y viene en días fijos?

—No, sólo cuando puede. ¿Envuelvo los ejemplares?

—No hace falta.

Al guardarse las monedas del cambio, Campello advierte que el librero lo mira con más curiosidad que al principio. Tal vez demasiadas preguntas, excesivo interés por su parte hacia esa joven española. No conviene espantar la caza antes de que estén listos el perro y la escopeta. Es hora de acabar la charla, cerrar la boca e irse de allí.

—Se lo agradezco —dice, y coge los libros.

El otro lo sigue observando con atención. Suspicaz, ahora. O eso le parece al policía.

—Y yo a usted... Vuelva cuando quiera.

Sale Campello a la calle, analizando hechos. Puede que haya un cabo por atar, concluye. Y a él no le gustan los cabos sueltos. Dándole vueltas al asunto se dirige al King's Bastion y muestra su documento al centinela con fusil, bayoneta, casco y falda escocesa. Después asciende por los escalones hasta la muralla sin que nadie lo incomode, y una vez allí, indiferente al viento, se apoya en el repecho de piedra junto a los viejos cañones oxidados, al extremo de los cuales, rodeado de sacos terreros, hay emplazado un moderno cañón antiaéreo. Necesita pensar, mirar y seguir pensando. Desde donde se encuentra, a un lado del baluarte y Line Wall Road arriba, puede ver el segundo piso donde está la librería. Y al otro, en vista panorámica, el puerto con las instalaciones militares, los diques y los barcos amarrados a las boyas y los muelles.

En torno a la cumbre brumosa del Peñón, el viento arrastra las primeras gotas de lluvia. Asomándose a la muralla, arroja Campello los dos libros al agua sucia del puerto y se queda viéndolos hundirse entre cáscaras de fruta y detritos que flotan en la superficie oleosa. Después se aleja de allí. Si tuviera que vigilar ese lugar desde un edificio civil, concluye, no podría encontrar un observatorio mejor que la terraza de Sealtiel Gobovich.

Vestida con gabardina y botas de goma, está Elena apagando la luz, a punto de cerrar la librería, cuando unos golpecitos en el cristal del escaparate le hacen volver la cabeza. Samuel Zocas está allí, sonriente, protegido de la lluvia con un paraguas y un impermeable que relucen de agua. Le brillan gotitas en la calva y los cristales de las gafas. Se acerca ella a la puerta y abre.

—Te hemos echado de menos en la tertulia —dice el doctor, sacudiéndose en el umbral cubierto de serrín—. Acabas de perderte a Nazaret recitándonos su último poema de flores y pajaritos, y a Pepe demoliéndolo sin piedad, verso a verso.

—Tenía mucho trabajo... Curro me pidió la tarde libre, porque está su madre enferma.

—Ese empleado tuyo siempre tiene alguna excusa. Lo mimas demasiado.

—Es un buen chico.

—Ya, conozco el género... ¿Estás cerrando ya?

—Sí. Me voy a casa.

—Diluvia, como ves. Te acompaño hasta la plaza.

—Tengo un paraguas.

—Aun así. No puedes empujar la bicicleta y llevar el paraguas abierto... Anda, ven. Vamos.

Baja Elena el cierre, se pone un pañuelo recogiéndole el cabello, libera la bicicleta sujeta con una cadena a la reja vecina y camina calle Real abajo, resguardada bajo el paraguas que Zocas mantiene sobre sus cabezas.

—Acércate más, anda.

—Te vas a mojar tú, doctor.

—No te preocupes... Acércate.

Repiquetea el agua en los charcos y cae en molestos regueros desde los aleros de los tejados y los canalones de las terrazas. Las sillas del Círculo Mercantil y el café Anglo-Hispano están apoyadas en las mesas, chorreando lluvia. Transeúntes apresurados caminan con paraguas por las aceras. Algunos comercios siguen abiertos, pero sus luces no animan la calle húmeda, brumosa y gris que empieza a oscurecerse con el crepúsculo.

Al llegar a la plaza de la iglesia arrecia la lluvia. Zocas mira alrededor, preocupado. Después señala su domicilio, que está enfrente, contiguo a la pensión La Giralda.

—Con este aguacero no puedes ir más allá, porque te vas a empapar... Ven a casa, toma algo caliente y espera a que afloje un poco.

Acepta ella. Deja la bicicleta apoyada en la pared, al amparo del zaguán, y sigue al doctor. Antes de entrar dirige éste una mirada inquieta a su espalda, hacia la plaza y la calle que dejan atrás. Elena le sorprende el gesto.

—¿Todo bien?

—¿Qué?... Oh, sí, desde luego. Todo bien.

La casa de Samuel Zocas tiene dos pisos y es confortable, amueblada con vieja ebanistería española y un par de bonitos cuadros en las paredes. Por el mirador acristalado del salón-despacho, donde hay dos butacas de cuero y un sofá inglés, Elena alcanza a ver media plaza y la fachada cercana de la iglesia de la Inmaculada; y mientras aguarda sentada tras quitarse la gabardina, el doctor prepara café y lo sirve con un chorrito de coñac. Beben los dos, conversando sobre trivialidades: el mal tiempo, la guerra próxima, Gibraltar, la librería, los amigos. Elena advierte que su anfitrión se pone en pie a menudo y se acerca al mirador para echar un vistazo fuera.

—¿No escampa?

Niega Zocas, distraído. O inquieto. Se toquetea la pajarita mientras observa la plaza, como si el cuello de la camisa le apretara. Con el pretexto de admirar los libros alineados en la biblioteca, Elena se levanta y vigila el exterior sin ver nada de particular: sólo lluvia y algún paraguas que se mueve frente a la iglesia en la última luz del atardecer.

—¿Qué pasa, doctor? —insiste—. Algo te preocupa.

Parece pensarlo Zocas, sombrío. Al fin hace un ademán de impotencia.

—Figuraciones mías, supongo. Es tonto decirlo, pero hace un rato pensé que alguien nos estaba siguiendo.

Se inmoviliza ella como ante un vacío inesperado, súbitamente oscuro.

—¿Quién?

—No sé... Un hombre con impermeable negro. Eso pensé.

Hace Elena un esfuerzo por dominarse. Parada junto al doctor estudia la plaza, sin advertir nada fuera de lo normal. Inquieta por sus propios fantasmas.

—¿Y a quién seguía?

—Ni idea —Zocas se ha vuelto a mirarla y parece desconcertado—. Tal vez a mí, o a ti. O a nadie.

Lo piensa ella despacio, intentando no dejarse ganar por el miedo. No puede ser, concluye. Todavía no.

—Es absurdo. ¿Por qué iban a seguirnos?

—Lo mismo digo yo... Seguro que son figuraciones mías. La lluvia y la poca luz aturden un poco.

Al decirlo, quizás un segundo antes, el doctor desvía la mirada como si dudase en posarla en Elena. Y a ella eso no le pasa inadvertido.

—La guerra de los ingleses y el mal tiempo bastan para ponernos nerviosos.

—Es posible —concede Zocas.

Sigue un silencio incómodo y extraño. Corre los visillos mientras Elena, tranquila en apariencia pero crispada por dentro, medita sobre sus propios últimos movimientos: situaciones, personas, indicios. Nada recuerda que anuncie un peligro inminente. Cualquier cosa puede ocurrir tarde o temprano en los próximos días, pero es pronto para todo. Al menos eso prefiere creer.

Zocas se mueve por la habitación y señala la biblioteca. Su tono es distinto y muestra ahora un aire despreocupado. Tal vez, intuye ella, lo fuerza un poco.

—Esta parte la dedico a los trenes. ¿Lo ves?... Horarios internacionales, anuarios, libros sobre locomotoras, coches y vagones, historia de los ferrocarriles —se quita las gafas, las limpia con un pañuelo y se las vuelve a poner—. Fíjate en esta historia ilustrada del Orient Express, que es formidable. O esta otra, rarísima, sobre la Compañía Internacional de Coches Cama.

Se esfuerza Elena por disimular los pensamientos oscuros.

—¿Es tu maqueta ferroviaria tan bonita como dicen?

La contempla Zocas con súbito agrado. Una sonrisa enigmática le cruza la cara al tiempo que alza un dedo, cual si anunciara algo interesante.

—Ven —dice.

Lo sigue ella hasta una habitación de la planta baja. Allí, el doctor acciona el interruptor de la pared y una lámpara de techo ilumina un gran tablero puesto sobre caballetes a modo de mesa, sobre el que hay construido un paisaje a escala con montañas, ríos, puentes y casas. Entre ellos discurre una prolongada vía férrea con muchas vueltas y revueltas. Un convoy con locomotora y vagones se encuentra detenido en una estación, reproducida hasta el menor detalle. Incluso hay figuritas de pasajeros en el andén.

—Extraordinario —se admira Elena—. Habíamos hablado de esto, pero verlo resulta sorprendente.

Mueve la cabeza el doctor, orgulloso de lo que muestra.

—Me ha llevado años construirla —asegura—. Y todavía incorporo piezas o modifico algún aspecto. Fíjate.

Accionando otro interruptor, pone en marcha el tren.

—Por suerte no han cortado todavía la luz.

Se mueve la locomotora con suave zumbido, arrastrando coches y vagones por el sinuoso trazado de la doble vía en miniatura.

—Precioso —dice ella.

Mucho más que eso, opina el doctor. Lo que ahí figura a escala, añade, representa uno de los grandes logros técnicos del género humano, más que los aviones y los barcos: una fascinante combinación de geometría y matemáticas. El tren es símbolo de progreso civilizado, de exactitud mecánica y horaria. Un prodigio de precisión.

—¿Ves esa locomotora?

—La veo.

Con mucho cuidado, Zocas la desengancha del convoy y se la pasa. La máquina es de hojalata muy bien trabajada, sorprendentemente ligera.

—Me la enviaron de los Estados Unidos. Es nada menos que una Hudson F7 carenada, a escala 1/50... Un modelo reciente, del año 38. Fíjate en la perfección de los detalles. Tienes en las manos una de las locomotoras de vapor más rápidas de la historia. Puede alcanzar una velocidad de ciento cincuenta kilómetros por hora.

—¿Y eso es mucho, en un tren?

—Un prodigio, te lo aseguro. Una barbaridad.

Al decir eso, a Zocas se le ilumina el rostro. Lo observa ella, admirada, mientras le devuelve la locomotora, que el otro coloca en su lugar con el mismo esmero que antes.

—Aquellos del estante son un tren Märklin alemán del año 35 y el italiano Ingap, fabricado en Padua... Funcionan con vapor, nada menos.

—¿De dónde te viene esa afición, doctor?

—Teniendo nueve años hice un viaje con mis padres, y ya nunca pude librarme de esta magia.

Con ademán satisfecho señala Zocas los estantes de la pared donde hay expuestos diversos modelos de vagones y locomotoras en miniatura.

—Cuando bajo aquí, penetro en otro mundo —añade—. Un lugar donde el caos natural de la vida desaparece y todo se vuelve regulado y perfecto —mira a Elena con súbita ansiedad—. ¿Me comprendes?

Sonríe ella, amistosa.

—Creo que sí.

—Tú tienes tus libros, ¿no?... Pues éste es mi violín de Ingres: un santuario técnico donde la precisión y el orden hacen posible olvidar el lado oscuro del ser humano. Incluso la guerra.

Se interrumpe el doctor e inclina los hombros: parece que una idea desagradable pesara de repente sobre ellos. Luego mira alrededor como si regresara de un lugar lejano y suspira, sombrío.

—Al menos —añade—, olvidarla casi siempre.

El faro de la bicicleta ilumina la carretera junto a la playa, las gotas de lluvia en el haz de luz —ahora cae con menos fuerza, reducida a una llovizna suave— y la cinta larga, oscura y reluciente, del asfalto mojado. Elena pedalea enfundada en la gabardina, cubierta con un gorro de pescador que Zocas le ha prestado. Las gotas de agua le salpican la cara mientras aspira el aire húmedo y agradable que huele a hierba y tierra, algas en la arena y sal de mar.

Pasados el puente y el hotel Príncipe Alfonso se detiene y, sentada en el sillín, apoyadas las manos en la cesta sujeta al manillar, contempla el campo oscuro a su derecha y el semicírculo negro de la bahía a la izquierda. Las nubes densas, bajas y lluviosas ocultan por completo las estrellas; y Gibraltar, oscurecido por la guerra, queda invisible en las tinieblas. Sólo algunas luces aisladas se advierten al extremo de la carretera, hacia Campamento y Puente Mayorga. Y mucho más allá, siguiendo el arco casi invisible de la costa, Algeciras es una claridad débil tras el velo de noche y lluvia.

Inquieta, Elena se vuelve a mirar la carretera en sombras que deja atrás. Nada parece haber a su espalda; nadie la sigue. Procurando mantenerse serena, intenta ordenarlo todo en su cabeza: hechos, intenciones, azares, riesgos, la súbita y nueva sensación de peligro, la inquietud recién descubierta en Samuel Zocas, la eventual presencia de alguien que vigile sus pasos; no los del doctor, seguramente, sino los de ella. O quizá también los de él, que vive en La Línea, trabaja en Gibraltar y cruza a menudo la frontera. Durante un buen rato, inmóvil en la carretera, Elena intenta analizar cuanto del doctor sabe y tal vez ignora. Después pasa a ocuparse de ella misma; de la posibilidad de que hayan detectado sus últimos movimientos. Que sospechen de ella. Alguien de Gibraltar, tal vez, aunque eso le parece imposible, o casi. O quizá sean los mismos italianos, que buscan asegurarse de su lealtad, que al fin y al cabo nada justifica ni garantiza. Comprobar que no hay doble juego por su parte.

La gabardina húmeda le da frío y en las botas ha entrado agua que moja los calcetines de lana, así que pedalea de nuevo, vigorosa, para recobrar el calor. Cuando llega ante la venta de Antón Seisdedos ha dejado de llover. Apoya la bicicleta en el porche y entra, agradecida por el ambiente tibio que la recibe con olor a recinto cerrado, humanidad, serrín mojado, jamones curándose y humo de leña. Saluda al ventero, le da la fiambrera para que le ponga una ración de carne en salsa, y con una copa de manzanilla en la mano espera junto a la chimenea mientras se seca la ropa. En la venta hay pescadores que no pueden salir a faenar esta noche, algún militar de los cuarteles próximos y la habitual pareja de guardias civiles, que se calientan con un vaso de vino al extremo del mostrador, con los tricornios y capotes mojados y los fusiles colgados al hombro.

—Mala noche ésta, doña Elena —comenta Antón cuando le entrega la fiambrera llena y un cuarto de pan envuelto en papel de periódico. Lleva un mandil sucio, la camisa remangada, y en el antebrazo derecho, azulado y borroso por el tiempo, un viejo tatuaje con el emblema de la Legión.

—Podría ser mejor —sonríe ella.

Vigila de reojo el ventero a los guardias, se inclina un poco y baja la voz.

—Aunque lo mismo para otros sí sale buena.

Lo mira ella con interés, y Antón le guiña un ojo. Luego señala con el mentón a los pescadores que juegan a las cartas: caras de merodeador, ojos vivos, hambre y pobreza. Buscavidas de doble frontera: el mar y la colonia británica cercana.

—Esta noche, si saca usted al perro, no pasee por la playa. No estará la cosa para ladridos.

Comprende ella en el acto.

—¿Hay faena?

—Sí, pero ya me entiende... De la otra. Rubio de verja.

—¿Cerca de mi casa?

—Justo enfrente.

Hace un ademán discreto Elena, referido a los guardias.

—¿Y ellos? —susurra.

—Engrasados como Dios manda, que también tienen familia. A la hora conveniente estarán en la otra punta de la playa.

—Vive y deja vivir —ríe Elena por lo bajo.

—Sobre todo viven ellos, que tienen economato... Pero como digo, y por si las moscas, no se asome mucho antes de irse a dormir.

—Tampoco está la noche para paseos, ¿no te parece?

—Según, oiga. Lo que es malo para unos, es bueno para otros.

—Eso es verdad... Gracias, Antón.

—De nada. A mandar.

Dos horas más tarde, después de cenar y dejar un rato suelto el perro por el jardín, sin luz en la casa —el suministro eléctrico ha vuelto a fallar—, Elena fuma un cigarrillo en el porche, abrigada con un grueso jersey. Sigue lloviznando suave, sin ruido, y la noche se mantiene oscura, negra como el cielo y la bahía. En un momento determinado, Argos ladra dentro de la casa y ella lo hace callar, atenta al silencio. Al fin, al otro lado de la cancela ve moverse sombras furtivas procedentes de la playa y escucha el susurro distante de voces apagadas. Después retorna el silencio, sólo punteado por el goteo de lluvia que cae del alero.

Noches malas para unos, recuerda. Y buenas para otros.

Apura el cigarrillo y lo arroja a la oscuridad, donde ve extinguirse la brasa. No es mal lugar, resume mientras contempla la noche. No parece un sitio inadecuado para estar ahora, ni para mirar en torno mientras redibuja el nuevo paisaje de sus sentimientos y su vida. No hay nada, o eso le parece, como tan extraña sensación de peligro para sentirse vigorosa, serena, segura de sí, asombrosamente lúcida. Por completo confiada —y ésa es la inexplicable paradoja— en aquella recién recobrada incertidumbre. El hueco prematuro que una pérdida intuida y posible, tal vez probable, deja de antemano en el vientre y el corazón.

Entonces piensa de nuevo en él, suponiendo que haya dejado de hacerlo en algún momento. En los ojos color de hierba húmeda, los brazos y hombros fuertes, el mentón masculino. En la sonrisa que ilumina el rostro cortándolo con un mágico destello de luz, cuyo recuerdo hace que se sienta muy estúpida por no haberlo besado todavía.

El italiano.

Creía que jamás volvería a sentir esa clase de angustia íntima, piensa. El temor nada egoísta que poco tiene que ver con la propia suerte, destino o futuro. Porque pese al mal tiempo, quizás aprovechándolo, el *secondo capo* Teseo Lombardo, de la Regia Marina, puede hallarse en este momento otra vez en la bahía, solo o con sus compañeros, acercándose a los barcos invisibles en la oscuridad. Y el pensamiento de que algo malo ocurra, de no volver a encontrarse con él, de que también desaparezca en el mar bajo un cielo sin estrellas, la estremece más que el frío y la noche.

Y es de ese modo como Elena se retira al fin, cierra la puerta, gasta tres cerillas en encender una vela y se va a dormir con Argos rozándole las piernas, cargada de soledad, temor y esperanza. Sabe que dormirá mal, pues tiene llena la cabeza de palabras nunca antes pronunciadas, y preguntas que todavía no encuentran respuesta.

A veces, piensa mientras aguarda que la venza el sueño, le gustaría saber llorar.

8. La pesca del pez espada

A Harry Campello no le gustan las ejecuciones. Por su oficio, y en los tiempos que corren, de vez en cuando se ve obligado a presenciar alguna. Pero no le gustan. Como gibraltareño con abuelos italianos y malteses de sangre caliente, el comisario puede comprender que al ser humano —celos, odio, codicia, siroco, circunstancias— se le suba en ocasiones la pólvora al campanario; y en tal caso, mate y se haga matar. Forma parte del orden natural de las cosas: la maté porque era mía, lo maté porque me miraba mal, para robarle, porque se interpuso en mi camino, porque estorbaba. Me lo cargué, incluso, por buen, viejo y sólido odio latino, que según los sitios puede ser el mayor de los atenuantes. O le disparé de trinchera a trinchera, o en lugar parecido, porque era un enemigo. A juicio de Campello, todo eso puede comprenderse, combinarse y hasta negociarse: hoy por ti y mañana por mí, cuando es posible. Vamos a entendernos y a darnos margen unos a otros mientras podamos, si nos dejan. Pero quitar la vida de una manera organizada y fría, con tiempo para pensarlo y por imperativo legal hace que el comisario jefe del Gibraltar Security Branch se sienta incómodo. Sobre todo cuando él mismo, con su trabajo, es quien ha hecho posible que le pongan al infeliz de turno, al de hoy, una soga al cuello.

En todo eso piensa Campello, con las solapas del abrigo subidas y las manos en los bolsillos, mientras ve conducir al reo hacia el cadalso. La guerra y la situación local meten prisa, de manera que esta vez todo ha ido administrativamente rápido: confesión, juicio sumarísimo, sentencia. Punto final. La justicia de Su Majestad tiene urgencia: necesita dar ejemplo y pregonar escarmientos. Y la hora es adecuada. El patio de Moorish Castle, junto al foso, está mojado por la lluvia reciente y la humedad del amanecer que aún le disputa el cielo a la noche: negro azulado a poniente y tonos plomizos a levante, sobre la vieja torre del castillo en torno a la que planean, con agudos chillidos, las primeras gaviotas madrugadoras.

Al hombre que van a ahorcar le flaquean las piernas, y dos guardianes lo sostienen por los brazos para ayudarlo a caminar. Mirando, como hace Campello, hay un sacerdote católico con sotana, un par de oficiales de uniforme, un representante del gobernador y un periodista del *Gibraltar Chronicle*. Al tiempo que leen la sentencia —conspiración, sabotaje y otros etcéteras—, el preso, atadas las manos a la espalda, mira con ojos espantados la horca que gotea de humedad, junto a la que esperan el verdugo militar y su ayudante. Y cuando al fin mueve los labios susurrando algo inaudible, el cura se acerca y le habla al oído, en voz baja. Suben después los diez peldaños reo y guardianes, y una vez arriba todo transcurre con rápida eficiencia británica: se apartan los guardias, el ayudante pone al reo una capucha negra, el verdugo le ajusta el nudo corredizo, tira de la palanca, se abre la trampilla y el cuerpo cae como un saco pesado, hundiéndose hasta la cintura mientras suena el chasquido sordo de las vértebras del cuello al romperse.

Escucha Campello sus propios pasos bajo la bóveda de piedra al dirigirse a la puerta del castillo. Y allí, como si dejase atrás un submundo lóbrego de ecos y sombras, sale a una claridad distinta que ya dibuja la ciudad cobijada bajo el Peñón, la extensa bahía y las montañas al fondo, las proas de los barcos fondeados apuntando al sur, donde por la parte de África un desgarrón en las nubes empieza a filtrar una luz nacarada y rosa, anuncio de buen tiempo.

Regresa el policía al centro de la ciudad por las escalinatas que bajan del castillo, caminando primero por las calles estrechas y empinadas de la parte alta y luego por las que conducen a Main Street. En Bell Lane se detiene en un café recién abierto a desayunar y fumar el primer cigarrillo del día. Después compra los periódicos —«Las tropas del Eje, expulsadas del norte de África»—, sigue por la calle principal, cuyos comercios empiezan a despertar, y se detiene respetuoso mientras izan la bandera en el balcón de la residencia del gobernador: taconazos de botas claveteadas, sonido marcial de culatas contra el suelo, gritos del sargento mayor, presenten armas, sonido de trompeta. Tararí, ta, ta. La Union Jack subiendo por el mástil, más taconazos, más ruido de culatas. Y la tropilla de impecables soldados sonrosados, rubios y pelirrojos, desfilando marcial, up, aro, up, aro, de vuelta a la garita de la guardia situada al otro lado de la pequeña plaza, frente al Convento, flanqueada por cuatro bares y dos tiendas donde se venden cigarrillos y licores libres de impuestos. Dios salve al rey, o sea. Gibraltar, joya de la Corona.

Hassán Pizarro, Bateman y Gambaro esperan en la oficina del Branch, frente al cementerio de Trafalgar. Campello los convocó para primera hora; y cumplen, por la cuenta que les trae. Están sentados en la sala de reuniones, en torno a una mesa donde hay tazas de té y café vacías, una jarra de vidrio con lápices, un cuaderno de notas y un cenicero publicitario de White Horse lleno de colillas. En la pared, Jorge VI vestido de almirante y Churchill prometiendo sangre, sudor y lágrimas.

—Abrid la ventana, que esto apesta.

Obedecen. Se han puesto los tres en pie, disciplinados. Cuando se sientan, Campello los informa.

—El chico chaqueteó al ver la soga —resume.

—Que lo hubiera pensado antes.

Eso dice Bateman, el galés, con una mueca ruda que enfría más sus ojos claros. Los otros dos se muestran de acuerdo.

—Un cabrón menos —opina Hassán.

—Pero aún quedan sueltos unos cuantos —observa Campello—, y de eso tenemos que ocuparnos. Hace un rato, en el castillo, Kirby me ha dado un toquecito, a su estilo.

Lo miran, expectantes. Neil Kirby es el hombre del gobernador para asuntos de seguridad interior. Un militar seco y desabrido, de la línea dura. Estuvo destinado en Irlanda hace veinte años y se le nota. Suele rezumar mala leche.

—Confirma que están formando el nuevo convoy. En dos o tres días estarán todos los barcos aquí, escolta incluida.

—¿Naves grandes? —inquiere Bateman.

—Un par de cruceros y también mercantes nuestros y norteamericanos.

—¿Destino?

—No me lo ha dicho. Podría ser Alejandría.

—Esto va a convertirse en un escaparate tentador —apunta Gambaro.

—Un panal de rica miel —dice Hassán.

Asiente preocupado Campello.

—Por eso nos piden que abramos los ojos. Se esperan acciones navales o aéreas enemigas, y no quieren que desde aquí dentro se faciliten las cosas.

—Cada día entran y salen miles de españoles, comisario.

—¿Y me lo dices a mí?

—No, claro... Pero los milagros ocurren en Lourdes, no en Gibraltar.

—Podríamos montar una redada preventiva —sugiere Gambaro—. Tenemos media docena de nombres bajo vigilancia.

Mueve Campello la cabeza, escéptico.

—Eso no servirá de nada. Se nos iban a llenar los calabozos de gente a la que habría que interrogar y poner a punto. Y no tenemos tiempo ni personal para eso.

—Pidamos refuerzos a los de inteligencia militar, ¿no?

—Ni harto de vino pido ayuda a ésos —le corta Campello—. Decir inteligencia militar es un oxímoron.

Parpadea Gambaro.

—¿Un qué?

—Olvídalo.

Se palpa el comisario los bolsillos, saca el paquete de tabaco y lo tira sobre la mesa. Cada cual coge un cigarrillo y se lo encienden unos a otros.

—Los del servicio de información —prosigue Campello— son unos idiotas que no entienden nada. Creen que sobornando a contrabandistas, militares y guardias españoles se arregla todo... Si algo sale bien se lo apuntarán ellos, y si sale mal nos lo colocarán a nosotros.

—Mejor tenerlos lejos —coincide Hassán.

—No te quepa duda... Por otra parte, con una redada a lo bestia sólo conseguiríamos alborotar el gallinero, alertando de que hay algo gordo que proteger. Prefiero cirugía fina —se pone un pitillo en la boca y mira al subordinado, que se lo enciende solícito—. ¿Qué hay de ese español que trabaja en los astilleros, el tal García?

—Vigilado desde que cruza la verja hasta que sale.

—¿Seguro?

—No eructa sin que lo sepamos.

—¿Algo que adjudicarle?

—Nada por ahora... Pero ya caerá.

—O no.

Se queda pensativo Campello. Coge un lápiz de la jarra, le da vueltas entre los dedos, comprueba la punta.

—¿Y la librera de La Línea?

—Tampoco nada, comisario. Al menos, de momento. Allí hace vida normal y no ha vuelto por aquí.

—Si aparece estos días, quiero que se me avise inmediatamente.

—Descuide.

Dibuja Campello en el cuaderno figuras geométricas, desprovistas de sentido. Una especie de laberinto sin salida al que intenta buscarle una.

—¿Sabíais que a su marido lo mató la Royal Navy hace dos años? —dice de pronto.

—Ni idea —responde Gambaro.

—Pues ya veis. Hundieron un barco neutral con él dentro, en el norte de África.

—Vaya. ¿Y cree usted que...?

—Yo no creo ni dejo de creer. Miro y espero —se dirige a Hassán—. ¿Ya tenemos alguien al otro lado, como ordené, ocupándose de ella?

—Tenemos —lo tranquiliza el subalterno.

—Mucho ojo con eso, ¿eh?... No vayamos a meter la pata y espantar la caza.

—No se preocupe.

—Me pagan por preocuparme. Y a vosotros para que no me preocupe yo.

—¿Sospecha que ella está relacionada? —se interesa Gambaro.

Campello sigue dibujando mientras fuma, entornados los ojos por el humo.

—Yo no sospecho nada, de momento. Sólo sé que ahí puede haber un hueco en la seguridad. Un punto débil. Y quiero asegurarme.

—Habría que interrogarla, ¿no?... En plan bien, sin apretar aún. Sólo de tanteo, a ver por dónde respira.

—Estoy de acuerdo, comisario —se adhiere Hassán—. Si no está metida en nada, no hará ningún daño comprobarlo. Ni a ella ni a nosotros.

—Pero si lo está, la pondremos sobre aviso —objeta Campello.

Lo piensa un momento Hassán.

—¿Y qué? —concluye—. Eso la alejaría una temporada... Miedo en el cuerpo. Al menos, mientras se forme el convoy.

Alza el comisario la cabeza y mira a Bateman.

—¿Qué opinas tú, galés?

—Yo me dejaría de paños calientes. La traería y le sacaría lo que sepa a golpes.

Lo contempla Campello como si no esperase de él otra cosa.

—Muy propio de ti, hombre. Así se conservan imperios.

Se amostaza el subalterno.

—Usted ha pedido mi opinión.

—Ya, sí... ¿Y nunca te has preguntado por qué yo soy comisario y tú no?

Encoge Bateman los hombros, obtuso.

—Me faltan estudios.

—Y cerebro, criatura... Y cerebro.

Devuelve Campello el lápiz a la jarra, arranca la hoja del cuaderno y la rompe en pedacitos minúsculos.

—¿Habéis pescado alguna vez un pez espada?

Niegan Hassán y Bateman.

—Yo sí, comisario —afirma Gambaro—. Con palangre.

—No, hombre. Déjate de palangres... Me refiero a la caña, en plan mar abierto.

—Ah, eso no. Nunca.

Apaga Campello la colilla en el cenicero, cuidando que la brasa se extinga bien.

—El truco consiste en negociar el sedal con el bicho, ¿comprendes? Si aflojas mucho, se larga; si tiras demasiado, se rompe el sedal y lo pierdes. Hay que arriar y cobrar, arriar y cobrar todo el tiempo. Con buen pulso y mucho tacto... ¿Me sigues?

—Ya veo, sí.

—Lo arrimas poco a poco con tirones de la caña; y al final, cuando lo tienes junto al barco, le metes el gancho por las agallas, lo subes a bordo y lo rematas de un estacazo.

Se ha puesto en pie, estirando los brazos, antes de acercarse a la ventana. Más allá de la explanada puede ver el cementerio y la carretera que asciende por la ladera. Abriéndose paso entre el desgarro cada vez mayor de las nubes, el primer rayo de sol desliza una luz dorada por la cresta del Peñón.

—Me huelo que con esa mujer, dedicándole atención y paciencia, podríamos tener buena pesca. Así que no me jodáis, ¿eh?... Que no se os ocurra romper el sedal antes de tiempo.

Invité a cenar a Alfred Campello en el restaurante Breathe de Puerto Banús para agradecerle haberme permitido leer los diarios de su padre. El jubilado gibraltareño había sido muy amable conmigo, pues durante tres días pude consultar los cuadernos en su casa; y gracias a eso disponía ahora de una libreta propia llena de interesantes notas. También conocía, por fin, detalles muy precisos sobre la audaz operación que el grupo Orsa Maggiore llevó a cabo a finales de 1942 contra el convoy PH-22 en el puerto de Gibraltar; en especial, sobre su dramático desenlace y el papel decisivo, no registrado en los informes de la Regia Marina ni en las relaciones británicas, que Elena Arbués había desempeñado en él. Con eso en mi poder, el espacio que en el relato reservaba a la imaginación era escaso: sentimientos de algunos personajes y recreación de detalles secundarios. En cuanto al asunto principal, los hechos quedaban claros. Yo había empezado ya a escribir la historia; o más bien me encontraba estableciendo la trama, el punto de vista y el carácter de los personajes. Al comienzo, por así decirlo, de mi propia aventura. Y Alfred Campello se interesó por ella.

—¿Por qué una novela y no un libro documento? —quiso saber.

Respondí que la época de ser fiel a lo ocurrido quedó atrás, con los veintiún años de vida pasada como reportero. Hacía tiempo que era escritor profesional: ahora contaba historias imaginadas, o tratadas mediante ese filtro. Recreaba el mundo a mi manera y ofrecía a los lectores vidas alternativas, posibles o probables, con la certeza de que, paradójicamente, la ficción permitía penetrar más en lo sucedido que el simple relato de los hechos.

—Me gustaría saber cómo elige sus tramas... Qué lo sedujo de ésta.

Se lo conté desde el principio: el hallazgo casual de la librería Olterra en Venecia, la foto de Teseo Lombardo, el contacto en Nápoles con Gennaro Squarcialupo y la serie de reportajes publicados años atrás. Y además de todo eso, el material que, sin objeto inmediato, había ido acumulando durante cuatro décadas. Aquélla era una más de las novelas posibles por escribir, que en su mayor parte tal vez no se escribieran nunca.

—¿Y por qué eligió ésta?

—En realidad, son las novelas las que me eligen a mí.

—¿Se refiere a que eligen ellas? —sonreía, sorprendido—. ¿Como las mujeres hermosas y los francotiradores?

Reí.

—Algo parecido... Algunas historias maduran durante años y otras surgen de improviso, sin esperarlas.

Estábamos cenando pescado y vino tinto: Alfred Campello no soportaba el blanco a esa hora, y yo tampoco. Más allá de la terraza sonaba la música amortiguada de un restaurante cercano, con baile incluido para turistas británicos: una cantante hacía una versión razonable de *Los ojos de Bette Davis,* imitando la voz aguardentosa y rota de Bonnie Tyler.

El hijo del comisario Campello me observó con amable curiosidad.

—¿Ya ha averiguado lo que deseaba?

—En buena parte —concedí—. Las anotaciones de su padre son decisivas para eso. Conocía la historia, pero me faltaban piezas internas del rompecabezas.

—Espero que no haya sacado una conclusión negativa sobre el viejo Harry.

—Todo lo contrario. Sus anotaciones son lúcidas, objetivas, incluso honradas... Eran hombres duros en un mundo duro. Él hacía su trabajo y lo hacía bien.

Mi interlocutor se había puesto unas gafas de lectura, y con la pala y el tenedor separaba cuidadosamente las espinas del pescado.

—Lo de esa mujer, Elena Arbués...

—Supongo que fue tan necesario como todo lo demás —apunté—. Era una guerra.

Permaneció un momento callado. Había guardado las gafas. Bebió más vino.

—¿Y dice que después ella y ese buzo italiano se casaron?

—Así fue.

—Vaya, me alegro —parecía sinceramente admirado—. Hubo final feliz, entonces.

—No para todos —precisé.

—No, desde luego.

Bebió el gibraltareño otro sorbo de vino —había despachado él solo, sin mi ayuda, tres cuartos de la botella— y dibujó una sonrisa cómplice.

—Qué gente aquella, ¿verdad?

—Sí —respondí—. Y todavía me asombra. Es extraordinario que, desde la remota Antigüedad, en todos los momentos de la Historia haya habido voluntarios, hombres y mujeres dispuestos a hacer lo que ellos hicieron... Capaces de darse un alegre paseo por la boca del infierno.

—Patriotismo, supongo. En muchos casos.

—No estoy seguro. Elena Arbués, por ejemplo, no actuaba por patriotismo. Al final, ésa resulta una palabra vacía. Creo que resume o simplifica cosas mucho más complejas: carácter de cada cual, lealtad, desafío, venganza, tenacidad, aventura... El ser humano es una caja de sorpresas.

Se quedó considerándolo. Después, tras consultarme con un movimiento de cejas, hizo una seña al camarero para que abriese otra botella de Juan Gil.

—También de infamias, ¿no cree? —dijo.

—Y de grandeza.

—Tiene razón.

Probó el vino y le pareció bien. En el local de enfrente, a la cantante la había relevado una voz masculina. A quien imitaban ahora era a Tom Jones cantando *Delilah*: un repertorio clásico para jubilados de Glasgow y abuelas de Manchester. Me incliné sobre la mesa, apoyándome en ella. Junto al codo derecho estaba mi libreta de notas. Le di un golpecito con un dedo.

—Lo que hicieron aquellos pocos hombres fue asombroso —opiné—. ¿Los imagina de noche, cruzando una y otra vez la bahía? ¿Atacando del mismo modo, hombres solos contra toda una flota enemiga, en Malta, en Suda, en Alejandría?... Para que luego los anglosajones, cuando cuentan la guerra en el cine y los libros, desprecien a los italianos.

Parecía sorprenderse ante mi enfoque del asunto.

—¿Por eso escribirá esta novela, para hacerles justicia?

—No pretendo tanto, ni creo que lo necesiten. Me limito a intentar contar buenas historias, y sin duda ésta lo es.

—Italianos fascistas de Mussolini —Alfred Campello sonreía irónico—. Sucios y despreciables espaguetis.

—Así lo planteaban los británicos —convine—. Y en cierto modo lo siguen haciendo.

Miró su copa de vino y tras un momento la tomó entre los dedos.

—Me gusta que diga eso, y que escriba el libro. Al fin y al cabo, también mi apellido es italiano... Acuérdese del cuchillo que tengo en casa —alzó la copa como en un brindis—. Quizá por eso mi padre los comprendía bien.

Nazaret Castejón es una cobertura apropiada: la bibliotecaria del ayuntamiento tiene previsto hacer compras en Gibraltar, así que Elena la convenció para ir juntas. Por eso cruzan temprano la verja en compañía de Samuel Zocas. Cuando el doctor se despide para ir al hospital, las dos mujeres pasean recorriendo las tiendas de la calle principal de la colonia. Después de cambiar pesetas por libras en el Banco Galliano, Nazaret compra ropa interior, unos zapatos Goodyear Welt —trajo puestos unos viejos para cambiarlos por ésos— y una linterna eléctrica, y Elena dos carretes fotográficos y un frasco de Coque d'Or.

—Me gusta cómo huele ese perfume —comenta Nazaret cuando salen de la tienda.

Se detiene Elena, indecisa.

—Pues ven, anda. Volvamos, que te lo regalo.

—No, mujer... Gracias, pero no.

Introduce Elena una mano en su bolso, saca el frasco y se lo ofrece.

—Bueno, pues toma el mío.

—Tampoco, de verdad. Te lo agradezco —se toca Nazaret el corto cabello gris y sonríe melancólica—. Soy consciente de mis limitaciones.

—¿De qué limitaciones hablas?

—No es aroma apropiado para una solterona, funcionaria de biblioteca.

—No digas tonterías.

—Hablo en serio... Tú, sin embargo, eres joven.

Ahora es Elena quien sonríe.

—Cada vez menos —responde.

Caminan calle abajo, en dirección a la Piazza y el Convento, cruzándose con militares de uniforme y algún transeúnte civil. Es casi mediodía. En el cielo quedan algunas nubes, pero el sol ha rebasado la sombra del Peñón e ilumina las fachadas blancas. Pasado el mal tiempo, la temperatura vuelve a ser agradable.

—¿Lo echas en falta? —pregunta súbitamente Nazaret—. ¿Llegas a acostumbrarte a la ausencia?

Elena sigue andando un trecho antes de despegar los labios.

—¿La ausencia de quién? —responde al fin.

Vacila la bibliotecaria, se ajusta mejor los lentes.

—Sabes a quién me refiero —apunta—. Pero no deseo ser...

—¿Indiscreta?

—Oh, por favor. No quisiera incomodarte.

Se ha detenido Elena ante una tienda de ropa asiática, aparentando mirar los pijamas de seda expuestos en la entrada. Observa con disimulo a los transeúntes. Por enésima vez desde que hace hora y media pasó a este lado de la frontera, intenta comprobar si alguien la está siguiendo. En la esquina con la Piazza ve a un hombre de paisano parado ante el kiosco de prensa, mirando periódicos y revistas pero sin comprar nada.

—¿Estabas enamorada de tu marido? —inquiere Nazaret.

—Sí, claro —responde distraída, sin pensarlo, atenta al hombre del kiosco—. O supongo que sí.

—No sabes cómo te admiro. Tu entereza, tu independencia... Ser capaz de superarlo así.

Mira Elena incómoda a la bibliotecaria: menuda, insignificante, facciones de ratón tímido y miope. A qué viene esto, piensa. Precisamente hoy. Nos conocemos hace dos años, es cliente de mi librería y nos vemos un par de veces cada semana. Y me sale por ahí. Confidencias femeninas.

—No me gusta hablar de eso —responde.

—Tienes razón. Perdona.

Una mujer con uniforme de la RAF se ha reunido con el hombre que miraba el kiosco, se besan y se alejan cogidos del brazo. Aliviada, Elena observa de nuevo la calle a uno y otro lado sin advertir nada más que la inquiete. De pronto comprende que ha sido brusca con Nazaret; la tensión le endureció el tono. Quizá todo sea casual por parte de la bibliotecaria, así que le ofrece una sonrisa conciliadora.

—Cierta clase de soledad acaba siendo aceptable —dice.

—¿Incluso habiendo estado felizmente casada?

—Sí, incluso.

Hace la bibliotecaria un ademán resignado. Sobre eso no puedo hablar con autoridad, suspira melancólica. Su tono hace que Elena se crea obligada a prolongar un poco la conversación. A mostrar interés.

—¿Nunca...? —aventura sin acabar la frase.

Se anima el rostro de la otra.

—Oh, sí, desde luego —responde con repentino vigor—. Tuve un prometido hace veintitantos años. Un compromiso formal. No era mal hombre.

—¿Y qué sucedió?

—Se fue, eso es todo. Marchó a América. Las cartas se espaciaron y al fin dejaron de llegar. Después supe que se casó en Venezuela.

—¿Y tú?

—Estaba demasiado abatida para empezar de nuevo. Demasiado triste... Por decirlo de un modo bonito, cerré mi corazón. Hice la oposición a funcionaria de archivos y bibliotecas, me centré en mi trabajo. Renuncié a todo aquello.

Es suficiente, concluye Elena en sus adentros. Con esa conversación queda cubierto lo sociable del paseo, justificada la cobertura. La compañía de Nazaret ya no le es útil. Ahora hay otras cosas que hacer, pruebas arriesgadas por superar. Mira con discreción el reloj y se dispone a despedirse.

—Me parece que voy a...

—Hay en ti algo de vital, de sereno —la retiene la bibliotecaria—. Una especie de energía tranquila... Pepe y Zocas lo comentan a veces. Como si en una parte de tu carácter no hiciera mella el mundo.

—Bonita frase.

—Es del doctor.

Mira Elena en torno, procurando disimular su incomodidad. A la tensión se suma ahora un vago recelo. Vuelve a sentirse suspicaz, pues la charla de su acompañante sigue pareciéndole poco natural, quizá sospechosa. Así que, mientras procura mantener la cabeza fría, analiza la situación, las preguntas de Nazaret y sus posibles respuestas. Quizá, concluye precavida, también la amenaza esté allí mismo. Más cerca de lo que imaginó.

—Cada una es como es —dice, por decir algo.

—Es verdad... Yo vivo mirando hacia dentro. ¿Entiendes a qué me refiero? Hablo de mi vida, mi trabajo, mis tres gatos. Pero es como si tú mirases hacia fuera, ¿no?... Como si encarases la vida con desafío.

Tampoco es descartable, reflexiona Elena, que Nazaret persiga confidencias de modo inocente. En la tertulia del café Anglo-Hispano no suelen estar solas, y tal vez la compra del perfume suscite esa deriva de la conversación. Entre mujeres.

—¿Desafío, dices?

—Sí, ésa es quizá la diferencia: resignación frente a desafío. En ocasiones parece que tuvieras cuentas pendientes con la vida... ¿Comprendes?

—No demasiado.

—Como si esas cuentas, en lugar de abrumarte, te estimularan. Sin olvidarlas nunca.

Es absurdo, piensa irritada Elena. Primero la preocupó el supuesto recelo del doctor Zocas; que esta mañana, sin embargo, se ha conducido con toda normalidad. Y ahora sospecha de Nazaret, que ya es el colmo. Lo más probable, concluye, es que esté empezando a ver fantasmas. A pagar el precio de estos días extraños. Con eso en la cabeza vuelve a mirar el reloj mientras busca la manera de despedirse. El tiempo pasa, está bajo demasiada tensión y siente que la cámara fotográfica va a estallar dentro del bolso. Bum.

—Pepe Aljaraque lo comentó en el café —recuerda la bibliotecaria—. Si fueras hombre, dijo, serías un individuo peligroso —la mira, cómplice—. ¿Te acuerdas?

—No —miente Elena.

—Pues yo sí, y me encantó tu respuesta. Si fuera hombre, dijiste, no sería ni la mitad de peligrosa de lo que puedo ser como mujer.

—Fanfarroneaba —responde con sequedad.

Nazaret la mira insegura. Después esboza una sonrisa que parece forzada.

—Sí, claro... Supongo que sí.

Cuando Harry Campello sube dos pisos y entra en la librería, la mujer está sentada al fondo, rellenando fichas de cartulina con los datos que extrae de una pila de libros. Es joven, de buen aspecto, vestida con una correcta blusa blanca y rebeca beige. Tal vez no sea especialmente guapa, piensa el policía, pero sí atractiva. Al sentirlo entrar, ella levanta la vista —tiene unos bonitos ojos oscuros—, le dedica una vaga sonrisa y vuelve a su trabajo. Es Sealtiel Gobovich, que leía sentado en una mecedora, quien va al encuentro de Campello.

—Vengo a echar otro vistazo —lo saluda éste.

—Claro, por supuesto... Mire lo que quiera. Está en su casa.

Retorna el librero a su lectura y lo deja tranquilo. Fingiendo interés por la mesa de novedades, el policía huronea entre los libros. Como la otra vez, la mayor parte de títulos y autores no le dicen nada: Andrew Soutar, Frank Swinnerton... Sólo Salgari y Sabatini —el del capitán Blood, recuerda— le suenan de algo. También le sorprende la cantidad de novelas escritas por mujeres: Dorothy Cunynghame, Naomi Jacob, Agatha Christie y otras; hay docenas de ellas. Aparentando curiosidad, Campello hojea un ejemplar de *La historia de Tom Jones,* de un tal Fielding, y un libro ilustrado con el sugerente título de *Raza, sexo y medio ambiente,* para comprobar decepcionado que es un tratado sobre clima y geografía. De manera que deja ese libro, coge otro, y mientras lo hace dirige discretas miradas a la terraza, cuya puerta vidriera está cerrada. Así, poco a poco, de libro en libro y con aire casual, se va acercando a la mesa donde trabaja la mujer. Una vez allí le muestra el ejemplar que tiene en las manos, del que apenas ha mirado el título.

—¿Qué tal éste? ¿Es bueno?

Lo ha preguntado en inglés. Ella mira y asiente, amable. Sobre la mesa tiene varios libros, una pila de fichas y un bolso grande, de piel. Debe de andar por los veintitantos años largos, calcula el policía. Al verla erguirse en la silla, intuye que es alta: un metro setenta y cinco, o por ahí. De pie sobrepasaría sin duda al propio Campello. El maquillaje es mínimo: apenas un toque de *rouge* en la boca y nada de sombra de ojos.

—Charles Mallet es un buen biógrafo —responde ella—. Ése es sobre Anthony Hope, su vida y sus novelas.

—Ya, desde luego —titubea Campello—. Hope, naturalmente.

—Ya sabe: el autor de *El prisionero de Zenda*.

Habla un buen inglés, observa él. Casi tan bueno como el suyo, que nació en Malta. Aún hojea un momento el libro, como si dudase.

—Sí, claro... Vi la película.

—Buena, ¿no cree?

—Buenísima. Ronald Colman está estupendo.

Lo último lo ha dicho Campello en español, y la ve sonreír al advertirlo.

—No es usted de Gibraltar, ¿verdad? —pregunta el policía.

—Vivo en Puente Mayorga, pero pasé aquí tres años durante la guerra de España.

—¿Refugiada?

—Mi padre.

—Por eso habla tan bien inglés.

Ella le pone el capuchón a la estilográfica. Tampoco usa laca de uñas, ni anillos, ni pulseras; sólo un reloj de mujer en la muñeca derecha —ha estado manejando la pluma con la izquierda, luego es zurda— y unos pendientes en forma de pequeñas bolitas de oro.

—Es posible, sí —responde.

Suena la campanilla de la puerta y entra un cliente. Eso preocupa a Campello, que teme se trate de algún conocido; pero es un hombre de mediana edad, con aspecto de militar vestido de paisano, al que no ha visto nunca antes. El dueño de la librería se levanta de la mecedora, va al encuentro del recién llegado y hasta Campello llegan retazos de conversación: Chesterton, Henry James, nombres de ésos.

—No sabía que el señor Gobovich tuviese una empleada española —comenta.

Hace la mujer un ademán negativo.

—En realidad no trabajo para él. Tengo una librería en La Línea.

—Qué bien —aparenta sorpresa el policía—. Voy por allí de vez en cuando.

—Puede que la haya visto alguna vez... Se llama Circe, en la calle Real.

—Ah, claro que sí. Ya sé cuál es, pero nunca entré.

Mira ella la biografía de Hope que Campello aún tiene en las manos y sonríe por segunda vez.

—No es muy lector, ¿verdad?

—Mi mujer sí lo es —esquiva él, desenvuelto—. Y siempre me pide que le mande libros.

Ella parece mostrar interés por el detalle familiar. Coge el bolso, que está cerca de Campello, y lo aparta a un lado. Como si molestara.

—¿Fue evacuada su esposa?

—Está en Belfast, con los niños.

—Comprendo... Será un placer atenderlo si va por el pueblo. Tenemos un buen surtido de libros en español e inglés.

Gobovich sigue conversando con el cliente, ajeno a ellos. Ahora mencionan los sonetos de Shakespeare. Campello decide arriesgar un poco.

—Disculpe mi indiscreción, pero me pica la curiosidad. ¿Qué hace aquí, si no es empleada de la librería?

Ella le sostiene la mirada, y parece tranquila. Nada advierte el policía de incómodo o alterado en la expresión de su rostro. Nada que motive una sospecha.

—Sealtiel es un viejo amigo —responde con naturalidad—. Trabajé con él cuando vivía en Gibraltar, y ahora vengo cuando puedo a echarle una mano.

—Ah, vaya.

—Su esposa está enferma.

—Sí, eso me dijo.

Indica Campello la terraza con ademán negligente.

—Ésta es una zona peligrosa —comenta—. Demasiado cerca del puerto, ¿verdad?... Los ataques aéreos y todo eso.

Ella lo observa con la misma calma que antes. Pero su mirada se ha vuelto opaca.

—Bueno, eso suele ocurrir de noche —le quita el capuchón a la estilográfica y se inclina sobre las fichas—. Y tampoco vengo todos los días.

Cuando el *Punta Umbría* va a doblar la farola del dique sur de Algeciras, Elena se levanta del banco de madera y sale a cubierta por la parte de popa, bajo la bandera española que flamea en el mástil. Una vez allí, las manos en los bolsillos de la gabardina y la brisa marina revolviéndole el cabello sobre la cara, dirige una mirada a la roca lejana de Gibraltar, que es un grueso trazo pardo entre el azul claro del cielo y el oscuro de la bahía.

Es bueno sentirse libre y viva, piensa. Y respira hondo.

Su corazón, que hace poco más de una hora parecía una piedra negra y dura, contraída de incertidumbre, se esponja y late relajado. El hueco que le crispaba el estómago desapareció por fin, y el pulso en las muñecas discurre normal, diluyendo el miedo. De nuevo se siente a salvo, fuera de la zona hostil. El carrete fotográfico cosido en el forro interior del bolso junto a la cámara, cargada ahora con una inocente película que registra fotos banales —Sealtiel Gobovich en su mecedora, Main Street, el escaparate de una tienda de modas—, ya no arde como una brasa oculta que amenace con pegarle fuego a su vida. Y sin embargo, todo sigue registrado ahí: el puerto, las instalaciones, los grandes buques de guerra llegados durante la noche, ahora amarrados a las boyas interiores o a los muelles de dentro. Aparte las naves menores, dos son grandes como acorazados o cruceros de batalla. Y otro, un transatlántico pintado de gris amarrado al dique central, parece un transporte de tropas.

Estremecida cual si reviviese una película que hubiera discurrido muy despacio, Elena rememora cada paso, cada momento, cada latido de angustia del corazón, cada sequedad de la boca. Gritaría de alivio si no fuera a llamar la atención de los otros pasajeros. Por prudencia, esta vez eligió otro camino de regreso: el pantalán civil, situado por fuera del muelle norte, donde cuatro veces al día atraca el barco que enlaza Gibraltar, La Línea y Algeciras. Y ahora, mientras ve volar las gaviotas en la estela del barco, recuerda su propio caminar por el pantalán aparentando calma cuando llegaba al control con el bolso colgado del hombro; los rostros de los aduaneros gibraltareños y los soldados ingleses que la miraban con curiosidad o indiferencia; el angustioso medio minuto transcurrido desde que entregó su pase a un policía y el momento en que éste se lo devolvió. Y después, los últimos metros por la pasarela resonante mientras subía a bordo, tan tensos los músculos como si aguardase un disparo por la espalda. A la espera de un grito, una voz áspera, súbita, que le ordenara detenerse. Y al fin, el alivio: voces de marineros españoles al soltar amarras, el *Punta Umbría* separándose despacio del muelle con cubiertas de neumáticos colgadas como defensas, y el movimiento de la nave al adentrarse en la bahía.

El balanceo por la marejada disminuye cuando el barco penetra en el resguardo del puerto y enfila el lado sur del muelle de la Galera. A un lado, amarrado al dique con la proa hacia la bocana, está el barco de los italianos. Elena lo ve de cerca y contempla su aspecto de abandono, el casco negro con grandes chorreras de óxido, el nombre *Olterra* apenas visible en la proa, la superestructura descuidada y sucia. Hay un hombre sentado en un andamio, en la banda que da al puerto, que martillea y rasca la pintura vieja, y otro que, apoyado sobre el escobén de un ancla, fuma contemplando la pequeña nave que pasa cerca. Por el muelle, entre la farola y la pasarela del barco, camina un guardia civil armado con un fusil.

No lo haré nunca más, decide Elena mientras mira el barco y el Peñón lejano. Con dos veces es suficiente. Yo no sirvo para esto.

—Se retrasa —dice Teseo Lombardo, preocupado.

Mira Squarcialupo el reloj.

—Quizá sea el barco.

—Sí.

Los dos italianos están recostados en un muro del Banco Español de Crédito, frente al campanario de Nuestra Señora de la Palma. Desde hace una hora larga, sin moverse del lugar, fuman y esperan. Visten chaquetas viejas, camisas blancas sin corbata, pantalones de dril y alpargatas: marineros en tierra. Hay media docena de colillas a sus pies. Vigilan la plaza Alta de Algeciras.

—Corre demasiados riesgos —comenta Lombardo.

Gennaro Squarcialupo mira con curiosidad a su compañero. Lo conoce muy bien, está al tanto de su temple, y por eso le sorprende verlo inquieto como nunca lo había visto antes; ni en los más duros entrenamientos, ni en las misiones bajo el mar.

—Es una mujer de los pies a la cabeza —dice para tranquilizarlo—. Sabe lo que hace.

—No estoy seguro de eso.

Squarcialupo sigue mirándolo, preocupado.

—*Cazzo,* Teseo... ¿Qué diablos te pasa?

—Pueden haberla detenido.

Chasquea la lengua el napolitano.

—Y puede hundirse su barco. Y a nosotros, caernos encima este campanario. No te fastidia.

—Se ha puesto en peligro.

—Todos estamos en peligro, hermano. Quiso hacer lo que hace. Y el teniente Mazzantini confía en ella.

Mueve el otro la cabeza con obstinación.

—No debimos permitir que...

—Basta, oye, en serio —se impacienta Squarcialupo—. Déjalo ya.

El sol empieza a bajar sobre los edificios cercanos. Las sombras de la iglesia, las palmeras y las farolas se alargan en el pavimento, donde juegan niños a los que vigilan mujeres desde los bancos de azulejos. Lombardo se aparta del muro, da unos pasos hacia la esquina sin perder de vista la plaza y regresa junto a su compañero.

—¿Por qué hará esto?... ¿Por qué se arriesga así?

—¿Te lo estás preguntando en serio?

—Pues claro. Como pocas cosas en mi vida.

—Oye, empiezas a preocuparme.

No responde el veneciano. Con las manos metidas en los bolsillos, Squarcialupo se encoge de hombros.

—No tengo la menor idea de por qué se arriesga... Las mujeres emiten en su propia longitud de onda. Y ésta odia a los ingleses, desde luego. Al fin y al cabo, la dejaron viuda. O a lo mejor le gusta el Duce.

—No me jodas, Gennà.

—¿Qué tendría de raro? A mí el Duce me es simpático, ya lo sabes: *Ardisco, non ordisco. Il fascista non usa l'ascensore...* Ya sé que a ti te gusta menos, es verdad. Pero como eres del norte, donde sois más de piñón fijo que un sargento de carabineros, pones por encima a Italia, el deber y todo eso... ¿No es cierto?

—Algo así.

—Pues los del sur somos más de amor o de odio, figúrate. Yo a Mussolini lo quiero como a un padre.

—Y como a una madre —se guasea Lombardo.

—No te pases, hermano.

Sonríe el otro.

—Denúnciame al teniente Mazzantini. Ya sabes: desafecto al Fascio. Aceite de ricino y todo eso, como en los buenos tiempos.

No se ofende Squarcialupo. Es meridional, partenopeo y sabio. Y aprecia mucho a su compañero.

—Sí, al ligur voy a denunciarte —responde con buen humor—. Otro como tú. Me tenéis rodeado con tanto sentido del deber... Patria aparte, yo combato a los ingleses porque son unos hijos de puta.

Se quedan callados mirando la plaza. Squarcialupo observa que su compañero vuelve a consultar el reloj con inquietud.

—No comprendo por qué a algunos no os gusta el Duce —insiste, para distraerlo—. Es un verdadero genio.

—Como el de la lámpara —sonríe otra vez Lombardo—. Pídeme un deseo y te bombardearán los americanos.

—No seas bobo. Las mujeres, que es a lo que iba, se vuelven locas por él. A ver si te enteras. Cuando suelta sus discursos en el balcón del palazzo Venezia, gotean agua de limón... Yo estuve allí una vez y las oí, te lo juro. Chop, chop, chop, hacían.

—No seas bestia.

—¿Bestia, dices? ¿Crees que exagero?... ¿Tú sabes cuántas cartas de amor recibe al día?

—Déjalo, anda.

—También a esa española le caes simpático tú, ¿no? —insiste el napolitano—. No es ningún secreto, desde que te rescató en aquella playa. Todos nos damos cuenta. Tan romántico, ¿verdad?... Y es que ellas son románticas, compañero. Les encanta serlo. Y nosotros somos italianos, o sea. La tierra de la mortadela y del amor.

—Vale, para. Déjalo ya.

—Si llego a ser yo a quien lleva esa noche a su casa como un atún recién pescado, no se me escapa ni dando saltos.

—Deja de decir tonterías.

—¿Tonterías? Ja, ja. Si yo fuera tú...

Saca Lombardo otra vez el paquete de tabaco.

—Toma, anda. Fuma y calla.

A medio llevarse el cigarrillo a la boca, el veneciano se queda inmóvil. Sigue Squarcialupo la dirección de su mirada y descubre a la mujer cruzando la plaza desde la esquina de la calle Cánovas del Castillo en dirección a la iglesia. Viste una gabardina y lleva un bolso colgado del antebrazo. Al llegar al umbral la ven cubrirse la cabeza con un pañuelo y desaparecer en el interior.

—¿La sigue alguien? —pregunta Squarcialupo mientras mira alrededor.

—Parece que no.

Devuelve Lombardo el cigarrillo al paquete y se lo guarda en el bolsillo. Después esperan inmóviles y atentos, sin apresurarse. Cuando confirman que no hay ninguna presencia sospechosa, el napolitano toca un brazo de su compañero.

—Ve a lo tuyo, hermano, que yo vigilo. Salúdala de mi parte... Y también de la del Duce.

Se aleja ya el otro hacia la iglesia.

—*Vaffanculo,* Gennà —dice sin volverse.

Ríe el napolitano.

—Sí; pero eso, luego... Antes, que te dé las fotos.

La iglesia está desierta y sólo reluce la llama de una lamparilla a un lado del altar mayor. Sentada en uno de los últimos bancos, entre las columnas de la ancha nave central, Elena Arbués contempla el retablo y la talla de la Virgen que, dañada durante los sucesos de la República, hace poco fue restaurada y devuelta a su lugar. El tiempo la ha liberado de creencias religiosas, y ni siquiera la presión de la sociedad católica salida de la Guerra Civil la obliga, como a tantas mujeres españolas, a las muestras externas de devoción y la misa dominical. Vive ajena a fingimiento alguno, ésta es la primera vez que pisa una iglesia desde hace más de media vida, y nunca olvidará por qué: siendo una niña de trece años que se confesaba junto a otras compañeras de colegio, un sacerdote se negó a darle la absolución porque la blusa que vestía dejaba sus brazos desnudos demasiado a la vista. Así que sin protestar ni decir una palabra, avergonzada y resuelta a la vez, Elena se levantó del confesonario, salió de la iglesia y nunca volvió a pisar una.

Ahora permanece inmóvil, mirando el altar mientras espera ruido de pasos a su espalda, por el pasillo central. Pero no oye nada. Hasta que, de pronto, un roce la hace volver la cabeza. El *secondo capo* Teseo Lombardo acaba de sentarse en el banco, a su lado. El perfil de bronce antiguo se recorta en la claridad tamizada de los tragaluces: pelo corto y negro, nariz fuerte, mentón duro donde azulea un poco la barba. Vino caminando igual que un gato, piensa ella. Como un griego que saliese del caballo de madera en plena noche. Y no lo ha oído llegar.

9. Rencores de viejos dioses

Permanecen en silencio, sin mirarse. Con el bolso en el regazo, Elena espera a que se calmen los latidos de su corazón. Arriba, en la torre, el reloj hace sonar siete campanadas que repican lejanas, con una vibración metálica y hueca que resuena, amortiguada, en la nave de la iglesia vacía. Al fin, metiendo las manos en el bolso, descose la costura del forro, extrae el carrete fotográfico oculto y lo deja en el banco, entre Teseo Lombardo y ella. Lo coge aquél y se lo guarda en el bolsillo de la chaqueta. Nada más hay que hacer, así que Elena cierra el bolso y piensa en levantarse y salir de allí, pero no se mueve. También el hombre se mantiene quieto, a su lado.

—No lo haré más —murmura ella.

De soslayo lo ve asentir, despacio.

—Iba a aconsejarle lo mismo. Que no lo haga más. No debería volver allí.

—¿Eso piensan sus compañeros?

Tarda el italiano en responder.

—Eso pienso yo —dice.

Callan de nuevo y es Elena quien habla tras un momento.

—Creía ser más fuerte, pero no estoy preparada para estas situaciones. Lo he intentado, y no soy capaz.

—Pero ha traído más fotos.

—Ah, sí, claro... Las he traído. Confío en que estén bien.

—¿Fotografió el puerto?

—Lo hice. Los barcos de guerra, como me pidieron. Hay más que la otra vez.

—¿Grandes?

—Un par de ellos, sí. Dos acorazados o cruceros amarrados a los muelles. Ustedes sabrán lo que son.

—Hay también allí un transatlántico. ¿Pudo fotografiarlo?

—Si es uno pintado de gris que está amarrado al muelle del centro, lo hice.

—Ése es, en efecto. Se llama *Luconia...* Ha hecho un buen trabajo.

—Espere a revelar las fotos. No sé cómo serán de buenas.

Otra vez se quedan en silencio. Siguen sentados a poca distancia uno de otro, sin tocarse. Elena casi puede sentir el calor cercano del cuerpo del hombre.

—¿Todo fue bien? —pregunta él, de pronto—. ¿Ningún incidente?

—Ninguno, que yo sepa.

—¿Cree que alguien sospecha de usted?

—No lo creo —lo piensa un poco más—. El dueño de la librería, desde luego que no... —en ese momento recuerda al gibraltareño de la biografía de Anthony Hope—. Aunque un cliente estuvo comprando libros e hizo algunas preguntas.

—¿A usted o al librero? —se interesa Lombardo.

—A mí.

—¿Algo para inquietarse?

—No sé, no creo. Quizá preguntó demasiado, pero es normal. No hay muchas mujeres en la colonia y seguramente le sorprendió verme allí. Preguntó si era española.

—¿Inglés o gibraltareño?

—De allí... Llanito, como los llamamos nosotros.

Un sacerdote de sotana y pelo cano sale de la sacristía, y les dirige una ojeada de vaga curiosidad. Luego se arrodilla ante el sagrario, se santigua y desaparece por una puerta al otro lado del altar mayor.

—No debe usted volver a Gibraltar.

—Eso creo yo.

Se toca Lombardo el bolsillo donde guardó el carrete.

—Con esto ha cumplido de sobra. Me refiero a su compromiso.

—Supongo que sí, ¿no cree?... Que usted y los suyos tienen suficiente.

—Por supuesto.

Ahora se ha vuelto a mirarlo: su perfil inmóvil en la penumbra de la tarde que agoniza fuera y la lejana lucecita del Santísimo. Sin ningún esfuerzo, Elena intuye en él viejos rencores de dioses hacia el héroe de muchos senderos que navega de vuelta a su patria después de degollar hombres e incendiar una ciudad. Y ella en la orilla, fascinada, viéndolo aparecer desnudo, cubierto sólo de barro y sal. Al encuentro de la muchacha de trenzados cabellos.

—¿Piensan actuar pronto?

Ha bajado más la voz para preguntar, pero el italiano no responde. Permanece mirando hacia el altar mayor como si no hubiese oído nada.

—Es una mujer muy valiente —dice al cabo de un momento.

Mueve ella la cabeza.

—No diga tonterías. Usted y sus compañeros sí que son valientes.

Apoya él una mano en el respaldo del banco contiguo: fuerte, morena, de uñas anchas y muy cortas.

—Alguna vez me gustaría saber de verdad por qué...

Lo deja ahí, súbitamente inseguro, casi con timidez. Después retira la mano cuando advierte que Elena la está mirando. Sonríe ella.

—A mí también me gustaría saberlo.

—Quizás algún día, ¿no?

El italiano lo ha dicho con voz neutra, como si estuviera absorto en pensamientos lejanos. No hay tristeza ni esperanza en su tono. Sólo una tranquila resignación. Al cabo, se levanta sin decir nada más y se marcha. Con el corazón desolado, sintiéndose enfrentada a un vacío hondo y oscuro, Elena oye extinguirse el rumor casi imperceptible de sus pasos.

Y·eso fue todo, piensa. Desvanecido en el silencio, como cuando llegó. De vuelta al mar oscuro de donde vino.

Muy quieta, rígida, se está clavando las uñas en las palmas de las manos para no ir detrás de él. Para no gritar y llamarlo. Entonces oye un roce a su lado, alza el rostro y lo encuentra allí de nuevo, de pie, mirándola.

—Quiero volver a verla.

Respira hondo ella, procurando disimular la emoción. El estallido de gozo la sacude por dentro igual que una descarga eléctrica.

—Ya le he dicho que es posible, cuando todo esto acabe —se obliga a decir con calma—. ¿Por qué no?

Él, muy serio, mueve la cabeza. Casi infantilmente serio. Guapo. Indeciso.

—No me refiero a cuando esto acabe... Tampoco sé cómo acabará.

Ha ladeado un poco el rostro sin dejar de mirarla. Se calla, mueve los hombros, mira hacia el altar cual si buscase allí palabras que no es capaz de encontrar. De pronto sonríe como si se burlara de sí mismo.

—Quiero verla ahora. Esta noche, mañana. No sé. Deseo verla otra vez antes de...

—¿Antes de? —inquiere ella, sobrecogida.

—Sí.

Elena no reconoce su propia voz al responder.

—Pues hágalo —susurra—. Nadie se lo prohíbe.

Quisiera poder odiarte toda mi vida, toda mi vida, pero no sé cómo hacerlo. Es lo que dice la letra. En un gramófono situado tras la barra del pub Queen Anne's Revenge suenan discos americanos de Count Basie. Todo es música y voces: la música obliga a hablar alto. Eso deja ásperas las gargantas e invita a remojarlas. Odiarte toda mi vida, cariño, insiste la canción. Toda mi puta vida, canturrea en falsete un suboficial cañonero que se apoya en el mostrador más bebido que sobrio, cerca de Harry Campello. El local, un túnel ancho y mal ventilado bajo las casamatas próximas al puerto, está lleno de humo y huele a sudor y cerveza barata Simonds. Medio centenar de hombres y ninguna mujer: no sobreviviría allí ni cinco minutos. El acceso está permitido a mandos inferiores, y se mezclan sin protocolo graduaciones y uniformes de la Armada, la Fuerza Aérea y el Ejército de Tierra con marinos de los barcos llegados para el convoy que, a estas alturas, todos saben se está formando con destino a Alejandría. Incluso hay norteamericanos.

En un extremo del mostrador, Campello conversa con Will Moxon y Royce Todd. Pasaron la tarde estudiando actuaciones conjuntas, mapas e informes; estableciendo hipótesis de amenazas enemigas, saboteadores, ataques submarinos y posibles respuestas. Ahora, relajados, los tres —gabinete de crisis acuática, los ha bautizado Todd— fuman cigarrillos y comparten una botella de Haig Club de la que han trasegado dos tercios. Campello, que bebe despacio y apenas, sigue sobrio; Moxon sólo está ligeramente achispado, y Todd, según sus propias palabras, roza el límite de la línea de Plimsoll.

—Van a venir —insiste este último.

Lleva afirmándolo toda la tarde, y el whisky ingerido lo empecina más. El mar tranquilo tras el mal tiempo, la luna adecuada, etcétera. A los italianos les debe de estar goteando el colmillo. El alférez de navío se apoya en el mostrador, remangada la camisa del uniforme y húmeda de sudor, el vaso delante y la botella cerca. «Cabrones», repite. Esos audaces cabrones. Tiene los ojos inyectados en sangre y mueve un poco la cabeza, de aquí para allá, siguiendo el compás de la música.

—Os aseguro que van a venir.

—Es pronto —objeta Moxon, correctamente uniformado y con corbata negra.

Niega Todd, un dedo en alto. Moviéndolo como un limpiaparabrisas.

—No digo esta noche... Hablo de mañana, o de pasado. Yo vendría, si fuera ellos. Con el puerto y la bahía llenos de barcos pidiendo a gritos que los hundan.

—Para eso está tu unidad, muchacho. Para impedirlo.

Ríe el otro, sardónico, dentro del vaso que se lleva a la boca.

—Pues ya me dirás cómo. Tengo cinco buzos, seis marineros y tres lanchas para cubrirlo todo.

—Están las obstrucciones, ¿no?... Las defensas, la vigilancia desde los muelles y todo eso.

Mira Todd a Campello, que escucha en silencio.

—¿Y tú, estimado polizonte?... ¿Qué piensa de este putiferio la rama civil?

—La rama civil escucha y calla —responde el comisario—. Lo que pase en el agua, de los muelles hacia allá, no es asunto del Branch.

—Feliz quien tiene su casa a flote.

—Eso he oído.

El camarero sustituye el disco de Count Basie por uno de Bing Crosby. Todd escucha un momento, bebe otro trago y mueve la cabeza.

—*Una manzana para el profesor...* No te jode —se le traba la lengua—. Detesto esa puta canción.

—¿Por qué? —pregunta Moxon.

—Por cursi, coño, por cursi. Da gana de vomitar.

Se detiene, arruga el ceño, se lleva una mano al estómago y alza la otra como si lo considerase más a fondo. Se ha puesto pálido.

—Disculpadme cinco minutos... Suelto lastre y vuelvo.

Desaparece tambaleante rumbo a los lavabos, abriéndose paso a empujones. Moxon se lo queda mirando compasivo, y resopla.

—Demasiada tensión —le comenta a Campello.

—Ya veo.

El enlace naval justifica a Todd. Si él mismo, comenta ecuánime, tuviera que bucear cada noche en busca de bombas bajo los barcos, arriesgándose a que a él o a los suyos les estalle una en la cara, no pasaría demasiado tiempo sobrio.

—Sin embargo, es muy bueno en su trabajo —resume—. Para él, la guerra no es un momento temporal sino un aspecto continuo de la vida.

—Húmeda, en su caso.

—Anfibia.

Mira Moxon al policía, coge el vaso y se lo lleva a los labios.

—¿Tú también opinas que atacarán pronto?

—Eso creo.

—Tenemos dos corbetas en el Estrecho, rastreando día y noche con hidrófonos. Si se acerca un submarino, lo detectarán... Otra cosa es si vienen desde la costa española.

—Todo es posible, pero seguimos sin poder probarlo.

—Con ese fascista de Franco, vete a saber.

—Quizás.

Regresa Todd, llena un vaso de whisky, hace gárgaras con él y se lo traga. Luego le pide a Moxon que les cuente cómo fue lo de representar *Otelo* en el hotel Rock. El espectáculo para oficiales superiores, con John Gielgud y Vivien Leigh.

—Tan aburrido como era de esperar, ya sabéis cómo son esas cosas. El general Mason-MacFarlane perdió el culo por sentarse junto a Vivien en la cena. Después, el cantante cómico, que se había tomado un par de copas, hizo una alusión velada a las enfermedades venéreas: «Esos pobres muchachos que sufren por Inglaterra», dijo. Y además, llovió... Lo mejor fueron las chicas que actuaron después.

—¿Estaban bien? —pregunta Todd.

—Potables.

—Aquí cualquier coño es potable.

—Y que lo digas.

—*Que venga la muerte y me follaré a los ángeles* —recita Todd.

—Algo así —se interesa Moxon—. ¿De quién es eso?

—Mío.

—Joder, es bueno.

—Ya lo sé.

En el gramófono suena otra canción de Bing Crosby. Para acallarla, Todd se pone a cantar un himno de las Juventudes Hitlerianas:

Wir marschieren für Hitler durch
Nacht und durch Not...

Los que beben cerca lo miran, molestos. Un fornido teniente de los Marines Reales que está junto a ellos dirige a Todd una ojeada criminal. Moxon, que se percata, toca con el codo al buzo.

—Cierra la boca, muchacho, o te van a dar de hostias.

Se encoge el otro de hombros.

—Os digo que miréis la luna —vuelve a lo de antes—. Los italianos atacarán.

Con dedos torpes enciende un cigarrillo —le cuesta acertar con el fósforo—, exhala el humo y canta de nuevo:

Faccetta nera, bell'abissina,
aspetta e spera,
che già l'ora si avvicina...

—Me voy a cagar en tu madre —le dice el infante de marina, volviéndose molesto.

Lo mira el interpelado con fijeza, aunque parpadeante. La sonrisa que se le ha congelado en la boca no presagia nada bueno, piensa Campello.

—¿En quién, dices?

—En tu madre, pelopaja. Eso es lo que digo.

Moxon, que al volverse el otro ha visto el distintivo de los comandos en su hombro izquierdo, coge a Todd por un brazo.

—Vamos a tomar el aire, muchacho —sugiere.

Es lo último razonable que se escucha. Con curiosidad objetiva, Campello ve a Todd sacudirse la mano de Moxon, coger por el gollete la botella de Haig y romperla en el borde del mostrador, arremolinarse la gente y empezar el barullo con Bing Crosby de fondo musical. Somos un sueño perfecto, asegura Crosby, meloso. Tú y yo.

Empiezan a volar sillas, botellas y jarras de cerveza. Abriéndose paso entre la gente, el policía recorre el túnel y sale a la calle, donde las farolas están apagadas por el *black-out*. El empedrado, húmedo de relente nocturno, refleja los innumerables puntitos de luz de las estrellas que llenan el cielo y el débil resplandor lunar que recorta los muros del baluarte. Una vez allí, enciende un cigarrillo y fuma apoyado en la pared. Al poco sale Moxon, se recuesta a su lado y Campello le ofrece un pitillo. Al acercar un fósforo encendido ve que el teniente de navío lleva el cuello de la camisa abierto, arrancado el botón y deshecho el nudo de la corbata. Parece zarandeado.

—Escapé de milagro, muchacho.

—¿Qué tal le va a Todd? —se interesa el policía.

—Había tres hombres suyos dentro.

—Vaya. Menuda suerte.

—Pero también el otro tenía un par de amigos... Me temo que la cosa va a prolongarse un poco.

Por la calle, a la carrera, se acercan cuatro sombras que acaban siendo gorras rojas de la policía militar. Un momento después llegan otras tantas con los gorritos blancos de la Armada norteamericana. Sin prestar atención a los dos hombres que fuman en la puerta, todos entran en el túnel silbato en boca y porra en mano.

—Me parece que esta noche Todd va a dormir caliente —comenta Campello.

—Sobrevivirá —suspira Moxon—. El muy bastardo sabe que lo necesitamos.

—Me enamoré —dijo Elena Arbués con sencillez.

La última vez que la vi, llovía en Venecia. El agua repiqueteaba en la piedra blanca de Istria y en el agua verdegrís, velaba de bruma los puentes y empañaba las ventanas del café donde la librera y yo conversábamos. Fuera, las siluetas de los transeúntes discurrían despacio, como lentos fantasmas. Más allá del canal, a través del vaho que goteaba en el vidrio, se adivinaba la fachada del hotel Gritti, y toda la ciudad parecía suspendida en la humedad y la niebla.

—Fue así de simple —repitió tras un instante—. Me enamoré, y eso fue todo.

Yo me conducía con mucha precaución. Con mis visitas había logrado establecer un hilo de confidencias, y no quería perderlo. Ella me había pedido que no grabara la conversación. No quiero que esté registrada mi voz, dijo. La idea le era incómoda. Yo tenía un cuaderno de notas abierto sobre la mesa.

—Pero aquello no lo hizo por amor, me ha dicho antes.

La vi abrir mucho los ojos.

—Oh, no, desde luego. El amor redondeó la cosa, pero vino después, o además, o al final... Fue lo que quedó de nosotros cuando todo hubo terminado —rió suave, y aquella risa la rejuvenecía—. Nuestro botín de la aventura.

Mostré simpatía.

—Un botín inesperado.

—Y maravilloso. Teseo era un buen hombre. Todos en su grupo lo eran. No habrían hecho lo que hicieron en otro caso. Pero él era especial.

—Descríbamelo —arriesgué.

—Ha visto sus fotos en la librería: en la que estamos juntos y la que se hizo con Gennaro Squarcialupo... Con su binomio, como decía él.

—Me refería a cómo era por dentro.

La vi dudar un poco.

—Puede que fuera extrañamente ingenuo —respondió—. Tenía una especie de inocencia natural. No vaya a creerlo simple, ni mucho menos. Pero como soldado era perfecto: tranquilo, patriota, valiente... Poseía esa astucia táctica instintiva que tienen ciertos hombres nacidos para la acción. Y no le gustaba matar.

—Pero mató —dije.

Yo había tomado algunas notas en el cuaderno y ella me observó con súbito recelo, cribando mis palabras. Mi intención.

—Pues claro —concedió—. Era un combatiente. Pero lamentaba que sus acciones de guerra costaran vidas. Lo asumía, pero no le gustaba.

—¿Le habló de ello?

—Muy poco, no eran recuerdos amables... Algunas noches, al despertar, lo veía de pie en la oscuridad, fumando un cigarrillo. Entonces iba hacia él, lo abrazaba y a veces conseguía romperle el silencio, haciéndolo vaciarse como quien arroja dolores antiguos. Recordaba a los enemigos que habían muerto entre llamas, ahogados, encerrados en los barcos que echó al fondo.

Me estudiaba con atención al hablar. Supuse que para observar el efecto de lo que contaba. Quería asegurarse sobre de qué lado me ponía yo.

—Nunca le gustó matar —insistió de pronto, rotunda.

Volvía a mirar con recelo mis notas, así que cambié de ángulo. De perspectiva. Yo necesitaba comprender los motivos de todo. Los verdaderos cimientos de la historia. Cerré el cuaderno y guardé la pluma en un bolsillo.

—Fue un buen marido, ¿no?

Asintió, orgullosa. Ahora vi brillar sus ojos oscuros y cansados.

—En treinta años de matrimonio, jamás le oí levantar la voz, ni le sorprendí un mal gesto. Era sereno y dulce, considerado, muy masculino. Unos brazos fuertes, una piel morena, mediterránea, que siempre parecía que iba a saber a sal, una espalda dura... Hasta su sudor era limpio. Era guapísimo y su sonrisa iluminaba el mundo. Cuando estaba cerca de mí, me hacía temblar. Eso me siguió pasando durante mucho tiempo.

Se detuvo, observándome como antes. Miró el cuaderno cerrado y de nuevo a mí.

—Sabe hacer hablar a la gente... ¿Nunca se lo han dicho?

Me eché a reír y ella me imitó tras un instante.

—Es mi trabajo —dije.

—No lo hace del todo mal.

—Lo intento.

—Hace años no me habría sacado una sola palabra... Y menos a Teseo. Pero leí sus artículos, y habla de él y sus compañeros con respeto.

—No debe sorprenderse. Admiro su hazaña.

—Se hicieron películas sobre ellos, pero eran muy malas.

—Malísimas.

—Ninguna reflejaba de verdad lo que fue... Algunos libros son mejores.

Miró, melancólica, las borrosas formas de la ciudad al otro lado del cristal empañado. Cuando estaba seria, aquella luz gris y sus sombras le envejecían más el rostro.

—Supongo —dijo lentamente— que al principio proyecté en él muchas lecturas juveniles, mucha imaginación. Pero no fue casual. Él era como era, aunque no fuese consciente de ello. Y eso aumentaba mi fascinación —se volvió a mirarme con súbito interés—. ¿Sabe qué significa *Contemptor divum,* que decían los antiguos?

—No, lo siento.

—Despreciador de los dioses.

—Ah, vaya.

—Teseo pertenecía a esa clase de hombres. No despreciaba la cólera de los dioses por alarde ni fanfarronería; lo hacía con sencillez, sin darle importancia, porque la vida, la historia, su patria, lo habían colocado en la necesidad de hacerlo.

—Comprendo.

Me lanzó una ojeada dubitativa.

—No estoy segura de que lo comprenda de verdad... Yo estaba adiestrada para reconocer a un héroe. Y no pronuncio esa palabra en su sentido moderno, sino en el clásico. Por eso pude reconocerlo cuando lo vi.

Una vez dicho eso hizo un ademán extraño: alzó ambas manos, secas y moteadas de vejez, para hacerme mirar al exterior, al otro lado de la ventana, como si entre las sombras fantasmales que pasaban tras los vidrios empañados, bajo la lluvia, estuviese la de Teseo Lombardo.

—Era tan valiente que todavía me estremezco al recordarlo... Todos ellos lo eran.

—¿También fue un buen padre?

Se quedó callada. Temí haber sido indiscreto, pero en seguida respondió con naturalidad.

—El mejor, sin duda. Educó a nuestro hijo en la austeridad, el respeto y el valor. Y también en el amor a su patria...

Se detuvo ahí, trabada en la última palabra. Oí que repetía «patria» en voz baja y me pareció que intentaba establecer si era lo adecuado.

—Hubo un momento triste para él —prosiguió después de reflexionar un poco—. Cuando en 1943 Badoglio firmó el armisticio entre Italia y los aliados y se liberó a los prisioneros de guerra, la Décima Flotilla se dividió en dos bandos. ¿Está al corriente de eso?

—Sí... Se volvieron enemigos.

—Unos aceptaron la nueva situación e incluso combatieron junto a ingleses y norteamericanos; otros se negaron a hacerlo y se mantuvieron leales a Mussolini y a Alemania. Teseo fue de los primeros, e intervino en las incursiones submarinas aliadas contra La Spezia y Génova... Pero Gennaro Squarcialupo prefirió seguir prisionero, fiel hasta el final a su querido Duce. La hermandad se quebró. Después volvieron a verse una vez, pero ya nunca fue lo mismo. Los viejos lazos estaban rotos. Mi marido sufrió mucho con eso.

Suspiró con tristeza. Yo no me atrevía a decir nada por miedo a interrumpir sus confidencias. Estuvo un momento callada antes de hablar de nuevo.

—Squarcialupo, Longo, Gattorno, el teniente Mazzantini... Los camaradas vivos y muertos acompañaron su conciencia durante el resto de su vida —de pronto sonrió, enigmática—. Hay algo que mi marido hizo después y que tal vez le interese... ¿Sabe lo de las medallas?

—Sé que una vez terminada la guerra se condecoró a algunos supervivientes de la Décima Flotilla. ¿Se refiere a eso?

Asintió.

—No fue para menos, ¿verdad?... Entre todos hundieron doscientas mil toneladas de naves enemigas en Gibraltar, Alejandría y otros lugares.

—¿También condecoraron a su marido?

—Le impusieron la medalla de oro, la más alta distinción naval. Él no había vuelto a España, pero cuando nos casamos quiso regresar. Nos alojamos en un hotel de Algeciras, y a la mañana siguiente alquiló un barquito y se hizo llevar hasta las proximidades de Gibraltar. No permitió que fuese con él... Al regreso pregunté qué había hecho, y se limitó a decir: «Entregué la medalla a mis compañeros». Comprendí que la había arrojado al mar en el lugar adecuado.

Miró suspicaz mi libreta de notas.

—No apunte lo que acabo de contarle. Ni siquiera más tarde, cuando se vaya.

La tranquilicé sobre eso. Luego le pedí que me hablase del ataque final al puerto de Gibraltar. De los últimos días.

—Fue audaz —repuso—. Les costó muy caro, pero golpearon duro a los ingleses.

—Gracias a usted, en parte, o eso creo.

Ella movía la cabeza.

—No fue mucho lo que hice. Algunas fotos, nada más.

—Que fueron decisivas para situar las naves en sus fondeaderos y lugares de amarre.

—No tanto —objetó—. Mi tercer intento salió mal. Yo había dicho que no volvería a Gibraltar...

—Pero volvió.

La oí emitir un suspiro.

—Sí, lo hice.

—¿Y por qué cambió de idea? ¿Por qué arriesgarse otra vez de ese modo?... ¿Se lo pidió él?

Se echó atrás contra el respaldo de la silla, casi con sobresalto.

—No, en absoluto. Al contrario. Teseo no quería que yo regresara. Todo fue más complejo. Y la decisión final fue mía.

Otra vez miraba mi cuaderno con recelo. Titubeó un momento.

—A pesar de cuanto ocurrió después —añadió—, nunca me arrepentí de haberlo hecho.

Seguía mirando el cuaderno. De pronto parecía incómoda.

—Quítelo de mi vista, por favor.

Obedecí, metiéndolo en la mochila, y eso la tranquilizó.

—Aquella noche —dijo al fin, tras pensarlo un poco más—, después de entregar las fotos en la iglesia de Algeciras, me encontraba en casa. Había vuelto a Puente Mayorga en autobús y estaba sentada con el perro a los pies. Entonces oí gruñir a Argos y...

Cuando abre la puerta, él está allí: sombra inmóvil recortada en el umbral, bajo el cielo estrellado de la bahía cercana. Un ápice de luna desliza por el jardín una claridad vaga que apenas define los contornos de las buganvillas y las palmeras, plata y negro punteado de luciérnagas. El hombre no dice nada y Elena tampoco. Por un largo momento permanecen muy quietos, mirándose en la penumbra como si un gesto o una palabra pudieran quebrar lo que ocurre y va a ocurrir. No hay audacia por una parte ni sorpresa por la otra. Todo sucede con la silenciosa naturalidad de lo intuido, o lo inevitable.

—Creo que... —dice él, por fin.

—Sí.

Después Elena se hace a un lado —viste un jersey de lana gruesa cuyas mangas le cubren las manos— y el italiano penetra en la casa mientras Argos, feliz con la novedad, da vueltas alrededor, olfateándolo. No hay luz eléctrica, y en el salón alumbra el quinqué de petróleo con la mecha alta, junto al sofá donde hay un libro abierto boca abajo sobre uno de los brazos. En la chimenea, un tronco incandescente arde sobre los rescoldos, llenando el lugar de olor a leña quemada.

Él mira el libro sobre el sofá.

—La he interrumpido, lo siento.

—No diga tonterías.

El perro se frota contra las piernas del recién llegado. Elena agarra al animal por el collar y lo hace salir al jardín, con suavidad, cerrando la puerta. Después mira al hombre que sigue de pie en el centro de la habitación, la cazadora abierta sobre una camisa blanca. La luz lateral del quinqué ilumina un lado del rostro y deja el otro en sombra. Como un buril de claridad dorada y rojiza, talla más dureza en sus rasgos: el mentón firme, los pómulos, la nariz fuerte, los ojos claros bajo el pelo corto y la frente obstinada.

—Siento no poder ofrecerle gran cosa —dice ella—. ¿Ha cenado?

—Sí, hace rato. No se preocupe por eso.

Se acerca ella al sofá y coge el paquete de Craven que está sobre la mesita contigua.

—Yo voy a fumar un cigarrillo... ¿Quiere uno?

—Por favor.

—Son ingleses.

Sonríe un poco él, sin decir nada, mientras Elena le ofrece la cajetilla.

—Tenga.

Toma uno el hombre, llevándoselo a los labios. Mientras ella coge otro, ve que él se acerca al tubo de vidrio del quinqué y se inclina con el pitillo en la boca, para encenderlo. Y Dios mío, piensa. Me gusta hasta su manera de encender un cigarrillo inglés.

—¿Algo de beber?

—No.

Le indica una silla.

—¿Quiere sentarse?

—Prefiero seguir un poco de pie —se frota los riñones con una mueca tímida—. He venido en motocicleta desde Algeciras.

Tras decir eso mira en torno, los lomos de los libros alineados en los estantes —el *Northern Atlantic Ocean* que compró el marino muerto en Mazalquivir está allí—, los grabados apenas visibles que decoran una pared, la mesa de trabajo. La alfombra sobre la que estuvo desvanecido la primera noche.

—Me gusta su casa —hace un ademán hacia la ventana que da al jardín en sombras—. El lugar y su interior. Tiene aspecto de verdadero hogar.

—¿Hace mucho tiempo que no está en uno?

—Sí, mucho.

De pronto, irracionalmente, la estremece el pánico y formula la pregunta que no se atrevió a hacer hasta ahora.

—¿Está casado?

Se la queda mirando con una fijeza que trasluce curiosidad. Y de improviso, una sonrisa súbita le taja el rostro como un trazo de luz.

—No, en absoluto.

Elena se siente estúpida. Muy estúpida. Para disimular su embarazo observa la brasa del cigarrillo, aspira el humo, finge regular con la ruedecilla la llama del quinqué, acerca un cenicero. El hombre la mira hacer sin decirle nada.

—Quizá tenga calor —comenta ella.

—Sí, un poco.

—Quítese la cazadora, si quiere.

—Gracias.

Deja él la prenda en el respaldo de una silla y se queda en mangas de camisa. La ligera tela blanca dibuja sus hombros sólidos, los brazos fuertes. Ella debe hacer un esfuerzo para reprimir el impulso de acercarse más. De olerlo.

—¿Cómo era su hogar, cuando lo tuvo?

Lo ve meditar un momento, inclinada la cabeza. La brasa del cigarrillo se aviva dos veces en sus labios antes de que responda a la pregunta.

—¿Sabe qué es un *squero*?

—No.

—Un pequeño astillero de góndolas en mi ciudad.

Sonríe ella, ha visto películas. Leyó a Proust, Casanova, Henry James y el barón Corvo.

—Nunca estuve en Venecia.

—Es bonita y húmeda.

—Y romántica, dicen.

—Tal vez para los turistas, aunque no para los venecianos... Hasta hace casi ochenta años perteneció a los austríacos, pero es muy italiana.

Ella se ha sentado y lo mira desde el sofá tras cerrar el libro y dejarlo aparte. El hombre sigue de pie ante ella, indeciso entre sentarse o no.

—Crecí en un *squero* —añade—. Fue de mi abuelo y ahora de mi padre. Está casi en la esquina de un canal pequeño llamado San Trovaso, con otro más ancho que llamamos de la Giudecca.

—Vaya. Vivió entre góndolas.

—No fue una mala infancia. Iba a un colegio cercano y jugaba junto a ellas. Lo mismo que su casa huele agradable, a libros y humo suave de leña, aquel lugar olía a cola, pez de calafate y madera recién lijada... Sí. Y así aprendí el oficio familiar. Creo que lo sé todo sobre barquitos venecianos.

Tras decir eso titubea y se calla, como si temiese estar hablando demasiado. Al fin se sienta en una silla, medio rostro iluminado por la luz tamizada del quinqué.

—El agua, la laguna, el mar, forman parte de mi vida desde que era niño.

Elena comenta lo primero que se le ocurre.

—¿Es verdad que las góndolas son asimétricas?... Lo leí en alguna parte.

El italiano parece sorprendido por ese interés.

—Así es —confirma—. Su arquitectura es delicada y precisa como un reloj. Son embarcaciones perfectas, afinadas durante siglos.

—¿Viven sus padres?

Lo piensa él un momento. Se diría que esta noche le cuesta pasar de un asunto a otro.

—Sí, afortunadamente. Que yo sepa.

Se deja el cigarrillo en la boca y entorna los ojos a causa del humo. O tal vez no sea el humo. Su tono se vuelve evocador.

—Me gusta ese trabajo, pues se hace con las manos. Creo que las cosas más nobles se consiguen con las manos —se mira las suyas, fuertes y duras—. Podría ganarme la vida con ellas. Me gusta pensarlo.

—¿Volverá a su *squero*?

—Espero poder hacerlo, si sobrevivo a la guerra.

Lo ha dicho con sencillez, sin dramatismos, de modo espontáneo. Cual si la diferencia entre sobrevivir o no hacerlo fuese escasa y la tuviera asumida sin darle mayor importancia. Lo estudia Elena, confusa. Queriendo entender.

—¿Por qué hace lo que hace, tan arriesgado?... Ustedes son voluntarios, supongo. Podría combatir de muchas otras formas, si quisiera. Con menos...

—¿Peligro?

—Por ejemplo.

Él da una chupada a su cigarrillo y encoge los hombros.

—Combatir supone estar en peligro. Eso es común a todos los soldados del mundo... En cuanto a por qué lo hago así y no de otra forma, no sé qué decir. Simplemente elegí ésta. Me enteré de que existía la unidad y me ofrecí. Eso es todo.

—Debe de ser durísimo... ¿Se ha arrepentido alguna vez?

Lo ve sonreír de nuevo, casi con candor. La expresión de un jovencito, o de un niño que todavía es honrado. Después, como si recordara algo, deja su cigarrillo en el cenicero y se pone muy serio.

—Voy a decirle lo que me piden que le diga —empieza despacio, cuidando cada palabra—. A cumplir una orden. Y luego diré lo que pienso yo...

Lo mira ella, decepcionada. Un agujero súbito en el corazón.

—¿Está aquí para cumplir una orden?

Aparta él la mirada y vuelve a fijarla con evidente esfuerzo, obligándose.

—Soy un marino militar y tengo superiores... Usted conoce a uno.

A Elena se le ha enfriado la voz. El tono.

—¿Y qué le han pedido sus superiores que me diga?

—Le piden que vuelva a Gibraltar. Sólo otra vez. La última.

Era eso, entonces, y el mundo acaba de llenarse de silencio. Aplasta ella el resto de su cigarrillo, violenta, y se pone en pie.

—No estoy dispuesta a hacer más fotos. Cumplí mi promesa, y es suficiente.

—No tiene por qué hacerlas, si no quiere —él se ha levantado también—. En el peor de los casos, bastaría con que hiciese una llamada telefónica.

—¿Desde allí?

—Sí, desde allí —le alarga un papel doblado—. A este número.

Elena no coge el papel.

—Explíquemelo.

Entonces él lo explica. Las fotografías tomadas por Elena son importantes, pero hay un detalle a considerar: quizás en las próximas horas haya cambios en la ubicación de las naves británicas en el puerto. Es necesario confirmar la situación exacta de cada una de ellas. Si es con fotografías, mejor. Si no, mediante el teléfono.

—¿Van a atacar?

El italiano no responde. Se ha quedado inmóvil, el papel en una mano. La luz del quinqué extiende sombras en el lado opuesto de su rostro.

—¿Cuándo piensan hacerlo?

Mueve él la cabeza, desolado.

—No puedo decirle eso.

—Oh, desde luego que sí. Claro que puede.

Coge el papel de su mano, casi arrebatándoselo. Lo mira: sólo un número telefónico. Después lo arroja despectiva sobre la mesa.

—¿Cuándo atacarán otra vez?

—Pronto —responde él por fin.

—¿Mañana, pasado mañana?

—Pronto, le digo.

—¿Irá usted?

Otro silencio. Él se ha vuelto de espaldas a la luz, como si buscara hurtar el rostro a su mirada.

—En todo caso, le he transmitido lo que me piden —dice, sombrío—. He cumplido la orden.

—¿Y...?

—Ahora le diré lo que yo opino sobre eso.

Elena sigue mirándolo con dureza.

—¿Y qué opina?

—Que no debe hacerlo. No debe ir... Niéguese.

Al fin se ha vuelto hacia ella. Claros, sinceros, los ojos color de hierba reflejan la luz trémula del quinqué.

—No tienen autoridad para obligarla —añade con calidez—. Y ha corrido demasiados riesgos.

Elena se queda atónita.

—¿Me está hablando en serio?

—Completamente.

—Podría costarle un disgusto si se enteran de lo que acaba de decir.

—No se lo voy a contar a nadie. Y supongo que usted tampoco.

Mueve Elena la cabeza, todavía turbada.

—O es muy listo, o muy ingenuo —dice.

—No la comprendo.

—Muy ingenuo, claro —concluye ella—. Eso creo, *secondo capo* Teseo Lombardo.

Lo ve volverse hacia la puerta, confuso. Alargar una mano hacia la cazadora.

—Me parece que debo...

—Venga aquí, por favor —señala, casi severa, un lugar del suelo sobre la alfombra, frente a ella—. Acérquese.

La mira más desconcertado aún. Muy serio.

—¿Para qué?

—Voy a besarlo.

Al abrir los ojos —dormía de costado, vuelta hacia él— encuentra el rostro sobre la almohada, muy cerca del suyo: una tibia presencia y el sonido suave, rítmico, de su respiración tranquila. No hay luz, y por el postigo de la ventana, que da al jardín, se filtra una débil claridad que apenas define las formas pero permite separar el sueño de la vigilia, identificar el instante preciso, disfrutar simultáneamente de la conciencia recién despierta y la plácida calidez del cuerpo satisfecho: la pereza soñolienta, deliciosa, que la mantiene muy quieta, paralizada de cautela, temiendo que se desvanezca al mínimo movimiento.

Con precaución, procurando no despertar al hombre que duerme a su lado, se acerca un poco hasta pegar el cuerpo al suyo, rozando el hombro con los labios y el costado con la cadera, aspirando su piel, que huele a carne mutua dichosa y fatigada, a sudor limpio y sucio a la vez, mezcla de ambos aromas. Al moverse nota una humedad ligera que aún se desliza entre sus muslos. Entonces acerca una mano a su propio cuerpo y aspira después, impregnado en los dedos, el olor intenso y picante del sexo. Algo que no es de ella ni de él, sino de los dos, imposible sin el uno y el otro: la combinación física, tal vez química, de dos cuerpos desnudos, dos deseos intensos, dos existencias insertas, mediante besos y caricias, la una en la otra.

Todo lo ocurrido discurre por su cabeza bajo una apacible claridad. Con precisión nítida recuerda sus propios ojos muy abiertos y los de él observándola serenos, atentos a sus sensaciones, a su placer, a sus demandas silenciosas. A sus gemidos. Caricias metódicas y tranquilas, eficaces en aquellas manos de artesano que trabajaron en góndolas y cargas explosivas en naves bajo el mar.

Inmóvil de nuevo, pegada al flanco del hombre dormido, Elena recuerda, baraja remordimientos, ausencias, carencias y sorpresas. Casi había olvidado cómo era, piensa de pronto. Cómo fue y cómo, para su sorpresa, todavía puede ser lo que se siente durante, y después, y ahora. Satisfacción, sexo. Considera todo eso un poco más, mordiéndose el labio inferior, y al cabo asiente en sus adentros. Tal vez amor, añade. Están solos ella y sus pensamientos, de modo que no hay razón para negarse a admitirlo. Nada extraño, torpe ni malo contiene esa palabra, esa posibilidad, esa sospecha. Poco traiciona, tanto tiempo después, la mujer que desde hace dos años vive sola junto al mar con un perro y unos libros. Qué otra cosa, decide, sería el impulso, o el deseo, de permanecer abrazada a ese hombre para siempre. Ignora qué habrá en su cabeza dentro de un par de horas, cuando la claridad del día la despeje del todo e ilumine con más crudeza su conciencia. Lo cierto es que en este momento, sin duda alguna, desearía morir si él muriera.

El pensamiento, inesperado, la estremece. Hasta qué punto puede ser real, se pregunta. O sincero. Por eso, como acto defensivo, decide apartarse de él, buscar el frío, ponerse a prueba. Con mucho cuidado para no despertar al hombre, Elena aparta su cuerpo, se desliza sobre las sábanas arrugadas y se pone en pie junto a la cama, contemplando la forma oscura y quieta. Atenta al sonido tranquilo de su respiración. Después busca el jersey, se lo pone sobre el torso desnudo, abre la puerta del dormitorio —Argos está tumbado detrás y la recibe con un resoplido feliz—, vuelve a cerrarla y camina casi a oscuras hasta la mesa, seguida por el perro, cruzando la habitación que sólo ilumina, muy poco, el tenue resplandor de las últimas brasas en la chimenea.

Fuma de pie, sin moverse, sintiendo a sus pies el aliento del perro echado sobre la alfombra. Retiene el humo del cigarrillo mientras revive el peso del cuerpo duro del hombre, el movimiento de vaivén que le esponjaba la carne de placer, los ojos verdes —*glaucopis,* como los de Atenea— observándola muy de cerca. Y ella, sintiendo; no fingiendo sentir, ni exagerándolo. Segura de que a esa distancia no era posible engañar, pues él la estudiaba atento, algo fruncido el ceño, como un niño resuelto a hacer bien las cosas, mientras ella se desdoblaba en dos mujeres: la que disfrutaba de todo aquello y la que veía disfrutar a la otra, pensativa, asombrada del modo incondicional con que se entregaba al abrazo envolvente, tan intenso. Al hombre junto al que se sentía insólitamente segura y a salvo, antes de que él se inmovilizase como si de repente dudara, mirándola casi asustado; y ella, comprendiendo, lo abrazara más y susurrase a su oído no te preocupes, todo está bien, adelante. Ven aquí. Y él, todavía inmóvil, recibió aquellas palabras primero con sorpresa y luego con una sonrisa dulce que volvió a iluminar su boca antes de dejarse ir, tenso, masculino y relajado al fin. Con un estallido silencioso que a ella le sacudió de gozo el vientre y el corazón.

Cuando regresa al dormitorio lo encuentra despierto, sentado en la cama. Su sombra está recostada en el cabezal, esperándola. Elena ve brillar los ojos en la penumbra. Desearía morir, recuerda. Si él muriera.

—¿Dónde estabas? —la voz suena ronca, todavía soñolienta—. ¿Qué hacías?

—Pensaba.

—¿En qué?

—Voy a volver a Gibraltar... Estoy dispuesta a hacerlo.

10. Una simple formalidad

Gennaro Squarcialupo mira otra vez el reloj. Está inquieto. Son las ocho y cuarto de la mañana y Teseo Lombardo no ha vuelto. El veneciano bajó a tierra anoche, tras una conversación con el teniente de navío Mazzantini —Squarcialupo ignora de qué hablaron— y no hay noticias suyas. Tras el desayuno, la reunión operativa ha empezado sin él. Tiene lugar en la cámara de buzos del *Olterra:* una sala de estar habilitada en la parte secreta del barco, comunicada por una escotilla y una escala de hierro con el pañol de los maiales y el muelle interior de salida al mar. La iluminan dos ojos de buey. En un mamparo, a uno y otro lado de la bandera de Italia, cuelgan un retrato del rey Víctor Manuel y otro del Duce.

—Iremos esta noche —anuncia Mazzantini.

Se miran unos a otros, pero nadie despega los labios. A Squarcialupo se le acaba de contraer el estómago. Además de él y el teniente, en torno a la mesa cubierta de planos, croquis, cartas náuticas y ceniceros llenos de colillas —el ambiente está cargado de humo— se sientan otros cinco hombres sin un gramo de grasa y apariencia atlética: subteniente Paolo Arena, *sottocapo* Domenico Toschi, *secondo capo* Luigi Cadorna, *sottocapo* artificiero Roberto Feroldi y marinero-buzo Enzo Serra. Menos por el ausente

Lombardo, se trata del grupo Orsa Maggiore casi al completo.

Mazzantini está asignando los equipos: Él y Toschi, Arena y Cadorna, Lombardo y Squarcialupo. Dos por cada maiale. En cuanto a Feroldi y Serra, permanecerán a bordo del barco, en reserva. Nunca se sabe.

—Saldremos con intervalos de diez minutos para reunirnos a dos cables de la farola del espigón... Se espera ausencia de viento y mar rizada a marejadilla; así que navegaremos en superficie hasta una milla de Gibraltar, manteniendo rumbo ochenta grados. Después de dos millas a cota de máscara, nos sumergiremos y cada equipo emprenderá su ataque.

Alza una mano el subteniente Arena.

—¿Se trata sólo de forzar el puerto? ¿Qué hay de las naves fondeadas fuera, en el seno norte de la bahía?

Pasa Mazzantini un dedo por uno de los planos de la mesa, señalando lugares.

—Esos barcos son objetivos secundarios para quien no pase las obstrucciones —ha cogido unas ampliaciones fotográficas y las muestra a los hombres—. El objetivo de Toschi y mío es el crucero de batalla *Ballantrae,* amarrado en la parte interior del Detached Mole. Lombardo y Squarcialupo se ocuparán del crucero *Nairobi,* fondeado en las boyas centrales. A ti y a Cadorna os corresponde el transporte de tropas *Luconia.*

Squarcialupo ve que Arena mira a su operador y después arruga la frente, contrariado.

—Preferiríamos un crucero, mi teniente.

—Vuestro objetivo está lejos, muy dentro —Mazzantini lo indica en el plano—. Aquí, en el muelle sur. Llegar hasta él es más difícil.

—Ah.

—¿Os basta con eso?

Se miran otra vez Arena y Cadorna. Sonríe el primero, estoico.

—Nos sobra.

En ese momento se abre la puerta y entra Teseo Lombardo. Aún viste su cazadora de cuero y lleva las gafas de motorista en una mano.

—Lo siento —dice—. A sus órdenes, mi teniente.

Lo observa Mazzantini muy atento, como si buscase leer buenas o malas noticias en su cara. Impasible, el veneciano se sienta junto a Squarcialupo, sostiene la mirada del oficial y luego revisa el material que hay en la mesa.

—¿Hay novedades? —pregunta Mazzantini.

Tras dudar un momento, aún con los ojos bajos, asiente Lombardo. El teniente parece aliviado.

—¿Cuándo irá?

Se encoge de hombros el otro. Después se echa atrás una manga de la cazadora y mira el reloj.

—A esta hora estará en ello.

—Magnífico.

No dicen quién, y nadie pregunta. El grupo Orsa Maggiore es demasiado disciplinado para eso. Por su parte, Gennaro Squarcialupo intenta atar cabos, pero no consigue ir más lejos. Sólo Mazzantini conoce la razón de la ausencia de Lombardo, así que tras un breve desconcierto el napolitano se da por vencido. Aun así, le molesta que su compañero no le haya confiado nada. Se fue ayer a última hora, sin explicaciones. Dejó el barco, cogió la motocicleta y desapareció en la noche.

—Los dos cruceros son de la clase Fiji, diez mil toneladas *full load* —vuelve a hablar Mazzantini—, unidades modernas, potentes y bien armadas con doce piezas de seis pulgadas.

—Bonitas presas —apunta alguien.

—Mucho.

—Eso es caza mayor —comenta Cadorna—. Se le hace a uno la boca agua.

De vez en cuando el teniente vuelve a observar a Lombardo, que con aire sombrío mantiene la mirada en la mesa. También Squarcialupo estudia de reojo a su compañero, preocupado por la actitud de éste. Si las noticias que trae son tan buenas como afirmó hace un momento, no parecen hacerlo feliz.

—De todas formas —prosigue el teniente—, si alguno de nosotros no consigue llegar a los objetivos designados, cualquier nave de gran tonelaje dentro del puerto puede considerarse válida. Con preferencia los petroleros, pues el incendio ayudará a hacer más daño en las instalaciones —les muestra una fotografía—. Hay un buque cisterna de diez mil toneladas, el *Khyber Pass*.

—¿Dónde está? —se interesa Squarcialupo, inclinado sobre el plano.

—Aquí —el teniente señala el lugar—. Amarrado al muelle sur, cerca del *Luconia*.

El subteniente Arena mira su reloj.

—¿Hora de salida?

—Las veintidós, con muy poca luna. Según la mar prevista, sólo tardaremos hora y media en cruzar la bahía.

El optimismo de aquel *sólo* hace refunfuñar a Squarcialupo en sus adentros. Podría ser peor, naturalmente. Podrían tardar el doble, o el triple, o que se averíen los maiales, o se agote la reserva de oxígeno. O que los ingleses los descubran antes de tiempo y los maten a todos en mitad del mar. Podría ser, concluye malhumorado, infinidad de malditas cosas.

Ese último pensamiento agranda el hueco que el napolitano siente en el estómago desde que Mazzantini anunció la misión. Lo tienen del teniente al último de ellos, sabe, e incluso su camarada Teseo, el más callado e inexpresivo del grupo: esa molesta contracción justo en el diafragma, aunque todos disimulen como hace él, impasibles en apariencia, conscientes de que sus compañeros los miran de reojo. De modo instintivo, Squarcialupo toca la medalla de la Madonna que lleva al cuello. Después, para disimular el gesto, se remueve en su asiento y enciende un cigarrillo. Una cosa es que el miedo se vuelva costumbre tolerable, incluso rutina, y otra, no sentirlo en absoluto. Porque aquí querría yo ver al camarada Benito, piensa. A mi Duce. Con tres millas de agua y noche por delante, y al final, esperando, los ingleses.

—¿Tendremos apoyo en tierra?

La gente de Villa Carmela, aclara Mazzantini, vigilará la playa española por si alguno tiene que refugiarse a nado allí. Y no considera necesario recordar que antes de abandonar un maiale hay que destruirlo. Tampoco ningún equipo individual, traje Belloni o autorrespirador puede llegar a manos enemigas. Ante la eventualidad de caer prisioneros, todos vestirán bajo el traje estanco el mono de la Regia Marina con los distintivos de grado y la documentación militar en un bolsillo. También llevará cada uno tres libras esterlinas en monedas de oro, por si tiene que verse en tierra o acogido a un barco neutral, y arreglárselas allí.

Levanta la mano el *sottocapo* Toschi, operador de Mazzantini.

—¿Habrá control de los objetivos durante el día, por si se producen cambios en su posición?

Se vuelve el teniente hacia Lombardo, inquisitivo, como si a él correspondiese la respuesta. Todos lo imitan, curiosos.

—Está previsto que nos informen de eso —responde aquél, que mira las fotos de los cruceros.

—Una comunicación a mediodía, ¿no? —pregunta Mazzantini.

—Sí.

—¿Tal como solicitamos?

—Vía telefónica. Y una entrega en la frontera.

—Excelente. Pero esta vez no puedes ir tú... Habrá que avisar a los de Villa Carmela.

—Ya lo hice.

El oficial sigue observando a Lombardo con mucha fijeza.

—¿Estás seguro de todo y de todos?

—Lo estoy, mi teniente.

De pronto, Squarcialupo confirma en sus adentros lo que ha ocurrido: la ausencia nocturna, las gafas de motorista, las alusiones crípticas. Otra vez ella, deduce como una revelación. La española alta. La mujer de La Línea.

—¿Ha habido cambios en la vigilancia inglesa? —se interesa Cadorna.

—Ninguno apreciable —responde Mazzantini—. Anoche mantenían el mismo sistema de patrullas, con lanzamiento aleatorio de cargas de profundidad cada diez o quince minutos.

—Aleatorio —gruñe Squarcialupo.

Le dirige Mazzantini una ojeada severa.

—Sí, eso es. ¿Tienes algo que objetar, Gennà?

—No, nada, mi teniente —con el pitillo en la boca, alza las manos el napolitano como si se rindiera—. Nunca me tocó la lotería, que también es aleatoria... Sería mucha casualidad que fuese a tocarme esta noche.

Ríen todos, incluso Lombardo. Es una forma de soltar presión. Ríen y parece que les cueste parar, como habrían reído de cualquier otra cosa. Lo necesitaban.

Señala Mazzantini el material extendido sobre la mesa.

—Tenéis media hora para estudiarlo todo. Grabaos en la cabeza cada posición y cada obstáculo... Y a partir de ahora, nadie está autorizado a bajar a tierra. Dedicad el resto del día a descansar. Tenemos revisión médica a las veinte horas y puesta a punto de equipos una hora después. Asegurad la válvula de aire comprimido, la bomba de inmersión rápida y el manómetro de profundidad, que fallaron en las últimas pruebas. Y después de la reunión seguid con la carga de baterías, pasando del grupo electrógeno a la dinamo de vapor.

—¿Podemos dejar cartas, mi teniente? —pregunta Toschi.

—Claro, pero escribidlas sin fecha. Las recogerá Feroldi antes de que salgamos. Y supongo que tenéis los testamentos puestos al día —indica la caja fuerte adosada a un mamparo—. Siguen todos ahí dentro, como la última vez... ¿Alguna pregunta?

Alza una mano Squarcialupo.

—¿Alguien quiere comprar mis cromos de la Bella Sulamita y el Feroce Saladino?

Ríen todos otra vez, y no hay más preguntas. Advierte el napolitano que Mazzantini sigue mirando interrogante a Teseo Lombardo; y que éste, tras cruzar una ojeada silenciosa, asiente de nuevo, muy serio. Con gesto satisfecho, el oficial se pone en pie, va hasta el aparador y regresa con una bandeja en la que hay una botella de vino tinto, un sacacorchos y ocho vasos.

—Conocemos la situación de nuestros ejércitos y no nos hacemos ilusiones —Mazzantini descorcha la botella—. Es imposible que una victoria de los medios de asalto cambie la suerte de la guerra; pero podemos esperar que un éxito sirva para aliviar la presión inglesa en esta zona del Mediterráneo.

—Y está el honor, mi teniente —apunta Cadorna.

—Sí, cierto... Está el honor.

—Que al menos les sangre la nariz.

—Ésa es la idea.

Moviéndose en torno a la mesa, Mazzantini va llenando el vaso de cada uno. Se trata de un vino italiano, comprueba Squarcialupo: un Cinque Terre cuyo aroma hace pensar en mesas cubiertas de polenta tibia, hogazas de pan tierno, lonchas de mortadela y chocolate Perugina.

—Huele a nuestra casa —dice alguien.

Los ocho hombres se quedan callados, entregado cada cual a sus recuerdos. Respetándose el silencio unos a otros. Desde los entrenamientos en Bocca di Serchio se conocen igual que si fueran hermanos: vida, amores, pasiones, defectos, sueños, familia. Entre todos suman cuatro esposas y seis hijos.

Es el teniente Mazzantini quien habla al fin.

—Creo que lo hemos previsto todo y atacaremos con ánimo sereno... Por mi parte tengo la conciencia tranquila. Hemos dedicado todo nuestro esfuerzo al éxito de esta operación y podemos afrontar lo que ocurra. Antes de salir, rezaré para que nos acompañe la suerte. Que Dios premie las fatigas con la victoria y se apiade de nuestra desdichada patria... Poneos en pie.

Todos obedecen, vaso en mano. Mazzantini levanta el suyo y mira a los hombres uno por uno.

—Es imposible imaginar mejores camaradas, y considero un privilegio combatir a vuestro lado... ¡Décima, viva Italia!

—¡¡Viva!!

Elena ha cruzado, está dentro de la colonia. Lo hizo a primera hora, al abrirse la verja. Anduvo haciendo tiempo en las cercanías mientras tomaba un café —más achicoria que otra cosa— en un pequeño kiosco situado junto a la frontera hasta que vio aparecer al doctor Zocas, que esta mañana tiene servicio en el Colonial Hospital. Le fue al encuentro con aire casual, qué sorpresa, doctor, etcétera, y así cruzaron ambos la verja, conversando con aparente naturalidad mientras ella disimulaba la tensión: una mirada rutinaria de los aduaneros británicos, un saludo de éstos a Zocas, el largo recorrido a través de la pista del aeródromo y Casemates Square hasta despedirse en Main Street. La sorpresa de Sealtiel Gobovich al verla aparecer en la librería en día no previsto, el trabajo con los libros y las fichas. Y ahora, tras un vistazo al reloj, el cuerpo que se tensa mientras los latidos del corazón se vuelven más fuertes y rápidos, el incómodo hormigueo en las ingles, la respiración corta y profunda, controlada, mediante la que intenta mantener la calma. El bolso abierto y la cámara fotográfica en su interior.

Gobovich está ocupado en vaciar cajas de libros. Elena se pone en pie, coge el bolso.

—Voy a tomar el aire. A fumar un cigarrillo.

—Claro —responde el librero, atento a lo suyo.

—Vuelvo en seguida.

Abre la puerta vidriera y sale a la terraza, donde enciende un Craven. Bajo un sol espléndido de media mañana, la bahía de Algeciras es una media luna azul tinta circundada de ocres y grises. África se ve a la izquierda, muy bien definida en la distancia. No hay viento, y los barcos anclados en el seno norte apuntan sus proas en diversas direcciones. La sensación es apacible, de calma total.

Abajo, más allá de la terraza y del King's Bastion, se extienden las instalaciones portuarias. Los tres diques de reparaciones a la izquierda, los depósitos de combustible, las grúas y los tinglados. Desde allí llegan a la terraza algunos sonidos lejanos: un toque de sirena, martilleos sobre superficies metálicas y graznido de gaviotas que van y vienen planeando entre el Peñón y los barcos. Amarradas a los muelles o a las boyas centrales hay una docena de naves pequeñas y grandes, todas ellas pintadas con el color gris naval de la Armada británica.

Fíjate en los detalles, fue lo que dijo él. Elena rememora su voz tranquila, explicándolo: el suave acento italiano y la sonrisa que atenuaba, o pretendía hacerlo, la gravedad de sus palabras. Si no puedes o no quieres hacer fotos, comprueba las posiciones exactas de los barcos grandes, e intenta recordar dónde estaban antes. Eso es importante cuando te desplazas de noche bajo el mar, a oscuras sobre el fango del fondo, sin apenas forma de orientarte. Sin poder emerger para comprobar la situación. Cien metros de diferencia, de error, pueden suponer el éxito o el fracaso. También la vida o la muerte de mis compañeros. Y quizá la mía.

Los detalles, por tanto. Atenta a ellos, después de asegurarse de que Gobovich no la ve y que no hay nadie en las ventanas de los edificios cercanos, Elena deja el cigarrillo humeando en el repecho de la terraza, abre el objetivo de la Kodak, mira por el visor y toma cuatro fotografías en panorámica, de derecha a izquierda, cubriendo el puerto desde el muelle norte a los tres careneros. Mete la cámara en el bolso, coge otra vez el cigarrillo e intenta comparar lo que ve, las posiciones de los barcos grandes, con las que recuerda de la última vez. En apariencia, son las mismas. Sólo uno, seguramente un crucero, ha cambiado de sitio, amarrado ahora a una de las boyas centrales, frente a la dársena de botes. El transatlántico convertido en transporte de tropas permanece al final del muelle sur, que llaman del Almirantazgo.

Cuando regresa al interior, Gobovich ni siquiera le presta atención. Rebobina Elena la película, extrae el carrete y lo mete en un bolsillo de la gabardina, colgada en el respaldo de la silla. Después introduce otro virgen y se queda muy quieta, apoyadas las manos en la mesa, respirando hondo y despacio hasta que, poco a poco, se calman los violentos latidos del corazón. Esta vez, decide, no va a coser el carrete en el fondo del bolso; tardaría en desprenderse de él si tuviera problemas. Por fin termina de rellenar la ficha que dejó a medias —los cuatro volúmenes de la *Technical and Scientific Encyclopaedia*, de Hutchinson—, coge el bolso y la gabardina y se pone en pie.

—Lo dejo por hoy —le dice a Gobovich.

La mira el librero, sorprendido. Elena apenas lleva una hora allí.

—¿Tan pronto?

—Tengo cosas que hacer —sonríe—. Y se me hace tarde.

—Sí, por supuesto... ¿Volverás?

—En cuanto pueda. Me gusta venir.

—Cómo te agradezco que me dediques tu tiempo. Eres un ángel de Dios. Y es un placer tenerte aquí de nuevo.

—Salude a Sara de mi parte. La próxima vez subiré a verla.

—Por supuesto. Y ten cuidado ahí fuera, ¿eh?... Son tiempos complicados.

—Claro. Lo tengo.

Baja Elena la escalera y sale a la claridad de las fachadas blancas donde reverbera la luz. Con el pretexto de encender otro cigarrillo mira a uno y otro lado, sin advertir nada sospechoso. Después, con una mano en el bolsillo de la gabardina y el carrete fotográfico entre los dedos apretados, cruza Line Wall Road hasta la cabina telefónica. Una vez dentro, cierra, descuelga el aparato, inserta una moneda y marca el número de llamada internacional. Responde una voz femenina, y Elena pide conexión con el número del otro lado de la frontera que ha memorizado. Tras una breve espera suena una voz masculina, española.

—«Diga».

—Soy María.

Un corto titubeo.

—«Ah... María. Dime».

—Todas las primas, menos una, siguen en casa de papá.

—«¿Estás segura?».

—Eso parece.

—«Muy bien, dales recuerdos».

—También tengo una postal escrita para la familia. La echaré al correo dentro de una hora.

Se interrumpe la comunicación. Elena permanece inmóvil un momento, apoyada en el cristal de la cabina. Ordenando ideas mientras calcula los siguientes pasos. Luego mira el reloj, empuja la puerta y camina calle arriba, llega a Main Street y se dirige al hotel Bristol, donde pasa con naturalidad junto al soldado que vigila la entrada, y se dirige al bar, donde algunos oficiales de la RAF la miran interesados. Ocupa un asiento al lado de una mesa desde la que puede vigilar el vestíbulo, pide una taza de té y aguarda durante quince minutos, hojeando un libro del que la tensión le impide leer apenas una página. No ve entrar a nadie que despierte sus sospechas. Al fin paga la consumición, se levanta, sale a la calle —tampoco allí percibe nada que la alerte— y camina hasta la parada de taxis que está en la Piazza, frente a la catedral católica. Sube a uno.

—A la frontera, por favor.

Baja el conductor la bandera del taxímetro y se ponen en marcha. Al llegar a la pista del aeródromo encuentran la barrera tendida y a dos soldados que interrumpen el tráfico. Un avión grande, de dos motores, se dispone a despegar. Durante la espera, Elena tiene tiempo de reflexionar: riesgos y oportunidades, fortuna y mala suerte. Mientras lo hace, ve que una motocicleta se ha detenido cerca: se apoya en el manillar un hombre fornido con chaqueta y sin corbata, gorra de tweed y gafas de motorista, que mira todo el tiempo al frente, sin volverse a un lado ni a otro. Disimuladamente, ella se mueve un poco en el asiento hasta encuadrar la avenida en el espejo retrovisor. No hay nadie detrás, aunque un automóvil se acerca despacio y se detiene antes de alcanzar al taxi, a una veintena de metros.

Cuando despega el avión y se alza la barrera, el taxista arranca, cruzan la pista y recorren el último tramo hasta la frontera. Para entonces, Elena está ciega de pánico. El miedo la sacude por oleadas, impidiéndole pensar. Con un esfuerzo agotador, dominándose a sí misma, intenta razonar. Ahora no ve la motocicleta y el otro automóvil, que han quedado atrás; mas no se atreve a volverse y mirar. La turban ideas contradictorias, pero por encima de todo intuye la inminencia del desastre. De pronto advierte que dentro del bolsillo derecho de la gabardina aprieta convulsa el carrete fotográfico, que éste y la palma de la mano están mojados de sudor, y que el brazo, tenso como un engranaje atorado, le duele hasta el hombro.

Piensa, se dice angustiada. Piensa, Elena. Piensa y piensa. Pueden ser imaginaciones tuyas, o puede que no. Medita rápido lo que haces y vas a hacer; y más te vale acertar, porque tal vez no salgas de ésta. Con eso en la cabeza observa que la motocicleta ha adelantado al taxi por la derecha y se detiene al final de la avenida, junto al cobertizo de la aduana. Sintiendo que pierde el control de los nervios, mira alrededor, los asientos del taxi, la nuca del conductor y los ojos de éste que, ajenos a todo, se reflejan en el retrovisor. Le tiembla la mano que aprieta el carrete. Estúpida de mí, concluye. Si me lo encuentran encima, estoy perdida. Me espera una soga en Moorish Castle.

Con un último esfuerzo para mantener la calma, estudia con precipitación la portezuela contigua, que tiene redecillas portaobjetos, pero las descarta en seguida: quedaría a la vista. Tampoco la alfombrilla de caucho que tiene bajo los pies sirve de nada, y arrojar el carrete por la ventanilla es demasiado expuesto si el otro coche viene detrás. En cuanto a los asientos del taxi, son de cuero, corridos de lado a lado; no parece haber en ellos hueco alguno. Aun así, con la mano izquierda, a la desesperada, palpa el respaldo, allí donde éste se une al asiento. Forzando los dedos, ensancha un poco la juntura. No hay tiempo para más. De modo que saca del bolsillo el carrete y lo introduce allí, empujando hasta que desaparece dentro.

El taxi se ha detenido. Paga al conductor, baja del automóvil y camina hacia el puesto de control aduanero intentando no tambalearse sobre unas piernas que apenas la sostienen. Confío, piensa angustiada, en no desmayarme como una estúpida. La sangre late en sus sienes con tanta fuerza que parece resonar fuera, cual si los centinelas armados y los policías que están junto a la verja pudieran oírla. Para serenarse y ganar tiempo se detiene aparentado buscar el pase en el bolso, y después avanza de nuevo. Tiene la lengua tan seca que se encendería un fósforo rascando en ella.

Hay algunos transeúntes cruzando la frontera sin que nadie les preste atención. El hombre de la motocicleta habla con los policías y todos miran a Elena, cuya aprensión se convierte en certeza. Es obvio que la esperan a ella, y no hay escapatoria. Imposible volver atrás. Diez pasos más allá de la verja, tan cerca y tan lejos, están los guardias civiles españoles; pero ni aunque gritara pidiendo auxilio podrían socorrerla. Se encuentra en territorio británico. Por un brevísimo instante considera la posibilidad de echar a correr y refugiarse entre ellos, pero comprende que nunca conseguiría pasar. Y lo que es peor, destruiría la posibilidad de aparentar inocencia.

Contiene el aliento y sigue adelante. No hay más remedio. Un paso, otro y otro. Y cuando ya está muy cerca de la verja y los aduaneros, escucha el sonido de un automóvil que se detiene a su espalda, ruido de portezuelas y pasos en la gravilla. Una voz masculina, tranquila, amable, la interpela en español.

—Señora, por favor. ¿Puede acompañarnos?... Se trata de una simple formalidad.

Una mujer detenida siempre cohíbe, piensa Harry Campello. Vérselas con ellas, por muy policía que uno sea, hace que esté lejos de sentirse cómodo. El oficio endurece, pero hay reflejos, atavismos que dificultan la eficiencia operativa. Tal vez eso forme parte de una educación católica como la suya; de los resabios familiares y sociales. Cualquiera sabe. En todo caso no resulta fácil desprenderse de ellos para centrar el aspecto práctico de las cosas: sospecha de connivencia con el enemigo y sabotaje. De probarse, eso es delito capital en tiempo de guerra y supone sentencia, verdugo y angelitos al cielo. El problema es que no hay pruebas consistentes, y el jefe del Gibraltar Security Branch lo sabe de sobra. Tiene indicios, detalles significativos, aunque nada concreto por ahora. Ya quisiera. En otro momento aguardaría paciente, tejiendo la red para recoger certezas y pruebas legales. Pero se viven tiempos rápidos donde un día, unas horas, son decisivos. Un error o una imprevisión pueden costar daños y vidas. Y Harry Campello está, sobre todo, para prevenir. Para detectar amenazas y neutralizarlas.

—¿Qué hace ella? —le pregunta a Hassán Pizarro.

—Nada, comisario. Sentada sin moverse, mirando la pared.

—¿Tranquila?

—Eso parece. Estuvo protestando un buen rato como al principio, cuando la detuvimos. Ahora se ha cansado y calla... Le quitamos el tabaco y no le hemos dado nada de beber.

—¿Y Bateman y Gambaro?

—Lo que usted ordenó. Entran de vez en cuando, la amenazan e insultan con alguna barbaridad y se van... ¿Cree que eso la ablandará un poco?

—No tengo ni idea.

Se rasca el ayudante la cicatriz de la ceja, sobre el ojo estropeado.

—Esta vez el rosbif lo veo poco hecho, comisario. Si permitiera...

—Ni un pelo de la ropa —lo corta Campello—. Lo expuse muy claro. Bateman es un animal. No podemos tolerar que se les vaya la mano.

—Pero si ella...

—Ése es el problema, hombre. No tenemos nada sólido. Nada que justifique pasar a mayores. Una sospecha y una conversación telefónica interceptada con un número de La Línea que todavía no hemos identificado. Hablando de un padre y unas primas, figúrate.

—Y de una postal que iba a echar al correo.

Hace Campello un ademán de impotencia.

—¿Le hemos encontrado alguna encima?

—No —admite Hassán.

—Pues eso.

—Llevaba una cámara fotográfica.

—Con película sin usar, y no aparece ningún otro carrete... ¿Habéis buscado en el taxi?

—No hay nada. Y el taxista dice que tampoco la vio hacer nada sospechoso.

—Seguid buscando, de todas formas.

—Claro.

Se levanta Campello y va hasta la ventana. Un convoy militar pasa frente al cementerio de Trafalgar y asciende por la ladera del Peñón. Hay una gaviota posada en el alféizar, mirando al comisario con curiosidad. Golpea éste el vidrio con los nudillos, a la altura del pico, y el ave emprende el vuelo.

—Tenemos humo nada más, ¿comprendes?... Sospechas y humo. Mi olfato me dice que Elena Arbués no es inocente, como pretende; pero sólo es mi olfato. No podemos emprenderla a golpes sólo porque algo huela mal. Se lo sacamos por las buenas, o haciendo que parezcan las buenas, o tendremos que soltarla. Sin pruebas, no hay caso. Y el reloj hace tictac.

Suspira desalentado y consulta la hora. Tardísimo, comprueba. Y él allí, asustando gaviotas. Empieza a sentirse de verdad irritado.

—Voy a hablar con esa mujer... Si es ablandable, ya lo estará. Si no afloja, podemos olvidarnos —lo piensa un poco—. Dentro de un momento, entra con un café, o una taza de cacao. Con algo de beber.

—¿Para usted?

—Para ella. Y di a Gambaro y Bateman que la dejen en paz y no asomen los cuernos. Que no me espanten la caza.

—Como mande.

Se acerca Campello a la mesa, coge lápiz y papel y anota un nombre y unas señas.

—Toma —le alarga la nota al ayudante—. Después ve a este lugar, pregunta por el nombre que pone ahí y dile que se comunique conmigo lo antes que pueda, que es muy importante. No telefonees, ¿eh?... Ve en persona.

—Entendido, comisario.

—Pues vamos. Mueve ese culo perezoso que tienes.

Dicho eso, sale del despacho, baja hasta el sótano y se dirige al cuarto de interrogatorios. Gambaro y Bateman están sentados en el pasillo, en mangas de camisa, bebiendo botellines de cerveza mientras oyen en la radio el noticiero de la BBC. Campello les hace señal de que se queden allí y entra en la habitación. La mujer sigue sentada al otro lado de la mesa, bajo la bombilla desnuda que pende del techo. Tiene la gabardina puesta sobre los hombros y no lleva esposas. Se sienta el comisario frente a ella y entra sin rodeos en materia.

—Le pido, por favor, que no vuelva a decir que no ha hecho nada y que esta retención es un atropello.

Lo mira ella, suspicaz. Tiene facciones agradables, constata de nuevo Campello. Es alta y casi guapa. Y posee una voz educada.

—¿Retención, ha dicho?... ¿No estoy detenida?

Se mantiene serena, observa el comisario. Pero al hablar le tiembla un poco la barbilla. Sus manos son finas, cuidadas, sin anillos ni barniz de uñas. Las apoya en la mesa y a veces las junta con crispación.

—No por ahora —replica Campello—. Pero eso no la beneficia, porque dadas las circunstancias podemos retenerla indefinidamente antes de que todo sea oficial.

—¿Puede explicarme por qué me tienen aquí? —ella señala la puerta—. ¿Por qué entran esos hombres a decirme atrocidades?

Hace Campello un ademán aburrido, cual si todo fuera obvio.

—Sabemos que usted informa al enemigo. Que espía.

La ve abrir mucho los ojos.

—Eso es ridículo. Ya les he dicho...

—Nada de lo que dijo hasta ahora me convence de lo contrario. No sé si trabaja para los nazis, los italianos o la Falange española. Quizá para todos a la vez.

—¿Está hablando en serio?

Señala Campello la habitación, la puerta cerrada.

—¿No le parece esto bastante serio?

Ella entrelaza los dedos. Se la ve más tensa que turbada.

—Lo que me parece es infame —de pronto lo mira con desafío—. Dígame algo que haya hecho y que no debí hacer.

—La librería de Sealtiel Gobovich —aventura el policía.

Lo mira ella con sorpresa, o aparentándola.

—Trabajé allí durante la guerra de España. Supongo que hablarán con el dueño.

—Lo haremos, sí —admite Campello—. Y también sobre la terraza.

El rostro de la mujer se vuelve impasible.

—¿Qué pasa con la terraza?

—Que desde ella se ve todo el puerto.

—¿Y qué?

—Dígamelo usted.

El comisario la ve ladear la cabeza y observarlo como si estuviese ante un idiota.

—Oiga, señor. Me he asomado a esa terraza cientos de veces... ¿Qué tiene eso de extraño?

—Su cámara fotográfica. La que llevaba en el bolso.

—La llevo a menudo, me gusta la fotografía. Pero no hice fotos esta vez.

—¿Por qué?

—No sé —duda y asiente en seguida—. No me paso la vida haciéndolas.

—Estamos buscando el carrete.

—Estaba en la cámara.

—Ése no tiene ninguna foto. Me refiero al otro.

—¿Qué otro?... Sólo tenía uno. Ya le digo que no hice fotos.

—¿Ni desde la terraza?

—Nunca he hecho fotos desde esa terraza. Sé muy bien que no se puede, cuando hay instalaciones militares.

—¿Lo sabe?

—Sí, claro... Como todo el mundo.

Entra Pizarro con una taza de cacao caliente y la deja en la mesa, junto a la mujer. Ésta ni la mira.

—¿Y qué hay de su padre? —pregunta Campello cuando se marcha el ayudante.

—No le entiendo.

—Pues debería. Sospechábamos de usted, así que dispuse la escucha del teléfono de Gobovich y la cabina de la calle... Escucharon su conversación y la anotaron.

La mujer continúa mirándolo como si no le siguiera los argumentos. Al fin parece reparar en la taza, la coge, se la lleva a los labios y bebe un sorbo antes de dejarla de nuevo en la mesa.

—¿Qué tiene de malo esa conversación? —dice al fin.

—Su padre y sus primas, ya sabe. La postal.

—Mi padre vive en Málaga y tengo familia en Algeciras. Nada hay de raro en eso.

—Lo comprobaremos.

—Naturalmente.

La observa con fijeza Campello, reflexivo. En verdad, concluye, ella se defiende muy bien. Demasiado, sin duda. Así que saca otra carta de la manga.

—Cuando habló por teléfono no dijo su nombre.

—¿No?

—Pues no. Se identificó como María.

Los ojos de la mujer parecen cristales de hielo.

—Tiene usted mi documentación —responde con mucha calma—, y en ella figura mi nombre de pila completo... Me llamo María Elena, y mis familiares suelen utilizar ese primer nombre.

—¿Desde cuándo?

—Desde niña.

—Eso también lo comprobaremos.

—No me cabe duda.

El comisario sabe encajar un revés. Sin inmutarse, saca del bolsillo de la chaqueta el paquete de cigarrillos y el encendedor de ella y se los pone delante.

—Es viuda —apunta—. A su marido lo mataron los ingleses.

—Y a mi padre lo quisieron fusilar los franquistas. Por eso nos refugiamos tres años aquí... Ni nazis ni fascistas me son simpáticos.

Tras decir eso, coge un cigarrillo, se lo pone en la boca y acciona el encendedor. Campello advierte que es zurda y que la llama oscila entre sus dedos. Una hembra templada, piensa en sus adentros. O que sabe serlo. Y no lo hace nada mal.

—Escuche... No quisiera tener que usar otros métodos.

Ella deja salir despacio el humo, entornando los ojos.

—Espero que no esté insinuando que van a torturarme.

Sonríe Campello, sarcástico.

—¿No ha sido entrenada para eso? ¿Para resistir interrogatorios y torturas?

Se queda muy quieta, mirándolo.

—¿Habla en serio?

—Completamente.

—Por Dios. No diga tonterías.

Hace años, recuerda Campello, interrogó a una mujer que había matado a su marido a golpes de hacha. Él le pegaba cuando estaba borracho, y una noche ella se le acercó cuando estaba dormido y resolvió la cuestión. Durante el interrogatorio y el juicio posterior, donde lo negó todo —la encontraron salpicada de sangre, sentada en la escalera y con el hacha al lado—, a la mujer no se le había movido un músculo de la cara. Ni siquiera cuando el juez se puso el pañuelo sobre la peluca y dictó la sentencia de muerte. Seguía negándolo todo, impasible, mientras la subían al cadalso.

—Entrenada o no, sé que espía para el enemigo.

—¿Yo? —ahora parece muy indignada—. ¿Una librera?

—¿Por qué no?... Hace unos días ahorcamos a un empleado de comercio.

Se apoya ella en la mesa con vehemencia.

—Usted es imbécil. ¿Cómo se atreve? ¿Cómo se le ocurre esa atrocidad? —apaga de pronto el cigarrillo, parece reflexionar, se recuesta en la silla—. Quiero hablar con el cónsul de España. Que se le comunique mi situación.

—Eso puede esperar unos días.

Se pone en pie el comisario. Su sonrisa fatigada disimula su frustración.

—De momento se va a quedar en Gibraltar, con nosotros —añade—. Como he dicho, me obligará a utilizar otros métodos.

En su larga vida profesional, a Harry Campello lo han mirado de muchas formas distintas. Pero, que él recuerde, nadie lo hizo nunca con tanto desprecio como la mujer lo mira en este momento.

—Utilice lo que crea conveniente —dice ella—. Y cuando termine, condúzcame a la frontera. Con una disculpa.

A Gennaro Squarcialupo le preocupa Teseo Lombardo: su silencio obstinado desde que regresó tras pasar la noche fuera del *Olterra*. Cuando el napolitano entra en la cámara taller encuentra a su compañero reparando el regulador de flujo de oxígeno de un autorrespirador 49/bis. Trabaja concentrado en la tarea, desnudo excepto por un viejo pantalón corto, los pies descalzos en el suelo y el torso cubierto de sudor. Siguen sin funcionar los extractores de aire.

Squarcialupo va a sentarse a su lado, y cuando Lombardo alarga una mano para coger un destornillador que está sobre la mesa, se lo alcanza. Levanta un poco el rostro el otro, lo mira sin decir nada y utiliza la herramienta para desmontar el mecanismo.

—Ése no lo vamos a usar en el ataque —comenta Squarcialupo.

Tarda un momento Lombardo en responder.

—Ya —dice al fin—. Pero quiero estar ocupado en algo.

—¿Qué pasó anoche?

Mueve el otro la cabeza.

—Déjame, Gennà... No estoy para conversaciones.

—No he venido a conversar. Esta noche saldremos afuera tú y yo, y necesito saber que todo va bien. Eres mi binomio. Dependemos el uno del otro.

—Todo va bien, no te preocupes.

—¿Estuviste con ella?

Lombardo se mantiene en silencio, ceñudo, concentrado en las piezas del autorrespirador que limpia y ajusta de nuevo. Una gota de sudor corre desde su frente y le queda suspendida en la punta de la nariz.

—Una vez —dice Squarcialupo—, durante un ejercicio de adiestramiento en Porto Venere, me dijiste algo sobre eso... ¿Recuerdas?

—No.

—Pues yo lo recuerdo perfectamente. Cuando sales al mar hay que dejarlo todo en tierra. Demasiado lastre impide nadar bien... Eso fue lo que dijiste, hermano.

Mueve la cabeza el veneciano sin dejar de prestar atención a lo que hace.

—No llevaré ningún lastre esta noche.

—Pues más nos vale. Porque te necesito delante de mí, sereno. Mirar tu espalda, o adivinarla en la oscuridad, y saber que puedo confiar.

Lombardo se ha quedado inmóvil, sin alzar la vista. Al cabo de un momento se enjuga el sudor de la cara con el dorso de una mano.

—Se ha puesto en peligro otra vez —dice.

—¿Ella? —Squarcialupo lo mira con asombro—. ¿Tu amiga la librera?

—Está haciendo un último reconocimiento del puerto, para confirmar objetivos. El teniente Mazzantini me ordenó que se lo pidiera.

Squarcialupo sigue atónito.

—¿Ha vuelto a entrar en Gibraltar?

—Esta mañana, temprano. Eso creo.

Lo considera el napolitano.

—Si nosotros estamos aquí —concluye—, ¿quién le hará el control cuando salga?

—Nuestra gente de Villa Carmela.

—Menudo par de huevos tiene tu amiga... ¿Cómo pudiste convencerla?

—Lo decidió ella. Incluso le aconsejé que no lo hiciera.

Squarcialupo no da crédito a lo que oye.

—¿Le aconsejaste eso?

—Pero quiso ir.

—Tú estás loco, Teseo.

—¿Por aconsejarle que no fuera, o por dejarla ir?

—Santa Madonna... ¿Te ha dado fuerte, o qué? ¿Y si la descubren los ingleses?

—No lo harán.

—Coño... ¿Y si lo hacen?

—Figúrate.

—Mierda.

—Sí.

—Mierda y mierda.

Con mucha calma, minucioso, Lombardo termina de montar la válvula, conecta una bombona de oxígeno y la comprueba. Lo mira inquisitivo Squarcialupo.

—¿Habéis...?

Lo deja ahí, pero no hay respuesta.

—Joder, hermano —añade—. Menuda historia.

—Ya. Menuda.

Poniéndose en pie, Lombardo cuelga el autorrespirador en la percha de equipos. Mientras tanto, Squarcialupo saca del bolsillo un papel y lo desdobla sobre la mesa.

—Tengo un croquis del puerto. De nuestro objetivo.

Lo contempla el otro, desaprobador.

—Está prohibido sacar documentos de la camareta.

—Éste no lo saqué de ninguna parte... Lo he dibujado yo, de memoria.

—Peor me lo pones.

Tamborilea el napolitano con los dedos sobre el papel.

—Anda, ven aquí... Mira.

Se acerca Lombardo, sentándose de nuevo. Squarcialupo recorre el croquis con un dedo.

—El rumbo de ochenta grados nos debería llevar directamente a la entrada norte, entre el muelle del Carbón y el Detached Mole... Si superamos las cargas de profundidad de las lanchas, encontraremos la red antisubmarina que cierra esa bocana. Pasarla por encima tan cerca de los ingleses será imposible, y la otra vez no pudimos levantarla desde el fondo.

—Con las nuevas cizallas alemanas la podremos cortar —afirma Lombardo—. Abrir un hueco.

—Ojalá que sí. En cualquier caso, si forzamos la red y al *Nairobi* no lo han movido de su amarre, aún tendremos que recorrer de ciento cincuenta a doscientos metros para llegar a él... Fíjate, he apuntado las sondas que figuran en la carta.

Asiente el veneciano sin necesidad de mirar el papel.

—De doce a nueve metros, ocho en algunos sitios.

Squarcialupo le guiña un ojo.

—Tú también lo has vuelto a comprobar, ¿verdad?

—Lo hice, naturalmente. Y sabes lo que significa: iremos muy justos de cota, y cualquier falsa maniobra puede sacarnos a la superficie o delatarnos por la fosforescencia.

Asiente el napolitano, de pronto sombrío.

—Y si vamos arando el fondo, se levantará fango y acabaremos por ver menos que un pescado frito.

—Podría ser.

—Bueno, pues imagina ahora que todo va bien hasta ahí, y luego se tuercen las cosas. Minamos el crucero, pero no podemos sacar el maiale del puerto: se vuelve ingobernable o se avería. Habrá que salir por tierra... ¿Has pensado algún sitio?

—El muelle norte —Lombardo indica el lugar—. Aquí, junto al pantalán de pasajeros, hay un sitio bueno. ¿Te acuerdas?

—Sí, claro... Lo consideramos la otra vez, por si entrábamos. Queda muy en sombra, sobre todo con el oscurecimiento nocturno del puerto.

—Nos sigue valiendo. Una vez allí, podríamos pasar al otro lado y nadar media milla hasta la costa española.

—Suponiendo que para entonces estemos en condiciones de nadar.

—En caso contrario intentaríamos subir a bordo de algún mercante neutral atracado en esa parte... O levantar las manos y rendirnos.

Squarcialupo hace una mueca desagradable.

—Eso prefiero que no, camarada. Al Duce no le gustaría.

—Pues dile que venga él. Le prestamos un traje estanco y que se moje los pies.

Ríen cómplices, de nuevo dos soldados. Dos camaradas.

—Volveremos con nuestro maiale —sostiene Lombardo—. Estoy seguro.

—Por supuesto... Mala hierba nunca se la come el buey.

Squarcialupo guarda el croquis y se ponen en pie. Hay que echar una última ojeada al maiale y cambiar del grupo a la dinamo para dejar a punto las baterías eléctricas. Se pone Lombardo una camiseta sucia de grasa, salen de la cámara, y en la escala que conduce al muelle interior de operaciones encuentran al teniente Mazzantini, cuya expresión intranquiliza a los dos buzos.

—Tenemos que hablar, Teseo —comenta.

Al decirlo dirige una mirada significativa a Squarcia-lupo, que hace ademán de retirarse y dejarlos solos; pero Lombardo lo retiene.

—Gennaro es mi binomio, mi teniente. No hay nada que él no pueda oír.

Duda un instante el oficial, mira a Squarcialupo y se decide al fin.

—¿Le has contado?

—Sí —confirma Lombardo.

Una mirada severa.

—No te ordené eso.

—Tampoco lo contrario, mi teniente. Y le repito que es mi compañero.

—No se preocupen —tercia Squarcialupo—. Los dejo solos.

—No, quédate —accede Mazzantini—. Es igual. Acabo de comunicar con Villa Carmela —se vuelve hacia Lombardo—. María no ha pasado de vuelta la frontera.

Desde que se conocen, Squarcialupo nunca había visto palidecer a Lombardo; ni siquiera en los agotadores ejercicios que los obligaban a nadar millas con todo el equipo a cuestas, o al quitarse la máscara de goma tras varias horas de inmersión. Sin embargo, ahora se ha puesto pálido.

—¿Por qué? —pregunta éste.

Mueve el oficial la cabeza.

—No se sabe. Telefoneó desde Gibraltar. Según parece, había alguna novedad en el puerto. También dio a entender que tenía fotografías... No hemos vuelto a saber de ella.

La voz de Lombardo suena rauca, muy tensa.

—¿Cree que la han detenido?

—No lo sé, y nuestra gente en La Línea tampoco lo sabe. Han estado esperando cerca de la verja y no aparece.

—¿Y cuál es la novedad de la que informó?

—No dio detalles. Entendemos que un objetivo ha cambiado de lugar. Hemos enviado al patrón de un pesquero español a echar un vistazo lo más cerca que pueda.

—¿Qué pasa con ella?... Con María.

—Averiguaremos lo que ha ocurrido, pero nada podemos hacer ahora. Seguiremos el plan previsto.

—¿Y si habla? —interviene Squarcialupo, callado hasta ese momento.

—Es poco lo que puede contar.

Mazzantini lo ha dicho mientras mira a Lombardo, y suena más a pregunta que a respuesta. Lo admite el veneciano.

—Muy poco.

—Y de esta noche no sabe nada —zanja el oficial.

Se quedan los tres callados: serio Mazzantini, preocupado Squarcialupo, inexpresivo Lombardo. Es el teniente quien rompe el silencio.

—Tenéis que concentraros en la operación. No podemos atender a otras cosas... ¿Comprendido?

Asiente el napolitano.

—Claro, mi teniente.

Mazzantini estudia a Lombardo.

—¿También tú lo comprendes, Teseo?

—Lo ha entendido, mi teniente —dice Squarcialupo.

—Pues echad un último vistazo a los maiales y descansad un rato. Hay un trabajo que hacer, y será duro.

Se marcha escala arriba. Squarcialupo se vuelve hacia su compañero.

—Ya has oído al teniente... Tenemos un trabajo que hacer.

Lombardo no se mueve. Tiene la mirada absorta, fija en el mamparo.

—Lo hizo por mí, Gennà —dice de pronto.

—¿De qué estás hablando?

—De ella. Ha vuelto allí porque yo se lo pedí.

—No eres responsable de eso. Y no puedes salir esta noche con tales ideas en la cabeza. Nos van en ello tu vida y la mía.

Inclina Lombardo el rostro. Sombrío.

—¿Por qué lo ha hecho? ¿Por qué se dejó convencer?

Se encoge de hombros Squarcialupo. Sólo la noche inminente ocupa ya sus pensamientos. La noche, el mar y los ingleses. Todo lo demás ha dejado de tener importancia.

—Cualquiera sabe, hermano... Las mujeres son animales extraños.

En compañía de un Will Moxon correctamente uniformado, Harry Campello recorre el muelle del Carbón, pasa entre las grúas y el antiaéreo Bofors que acaban de instalar allí, y apoyándose en un noray se asoma sobre la lancha amarrada abajo. Royce Todd está en la cubierta, sentado con dos de sus buzos mientras preparan cargas de profundidad: cilindros de hojalata procedente de latas de aceite español y galletas inglesas, cargados con doscientos cincuenta gramos de explosivo y un detonador de granada Mills. Todo muy rudimentario, pero suficiente para que la onda expansiva reviente las entrañas de un buzo enemigo en un radio de cuatro o cinco metros.

—Nuestro amigo trae noticias —le dice Moxon a Todd.

Trepa el alférez de navío por la escala que pende del muelle. Sólo viste una arrugada gorra de oficial, un pantalón corto de color caqui y unas zapatillas de tenis muy sucias. El sol ha dorado el vello y la barba rubios sobre su piel bronceada. El pómulo izquierdo muestra todavía un hematoma violáceo, resultado de la refriega nocturna en el Queen Anne's Revenge.

—¿Noticias buenas o malas? —pregunta.

Las manos metidas en los bolsillos, echado atrás el sombrero, Campello lo pone al corriente. Nada de indicios serios, expone, pero sí sospechas. Ha hecho una detención de un posible agente enemigo, que está siendo interrogado. No hay elementos que permitan asegurar nada, pero tal vez se prepare un nuevo golpe contra Gibraltar. Algo próximo.

—¿Cómo de próximo?

—No puedo precisarlo —se sincera Campello—. Por ahora es más intuición que otra cosa.

Todd se quita la gorra, se pasa un antebrazo por la frente para enjugar el sudor y se la vuelve a poner.

—Hay buena luna para eso —comenta, ecuánime—. Si yo fuera ellos, vendría.

—¿Cuándo, según tú? —se interesa Moxon.

—Pues no sé. Esta noche, mañana... Dos o tres días, como mucho. La mar está como un plato y hay poca luz.

—¿Hay forma de prevenirlo?

Señala Todd las cargas de profundidad que sus hombres preparan en la lancha.

—Lo estamos haciendo, dentro de lo que cabe —mira a Campello—. ¿Quién es ese sospechoso tuyo? ¿Ha dicho algo?

—Es una mujer.

—Anda... ¿Una Mata Hari?

—No, no. En absoluto. Es otro estilo.

Hace una mueca el buzo, decepcionado.

—Qué desilusión.

—Nos ha contado muy poco, de momento... O más bien nada. Aun así, algo hace sospechar que hay preparativos en marcha. Creemos que vigilaba esta zona.

—Dentro y fuera hay bocados jugosos —opina Moxon.

—Sí, ése es el asunto.

Mira Todd el interior del puerto: los destructores y cazatorpederos amarrados a los muelles, el transporte de tropas *Luconia,* el petrolero *Khyber Pass,* el crucero *Ballantrae* abarloado al muelle sur y el *Nairobi* en las boyas centrales.

—El convoy PH-22 tardará cuatro días en salir —dice—. En la bahía hay una docena de mercantes y aquí dentro, algunas piezas de caza mayor. Como digo, si yo fuera el enemigo, no dejaría de intentarlo.

—Hemos intensificado la vigilancia hidrofónica entre Punta Europa y Punta Carnero —señala Moxon—. Nuestras dos corbetas van y vienen.

Se muestra escéptico Todd.

—No lo harán desde un submarino.

—Lo han hecho otras veces.

—Te digo que no —mueve el buzo la cabeza, testarudo—. Estoy seguro de que salen de la costa española, atacan y vuelven a ella.

—El almirante no opina eso, muchacho... Afirma que vienen del mar.

—El almirante no tiene ni puta idea. No se moja el culo como mis hombres y yo, ni se interesa lo más mínimo por nuestro trabajo. No me ha dado nada de lo que llevo tiempo pidiéndole: medios y gente. Mirad.

Va hasta una cubierta de lona que está cerca en el muelle, la retira y muestra cinco autorrespiradores de distintos aspectos: bombonas de oxígeno, tubos en forma de fuelle, máscaras de goma con doble visor.

—Con esto tenemos que bucear. No es material específico para buzos, sino viejos equipos Davis de abandono de submarinos, que hemos recuperado y adaptado nosotros mismos... En cambio, ved este otro —se agacha y les muestra un autorrespirador—. ¿Sabéis de dónde viene? ¿No lo habéis visto antes?

—Pues no sé, muchacho —replica Moxon—. A mí me parecen todos iguales.

—El italiano de la otra vez —dice Campello.

—Exacto. Lo llevaba el tipo al que matamos hace unos días. Mejor incluso que los Mommsen americanos y los Dräger alemanes. Y el resto del equipo era igual de bueno: brújula, reloj, traje estanco... Los italianos serán todo lo mierdas que queráis, pero el material que traen aquí es de primera clase. Y sus agallas, también.

Deja Todd el autorrespirador con los otros y se queda mirándolo.

—Se nos metieron en Gibraltar, en Suda, en Alejandría —prosigue—. Y casi lo hicieron en Malta... Yo estaba en La Valeta y no olvido la escena: iluminados por nuestros proyectores mientras los machacábamos con cañones y ametralladoras y el agua parecía hervir, durante seis minutos atacaron con buzos y lanchas explosivas las obstrucciones del puerto, intentando entrar en él. Eran una veintena y fueron cayendo uno tras otro, impávidos como si estuvieran en un simple ejercicio, hasta que los matamos o capturamos a todos.

Dicho eso, se inclina y vuelve a cubrir los equipos de oxígeno con la lona.

—¿Macarronis blandos? —añade de pronto—. Y un carajo... Todavía guardo el recorte del *Daily Mirror* con lo que dijo de ellos el gobernador de Malta: «Este ataque ha exigido las más altas dotes de valor personal por parte del enemigo».

Se queda un momento callado, mirando la bahía.

—Valor personal —repite, pensativo.

—Así que vendrán —comenta Moxon.

Sonríe el buzo con calidez, como si la idea no le desagradase.

—Pues claro que esos cabrones vendrán —alargando un brazo, señala con movimiento semicircular el contorno de la bahía desde La Línea a Algeciras—. Son noches perfectas para ellos. Están ahí mismo, en alguna parte de la costa española. Los huelo. Tal vez en este mismo momento nos estén vigilando de cerca. Tomándonos las medidas.

Tras decir eso se toca con un dedo la visera de la gorra y baja por la escala hasta la lancha. Cuando pisa la cubierta, levanta el rostro hacia Campello y Moxon.

—Sé que van a venir —insiste—. Esta noche, mañana, pasado. Vendrán a por nuestros barcos como lobos hambrientos, y yo los estaré esperando.

11. Piel mojada, hierro caliente

No fue hasta el tercer día de conversación con Gennaro Squarcialupo que le pregunté a éste por la ruptura del grupo Orsa Maggiore en 1943, cuando el mariscal Badoglio firmó la paz con los aliados, declaró la guerra a Alemania y los antiguos amigos pasaron a ser enemigos. Para esa fecha, capturados tras su acción en Gibraltar, Teseo Lombardo y él estaban en el campo de prisioneros de Ramgarh, en la India. Y fue allí donde acabó su camaradería. O su amistad. Yo creía que el viejo buzo napolitano iba a eludir el asunto, pero lo abordó apenas lo insinué. Lo hizo con una sonrisa melancólica y amarga. Estábamos, como los dos días anteriores, sentados al sol con una frasca de vino en la puerta de la *trattoria* Il Palombaro, viendo pasar a la gente por la esquina de las vías Pignasecca y Pasquale Scura. El magnetófono funcionaba sobre la mesa y registró sus palabras exactas.

—Teseo fue un traidor... No fue el único, pero eso no lo disculpa.

Pareció divertirle mi sorpresa al oír aquello.

—La infamia de aquella rendición ignominiosa —prosiguió— no fue traicionar al fascismo, porque éste ya estaba traicionado de sobra... La afrenta fue manchar la dignidad del pueblo italiano, el honor de las fuerzas armadas y la memoria de los caídos durante la guerra —me observaba, inquisitivo—. Nos convirtió a todos en desertores, ¿comprende?

Dije que sí, que creía comprender, y el antiguo buzo siguió con sus explicaciones. Aquélla, dijo, era una guerra que ellos no habían querido. En eso, el Duce se equivocó al arrastrarlos. En cuanto al propio Squarcialupo, nunca estimó a los alemanes, que le parecían tan crueles y arrogantes como los ingleses. Pero eran sus aliados, y junto a su bandera lo habían hecho combatir. Volverse contra ellos de la noche a la mañana, y aún peor, hacer que se volvieran contra Italia con toda su fuerza fue un disparate. Así que algunos, y no fueron pocos, decidieron elegir por su cuenta.

—En Ramgarh los ingleses nos preguntaron. Ofrecían la libertad a los que quisieran combatir contra Alemania... Algunos, como Teseo, aceptaron unirse a los aliados. Otros nos negamos al deshonor. Preferí no cambiar de bandera y seguí prisionero hasta el final de la guerra.

—¿Y el resto de su grupo?... Me refiero a los de la Décima que para entonces aún estaban operativos.

Se tocó la cara surcada de arrugas y viejas cicatrices.

—Ocurrió lo mismo —dijo—. Unos siguieron combatiendo junto a los alemanes, haciendo incursiones contra los barcos aliados en Anzio, Nettuno y Ancona, y contra las naves que participaban en el desembarco en el sur de Francia. Otros, como Teseo, lucharon junto a ingleses y americanos, con los que incluso hicieron de instructores, y atacaron La Spezia y Génova, que eran sus antiguas bases —me miró dubitativo—. ¿Comprende la dimensión del asunto?

—Coherencia frente a deshonor —apunté escéptico—. ¿Así lo ve usted?

—¿Y qué otra forma hay de verlo?

—¿Sufrió represalias al regresar?

Su respuesta fue un resoplido y una risita amarga.

—Pues claro que las sufrí —dijo luego—. Pasada la guerra, a pesar de lo mucho que hicimos en ella, los que fuimos calificados como *no cooperadores,* o sea, fascistas recalcitrantes, pagamos las consecuencias: desprecio y olvido... Pero, bueno. Soy de Nápoles, aquí siempre es posible arreglárselas. Y así lo hice: trabajé de buzo en el puerto, recuperando chatarra hundida. Monté esto para ganarme la vida. Y aquí sigo.

Se detuvo, sombrío. Luego, con una mueca desagradable, añadió que él no había sido el único olvidado. También otros camaradas, sin importar el bando en el que se situaron tras el armisticio de 1943, se vieron en el abandono y la miseria.

—Como Spartaco Schergat, por ejemplo, otro de la Décima. Estuvimos juntos en la escuela de buzos... Él fue uno de los seis que forzaron el puerto de Alejandría —me dirigió una ojeada inquisitiva—. ¿Conoce el episodio?

—Sí —repuse—. Hundieron allí dos acorazados y un petrolero.

—Exacto: el *Valiant,* el *Queen Elizabeth* y el *Sagona.* ¿Y sabe cómo terminó Schergat sus días?

—No.

—De vigilante en la Universidad de Trieste... ¿Qué le parece?

—Lamentable.

—Y que lo diga. Italia nunca ha sido agradecida con sus héroes.

—Casi nadie lo es.

Emitió una risa chirriante que acabó en una tos seca.

—Incluso en los *nadie* existen categorías.

Volví a su compañero de Gibraltar. A Teseo Lombardo.

—¿Usted y él se vieron más tarde?

—Sí, diez años después de la guerra. Una sola vez. Su mujer, la española, vino con él —indicó la puerta de la *trattoria*—. Aparecieron aquí mismo, los dos. Estaban de paso por Nápoles y a Teseo se le ocurrió presentarse.

—¿Y cómo transcurrió el encuentro?

—No fue una buena idea.

Se quedó pensativo, mirando a la gente que pasaba cerca. Al rascarse el mentón sonó el roce de sus uñas en los pelos blancos, mal afeitados.

—Algo se había roto, ¿comprende?... El día que en el campo de prisioneros él aceptó luchar contra Alemania, nos apartamos para siempre.

Movía la cabeza, entristecido. Yo volví sobre Elena Arbués.

—¿Ella estuvo presente cuando hablaron?

—No, tuvo la delicadeza de dejarnos solos. Fue a dar un paseo... Era toda una señora.

—¿Cómo fue la conversación?

—Yo estaba emocionado, aunque lo disimulaba. Teseo lo estaba más que yo. Recuerdo que dijo: «Había que acabar con aquello, Gennà. Con la locura fascista, con Mussolini, que ya era un títere, con los asesinos nazis y con todo eso»... Y resulta curioso, ¿no le parece? Era yo quien, para la nueva Italia salida de la guerra, había actuado mal. Y sin embargo era él quien venía a pedirme...

Titubeó en busca de la palabra. O tal vez no quería pronunciarla.

—¿Comprensión? —sugerí.

Reflexionó un poco más. Al fin torció la boca en una mueca que no llegaba a sonrisa.

—Absolución, diría yo... En un momento determinado se le llenaron los ojos de lágrimas, hizo un ademán como para abrazarme, pero lo que vio en mi cara lo detuvo.

—¿Y?

—Y nada. Eso fue todo. Se quedó callado y quieto, mirándome. Después se fue y no volvimos a vernos nunca.

La charla tocaba a su fin y la cinta magnetofónica se había detenido. Pulsé el botón para interrumpir la grabación.

—¿Sabe que Elena Arbués tiene colgada en la librería de Venecia una foto en la que están usted y Lombardo en la cubierta del submarino *Scirè*?

Puso cara de sorpresa.

—No... No lo sabía.

—Pues así es.

Me miró pensativo mientras yo guardaba magnetófono y cuaderno de notas en la mochila.

—Nadie puede borrar lo que él y yo hicimos juntos cuando éramos jóvenes, patriotas y audaces —dijo de improviso—. Dispuestos a recibir el hierro caliente sobre la piel mojada... Lo de Gibraltar está en los libros de historia.

Vibraba un eco de orgullo en el tono del viejo buzo. Al volverme hacia él advertí que tenía los ojos vagamente húmedos. Y que se le quebraba la voz.

—Yo quería mucho a ese hijo de puta —añadió—. Y me alegro por él, por el feliz resto de su vida, porque tuvo suerte con esa mujer... Ella era digna de todos nosotros.

La celda es pequeña, desnuda, con una ventana enrejada que da a un patio, una bombilla que nunca se apaga, un cubo higiénico y un jergón sobre un agrietado poyo de cemento. Elena no habría podido imaginar nada más sórdido.

Tumbada en el jergón, que huele a borra vieja y mugre, intenta mantener la mente en blanco: no pensar, no razonar, no atormentarse con lo que depare el futuro. Le han quitado el bolso, el reloj y los zapatos, e ignora qué hora es, si aún dura el día o llegó la noche. Al principio, cuando tras el interrogatorio la metieron allí, estuvo contando segundos y minutos para entretenerse. Lo hizo una y otra vez a fin de ocupar la cabeza, sumando con los dedos y alineando, a modo de ábaco, briznas de lana gris que sacaba del jergón. Llegó a calcular hasta una hora, más o menos. Cree que desde entonces ha transcurrido otras dos veces ese tiempo, pero resulta imposible saberlo.

Me siento cansada, piensa. Tengo frío, estoy sucia y me duele la cabeza. Pero lo que más echo en falta son los cigarrillos.

Pese a sus intentos, al tozudo bloqueo mental que interpone como defensa, no puede evitar que la imaginación se introduzca por los resquicios. A ráfagas piensa en el *secondo capo* Teseo Lombardo: en lo que él y sus compañeros estarán haciendo a esas horas. Lo supone enfrentado de nuevo al mar y la noche, cruzando a oscuras la bahía, vestido con el traje de goma negra y la máscara de oxígeno que llevaba la madrugada en que Argos y ella lo encontraron en la playa. Cada vez que, contra su voluntad, esa imagen se le adueña del pensamiento, Elena franquea la distancia física y temporal y sus sentidos reviven el contacto de la carne cálida del hombre, el olor de su piel bronceada y salina, la voz serena, la mirada tan próxima en la penumbra de la última noche. Y también cada vez, consciente de que eso la conduce allí donde se vuelve vulnerable, acaba por rechazar la idea, cerrar la mente, esquivar con violento esfuerzo de voluntad, casi físico, lo que de modo tan peligroso la enternece y debilita.

Si esto es el amor, concluye, o el comienzo de algo que lo sea, o se le parezca, llega del modo menos apropiado imaginable. En el momento más inoportuno. Así que es mejor mantener los pensamientos lejos. Si pienso, concluye estremecida, me echaré a llorar.

Después de contar las baldosas del suelo y el número de junturas que hay entre ellas —setenta baldosas y ciento veintitrés junturas sin contar las contiguas a las paredes—, Elena levanta la vista al techo manchado de humedad e intenta imaginar contornos de lugares, valles y montañas como si se tratase de un mapa. Acaba de descubrir que una esquina reproduce un paisaje semejante al trazado de la costa entre Algeciras y Tarifa, cuando se abre la puerta y uno de los policías que la detuvieron, el inglés grande y brutal, entra, la agarra de un brazo y la saca al pasillo.

—Vamos, puta, muévete —mascula en torpe español.

El frío del suelo traspasa la protección de las medias en los pies de Elena mientras los groseros tirones del esbirro la conducen al cuarto de interrogatorios. Allí hay dos hombres sentados junto a la mesa. Uno es el comisario al que ya conoce, el tal Campello. El otro es Samuel Zocas.

—Por Dios, Elena... Por Dios —dice éste, poniéndose en pie.

Se queda ella en el umbral, estupefacta. El que la tiene del brazo le da un empujón para hacerla entrar, y eso motiva una mirada severa del superior. De improviso, siente el brazo libre.

—Está bien, Bateman —dice el comisario—. Cierra la puerta y déjanos solos.

Obedece el esbirro mientras Campello ofrece una silla a Elena y la ayuda a acomodarse. Después ocupa otra más alejada, situándose al margen, mientras Zocas vuelve a tomar asiento. El doctor la mira desolado. Incómodo. Cual si no diera crédito a lo que ve.

—¿Qué haces aquí, Elena?

Sigue mirándolo, desconcertada. Sin reponerse de la sorpresa.

—Lo que me pregunto —replica al fin— es qué haces tú.

El interrogante queda en el aire, sin respuesta inmediata. Zocas se toca el nudo de la pajarita, indeciso. Mira al policía y luego otra vez a Elena. La luz de la bombilla desnuda hace brillar su calva y se refleja en el doble cristal de las gafas, ocultando sus ojos.

—¿Es cierto lo que me cuentan?

Lo estudia ella, calculando. Cauta. Intenta averiguar a dónde conduce aquello.

—No sé qué te cuentan, doctor.

—Que eres sospechosa de espionaje —hace Zocas una pausa indecisa, como si le costara pronunciar ciertas palabras—. Que eres una agente enemiga.

—¿Enemiga de quién?

—¿De quién va a ser?... De Gran Bretaña.

—¿De verdad te crees semejante estupidez?

Se echa el doctor atrás en la silla y suspira.

—Confieso que me cuesta mucho. Pero el comisario habla de evidencias.

—No hay evidencia ninguna, no puede haberlas. Es un tiro a ciegas y han decidido que el blanco sea yo.

—¿Por qué tú?

—Pregúntale a él.

Se vuelve a medias Zocas hacia el policía, sin llegar a mirarlo.

—Hablan de una cámara de fotos —dice, confuso—. Y de que has espiado el puerto desde la librería de tu amigo Gobovich.

—¿Y no te ha dicho que proyecto asesinar a Churchill cuando asome por aquí?

—Oye —se sobresalta el doctor—. No es para tomarlo a broma.

—No tengo ganas de broma. Estoy indignada. Estoy indefensa en manos de esta gente. Pretenden que confiese lo que ignoro. Me han detenido basándose en suposiciones absurdas... He pedido que avisen al cónsul de España y me lo niegan. Es un atropello.

—Gibraltar está en peligro y hay una guerra. Es lógico que estén nerviosos.

—Pues que paguen su nerviosismo con otros.

Sigue un silencio durante el que Zocas se vuelve de nuevo hacia Campello, cual si consultase su opinión. Pero éste permanece sentado, impasible. No ha abierto la boca.

—¿Qué haces aquí, doctor? —insiste ella.

La pregunta anima súbitamente el rostro del policía.

—Sí —comenta—. Creo que debería usted ser más explícito, señor Zocas.

El doctor se toca otra vez el nudo de la pajarita, como si le apretara. Después se inclina hasta apoyar los codos en la mesa. Parece que le cueste tragar saliva.

—Escucha, Elena. Son momentos difíciles para Gibraltar. Aquí temen ataques enemigos y creen que sabes algo de eso.

—Ya te he dicho...

Alza Zocas una mano.

—Déjame hablar, por favor. Nos conocemos y sabes que te aprecio mucho. ¿Recuerdas el día de lluvia, cuando fuimos a mi casa?... Yo estaba preocupado porque me pareció que alguien me seguía, pero me equivoqué. No me seguían a mí, sino a ti. Te han estado vigilando: cuando viniste aquí, y también al otro lado de la verja.

Ella encaja imperturbable el golpe. O procura aparentarlo.

—Si me han vigilado —logra decir, serena—, sabrán que nada tengo que ocultar.

—No parecen ésas sus conclusiones. Por lo visto...

Se detiene el doctor y titubea, buscando cómo expresarlo.

—Te has relacionado con gente extraña —precisa al fin.

—¿Extraña?

—Es un modo de decirlo.

—Con italianos —interviene Campello desde su silla.

El tono es malévolo, y Elena lo mira airada.

—Eso es una idiotez.

—No, no lo es —el policía consulta el reloj—. Y estamos perdiendo el tiempo... Vaya al grano, doctor.

—Han recurrido a mí porque tú confías en mí —dice Zocas.

Elena lo observa ahora con más prevención que antes.

—No estoy segura de confiar... ¿Qué pintas en este lugar, en buena relación con la policía de Gibraltar?

Campello emite una risita sarcástica.

—Dígaselo, venga. Abreviemos esto.

Zocas no dice nada. Sigue apoyado en la mesa. Cada vez que ella lo mira a los ojos, él aparta un poco la vista. Es Campello quien despeja la incógnita.

—El doctor colabora con nosotros.

—¿Con la policía? —se sorprende Elena.

—Con el Gobierno británico.

—En cierto modo soy un aval —se decide Zocas por fin—. Te avalo a ti, o puedo hacerlo. Ellos confían en mí.

—¿Confían?... ¿Por qué?

—Sabes de mi afición a los ferrocarriles, ¿verdad?

—Sí. ¿Qué tiene que ver?

—Conozco casi de memoria las redes ferroviarias de Europa: las estaciones, los trayectos, los horarios. Sé a qué hora sale un expreso de Bremen, de Nantes, de Cracovia o de Milán. Por qué estaciones pasa y cuáles son los empalmes y las rutas alternativas... ¿Comprendes?

—No del todo.

—Pues es fácil de entender —interviene Campello—. Cada día que está en Gibraltar, después del hospital, el señor Zocas acude a un lugar desde el que lo ponen en contacto con el mando estratégico de la RAF en Londres: allí donde se planifican los bombardeos sobre la Europa ocupada. Le preguntan y él responde. En Inglaterra hay otros como el doctor, por supuesto; pero al parecer es de los mejores... Si la estación de Düsseldorf es destruida, cuál será la alternativa. Dónde hay puentes o túneles importantes. Qué tarda un convoy en llegar a Viena o a Burdeos por tal o cual vía... ¿Qué le parece?

—Asombroso.

—Pues ése es el *hobby* bélico de su amigo el doctor.

—¿Lo haces por ideas? —todavía desconcertada, ella se ha vuelto hacia Zocas—. ¿Por dinero?

Mueve el doctor la cabeza.

—Nunca me gustaron los nazis ni los fascistas. Ya lo sabes.

—Lo hace gratis —aclara Campello—. La verdadera razón es que ama los trenes y su mundo. Un auténtico adicto a los ferrocarriles... ¿No es cierto, doctor?

Se queda callado Zocas, mirándose las manos.

—Es como jugar al ajedrez —dice al fin.

Elena sigue atónita.

—¿Con trenes?

—Con trenes, por supuesto —alza el doctor el rostro, al fin orgulloso—. Sobre un tablero inmenso de vías férreas.

De pronto yergue más la cabeza y su voz se endurece.

—Además, soy judío.

Campello se levanta, mete una mano en un bolsillo y saca el paquete de Craven y el encendedor de Elena para dejarlos en la mesa, delante de ella.

—Puede fumar, si quiere.

Ella no responde. Ni siquiera mira los cigarrillos, aunque se abalanzaría sobre ellos. Mantiene los ojos fijos en el doctor.

—¿De verdad crees de mí lo que ellos creen?

—Yo no creo nada ni dejo de creer —duda Zocas y la contempla indeciso—. Pero a tu marido lo mataron los ingleses, ¿no?... Ése es un hecho.

—¿Y?

—Podrías tener motivos.

—¿Estás hablando en serio?

—No sé, Elena —suspira Zocas—. De verdad que no lo sé. Me han pedido que te convenza. Si colaboras, cuanto hayas hecho antes quedará archivado... Incluso te ofrecen la posibilidad de mantenerte en contacto.

Enarca ella las cejas. No sabe cuánto más podrá aguantar esta situación sin venirse abajo, pero enarca las cejas. Displicente.

—¿Convertirme en agente británica?

—Podríamos llamarlo así —interviene de pronto Campello—. Todo empieza por lo urgente. Necesitamos saber si hay una operación enemiga en curso. Cuándo y dónde van a golpear. Suponemos que será pronto, pero ignoramos de dónde vendrá el ataque, quiénes lo llevarán a cabo y cuál es el objetivo concreto.

—¿Y creen que eso lo sé yo?

—Estamos convencidos de que todo, o al menos buena parte, lo sabe usted.

Elena se vuelve de nuevo hacia Zocas.

—Es un disparate, doctor... Avisa a las autoridades españolas. Di que me saquen de aquí.

—Es una mujer de temple, lo reconozco —sonríe el policía, irónico—. No se la ve asustada.

—¿Debería sollozar y dar gritos para demostrar inocencia?

Zocas niega con la cabeza.

—Ella no es de esa clase —asegura—. Se comportaría igual de serena en cualquier caso. La conozco.

—¿Y qué opina, ya que la conoce? ¿Es culpable o inocente?

Lo piensa Zocas un poco más.

—No la creo capaz de lo que usted dice —concluye—. Esto es sin duda un malentendido.

Ahora Elena no tiene que fingir para mostrarse conmovida.

—Gracias, doctor.

—Es lo que pienso.

—Avisa al cónsul de España, por favor.

—Naturalmente... Haré lo que pueda.

Con ademán exasperado, Campello coge el paquete de tabaco y el encendedor y vuelve a guardárselos. No parece satisfecho de cómo ha transcurrido su golpe de efecto. Después da una voz y el tal Bateman aparece de nuevo en la puerta.

—Llévala otra vez al calabozo.

—Sí, comisario.

Interviene Zocas, preocupado.

—¿No creen que debería...?

—Vuelva a su hospital y sus trenes, doctor —lo interrumpe Campello—. Eso es todo.

Después mira a Elena, y su mirada oscura le parece a ésta una amenaza, o una sentencia.

—Si hay ataque enemigo y sobreviene una desgracia, la haré responsable de cuanto ocurra.

Ella se ha puesto en pie y mira con desprecio al policía.

—Eso no puedo impedirlo: ni que ocurra algo, ni que usted me haga responsable, si así lo desea... Mientras tanto, puede irse al diablo.

Son seis puntos apenas visibles en la superficie negra del agua, emergiendo de la suave marejadilla: seis cabezas de hombres con máscaras de caucho que miran hacia la roca enorme, sin una sola luz, que la claridad tenue de una rendija de luna, casi apagada entre las estrellas que cuajan el firmamento, perfila a una milla de distancia, cercando la bahía por el lado oriental.

Piel mojada, hierro caliente, canturrea en sus adentros Gennaro Squarcialupo para no pensar en nada. Lo repite una y otra vez, sin pasar de ahí incluso ahora que, tras cerrar la llave que lleva oxígeno a la máscara, se la quita para respirar con deleite el aire limpio y húmedo de la noche. Piel mojada, hierro caliente. Negras noches y mares azules, añade al fin, mirando la roca oscura y aún lejana.

Pese a la grasa con que se ha embadurnado el cuerpo bajo el mono de faena y el traje estanco que lleva encima, el napolitano tiene mucho frío. Los dientes le castañetean. Además, siente las piernas entumecidas tras pasar setenta y cinco minutos inmóvil en el asiento trasero del maiale que pilota Teseo Lombardo, desde que los tres equipos abandonaron el compartimento secreto del *Olterra,* se reunieron pasado el espigón de Algeciras y emprendieron juntos la navegación con las brújulas en rumbo 80º y a cota de máscara, las cabezas fuera del agua para ahorrar oxígeno. Como la unidad que manejan el subteniente Arena y el suboficial Cadorna tiene problemas en la propulsión eléctrica y desarrolla menos velocidad, los demás han tenido que avanzar adaptándose a su marcha, a menos de dos nudos, unos a la vista de otros. Por suerte sólo tuvieron que sumergirse en el último tramo, al acercarse a unos pesqueros españoles que faenaban con las luces encendidas y que ahora, al emerger de nuevo, quedan atrás y por la aleta de estribor, a tres o cuatro cables de distancia.

Delante de Squarcialupo, Teseo Lombardo también se ha quitado la máscara. La luz de las estrellas resbala en ínfimos reflejos por las hebras cortas de su pelo mojado.

—¿Todo bien, Gennà?

—Todo bien.

Incorporándose sobre los apoyapiés para estirar las piernas, Squarcialupo mira el reloj fluorescente que lleva en la muñeca izquierda, junto al profundímetro: pasan cuarenta minutos de la medianoche. Tras comprobarlo, apoya una mano en el hombro de su compañero y echa un vistazo sobre éste al cuadro de mandos, sumergido a flor de agua. Junto a la palanca de profundidad y la ruedecilla de rumbo se aprecia la suave luminosidad del compás.

—Ya casi estamos, hermano.

—Sí.

El frío les hace temblar la voz. Squarcialupo se sienta, y asido al guardamanos revisa el funcionamiento de las bombonas de oxígeno gemelas que lleva sujetas al autorrespirador, delante del estómago. La pinza de la nariz le incomoda, se la quita un momento y se la vuelve a poner.

Piel mojada, hierro caliente, vuelve a canturrear, esta vez moviendo los labios. Negras noches y mares azules. Piel mojada.

—Ella estará bien —susurra.

Lombardo no responde. Es la voz del teniente Mazzantini la que llega nítida, próxima, en la noche sin viento y mar tranquila. Los maiales se encuentran a muy poca distancia unos de otros.

—Estamos a menos de una milla —dice el teniente—, así que emprendemos el ataque: Arena y Cadorna, bocana sur —se calla un momento, seguramente mientras establece la demora—. Su rumbo es ciento cinco... Lombardo y Squarcialupo, con Toschi y conmigo, bocana norte... Rumbo setenta y ocho.

Una breve pausa. Sólo se oye el leve chapaleo del agua en las seis cabezas que emergen del mar. Tras comprobar las demoras en las brújulas fijas de los maiales y también en la que cada uno lleva sujeta a la muñeca derecha, los seis italianos se llenan los pulmones de aire limpio. Tardaremos en volver a respirarlo, piensa Squarcialupo. Y ojalá para entonces lo hagamos todos.

—¿Estáis en orden, Décima? —pregunta Mazzantini.

—Sin novedad —se oye la voz apagada del subteniente Arena.

—Sin novedad —dice Teseo Lombardo.

—A la boca del lobo, entonces... Buena caza.

Empiezan a sumergirse uno tras otro, desapareciendo de la superficie. Squarcialupo se ajusta de nuevo la máscara, lleva los dedos al lado derecho de la boquilla y abre la llave del oxígeno. El agua fría le cubre la cabeza, desaparecen las estrellas y el mundo se convierte en una esfera húmeda y negra capaz de albergar toda clase de horrores: una especie de muerte temporal, o prematura, donde la única referencia es la aguja luminosa de la brújula que señala el rumbo al extremo del cual acecha cada destino.

Al cabo de un rato, por encima del leve zumbido del motor que vibra entre sus piernas y de la hélice que bate el agua a su espalda, el napolitano empieza a oír sonidos espaciados, secos, sordos, sintiendo cómo el mar transmite desde muy lejos una vibración que se siente más en el pecho y el vientre que en los tímpanos. Y en el acto adivina lo que son: cargas de profundidad que las lanchas de vigilancia inglesas hacen estallar junto al puerto; las mismas que mataron a Ettore Longo durante el último ataque y que también pueden matarlos a él y a Lombardo cuando estén más cerca. Para asegurarse de que su compañero las percibe, Squarcialupo toca dos veces la espalda cubierta de goma que tiene delante y nota que Lombardo asiente en la oscuridad.

Piel mojada, hierro caliente. Noches negras y mares negros, no azules, como si ese color hubiese desaparecido para siempre del universo. Por un momento, con melancolía casi dolorosa, a Squarcialupo lo conmueve el recuerdo de la bahía de Nápoles, la luz y las calles bulliciosas de la ciudad, la casa familiar con estampas de Vírgenes, santos y fotos de abuelos y bisabuelos en las paredes junto al retrato del rey Víctor Manuel, ropa tendida en las fachadas, voces de vecinas y griterío de niños jugando en la calle, el olor de la pizza frita, las verduras multicolores y los pescados de escamas relucientes. Con Vittorio De Sica cantando *Parlami d'amore, Mariù* en la radio o Chiaretta Gelli llorando distancias:

> *Si son luntana de ti*
> *mi sentí un gran dolor, un gran dolore,*
> *e più che serco de pararlo via*
> *più se me ingropa il cor.*

Qué lejos está Nápoles esta noche, piensa Squarcialupo antes de volver a poner la mente en blanco, o intentarlo. A repetir las palabras de la otra canción que murmura en sus adentros una y otra vez, como si rezara: piel mojada, hierro, etcétera. Los pliegues de caucho del traje estanco le laceran la piel sobre el cuello del mono militar que lleva debajo, le dan calambres en las piernas y siente como si fuese a morir de frío.

Fuman y esperan. Tres puntas rojas de cigarrillos en las sombras.

—Creo que lo intentarán —dice Harry Campello.

—Eso opino yo —asiente Royce Todd.

Se encuentran delante de la garita de buzos del muelle del Carbón, mirando el mar y la oscuridad. Los acompaña el teniente de navío Moxon. El puerto, la ciudad, el Peñón, todo está apagado. Sólo las luces de La Línea, a la derecha, y las de Algeciras, tres millas a poniente, se reflejan bajo el cielo estrellado y la débil claridad de la escasa luna.

—Empezáis a asustarme, en serio —comenta Will Moxon—. Tanta coincidencia en vuestras intuiciones me tiene preocupado.

—El mar y el cielo están perfectos para un ataque —insiste Todd—. El PH-22 zarpa pasado mañana, y seguro que los enemigos lo saben. Con todos estos barcos concentrados aquí, si yo fuera ellos vendría, desde luego.

—¿Hoy o mañana?

Se rasca Todd bajo la camisa, que lleva con los faldones por fuera del pantalón corto. La visera de la gorra le oscurece por completo el rostro.

—Más hoy que mañana.

Moxon se mete en la oficina y sale con la botella de coñac que él y Campello le han traído al jefe de los buzos británicos. Vinieron hace media hora para confirmarle las sospechas del policía tras los interrogatorios a la española detenida; pero al llegar lo encontraron alerta, con su equipo de buzos listo —se distinguen en la penumbra varias siluetas agrupadas entre la farola apagada y el cañón antiaéreo, al extremo del muelle—, una lancha con fusil ametrallador Bren montado en la proa y el motor en marcha, otras dos lanchas patrullando fuera del puerto, y una dentro. De vez en cuando se escucha el retumbar sordo, acuático, de las cargas de profundidad que estallan en las cercanías.

—¿Os ha contado algo más esa mujer? —pregunta Todd.

—Muy poco —confiesa Campello—. En realidad, nada.

Moxon ha destapado la botella y se la pasan unos a otros. Todd emplea dos veces más de tiempo en beber cuando le llega el turno.

—Espero que hayáis apretado lo suficiente —le da la botella a Campello—. Los del Branch no tenéis fama de ser unos caballeros.

El policía bebe un trago corto. Aquello quema el estómago, pero estimula. Con los cigarrillos, ayuda a mantener los ojos abiertos. Y la noche, barrunta, puede ser larga. Por suerte, antes de venir al puerto él y Moxon compartieron una buena cena en el Golden Ham.

—Es complicado —replica—. Sospechamos que ella ha mantenido contactos con el enemigo, pero no hay demasiadas evidencias... Eso nos ata las manos.

—Pero ¿es una espía o no lo es?

—Intuyo que sí.

—¿Intuyes, comisario?... Fea palabra.

—O es inocente, o es una mujer con un buen temple.

—Vaya —se interesa vagamente Todd—. ¿Está potable?

—Yo la he visto —tercia Moxon—. Esta tarde, Harry me permitió hacerle unas preguntas.

—¿Y qué tal?

—No me hizo ni caso, muchacho. Como si hablara con una pared.

—¿Cómo es?

—Alta, delgada, normal, con cierta clase. Un puntito elegante incluso en el calabozo, pero no para tirar cohetes... Nada que ver con la Marlene Dietrich de *Fatalidad*.

Le pasan otra vez la botella a Campello, pero éste ya tiene bastante. Inclinándose, la deja en el suelo, a sus pies.

—¿De verdad creéis que vendrán? —se inquieta Moxon—. El almirante me ha preguntado mucho.

—Que sí, hombre. No seáis pelmazos tú y el almirante. Ya te hemos dicho que sí... ¿Quieres apostar una libra?

Lo piensa el otro.

—Vale, voy.

—¿Y tú, comisario?

—No.

—Eres un llanito cobarde.

—Lo soy, en efecto.

—Nuestras dos corbetas —argumenta Moxon— siguen patrullando la entrada a la bahía, con los hidrófonos a la escucha... No paran de ir y venir a la caza de submarinos.

Malhumorado, Todd emite una maldición. Luego arroja la colilla al mar y la brasa describe un arco antes de extinguirse.

—Salen de la costa, joder. Lo he dicho mil veces. Vienen de ahí mismo.

—¿Lo sigues creyendo?

—Absolutamente. Y ve preparando ese billete de una libra, porque es como si ya lo tuviera en el bolsillo.

—De acuerdo... Pero ¿de dónde salen?

—Si lo supiera, iría yo mismo a por ellos —Todd, que acaba de encender un fósforo para un nuevo cigarrillo, imita con los dedos de la otra mano una pistola—. Haría bang, bang, bang y hasta la vista, en plan incursión de comandos —se sopla el dedo índice como si de éste saliera humo—. No sé a qué se dedican nuestros agentes en España... Tendrían que estar cribando la bahía en busca de su escondite.

—Tengo entendido que lo hacen.

—Pues no consiguen una maldita mierda —señala el buzo los bultos de sus hombres sentados al extremo del muelle—. Y esto nos cae encima a mí y a mis chicos... ¿Dónde coño habéis dejado la botella?

Un sonido corto de sirena los hace mirar fuera del puerto. Dos luces contiguas, roja y verde, se encienden acercándose desde la bahía, muy próximas a la bocana norte. Casi al mismo tiempo, la farola del muelle del Carbón y la del otro lado se iluminan con dos luces semejantes y emiten destellos.

—Serán imbéciles —exclama Todd.

Se mete precipitadamente en la oficina y lo oyen gritar por teléfono. «Las luces, estúpidos», dice. Estáis señalando la entrada al enemigo, cuando os pedimos que esta noche evitarais eso. Ya sólo nos falta emitir por radio «Abrimos la red, bienvenidos a Gibraltar». Hay que ser idiotas.

Cuando sale, está furioso.

—Lo dije, ¿eh?... Mira que lo dije. No encendáis luces esta noche, joder. Que así les avisamos a los malos de cuándo y por dónde colarse dentro... Pero nada. Me cuentan que está entrando el *Dundalk* y que el reglamento es el reglamento.

Desde el muelle ven cómo las luces roja y verde procedentes del mar se convierten en una roja de babor, y entre la punta del Carbón y el Detached Mole pasa con rumor de máquinas la silueta oscura de un cazatorpedero. No es hasta ese momento cuando las dos farolas que balizan la entrada se apagan de nuevo.

—Espero que no se nos haya colado alguno de esos hijos de puta —dice Todd mientras se dirige a grandes zancadas hacia sus buzos.

No llegarán a tiempo, piensa Gennaro Squarcialupo.

Aunque su compañero ha puesto el maiale en la cuarta muesca, dirigiéndolo a toda velocidad hacia las luces roja y verde que flanquean la entrada norte, todavía están lejos, a un cable de distancia; y antes de que lleguen allí se habrá cerrado la red que obstruye el puerto. Los dos buzos advirtieron la maniobra de los ingleses cuando acababan de emerger para situarse, comprobando que la corriente los había desviado un poco a la izquierda. El extremo norte del muelle del Carbón se perfilaba a cincuenta metros, con las siluetas de sus grúas destacadas contra el fondo más oscuro del Peñón. Squarcialupo se había quitado la máscara del autorrespirador porque le entraba agua, y en ese momento vio las farolas de los espigones encenderse y la roja de babor de la embarcación que se adentraba en la bocana. Golpeó el hombro de Teseo Lombardo, que también lo había visto, y apenas tuvo tiempo de ajustarse la máscara cuando el maiale se sumergió de nuevo a toda velocidad, en rumbo sur, a ocho metros de profundidad y en diagonal al muelle, intentando cruzar la bocana antes de que la red se cerrase otra vez.

Un estampido sordo, denso, hace que en un par de segundos la onda expansiva llegue hasta los italianos: una carga de profundidad ha estallado no muy lejos, y Squarcialupo siente su efecto en las piernas y el vientre. El napolitano se aferra al guardamanos del maiale, inclinando el cuerpo como hace su compañero en el puesto de pilotaje, a fin de oponer menos resistencia al agua y ganar algo de velocidad. No hay pensamientos ni cálculos; todo se centra en llegar a tiempo. En aprovechar una oportunidad que tal vez no vuelva a darse esta noche.

Cuando llegan a la red, la encuentran cerrada.

La sombra más oscura del fondo asciende un poco haciéndose casi visible en ese lugar, donde el profundímetro marca doce metros de sonda. Lombardo ha detenido el maiale, que se posa suavemente en el fango. Ante ellos se alza una red hecha con aros de acero engarzados unos a otros que va del fondo a la superficie.

Mientras su compañero cubre con fango los instrumentos para evitar que la fluorescencia pueda advertirse desde arriba, Squarcialupo se aparta del maiale y tantea la red probando su consistencia, en busca de un lugar por donde levantarla. El agua se le sigue filtrando en la máscara y eso dificulta su respiración, que dilatada en el autorrespirador resuena en sus oídos como el aliento de un animal gigantesco. De ese modo, agarrado a la red, el napolitano la tantea durante un buen trecho. Parece intacta, lo que significa que Mazzantini y Toschi no han llegado todavía o que lograron pasar cuando aún estaba la obstrucción abierta.

Los aros de acero son pesados, comprueba. Levantarlos para que el maiale pase por debajo será difícil; así que regresa y se lo comunica a su compañero mediante el código de señales habitual. Después llena con un poco de oxígeno el saco del autorrespirador que lleva sujeto al pecho, larga el cabo con un pequeño flotador al que llaman *ascensor,* asciende siguiéndolo y asoma con precaución la cabeza a la superficie. Allí observa que la bocana tiene unos doscientos metros de anchura y que la red que la cierra de lado a lado está sujeta a boyas, algunas de las cuales chocan entre sí por efecto de la marejadilla. Eso causa unos ruidos metálicos que irán bien para disimular el que puedan hacer forzándola.

Sujetándose a las boyas, con sólo media cabeza fuera del agua, el napolitano vacía la máscara, cuyos cristales se han empañado y sigue filtrando agua. Después mira a uno y otro lado: las farolas del muelle del Carbón y el Detached Mole siguen apagadas, y más allá, dentro del puerto, se distinguen las siluetas negras de los barcos amarrados y fondeados. Una de esas sombras, enorme desde esa perspectiva, está aislada e inmóvil, y por la forma de sus dos chimeneas, una más alta que la otra, Squarcialupo cree identificarla como el crucero que es su objetivo. Al cabo de un momento, la cabeza de Lombardo emerge junto a la suya.

—Creo que es el *Nairobi* —susurra Squarcialupo.

—Tiene que serlo. Aunque no está donde debería estar.

—Lo han cambiado de sitio, pero fíjate en las chimeneas.

—Sí... Es ése.

Dirige el napolitano una ojeada en torno.

—No hay rastro de Mazzantini y Toschi.

—Puede que ya estén dentro... Y a estas horas, Arena y Cadorna habrán pasado la bocana sur.

—Ojalá.

Lombardo ha advertido que a su compañero le castañetean los dientes.

—¿Va todo bien, Gennà?

—Todo bien, sí.

El veneciano se pone la máscara.

—Ataquemos.

Toman la demora al objetivo, que es de 127°, vacían los sacos de oxígeno y se sumergen de nuevo. Squarcialupo sigue teniendo mucho frío, pero los movimientos reducen la intensidad de los calambres. Al llegar abajo abren la caja de herramientas y con las cizallas cortan trabajosamente los primeros eslabones de la red, sucios y lacerantes de caracolillo. A media faena oyen motores de una lancha que pasa cerca, sobre sus cabezas, y medio minuto después un estallido los estremece con su onda expansiva, sin más consecuencias. La máscara de Squarcialupo vuelve a tener demasiada agua dentro, y a éste no le queda otro recurso que beberla, lo que le causa violentas arcadas. A veces le sube un reflujo de vómito y teme asfixiarse con él.

Veinte minutos después, tras abrir un hueco en la malla de acero, los dos buzos hacen pasar el maiale empujándolo, y una vez al otro lado ocupan sus puestos, Lombardo conecta el motor eléctrico y siguen adelante con mucha precaución en segunda muesca, orientándose por el compás a rumbo 127°. La sonda disminuye hasta los nueve metros. De improviso, el motor empieza a dar problemas: primero reduce la velocidad y luego el impulso de hélice se torna muy débil, hasta que el aparato se detiene, posándose en el fondo. Squarcialupo no alcanza a ver el voltímetro y el amperímetro del cuadro de mando; pero teme, pues ha ocurrido otras veces, que se haya infiltrado agua en las baterías. Lo confirma su compañero cuando, volviéndose mientras descabalga, le transmite el mensaje en morse con sucesivas presiones de los dedos en su brazo.

Otro sonido de hélices vuelve a pasar despacio sobre ellos: posiblemente una lancha de vigilancia interior del puerto. Los dos buzos miran hacia la superficie mientras Squarcialupo, angustiado, helada la sangre, aguarda el estallido de la carga de profundidad que los reviente en el acto. Pero la embarcación se distancia y el ruido de la explosión llega al fin lejano, con una onda expansiva que sólo produce una ligera molestia, soportable y sin consecuencias, en el pecho y el vientre.

Dios nos acompaña esta noche, piensa Squarcialupo. Y ojalá no decida apearse a mitad de trayecto. Para ayudar a convencerlo de que permanezca con ellos, el napolitano reza mentalmente. El motor, sin embargo, se niega a ponerse en marcha y no queda otra que arrastrar a mano el maiale hasta el objetivo. Por la profundidad a la que se hallan y el tiempo transcurrido desde que pasaron la obstrucción, Squarcialupo calcula que deben de estar a unos ciento cincuenta metros. Situándose uno a cada lado, a tirones, con un esfuerzo que vuelve irregular el suministro de los autorrespiradores, ambos buzos empujan el maiale. El empeño es prolongado, agotador, entorpecido por la lentitud que impone moverse en la profundidad. Además, al caminar sobre el fondo levantan una nube de fango que los envuelve; así que se orientan a ciegas con la demora que antes tomaron en el compás y por un débil rumor que el agua transmite y llega de esa misma dirección: el de las bombas de evacuación que funcionan en el casco del *Nairobi*.

La fatiga, la escasez de oxígeno —el filtro de cal sódica no está eliminando bien el anhídrido carbónico— hacen que en los ojos de Squarcialupo destellen minúsculas lucecitas blancas y rojas. Son, sabe, síntomas de intoxicación. Arrastra el maiale hundiendo los pies en el fondo mientras teme desvanecerse de un momento a otro. Ignora cuánto tiempo ha transcurrido desde que Lombardo y él empezaron a empujar; la cabeza le duele mucho y la boca y la garganta, irritadas por el agua de mar y los amagos de vómito, le arden con una sed atroz. Se encuentra al límite de sus fuerzas y el pánico de la asfixia se adueña de su voluntad. Desentendiéndose del maiale, empieza a inflar el saco del autorrespirador para subir a la superficie, dejando solo a Lombardo, cuando entre la nube de fango su cabeza golpea contra la carena del crucero.

Están bajo el *Nairobi,* comprende. Cerca de la proa. Lo han conseguido.

Dominándose, controlando las convulsiones que lo estremecen, Squarcialupo vacía el saco de oxígeno y desciende de nuevo. Él y Lombardo se tocan uno a otro, comunicándose mientras recobran la soltura mecánica del antiguo adiestramiento, los gestos instintivos destinados a cumplir su misión.

La parte más baja de la obra viva del crucero se encuentra a tres metros del fondo. Squarcialupo no está en condiciones de moverse demasiado, así que se limita a pasar el cabo de suspensión por el anillo de la carga explosiva situada delante del maiale mientras Lombardo, tras darle una ligera flotabilidad para levantarlo un poco, nada para fijar la mordaza de un extremo en una de las aletas estabilizadoras del crucero y luego pasa al otro lado para sujetarla en la otra. Entonces Squarcialupo retira los pasadores y la cabeza del maiale, doscientos treinta kilos de alto explosivo, queda suspendida bajo el centro de la carena.

Lombardo regula la espoleta de la carga para tres horas después y hace un intento infructuoso por arrancar el motor, que permanece inerte. No hay otra que abandonarlo, así que el veneciano ajusta el mecanismo de autodestrucción para la misma hora que la carga principal. Después pregunta a Squarcialupo si está en condiciones de alejarse del crucero, y éste responde que puede intentarlo.

En ese momento el agua se estremece con estampidos, varios reflectores se encienden en la superficie, y hacia la parte de la bocana del puerto, donde está la red antisubmarina, resuenan cargas de profundidad y disparos de cañones y ametralladoras. Tump, tump, tump, tump, transmite el agua. La claridad exterior es tanta que llega a iluminar vagamente el fondo, el maiale y la carena del crucero, así como las figuras inmovilizadas de los dos buzos que miran sobrecogidos hacia arriba. Sobre sus cabezas, por encima del mar que los cubre, parece haberse hecho de día.

12. El muelle del Carbón

La primera ráfaga de ametralladora sorprende a Harry Campello cuando conversa con Will Moxon y Royce Todd ante la oficina del muelle del Carbón. El comisario y el enlace naval están a punto de despedirse del alférez de navío cuando al extremo del muelle suena un grito de alarma, e inmediatamente después restalla una sucesión ronca y seca de disparos de subfusil. Los fogonazos son visibles desde donde están los tres hombres, que corren hacia la farola apagada. Allí hay mucha agitación: los buzos que estaban sentados se han puesto en pie, los centinelas del punto de vigilancia apuntan sus armas y disparan hacia las boyas de la obstrucción submarina, y los antiaéreos situados a uno y otro lado de la embocadura bajan los cañones y ametrallan el agua entrecruzando largos rastros de balas trazadoras rojas y blancas. El estruendo es infernal, y segundos después se suma el aullido de las sirenas de alarma del puerto.

—¡Ahí están, por fin! —aúlla Todd, exultante—. ¡Ahí los tenemos!

El jefe de los buzos británicos parece haber enloquecido. Grita órdenes, señala a dónde dirigir los disparos, manda a sus hombres ocupar la lancha amarrada al espigón. Un instante después, los potentes proyectores del puerto se encienden y barren la bocana con sus haces de luz, iluminándola de lado a lado. Y junto a las boyas de la red se ve por un momento la proa reluciente y oscura de algo parecido a un torpedo que emerge a medias y se vuelve a sumergir en el acto, con lo que parecen dos formas humanas sujetas a él, entre el salpicar de balas y la espuma de las explosiones que revientan encima.

—¡Son nuestros!... —sigue gritando Todd—. ¡Esos cabrones ya son nuestros!

De pronto cesa el fuego y sólo se oyen las sirenas, que acaban por callar también. Los proyectores siguen encendidos, iluminándolo todo.

—¡A la lancha!... ¡Vamos a la lancha! —ordena Todd a sus hombres.

Campello se ha acercado al borde del muelle y observa desde allí, junto a los sacos terreros que circundan el Bofors ahora mudo y humeante, cubierto el suelo de casquillos vacíos. Mira el comisario hacia la bocana, donde dos boyas agujereadas por los disparos se hunden despacio. Una de las lanchas de vigilancia se acerca a la red, vira de bordo y desde ella arrojan algo antes de que la lancha se aparte de allí. Cinco segundos más tarde, una columna de agua y espuma se alza sobre la explosión submarina que retumba entre las farolas de la bocana. Después, todo queda en calma bajo la luz silenciosa de los proyectores.

—Santo Dios —dice Will Moxon, que no había abierto la boca hasta ahora.

Impresionado, el teniente de navío sigue contemplando el agua como si no diera crédito a lo que acaba de ocurrir.

—Nadie puede sobrevivir a eso —añade tras un momento, y mira a Campello.

—Nadie —coincide el policía.

Royce Todd ha saltado a bordo de la lancha seguido por sus buzos, y tras largar amarras se dirigen al centro de la bocana mientras se ajustan los aparatos de oxígeno. Desde el muelle, bajo la luz de los proyectores, Campello ve cómo Todd y otros tres saltan al agua y se sumergen. Unos minutos después salen a la superficie y suben a bordo de la lancha dos cuerpos negros y relucientes de agua.

—Vaya, muchacho —comenta alegre Moxon, que está junto a Campello—. Al final los pescaron.

—Eso parece.

—¿Serán italianos?

—Es muy probable.

—Están locos... Estúpidos macarronis.

La lancha se abarloa al muelle y los buzos suben los cuerpos. Todd viene chorreando agua, vestido sólo con el pantalón corto, todavía con el equipo de oxígeno y la máscara sujetos al pecho. Se acercan Campello y Moxon abriéndose paso entre los soldados y marineros que se congregan a mirar. En el suelo, sobre un gran charco, yacen los cadáveres. Cuando les quitan las máscaras de los autorrespiradores aparecen los rostros, que en su extrema palidez aún muestran las marcas de fatiga de una prolongada inmersión: uno es rubio, con un bigote fino y recortado, y el otro, moreno, de pelo corto, rizado. Sangran por los oídos, la nariz y la boca, y eso vuelve rosada el agua bajo sus cuerpos.

—La bomba submarina los ha reventado —dice alguien.

—¿Son alemanes o italianos?

—Ahora lo sabremos.

El rubio no tiene heridas visibles; su cuerpo sigue intacto, los ojos se mantienen entreabiertos, congelados por la muerte. Ayudado por sus hombres, Todd lo despoja del traje estanco: debajo lleva un mono de faena con una estrella en cada solapa y, en las bocamangas, los tres galones con la coca de teniente de navío.

—*Tenente di vascello* Lauro Mazzantini —comenta Todd—. Regia Marina.

Está arrodillado junto al cuerpo y acaba de mirar la libreta de identificación, protegida en una bolsa de hule que estaba en el bolsillo superior. Después se ocupa del otro cadáver, alcanzado por una bala de grueso calibre que casi le arrancó una pierna por debajo de la rodilla. Éste es un hombre joven, fornido, de rasgos duros y meridionales. Bajo el traje de buceo viste también el mono de faena con tres galones en forma de ángulo, uno grueso y dos más finos.

—*Sottocapo cannoniere* Domenico Toschi —lee Todd tras abrir su libreta.

Después de un momento contemplándolos, se levanta. Los proyectores de luz empiezan a apagarse hasta que sólo queda uno barriendo la bocana. El muelle está de nuevo a oscuras. El sargento artillero encargado del Bofors se acerca mientras Moxon enciende una linterna eléctrica e ilumina los dos cadáveres.

—¿Cree que son los únicos, señor? —pregunta el suboficial a Todd.

Encoge éste los hombros. Alguien le ha dado una toalla que se pasa por la cara y el torso, aunque conserva puesto el equipo.

—Puede haber más.

—¿Fuera o dentro?

—Ésa es la cuestión... Mantenga a su gente atenta a los dos lados del muelle, vigilándolo bien.

Tras devolver la toalla, Todd acepta el cigarrillo que le ofrece Campello e inclina el rostro mientras éste le da fuego con el encendedor de Elena Arbués. La llama ilumina las facciones cansadas del buzo.

—Traían una especie de torpedo —dice el policía—. O eso me pareció ver.

Asiente Todd.

—Yo también lo vi, pero no hemos encontrado nada ahí abajo. Ahora vamos a volver, para buscar mejor. También quiero revisar la red para ver si la han cortado en algún punto —señala con un ademán de cabeza el interior del puerto—. De ser así, podría haber alguien ahí dentro.

—Dios mío —exclama Moxon, preocupado—. Espero que no.

Todd da unas chupadas al cigarrillo. Después lo tira al mar y ordena a sus buzos que vuelvan a la lancha. Al fin se dirige al sargento artillero.

—Vaya a mi oficina y telefonee para que no bajen la guardia. Que mantengan la vigilancia y que los proyectores iluminen de vez en cuando el puerto... ¿Entendido?

—Entendido, señor.

—Al menor indicio sospechoso, que nos avisen para sumergirnos a comprobar los cascos de las naves. Si hay más italianos y consiguen entrar, harán daño.

Frunce el ceño el otro.

—¿Y si ya han puesto alguna bomba?

—En ese caso, la quitaremos de ahí.

—¿Antes de que estalle? —se admira el suboficial.

Suelta Todd una risita esquinada, sin humor.

—O durante.

—¿Perdón, señor?

—Venga... Muévase.

Se aleja el suboficial tras ordenar a los hombres que vuelvan a sus puestos. Moxon mantiene encendida la linterna e ilumina los cadáveres.

—Pobres diablos —dice.

Todd, que está poniéndose la máscara del autorrespirador, vuelve el rostro en un súbito relámpago de cólera.

—No digas eso —gruñe con aspereza—. Si tuvieron el valor de llegar hasta aquí, eran hombres buenos.

Parpadea Moxon, confuso.

—Oh, sí, claro... Perdona, muchacho.

—Qué coño perdona. Respétalos. Y apaga de una vez esa linterna, que la están viendo en toda la bahía.

Baja Todd por la escala, sueltan amarras y la lancha se aleja con rugir de motor a lo largo de la línea de boyas.

—Joder —mascula escocido Moxon—. Ni que los muertos fueran suyos.

—Puede que lo sean —apunta Campello.

Se vuelve el otro hacia él, pero permanece un rato callado.

—Parece que lo de esa chica a la que detuviste no sea del todo casualidad —dice al fin—. ¿No crees?

—No, por supuesto —el policía juguetea con el encendedor, pensativo—. Claro que no lo es.

Cuando Gennaro Squarcialupo emerge y se quita la máscara —se la arranca del rostro, más bien— y aspira con avidez el aire limpio de la noche, lo hace dando angustiosas boqueadas, como pez al que falte el oxígeno, pues el vómito y el mareo lo trastornan. Los pulmones arden como si tuviera ácido dentro, y teme haber inhalado cal sódica del filtro del autorrespirador.

—¿Cómo estás? —susurra Teseo Lombardo.

—Bien.

—¿Seguro?

—Seguro —al napolitano le tiembla la voz—. Todavía puedo.

Su compañero ha salido a la superficie junto a él, las cabezas muy juntas, exhaustos tras venir buceando desde el *Nairobi*. Se han quitado los cinturones de lastre y se agarran a la cadena del ancla de un pequeño buque cisterna amarrado de popa al muelle norte, protegidos por su sombra y la de una boya grande que flota cerca. Camuflados en la oscuridad, intentan recobrar fuerzas.

—Descansa un poco, Gennà... Ven, anda. Apóyate en mí.

Squarcialupo se sostiene con un brazo sobre los hombros de Lombardo mientras recupera el aliento perdido. Después, con el agua sucia y oleosa por el mentón, mira en torno. Todo el puerto está a oscuras. Los barcos amarrados o fondeados alzan sus siluetas sombrías bajo el cielo salpicado de estrellas, y sólo en algún momento se ve la luz breve de un ojo de buey o la linterna de un centinela. En las dos bocanas, situadas lejos de donde se encuentran los italianos, la situación es distinta: allí los proyectores se mueven como malignos trazos luminosos y la sombra de una lancha patrullera va y viene en su contraluz, arrojando cargas de profundidad cuyo efecto expansivo, lejano, sólo causa una vibración amortiguada en el agua.

—¿Todo eso era por Mazzantini y Toschi? —pregunta Squarcialupo, sobrecogido.

—Podría ser.

—Dios mío. Ojalá puedan...

—Hay que moverse —lo interrumpe Lombardo.

Agarrados con una mano a la cadena del ancla, se quitan los autorrespiradores, las brújulas y los profundímetros, hundiéndolos, y con ayuda de los cuchillos se desembarazan de los trajes estancos. Lombardo, que es quien está en mejor estado, se sumerge para atar el caucho desgarrado a la cadena del ancla y evitar que flote. La tela de los monos de faena se les pega al cuerpo con el agua fría, haciéndolos temblar.

—Vamos.

Dejan también hundirse los cuchillos y nadan hacia el muelle muy despacio, procurando no hacer ruido, por el costado del barco que se encuentra más en sombra. Cuando levanta la vista, Squarcialupo alcanza a ver el nombre pintado con letras blancas en la proa: *Isla Paloma*.

Agarrando por el hombro a su compañero, se lo hace notar.

—Puede ser español —cuchichea.

Lo piensan un momento. Un barco es territorio del país cuyo pabellón enarbola. Según las leyes internacionales, a bordo podrían encontrar refugio. Pero Lombardo lo descarta.

—Nos entregarían, seguro... No me fío de los españoles.

—Podemos probar suerte. Llevamos libras esterlinas para pagarles.

—Intentemos lo otro.

Lo otro es llegar al muelle, cruzarlo escondidos entre las mercancías apiladas allí, pasar al lado exterior y nadar de nuevo hasta la zona española, eludiendo la vigilancia inglesa. Las posibilidades son pocas, pero Lombardo sigue sin fiarse del barco, por muy español que sea.

—Prefiero el barco —insiste Squarcialupo.

—Te digo que no, Gennà... Vamos a tierra.

Continúan nadando pegados al casco hasta alcanzar la popa, bajo las amarras tendidas a los norays. Sobre el muelle está todo oscuro. Tanteando su parte baja llegan a una escala de hierro fija a los bloques de piedra. Al tacto se nota oxidada y cubierta de verdín. Lombardo asciende por ella muy despacio, atento a lo que pueda haber arriba. Desde el agua, Squarcialupo ve su sombra desaparecer al final de la escala. Al cabo de un momento, sube también. Su compañero está tumbado en el suelo, al amparo de una enorme pila de carbón.

—Tápate las divisas —susurra Lombardo.

Los dos se meten hacia dentro las solapas del cuello y vuelven las mangas para ocultar los distintivos militares. Después se ponen en pie lentamente, mirando en torno con cautela. La brisa nocturna y la ropa mojada los hacen tiritar. A un costado del barco que acaban de dejar atrás se ve el corto resplandor de un fósforo: alguien acodado en la borda acaba de encender un cigarrillo. Caminando con naturalidad, los dos italianos se alejan por el muelle en busca de las zonas más oscuras. Con suerte, si tienen algún encuentro podrán pasar por marineros o trabajadores portuarios.

—Ojalá que Arena y Cadorna lo hayan conseguido —murmura Squarcialupo, mirando su reloj. La esfera fluorescente marca las cuatro y diecisiete minutos. Faltan dos horas y cuarto para que estalle la carga bajo el *Nairobi*.

—Es posible —dice Lombardo.

Avanzan así cincuenta metros pasando entre los tinglados y las grúas, pero una luz que se mueve delante los hace detenerse: es una linterna, y el resplandor ilumina cascos militares y fusiles.

—*Cazzo...* Una patrulla.

El obstáculo les impide el paso, así que se ven obligados a retroceder. Vuelven a la pila de carbón y a la popa del barco amarrado, donde se quedan reflexionando sobre otras maneras de salir de allí. Preocupado, Squarcialupo observa que la brasa del cigarrillo del hombre que fumaba se ha desplazado hacia la popa, cerca de donde ellos están. Y de pronto suena su voz.

—Eh —dice.

Indecisos, no responden. Alejarse podría desencadenar la alarma, y hablar los delataría por el acento. De todas formas, piensa Squarcialupo, en Gibraltar debe de haber esta noche marineros de una docena de nacionalidades distintas. Tal vez puedan arriesgarse.

—¿Quiénes sois? —insiste la voz.

Español, ya sin la menor duda. Marinero y barco. Es Lombardo, como superior, quien toma la iniciativa. La responsabilidad.

—¿Tienes fuego, amigo? —responde—. No nos quedan cerillas.

Un breve silencio, expectante. Tal vez suspicaz.

—Claro —dice al fin el otro—. Subid por la plancha, que os doy.

Ascienden los dos italianos por la pasarela tendida entre el muelle y la popa. Hay una sombra de pie junto a los candeleros, con la brasa del cigarrillo brillando a la altura de la boca. Lombardo lo aborda sin preámbulos.

—Tenemos libras esterlinas —susurra—. En oro.

No hay respuesta inmediata. Tensos, los buzos contemplan la figura negra, callada y recelosa.

—¿De dónde sois?

—Desertores de un barco portugués.

Emite el marinero un resoplido incrédulo.

—¿Con ese acento?... Venga ya.

—Tenemos oro para pagar —insiste Lombardo, temblándole la voz de frío—. Sólo tienes que escondernos hasta salir de aquí.

Duda el otro.

—Eso está difícil —dice al fin—. Los ingleses lo vigilan todo.

—Algún sitio habrá para escondernos.

—No sé... ¿Sois vosotros los que habéis montado ese jaleo hace un rato?

—No, qué va. Ya estábamos antes, como te digo.

—Pues venís chorreando agua.

—Para dejar nuestro barco tuvimos que mojarnos... ¿Cuándo está previsto que os vayáis de Gibraltar?

—Mañana salimos para Tarifa... ¿Qué es eso que decís del oro?

—Libras esterlinas, en monedas. Mira, toma una.

—¿Cuántas tenéis?

El tono es de codicia, y da esperanzas.

—Seis.

—A verlas.

Reclama Lombardo las suyas a Squarcialupo, y el napolitano descose el dobladillo del mono donde las lleva

344

ocultas. Parece el marinero español a punto de ceder cuando por el muelle se acercan pasos y voces. La luz de una linterna recorre la pasarela y la popa, iluminándolos.

—Lo siento, chicos —con un suspiro, el marinero les devuelve las monedas—. Estáis jodidos.

Tumbada a oscuras en el duro jergón de la celda, vestida bajo la manta vieja y maloliente que la cubre, Elena Arbués no duerme sino a intervalos, períodos cortos en los que, como en un relato por entregas, los momentos de una misma pesadilla se suceden apenas cierra los ojos: ella en una ciudad vacía y gris, intentando regresar a alguna parte, una casa, un hotel, una estación de autobuses. Lugares que nunca alcanza. Y en cada fragmento de esa historia intermitente y absurda se ve a sí misma deambular por calles desconocidas en busca de una referencia, una dirección, un destino que no logra establecer. A veces la extraña ciudad tiene jardines frondosos y descuidados; otras, túneles y galerías donde resuenan sus pasos solitarios.

Por eso Elena está despierta, mantiene los ojos abiertos y procura que no la venza el sueño. Teme regresar a tan inciertos lugares. Para conseguirlo busca pensamientos que mantengan su mente ocupada: viejas canciones infantiles, cuentos, poemas, títulos, autores, párrafos de libros leídos. Por culpa de un descuido perdiose un clavo. La heroica ciudad dormía la siesta. Canta, oh musa, la cólera del pélida Aquiles. Éstos, Fabio, ay dolor, que ves ahora. Ayer se fue, mañana no ha llegado. A veces musita una canción o unos versos en voz muy baja.

Mi carta, que es feliz, pues va a buscaros,
cuenta os dará de la memoria mía.

Hace un rato —ignora cuánto, pues le quitaron el reloj— oyó sirenas de alarma y estampidos distantes de disparos y explosiones. El lugar donde se halla encerrada no está lejos del puerto. Duró cierto tiempo, prolongándose con siniestros ecos devueltos por la ladera del Peñón hasta acabar decreciendo y extinguirse por completo. Ahora todo permanece en silencio; y Elena, que estuvo escuchando sobrecogida aquel rumor lejano, se pregunta qué habrá ocurrido. Cuál será el desenlace.

> *Voluntad fue ello de los dioses,*
> *que de tantos héroes urdieron la desgracia*
> *por dar que cantar a los hombres futuros.*

Cuando entre la madeja de recursos interpuestos para no pensar se filtran las sensaciones del presente, sus pensamientos vuelan hacia hombres silenciosos moviéndose bajo el mar mientras otros intentan darles caza. Y uno de ellos tiene rostro, consistencia, piel, voz, ojos y sonrisa. Olor y sabor densos, inconfundibles, mezclados con los suyos propios. Tacto de fuerza, ternura, espalda musculosa, carne al tiempo dura y cálida. La sola idea de no volver a ver a ese hombre, de no sentir todo eso entre sus brazos de nuevo, la angustia hasta el extremo de que un vacío desolador, insólitamente físico, tan hondo como una premonición sin fondo, se adueña de su estómago igual que si le vaciaran las vísceras.

> *Así desnudo al encuentro iba Ulises*
> *de aquellas jóvenes de trenzados cabellos.*

Sería capaz de morir, piensa una vez más, si él muriera.

De pie, apoyada la espalda en una pared de la oficina del muelle del Carbón, Harry Campello asiste al primer interrogatorio de los buzos capturados. Se encarga de ello Will Moxon, en su calidad de oficial de Inteligencia Naval —Royce Todd sigue en el puerto, cribando el agua con sus hombres—. A los prisioneros los mantienen separados. El segundo aguarda fuera, bajo estrecha custodia, y Moxon ha decidido empezar por el de mayor graduación, cuya cartilla militar está sobre la mesa: *secondo capo* Teseo Lombardo, Regia Marina.

—Mala suerte, muchacho —dice Moxon—. No lo consiguió.

Los ojos claros del italiano, con las córneas inyectadas en sangre, reflejan la luz de la lámpara de parafina que ilumina la estancia. Sobre la ropa mojada, le han puesto una manta militar; pero aún se estremece de frío, y Campello observa que mantiene las manos apretadas en el regazo para evitar que tiemblen.

—¿Quiere un cigarrillo? ¿Un café?

Niega el otro con la cabeza. Su aspecto es abatido, de extrema fatiga. Se trata de un hombre atlético, bien parecido, en torno a los treinta años de edad, aunque los efectos de la inmersión y las penalidades sufridas envejezcan su rostro: párpados abultados, mejillas fláccidas y ojeras azuladas de agotamiento e insomnio. También advierte el policía que su rasurado es reciente: como el del otro buzo, de hace sólo seis o siete horas. Sin duda —la idea le produce a Campello una instintiva y ligera simpatía— lo hicieron justo antes de emprender la misión. Posiblemente para presentarse con decoro ante lo que deparase el destino.

—A veces se gana y a veces se pierde, ¿no es cierto? —prosigue Moxon—. Son las reglas, y ustedes han perdido... Díganos cuáles eran los objetivos.

El prisionero sostiene impasible su mirada. Insiste el británico.

—Son saboteadores —amenaza, endureciendo el tono—. Conoce la suerte que se reserva a eso.

Alza un poco la cabeza el otro, cual si recobrase alguna energía. Cuando al fin habla, su voz suena ronca. Serena, a pesar del cansancio.

—Soy suboficial de la Marina italiana, y mi compañero es marinero regular —se toca los galones de una manga—. Llamarnos saboteadores es una infamia.

—Han venido aquí a hacer sabotajes.

—Hemos venido a cumplir con nuestro deber.

—Pues no lo han conseguido.

Esboza el prisionero media sonrisa fatigada.

—Lo haremos mejor la próxima vez.

—No habrá próxima. Para ustedes la guerra ha terminado. Y quizá también la vida... ¿Comprende que si no cooperan pueden ser fusilados?

—Lo que comprendo es que sólo tienen derecho a mi nombre y graduación —señala el italiano la cartilla militar—. Y eso ya lo conocen.

—¿Qué barcos pretendían atacar?

Se echa el otro hacia atrás en la silla, de nuevo inexpresivo.

—Me llamo Lombardo, Teseo... *Secondo capo* de la Regia Marina. Número de identificación militar 355.876.

—¿Es todo lo que va a decir?

—Es todo.

—Tal vez su compañero sea más explícito.

—Me sorprendería mucho, pero pregúntenle.

—Lo haremos, muchacho, no le quepa duda... En cuanto a usted, aténgase a las consecuencias.

Observa Campello, que sigue apoyado en la pared y sin intervenir, que el prisionero dirige miradas disimuladas a la muñeca izquierda de Moxon, donde éste lleva el reloj. Para confirmarlo, finge mirar el suyo y comprueba que los ojos del italiano siguen brevemente el ademán. Eso, deduce, no sugiere nada bueno. Está a punto de expresarlo en voz alta cuando se abre la puerta y entra Royce Todd. El alférez de navío acaba de salir del agua: trae el pelo y la barba húmedos y viste un jersey sobre el pantalón corto. Saluda a Campello, cambia una ojeada con Moxon, que encoge los hombros, y va a sentarse a su lado, frente al prisionero.

—¿Cuántos eran en el ataque? —pregunta sin preámbulos.

Lo mira el italiano con idéntica indiferencia que a Moxon.

—Mi compañero y yo.

—¿Sólo dos? ¿No venía nadie más?

—Nadie.

—¿Su misión era minar los buques?

—A eso no responderé.

—Tengo a hombres buceando en el puerto y necesito saberlo... ¿Han colocado cargas explosivas?

—Tampoco responderé a eso.

—Seguro que las han puesto, ellos u otros —interviene Campello, señalando la muñeca de Moxon—. Lleva todo el rato pendiente de la hora.

Consulta éste el reloj y arruga el ceño. Después se lo quita y lo guarda en un bolsillo.

—¿Qué barcos han minado? —pregunta con aspereza.

El italiano sostiene su mirada sin despegar los labios. Se impacienta Moxon.

—¿De dónde salieron para llegar a Gibraltar? ¿De territorio español?... ¿De un submarino?

Como respuesta obtiene un movimiento de cabeza que lo mismo puede ser afirmativo que negativo. Eso parece exasperarlo.

—¿Qué clase de submarino? —insiste, desabrido—. ¿Qué nombre?

—No responderé a eso.

—Podemos obligarlo.

Campello advierte que el prisionero estudia a Moxon con curiosidad y al fin esboza otra sonrisa triste, fatigada.

—No, no pueden —replica sereno—. Como tampoco yo podría obligarlos a ustedes. Me ampara la Convención de Ginebra sobre el trato a prisioneros de guerra.

—Hijo de puta... Le juro que vamos a fusilarlo.

Alza Todd una mano. Está hurgando en la cartera con documentos que Moxon tiene sobre la mesa.

—¿Sostiene que los únicos atacantes eran usted y su compañero? —pregunta con suavidad, casi amable.

No aparta el italiano los ojos de Moxon al responder.

—Eso he dicho.

Todd, que ha sacado las cartillas militares de los dos italianos cazados en la red, las deja sobre la mesa, frente a él.

—Teniente de navío Mazzantini... Suboficial Toschi... Crea que lo siento.

—Esos dos han hablado —dice Moxon con mala fe—. Nos lo han contado todo.

Transcurridos tres o cuatro segundos de inmovilidad, el italiano baja despacio la mirada hasta los documentos. Atento a sus reacciones, Campello observa que por un brevísimo instante el rostro cansado parece contraerse en una mueca de dolor. Después, ignorando a Moxon, el prisionero vuelve a mirar a Todd.

—¿Muertos? —pregunta con calma.

Duda un momento el buzo inglés.

—Sí —responde por fin.

—¿Los dos?

—Los dos.

—Joder, Roy, muchacho —protesta malhumorado Moxon—. No me fastidies.

350

Impasible de nuevo, el italiano empuja las dos libretas hacia Todd; y éste, tras contemplar un momento las fotografías, devuelve los documentos a la cartera.

—Lo siento de verdad —dice, grave—. Como usted, eran hombres valientes.

Bajo la vigilancia de dos soldados armados con subfusiles Thompson, esperando turno de interrogatorio, Gennaro Squarcialupo se encuentra sentado en la penumbra, en los escalones de la oficina del muelle del Carbón, con una manta por encima de la ropa mojada.

Le donne non ci vogliono più bene
perché portiamo la camicia nera,
hanno detto che siamo da catene,
hanno detto che siamo da galera...

Canturrea entre dientes, bajito. De vez en cuando uno de los guardianes le dedica un agrio *Shut up!* y él se calla, pero un momento después vuelve a la tonadilla.

L'amore coi fascisti non conviene.
Meglio un vigliacco che non ha bandiera,
uno che non ha sangue nelle vene,
uno che serberà la pelle intera.

El soldado le toca un hombro con el subfusil.

—*Shut up, muddy italian!*

Alzando despacio el rostro, Squarcialupo dirige al inglés una mirada insolente.

—Dentro de un rato os vais a enterar de lo que hacen los italianos.

—*What?*

—Que te den.

Tiene mucho frío y aún no se ha repuesto de los vómitos y el ardor de pulmones. A veces se acercan otros marineros o soldados, lo deslumbra el haz de un farol o una linterna eléctrica y los ingleses lo miran con curiosidad, como un animal exótico en un zoo. Acurrucado bajo el cobertor, resignado a su suerte, el napolitano contempla el puerto oscurecido bajo la mole negra del Peñón, las siluetas sombrías de las naves amarradas en los muelles o a las boyas centrales. Le han quitado el reloj e ignora qué hora es, aunque daría cualquier cosa por saber cuánto falta para que la carga situada bajo el *Nairobi* haga saltar el crucero por los aires. También se pregunta si Paolo Arena y Luigi Cadorna habrán alcanzado su objetivo en el muelle sur, sea el transporte de tropas o el petrolero. Por esa parte, al menos, todo parece tranquilo. Sin embargo, respecto al teniente Mazzantini y su operador, Toschi, hay pocas esperanzas: el zafarrancho en la bocana norte, los proyectores y los disparos no indicaban nada bueno. Ojalá, en el peor de los casos, hayan logrado escapar.

Se abre la puerta de la oficina, un golpe de luz ilumina los peldaños y Teseo Lombardo se recorta en el umbral.

—Te toca, Gennà —le oye decir Squarcialupo.

Se pone en pie el napolitano, se estrechan la mano uno a otro al cruzarse —los soldados los apartan con un violento empujón— y mientras a Lombardo lo sientan en la escalera, en el mismo lugar que ocupaba el *sottocapo,* a éste lo hacen entrar en la oficina.

—Mazzantini y Toschi han muerto —le dice Lombardo desde abajo.

—*Shut up, macaroni!* —vuelve a gritar el inglés.

Apesadumbrado por la noticia, Squarcialupo se encuentra dentro con tres hombres: uno viste de civil y otro lleva uniforme de la Royal Navy con palas de teniente de navío en los hombros. El tercero es rubio, con barba, y viste un desaliñado jersey, pantalón corto y sandalias. Lo sientan ante una mesa y lo interrogan con preguntas a las que él opone obstinados silencios o reiterando nombre, grado y número de identificación. Ni una sílaba más. El que viste uniforme amenaza de vez en cuando con poner a Squarcialupo delante de un pelotón de ejecución, por saboteador, y cada vez responde éste encogiéndose de hombros. Y hasta cierto punto, el napolitano es sincero. En ese momento se encuentra tan cansado que casi le da igual morir que seguir vivo.

De repente se abre la puerta y entra uno de los soldados que estaban fuera. Acercándose al oficial de la barba rubia y el jersey de lana, le dice algo al oído y éste asiente. Sale de nuevo el inglés y regresa con Teseo Lombardo. Observa Squarcialupo que su compañero se ha quitado la manta de los hombros: se le ve serio, erguido bajo la ropa de faena con los galones de suboficial, todavía húmeda.

—He preguntado la hora a uno de sus hombres —comenta.

—¿Y qué pasa con eso? —pregunta el inglés rubio.

—¿Podrían confirmármela?

Se ensombrece el rostro del otro.

—¿Para qué?

—¿Pueden decirme qué hora es? —insiste Lombardo.

El hombre que viste de paisano se echa atrás una manga y consulta su reloj de pulsera.

—Las seis y veinte —responde.

—Hagan evacuar el *Nairobi*. Dentro de diez minutos estallará una carga.

El inglés rubio se pone en pie como disparado por un resorte.

—¿En qué lugar del barco?

—Da igual dónde... Salven vidas. Hagan subir a la tripulación a cubierta.

Se precipita el inglés sobre el teléfono, descuelga, habla con premura. El uniformado también se ha puesto en pie y dirige a los dos italianos una mirada asesina.

—Voy a llevarlos a ese barco, malditos sean sus ojos. Haré que los encierren en la bodega.

—No tiene tiempo —responde Lombardo con mucha calma.

—¿Hay más barcos minados? ¿Entraron otros buzos?

—No lo sé.

—Cabrones... Putos cabrones.

Los sacan fuera a empujones, obligándolos a ponerse de rodillas en el muelle, cada uno con el cañón de un arma apuntándole a la nuca. Por un momento, Squarcialupo cree que los van a matar y encoge los hombros, tenso, resignado, esperando el impacto. Al otro lado de la bahía empieza a aclararse un poco la negrura del horizonte, y piensa que no llegará a ver salir el sol. Padre nuestro, reza de nuevo para sus adentros. Que estás en los cielos.

—Ha sido un honor, Gennà —oye decir a Lombardo.

Tumban al veneciano de un culatazo. Intenta su operador socorrerlo, recibe otro, y al caer al suelo le propinan un puntapié en las costillas. Alguien grita reconviniendo al soldado que lo golpea, y al mirar arriba Squarcialupo ve al oficial rubio, que los observa con una rara mezcla de admiración y curiosidad. Al fin se acerca y se inclina junto a ellos hasta ponerse en cuclillas.

—Mis respetos —dice.

Después se levanta y se va. En torno suenan voces nerviosas, carreras, gritos. Ululan las sirenas de alarma mientras una bengala sube al cielo para descender lentamente, iluminando el muelle con una luz pálida. Entonces, como si bajo su casco golpeara un rayo que inflamase el agua, la sombra negra del *Nairobi* se ilumina con un fogonazo silencioso, cegador, que apenas un segundo después deja oír su estampido. Y el crucero inglés, como empujado hacia arriba por una mano oculta y poderosa, se levanta un poco de proa antes de verse oculto bajo una enorme columna de agua y espuma.

—¡Ahí tenéis a vuestros *muddy macaroni*! —exclama Squarcialupo, exultante.

Todo enmudece. Dejan de correr los hombres, cesan los gritos. Hasta las sirenas callan. Paralizados por el asombro, los ingleses se agrupan en el muelle y contemplan el espectáculo. También Squarcialupo y Lombardo se levantan a mirar, como todos. Y apenas lo hacen, menos de un minuto después del primer estallido, otro fogonazo surge más lejos, al otro lado del puerto. Al momento resuena el estampido, una enorme llamarada se alza y retuerce en forma de hongo de fuego, y la claridad rojiza de un incendio ilumina las siluetas de los barcos, las grúas y las instalaciones del muelle sur.

Arena y Cadorna han hecho saltar el petrolero *Khyber Pass*.

13. El último acto

En el ataque que el enemigo realizó contra Gibraltar en diciembre de 1942, con medios submarinos cuyas características ignorábamos entonces y operando desde una base que mantuvo secreta hasta el final, se manifestó de lo que eran capaces los italianos cuando estaban debidamente motivados. Aquella noche, con sólo el coste de dos muertos y dos prisioneros, sus buzos de combate incendiaron un petrolero e inmovilizaron un crucero para el resto de la guerra, causándonos 19.500 toneladas de pérdidas. Con el hundimiento de esas naves, unido al de los acorazados Valiant *y* Queen Elizabeth *en Alejandría y otras unidades que acabaron sumando 35 barcos aliados, nuestra Armada llegó a estar seriamente comprometida. Sólo en Gibraltar y sus aguas, perdimos 14 naves. Con imaginación y coraje, una veintena de hombres audaces logró hacernos todo ese daño empleando medios cuyo coste no superaba el del cañón de un acorazado. Si en vez de mantener una flota costosa e inoperante Italia hubiese volcado su esfuerzo naval en la actuación de tales medios de asalto baratos y eficaces, para los que nunca faltaron voluntarios, el curso de la guerra en el Mediterráneo habría sido seguramente distinto...*

En sus memorias *Deep and Silent,* publicadas en Londres en 1951, el capitán de corbeta Royce Todd narró sus recuerdos de las acciones submarinas en las que intervino durante la guerra, tanto en Malta como en Gibraltar. Su libro es una de las bases documentales que manejé para reconstruir esta historia, pues aporta importantes detalles sobre la visión británica del grupo Orsa Maggiore. Me habría sido útil entrevistar a Todd en persona; pero cuando empecé a indagar, éste llevaba mucho tiempo fuera de escena. Después de la guerra le habían encargado el adiestramiento de una unidad especial de buzos de combate, y en plena Guerra Fría se perdió su rastro durante una misión secreta relacionada con el buque de guerra soviético *Smolensk:* en marzo de 1958 se sumergió para reconocer el casco de la nave, de visita en un puerto de Gran Bretaña, y nunca se volvió a saber de él. Su desaparición sigue siendo un misterio.

A falta de ese testimonio personal, pero combinando las memorias de Todd, los relatos de Elena Arbués, Gennaro Squarcialupo y los cuadernos de Harry Campello, llegué a tener una idea bastante exacta de lo ocurrido en aquellas fechas, incluidas la última noche y el día siguiente al hundimiento del *Nairobi* y el *Khyber Pass*. La librera de Venecia no había sido demasiado explícita en eso, y me pareció que en nuestras conversaciones eludía algunos aspectos incómodos. No quiso hablar mucho de su detención ni de cómo fue tratada en los últimos interrogatorios —«Sólo el recuerdo ya es humillante», llegó a decirme—, y pasó con rapidez sobre esa parte del relato. Se limitó a asegurar que no habló ni dio información alguna, ni siquiera cuando conoció la captura de los dos italianos y la muerte de otros dos. Y me incliné a creerla. Confirmar las sospechas de que había espiado para ellos, aseguró, habría equivalido a ponerse la soga al cuello, sobre todo después de los daños que los británicos habían sufrido en el puerto, que los tenían furiosos. Por suerte, el comisario que dirigía la parte civil del asunto resultó ser un individuo más bien decente. La había tratado con cierta consideración, dijo. Al menos al principio.

Gennaro Squarcialupo, testigo de casi todo, me fue un poco más útil, y a nuestras conversaciones en Nápoles debo detalles importantes sobre el desenlace de la aventura. Pero el testimonio principal, el más preciso, lo encontré en los cuadernos de Harry Campello; allí detallaba los interrogatorios e incluso la treta final, casi desesperada por su parte, mediante la que intentó relacionar a Elena Arbués con los buzos capturados. Todo lo anotó con sorprendente ecuanimidad: hechos, momentos, lugares. En dos páginas de apretada escritura, el comisario resumía bien los intensos interrogatorios, la exasperación de los británicos y el obstinado silencio de los prisioneros italianos:

Resisten sin derrumbarse aunque están deshechos de fatiga. No consiguen quebrarlos. Sólo repiten nombre, grado y número de identificación, pero brillan sus ojos cuando se les menciona el crucero hundido y el incendio del petrolero, que sigue ardiendo en el puerto. La gente se asoma a contemplarlos como si fueran fenómenos de feria. Al principio los insultaban. Ahora casi todos los miran con respeto.

Figuraba también en los cuadernos, registrado escuetamente pero con precisión, el último interrogatorio realizado por Campello a Elena Arbués. Y gracias a esas notas puedo reconstruir de modo razonable, dejando poco margen a la imaginación, lo que ocurrió allí y algo más tarde. El acto final de la historia.

—Escuche —dice el policía—. Sé que está relacionada con esos hombres. Y usted sabe que lo sé. Sería más fácil poner las cartas sobre la mesa. Si coopera, le garantizo benevolencia. Si no...

Apoya Elena los codos en la mesa.

—¿Si no?

Lleva allí más de una hora, calcula. De nuevo en esa sórdida habitación. Sentado enfrente con la chaqueta arrugada, el nudo de la corbata flojo y la barba despuntándole en las mejillas, el policía parece tan cansado como ella. Ante él hay un cuaderno de notas, un termo de café y una taza sucia, un lápiz y un cenicero humeante lleno de colillas, todas suyas. Elena no fuma un cigarrillo desde el día anterior por la tarde. No se lo han vuelto a ofrecer.

—Es usted mujer, señora Arbués.

Ella respira hondo. No necesita fingir cansancio, que es mucho —dormiría veinticuatro horas seguidas si la dejaran—, pero cada vez le cuesta más mantener la arrogancia tras la que desde el principio decidió escudarse. Aun así, prefiere esa línea de defensa a los improbables balbuceos de chica inocente y asustada. No habría sido capaz de sostenerse de modo creíble durante mucho tiempo.

—Deje de repetir esa estupidez —replica—. Usted me ofende.

Sonríe irónico el policía.

—Vaya, disculpe. No era mi intención.

—Ser mujer no me hace diferente en ningún caso.

—El mundo de los hombres es duro —se acentúa la sonrisa del otro—. Sobre todo en una guerra.

Respira hondo Elena durante cuatro o cinco segundos. Ha descubierto que eso la tranquiliza. Deja su mente más clara.

—Esto es un atropello.

—Lo ha repetido cien veces.

—Porque es verdad. Se le ha metido en la cabeza que soy una espía, pero no tiene fundamento alguno. Usted mismo lo ha dicho: sólo intuiciones y sospechas... Ya me duele la boca de decir que soy inocente.

—Es lo que seguimos intentando averiguar.

Da ella una palmada en la mesa.

—Todo es un disparate. Es absurdo. Exijo que se informe de mi situación al cónsul de España.

Se levanta el policía. Después estira los brazos y da una vuelta en torno a la habitación.

—Oiga, admiro su entereza —habla de pie, de nuevo frente a ella—. No sé qué más puedo hacer para demostrarlo. La hemos tratado con respeto para los tiempos que corren, pero todo tiene un límite. Comprenda que no puedo dejarla irse sin más. Lo de esta noche los tiene a todos fuera de sí. Mis hombres y yo podemos recurrir a métodos más...

—¿Violentos?

—Persuasivos.

—Claro que pueden, y eso me sorprende —tras dudarlo un momento, decide arriesgar un poco más—. ¿Qué se lo ha impedido hasta ahora?

Se la queda mirando el policía, muy fijo y muy serio. Admirado de su osadía.

—Dice bien lo de hasta ahora... Hay espacio para todo.

Aunque Elena no pestañea, la inquieta el tono. Hay un cambio ahí. Por primera vez percibe una verdadera amenaza.

—No tengo nada que ver con todo esto —mueve la cabeza intentando disimular la aprensión con un gesto de hastío—. Por otra parte, no parece usted un mal hombre.

—Le sorprendería lo mal hombre que puedo llegar a ser.

Eso lo ha dicho el policía con una sonrisa vaga, casi triste. Acaba de sentarse de nuevo.

—Se la ha relacionado con los italianos.

—Es usted quien lo dice. O quien repite lo que le dicen.

—Uno de mis informantes la vio con uno de los prisioneros: el suboficial Teseo Lombardo... ¿Qué le sugiere ese nombre?

—Nada.

—Pues se encontró con él en Algeciras, y lo recibió en su casa de Puente Mayorga.

—Eso es mentira.

—¿Lo niega?

—Quien le haya dicho eso es un infame.

—¿De verdad niega conocer a ese italiano?

—Naturalmente. No lo he visto en mi vida... ¿Por qué no le preguntan a él?

—Lo hemos hecho. Dice que no sabe quién es usted.

—¿Y qué más quieren?

—Bueno... En hombres de esa clase, negar no significa nada.

—¿A qué clase de hombres se refiere?

—Duros. Capaces de hacer lo que ése ha hecho.

—Ah.

Se queda callado el policía. Al cabo de un momento saca un paquete de cigarrillos. Quedan cuatro. Los mira y luego levanta los ojos hacia Elena.

—Lleva mucho sin fumar —dice.

—Es verdad.

—Quizá sea buen momento —le ofrece el paquete—. ¿Quiere uno?

Derriba Elena esa línea defensiva. Le es difícil sostenerla por más tiempo.

—Gracias.

Se inclina el otro sobre la mesa para darle fuego con su propio encendedor.

—¿Qué la mueve a usted?... ¿Dinero? ¿Simpatía?... ¿Acaso es agente franquista?

—Por Dios —se echa atrás en el respaldo, exhalando despacio el humo—. No empiece otra vez con eso.

—¿No siente curiosidad por saber qué será de esos italianos?

—Ninguna.

—¿En serio?

—No son asunto mío.

La contempla el policía con extrema atención, muy pensativo.

—Es usted admirable en algunos aspectos, señora Arbués —concluye—. Y despreciable en otros... Si fuera británica o gibraltareña le aseguro que no me habría conducido hasta ahora con tanta cortesía. Esta conversación transcurriría de manera menos agradable.

—A mí no me parece agradable en absoluto.

—Pues le aseguro que está a punto de empeorar. No abuse de mi paciencia.

Aventura ella otro amago de arrogancia ofendida.

—Usted agotó la mía.

—Todavía no sé si lo suyo es valor, inconsciencia o soberbia.

Tras decir eso, el policía se levanta y, rodeando la mesa, va hasta Elena y le quita el cigarrillo que humea entre sus dedos. Lo hace sin violencia, casi con delicadeza, y lo apaga en el cenicero.

—Hice lo que pude —dice en tono neutro—. Recuerde eso.

Después se vuelve hacia la puerta.

—¡Bateman! ¡Gambaro!

Entran dos hombres. Uno es el que la siguió en motocicleta hasta la frontera, el inglés fuerte y de aspecto brutal. El otro, un meridional de nariz ganchuda, pelo negro y piel cetrina. Traen dos cubos de agua y una toalla.

—Ocupaos de la señora —ordena el policía—. Y tened mucho cuidado: no quiero que le dejéis marcas —endurece la voz, mirándolos amenazador—. Como le quede en el cuerpo una sola señal, os arranco la cabeza.

Lo que ocurre después, Elena intentará olvidarlo durante el resto de su vida.

Tras doce horas separados, Gennaro Squarcialupo y Teseo Lombardo vuelven a estar juntos. Se les ha secado la ropa, manchada de suciedad y grasa, y los ingleses les dieron sándwiches y té que calmaron sus estómagos hambrientos, pero no calzado, ni cigarrillos. Tienen los ojos enrojecidos y las facciones marcadas por la fatiga. Se encuentran en una sala de reuniones donde hay varias sillas, una tarima y una pared con una fotografía del rey de Inglaterra, una pizarra donde todo se ha borrado y mapas cubiertos por biombos. También hay dos centinelas armados en la habitación —marinos de uniforme azul con polainas, cartucheras y fusiles con bayonetas—, que no les quitan ojo de encima, y otros dos en el pasillo.

—¿Qué hora será? —pregunta Squarcialupo en voz baja.

—No lo sé —su compañero mira la ventana, por donde entra una luz cada vez más dorada—. Supongo que media tarde.

Squarcialupo descansa tumbado sobre tres sillas, las manos cruzadas tras la nuca, mirando el techo. Todavía le queman los pulmones al respirar hondo y tose con frecuencia. Junto a él, Lombardo está sentado frente al respaldo de la suya, los brazos encima y la cabeza apoyada en ellos. A ratos, dormitan. Ha sido un día de intensos interrogatorios, aunque sin violencia física, y los ingleses no han obtenido más que sus nombres, grados y números de identificación. Hace rato que los dejan tranquilos y todo parece haber terminado.

—Me pregunto qué nos espera ahora —comenta el napolitano.

—Supongo que una cárcel o un campo de prisioneros.

—*Cazzo...* Espero que no sea en Inglaterra, con la lluvia y todo eso. A ti te dará igual, porque eres del norte y estás acostumbrado a la niebla, el frío y toda la basura septentrional. Yo prefiero los climas suaves.

—Suelen mandar a la gente a Palestina, o la India.

Alza un poco la cabeza Squarcialupo, interesado.

—Ojalá Palestina, ¿no? —baja todavía más la voz—. Con Turquía, Grecia y Creta cerca, lo tendríamos más fácil para escapar.

—Todo puede ser, Gennà. Pero no te hagas ilusiones.

Observa el napolitano a los dos centinelas y vuelve a apoyar la cabeza.

—En cualquier caso, hemos jodido bien a estos chulos anglosajones de mierda.

Sonríe Lombardo.

—No salió mal del todo.

—Ahora respetarán un poquito más a los *muddy italians*.

Ríen fuerte, con insolencia, y eso dispara otro *Shut up!* de los centinelas. Así que continúan conversando en voz baja.

—Parece que Arena y Cadorna pudieron regresar —susurra Squarcialupo—. Si los hubieran cogido, ya lo sabríamos, ¿no?

—Supongo.

—Para ellos la gloria, entonces. Que la disfruten, pues la merecen. A nosotros nos llegará el turno cuando volvamos a la patria.

—No sé cuánta patria quedará cuando eso ocurra.

Cierra los ojos el napolitano, evocador. Y canturrea muy bajito.

Dimmi che illusione non è,
dimmi che sei tutta per me...

Tal vez, piensa, la patria a la que se refiere su compañero haya cambiado cuando regresen a ella, pero no la suya. La Parténope de tres mil años seguirá estando donde siempre estuvo, inmutable, con sus calles abigarradas de voces y gente, colores y luz. Ojalá para entonces la ciudad siga siendo fascista, suponiendo que de verdad lo haya sido alguna vez. Pero lo cierto es que con Mussolini, rey Víctor Manuel o caballo de copas, igual que sin ellos, invulnerable a todo e incluso a ese viejo cabrón taimado del Vesubio, Nápoles seguirá siendo Nápoles. Eterna desde los romanos o antes. Y no hay bastardo inglés bebedor de té que pueda con eso.

—Lo hicimos, camarada —resume, satisfecho—. Eso es lo que importa, ¿no crees?... Que los jodimos bien.

Sonríe otra vez Lombardo mientras afirma cansado, la barba de casi veinticuatro horas azuleándole el mentón.

—Desde luego que lo hicimos.

—Y estamos vivos.

—Sí.

Suspira Squarcialupo, súbitamente triste. Su último pensamiento amarga el sabor de lo conseguido. De la trágica victoria.

—Lástima lo de Mazzantini y el pobre Toschi... Conocimos a la mujer del teniente. ¿Te acuerdas?

—Claro. Nos la presentó el día que los vimos en la *trattoria* de Porto Venere.

—Exacto, eso es. Llevaba un vestido estampado de flores y bien guapa era, ¿no?... Se parecía a aquella actriz. ¿Sabes la que digo?

—Alida Valli.

—Ésa.

Lo piensa un poco más Squarcialupo y chasquea la lengua.

—Ser guapa si te quedas viuda es una ventaja —añade—. Una mujer guapa nunca pasa hambre.

Después se queda callado, pensando en Giovanna Caraffa, su novia. Que bastante linda es también, con unos ojos muy negros y el pecho opulento, y las caderas que mueve de forma gloriosa bajo el vestido, que se le ajusta como si estuviera pintado sobre el cuerpo cuando camina por la via Speranzella haciendo temblar la calle. Hasta los santos de las hornacinas se asoman a mirarla.

—¿Te das cuenta, Teseo? —apunta, melancólico—. El teniente ha muerto y su mujer todavía no lo sabe. A saber cuándo se lo van a decir. En este momento estará dando de mamar a su hijo, en un café, en el cine o escuchando el boletín de la Marina en la radio: «Nuestras fuerzas navales han atacado con éxito la base enemiga de Gibraltar»... Y sin embargo, no lo sabe.

Tarda Lombardo en responder.

—Es la guerra, Gennà.

—Vaya si lo es.

Quisiera el napolitano hablar a su compañero de otra mujer, la española, pero no se atreve de forma explícita con los centinelas allí. Desde que los capturaron, los ingleses han preguntado varias veces por ella, tanto los militares como un individuo vestido de paisano y con trazas de policía. La española, insistían, sobre todo el de paisano. Cuál es su relación con esa mujer española, qué han tramado juntos, etcétera. Pero todo el tiempo el napolitano ha negado conocer a mujer alguna. Aparte algunas putas de Algeciras, llegó a añadir con malicia. Y lo mismo ocurrió con Lombardo, que tiene razones aún más poderosas para no abrir la boca.

—Seguro que la cogieron —musita al fin Squarcialupo, mirando de reojo a los centinelas.

Hace su compañero un gesto afirmativo sin despegar los labios. Tiene el rostro crispado y se le marcan los músculos en la mandíbula. Squarcialupo lo conoce lo suficiente para intuir la tensión que hay bajo esa aparente calma. La angustia, tal vez. Los que hacen cosas como las nuestras, piensa el napolitano con acidez, no deberían tener verdaderos afectos. Cada sentimiento es un punto débil en la coraza. Una grieta que te hace vulnerable.

—¿Crees que ella...? —insinúa.

Reflexiona el otro.

—No lo sé —concluye—. Pero si hubiese dicho algo, nos habrían confrontado con eso.

—Estoy de acuerdo. Nos lo restregarían por la cara, ¿verdad?

—No te quepa duda.

Entorna satisfecho los ojos Squarcialupo.

—En realidad estos maricones no saben nada. Sólo han oído campanas.

Se calla, sonríe forzado, alza otra vez la cabeza y le guiña un ojo a su compañero.

—Saldrá de ésta, ya lo verás —añade—. Es una chica dura.

Asiente de nuevo Lombardo, sombrío.

—Más le vale serlo... Se juega más que nosotros.

Cuando Harry Campello entra en la oficina de Inteligencia Naval, Todd y Moxon están sentados con un capitán de fragata bajo y huesudo a quien el policía conoce de vista, un escocés llamado Kirkintilloch. Por una ventana que da al puerto se ven humear los restos del petrolero incendiado anoche; y algo más allá, en el centro de la dársena, el *Nairobi* inclinado hacia estribor, hundido hasta la borda con las torres y la superestructura asomando del agua. Según Todd, que por la mañana reconoció el casco con sus buzos, los daños en el crucero son enormes y hay un desgarro de cinco metros bajo la línea de flotación. Aunque se consiga llevarlo a un dique de reparación, quedará mucho tiempo fuera de servicio. Tal vez durante el resto de la guerra.

—Casi veinte mil toneladas echadas al fondo por unos cuantos hombres —se lamenta Kirkintilloch—. Y les ha salido muy barato.

—Al menos hemos matado a dos, que sepamos —señala Will Moxon.

Lo mira el otro con ojo crítico.

—No pretenderás consolarnos con eso —juguetea con un lápiz azul y rojo, tamborileando con él sobre una carpeta rotulada como confidencial—. En el *Khyber Pass* hay dos muertos y un desaparecido.

—¿Y en el crucero? —se interesa Campello.

—Ninguno, ahí no hubo ni siquiera heridos graves. El aviso de los italianos llegó a tiempo y todo el mundo subió a cubierta. No había nadie abajo cuando estalló la carga.

—Gracias a Dios.

—Y que lo digas.

Un timbrazo del teléfono, que atiende Kirkintilloch. Escucha con atención, devuelve el auricular a la horquilla y enarca las cejas.

—El comandante del *Nairobi* viene ahora —anuncia—. Se llama Fraser. Quiere ver las caras de los italianos antes de que nos los llevemos.

—Joder —Moxon silba entre dientes—. Pues vendrá fino.

—Ponte en su lugar, ¿no?... Que te revienten así la nave que mandas, y ni siquiera en combate heroico. Amarrada a una triste boya del puerto.

Sin decir nada, Royce Todd se acaricia pensativo la barba. A diferencia de los otros dos oficiales, impecablemente uniformados, el jefe de los buzos británicos viste pantalón arrugado y sucia camisa caqui.

—No es culpa suya —opina al fin.

Kirkintilloch le dirige una fría mirada de reproche.

—Cuando eres comandante y te hunden el barco, siempre es culpa tuya hasta que un tribunal naval decide lo contrario.

Tuerce la boca Moxon, malévolo.

—Les va a sacar los ojos a esos dos hijos de puta.

—Espero que no —interpone Kirkintilloch, formal—. Conoce las reglas.

—¿Siguen ellos sin decir nada? —pregunta Campello.

—Ni media palabra.

—¿Ni siquiera les habéis apretado un poco?

—Define apretar —ríe Moxon.

—Sabes a qué me refiero.

—¿Le has apretado tú a la chica?

—Algo, pero sólo hasta donde puedo.

—Pues nosotros también, hasta donde podemos... Que es mucho menos que tú. No sabes cómo te envidiamos el brazo secular.

—Deberías traerla aquí —sugiere Kirkintilloch—. Aunque sea como trámite, la Armada quiere hacerle unas preguntas.

Accede el policía.

—No hay problema, la traigo. Aunque perderéis el tiempo.

—¿No ha confesado conexión con los italianos?

—Ni eso, ni nada... Elena Arbués muerde con la boca cerrada.

—¿Y has sido de verdad persuasivo? —insiste Moxon.

—No lo suficiente, me temo. Pero con vuestros bonitos uniformes y vuestros galones de oficiales y caballeros no querréis saber detalles...

Se miran entre ellos y carraspea incómodo Kirkintilloch.

—En absoluto —confirma—. Sin embargo, espero que se encuentre en un estado...

—¿Presentable? —apunta Moxon.

Sonríe sarcástico Campello mientras enciende un cigarrillo.

—Impoluta como una paloma.

Casi oye el suspiro de alivio de los otros. Merecéis perder la guerra, se dice en los adentros. A veces pienso que merecéis perderla.

—Nos tranquiliza oír eso, querido Harry —le dice Moxon—. Mantenernos en nuestra bien reglamentada ignorancia.

Lo piensa un momento el policía, dejando salir humo por la nariz.

—Lo que me fastidia —dice al fin— es lo contentos que deben de estar esos dos pájaros... Lo que se alegrarán.

—Parecen demasiado cansados para alegrarse de nada —señala Kirkintilloch, objetivo—. Pero supongo que sí. Que están satisfechos.

—Yo lo estaría —interviene Todd.

Los otros oficiales lo miran como a un bicho raro.

—Tú eres un jodido marciano, muchacho —dice Moxon.

—¿A dónde los van a llevar? —pregunta Campello—. ¿Se les hará un juicio militar?

—No tendría sentido —responde Kirkintilloch—. Son marinos enemigos que actuaron con su uniforme y la debida identificación. Nada que reprocharles.

—Pero los muertos del petrolero...

—Es un acto de guerra legítimo. Buque de pabellón enemigo atacado en puerto enemigo. Técnica y moralmente limpio.

—Nuestros comandos les hacen lo mismo a ellos, siempre que pueden —dice Todd—. Incluso más a lo guarro.

—O sea, que se irán de rositas.

Kirkintilloch tamborilea otra vez con el lápiz sobre la carpeta.

—Eso parece... De momento van a la prisión militar de Windmill Hill. Y cuando termine el papeleo, los embarcaremos para un campo de prisioneros.

—¿Y qué hay de los dos italianos muertos?

Mira Todd hacia la ventana con aire soñador.

—Los daremos al mar, como hicimos con el otro.

Campello le dirige una ojeada de asombro.

—¿Al mar?

—Afirmativo.

—¿Te refieres a una ceremonia oficial, con corona de flores y todo eso?

—Sí, a eso me refiero.

—El almirante acaba de autorizarlo —se lamenta Moxon.

Mueve el policía la cabeza y enciende un cigarrillo.

—A veces me pregunto si vivís en el mundo real.

—A mí no me mires —Moxon señala hoscamente a Todd—. Díselo a sir Lancelot.

—Esos hombres lo merecen —opone éste.

—Han hundido dos barcos y matado a marineros... ¿Olvidas eso?

—Marinos mercantes —precisa Kirkintilloch—. Achicharrados como ratas en el incendio.

—Más a mi favor —insiste Moxon.

Los contempla Todd, demorándose en cada uno con un parpadeo de inocencia que a Campello le hace pensar en la expresión de un chico dolorido.

—Hay cosas que no comprendéis —le oye decir.

Se encoge Moxon de hombros.

—Ni falta que nos hace.

—Carecéis de espíritu deportivo.

—La guerra no es el cricket, muchacho.

Va Campello a despedirse cuando abren bruscamente la puerta y los cuatro se ponen en pie. Con semblante muy serio, el comandante Fraser acaba de entrar en la habitación.

Junto a Teseo Lombardo y procurando como su compañero mantenerse erguido, casi en posición de firmes, Gennaro Squarcialupo soporta el escrutinio. El hombre que tienen delante impresiona, y no sólo por su aspecto. Es ancho de hombros, fuerte, con el cabello gris bajo la gorra, que lleva puesta, y cuatro gruesos galones con una coca en las bocamangas de la chaqueta con ocho botones dorados del uniforme azul marino. Apenas se vieron ante él, a ninguno de los dos les cupo duda de quién se trataba, incluso antes de que uno de los oficiales que los habían estado interrogando pronunciase su nombre:

—Capitán de navío Fraser, comandante del *Nairobi*.

Es, comprueba Squarcialupo, un verdadero marino de guerra, cuyos años de mar se marcan en las facciones atezadas surcadas de arrugas y en los ojos descoloridos por el sol de diversos océanos: unos ojos fríos, inexpresivos, que estudian a los dos italianos de la cabeza a los pies, deteniéndose en el detalle de sus monos de faena sucios de sal y grasa, en los párpados enrojecidos y los rostros fatigados donde apunta una barba de veinticuatro horas.

—Sus nombres —ordena, seco.

Interviene, solícito, uno de los oficiales británicos. Él y otros dos marinos —uno es el barbudo rubio y desaliñado— escoltan al comandante.

—Se llaman...

Empieza a decir. Pero lo interrumpe el superior con un ademán de autoridad.

—Les he preguntado a ellos.

Habla rudo, casi hostil, mirando a los italianos con pétrea fijeza. Se consultan entre sí éstos, silenciosos. Nada hay que objetar a eso, interpreta Squarcialupo en los ojos del compañero.

—*Secondo capo* Lombardo, Teseo —responde éste—. Regia Marina.

—*Sottocapo* Squarcialupo, Gennaro. Regia Marina.

Los iris incoloros los miran alternativamente, helados como escarcha. Observa Squarcialupo que el comandante tiene marcas azules de fatiga e insomnio bajo los párpados. También él, deduce, ha pasado una mala noche.

—Atacaron mi barco —dice el inglés tras un momento.

No suena a lamento ni reproche, ni siquiera a agravio. Es la enunciación de un hecho. Por el rabillo del ojo, Squarcialupo ve asentir a Lombardo.

—Esperamos haberlo hundido, señor.

Ha hablado tranquilo y respetuoso, sin jactancia, y el comandante lo observa con repentina curiosidad. Dirige luego un rápido vistazo a Squarcialupo y vuelve a centrarse en el veneciano.

—Casi lo hacen —responde en tono neutro—. Está posado en el fango del puerto, en nueve metros de agua y con daños serios.

—Lo lamento por usted, señor. Pero lo celebro como marino italiano.

Da un paso adelante el oficial interrogador, irritado por la insolencia, pero lo detiene el superior con un gesto.

—Imagino que no van a decir de dónde vinieron. ¿Me equivoco?

—No se equivoca, señor.

—Sí, ya me han informado de que son reservados sobre ese particular.

Asiente con calma Lombardo.

—Sobre ése y sobre todos los demás particulares, señor.

—¿Saben que pueden fusilarlos por saboteadores?

—Somos marinos de guerra —muy sereno, el veneciano señala a los otros ingleses con el mentón—. Como ellos y como usted mismo.

Cruza el comandante las manos a la espalda mientras observa a Lombardo, pensativo.

—Vinieran de donde vinieran —dice por fin—, lo cierto es que se adentraron en la bahía y forzaron las obstrucciones del puerto. Hace falta mucha audacia para eso: el mar, la noche y nosotros... Y también mucha suerte.

Squarcialupo oye suspirar a su compañero.

—No todos la tuvimos.

—Es verdad —coincide el inglés—. He sabido que dos de sus camaradas murieron intentándolo... Mis condolencias.

—Gracias.

—¿También minaron ustedes el petrolero, o eso lo hizo otro equipo?

—No sé de qué petrolero me habla.

Los mira áspero el inglés, con severidad.

—Del *Khyber Pass*. Todavía humea ahí afuera.

—No sabría decirle —replica Lombardo sin inmutarse.

—¿No sabría?

—No, señor.

Se vuelve Fraser a Squarcialupo.

—¿Usted tampoco?

—Yo tampoco, comandante.

Introduce el inglés la mano derecha en el bolsillo de la chaqueta, dejando el pulgar fuera. Tras un momento en silencio, habla de nuevo.

—¿Los han tratado bien?

—Razonablemente —contesta Lombardo—. Dadas las circunstancias.

Se dirige ahora Fraser a Squarcialupo.

—¿Hay algo que pueda hacer por ustedes?

Lo piensa el napolitano, confuso.

—No se me ocurre qué, señor —decide.

Los contempla el inglés, inmóvil, arrugado el entrecejo bajo la visera bordada en oro de la gorra. Al cabo hace un gesto afirmativo y ademán de irse, pero de pronto se detiene.

—¿Es cierto que dieron aviso de que iba a estallar una bomba en mi nave?

Es Lombardo quien responde.

—Así fue, comandante.

—¿Y por qué lo hicieron?

—Nuestro objetivo era el barco. En este caso concreto, que murieran tripulantes resultaba innecesario... Por eso decidimos avisar cuando ya no había tiempo para moverlo de su fondeadero ni localizar la carga explosiva, aunque sí para que la dotación se pusiera a salvo en cubierta.

—Pero en el *Khyber Pass* han muerto hombres —objeta Fraser.

—Quizás, no sé.

—¿No sabe?

—Como dije antes, señor, ignoro de qué otro barco me habla.

Mira el inglés a Squarcialupo.

—¿Y usted?

Encoge los hombros el napolitano y junta las yemas de los dedos de una mano, moviéndola con suavidad. Un ademán levantino, tan viejo como su patria y el Mediterráneo.

—Yo ignoro hasta en qué lugar geográfico me encuentro ahora, comandante.

Por primera vez, un amago de sonrisa se insinúa en la boca del inglés. Pero se esfuma en el acto.

—Prisionero en Gibraltar, me temo.

Ahora es Squarcialupo quien sonríe abiertamente, con descaro.

—*Cazzo*... También podría tratarse de Suda, o de Alejandría.

—Cállese, idiota insolente —lo increpa, molesto, el oficial interrogador.

Mueve la cabeza Fraser ordenando al subordinado que no intervenga, y enmudece éste mientras fulmina a los italianos con la mirada. Squarcialupo advierte que el oficial rubio y barbudo hace una mueca divertida, aunque permanece quieto y sin decir nada. Como si estuviera al margen de cuanto ocurre.

—La guerra ha terminado para ustedes —expone el comandante—. Al menos eso espero, pues los vigilarán bien. Gente así suele intentar evadirse.

—Tendríamos ese derecho, señor —interviene Lombardo.

—Es verdad —admite ecuánime el otro—. Lo tendrían.

Contempla sus mugrientos monos de faena y los pies descalzos sobre las baldosas frías.

—Haré que les entreguen ropa y calzado —se vuelve hacia otro de los oficiales—. ¿Se encargará, Kirkintilloch?

—Por supuesto, señor.

Vuelve a mirar el superior a los italianos.

—Es cuanto puedo hacer por ustedes... Por lo demás, no creo que volvamos a vernos.

—Imagino que no —responde Lombardo, cuadrándose. Y Squarcialupo lo imita.

Calla un momento el inglés. Después se toca con el pulgar y el índice la visera de la gorra: ademán cercano a un saludo que más parece casual que deliberado, cual si pretendiera ajustársela un poco.

—Pero si alguna vez nos encontramos —dice—, una vez terminada la guerra, haré algo que hoy no puedo hacer: estrecharles la mano.

Pestañea sorprendido Lombardo.

—¿Y eso por qué, señor?

El rostro del comandante Fraser aún se mantiene un momento inescrutable. De improviso, una súbita calidez anima su mirada.

—Por ahorrar las vidas de mis hombres y por el extraordinario valor demostrado al atacar mi barco.

Mientras toma notas en uno de sus cuadernos, Harry Campello aguarda sentado en el vestíbulo de Inteligencia Naval. Está muy cansado y daría cualquier cosa por un baño caliente y un sueño de doce horas seguidas. Su magro consuelo es que el último acto, al menos el correspondiente al episodio que lo ocupa desde hace días, está a punto de terminar. Poco hay que añadir al drama que sale de sus manos para pasar a otras jurisdicciones. En cierto modo es un alivio verse liberado de la responsabilidad, pero eso no atenúa la amargura del fracaso: la sensación de que parte de la historia se desliza sin remedio entre sus dedos. Que la presa se escapa viva, o casi. Tarde o temprano, en cuestión de días o semanas, una vez concluyan los interrogatorios, las averiguaciones, las últimas pesquisas, Elena Arbués acabará siendo puesta en libertad.

Eso lo enfurece con una cólera interior árida, desesperada, aunque todavía queda una última posibilidad. Una leve esperanza a la que se aferra contumaz, renuente a soltar del todo la captura. Por eso ha telefoneado a la oficina para que traigan a la detenida antes de que a los italianos los trasladen a la prisión militar. Como un gavilán prevenido aunque parezca aflojar las garras, Campello confía en un chispazo de última hora: un indicio cualquiera, una palabra, un gesto que permita atar el cabo suelto y disponer de un argumento en el que basar, al menos, una acusación formal. Algo que después un juez aceptará o no, pero que permita al Branch salvar la cara poniendo sobre la mesa un resultado concreto, en vez de abrir resignadamente la puerta del calabozo, formular una disculpa de dientes afuera y señalar a la mujer el camino de la frontera.

Ella ha aguantado bien, según le cuentan. Más de lo que puede esperarse de una mujer y también de un hombre: toallas mojadas, agua en el rostro, sofocos intermitentes. Cuanto puede hacerse a un ser humano sin daño físico, sin huellas de tortura, lo soportó limitándose a gritar y estremecerse pataleando en convulsiones desesperadas cuando llegaba al borde de la asfixia. Así una y otra vez, durante horas, y nada. Pero nada de nada.

—Esa mujer tiene el coño forrado de hierro, comisario —resumió Hassán Pizarro—. Le juro que lo tiene.

Hay otros métodos, por supuesto. O los habría. Maneras eficaces de hacerla admitir incluso lo que jamás soñó hacer. Pero para eso hacen falta tiempo y oportunidades de los que Campello no dispone. Hasta el cónsul de España debe de haber oído algo —recurrir al doctor Zocas fue un error—, porque empieza a usar el teléfono y a rondar despachos. Incluso en plena guerra, las cosas tienen un límite. Aunque de todas formas, pese a la frustración del fracaso, el policía no está seguro de lamentar no haberlo franqueado. Hay algo en Elena Arbués que admira y le obliga, muy a su pesar, a fijarse en ella de modo distinto a como vería a un delincuente común o un enemigo. Quizá sea cierto lo que dicen, o lo que él mismo intuye: que hay una historia de afectos entre ella y uno de los italianos. Que no se trata, o no del todo, de simpatías, ideas o dinero.

Es eso lo que lleva al último plan: al postrer cartucho que el comisario conserva en el tambor casi vacío del revólver. Un último tiro al azar. Por eso aguarda en el vestíbulo mientras espera a que traigan a Elena Arbués, confiado en que llegue antes de que a los italianos los saquen de allí. Algo que, comprueba inquieto mirando el reloj, parece a punto de ocurrir. El capitán de navío al mando del *Nairobi* acaba de irse; y en la entrada al edificio se ha estacionado una furgoneta de la Armada para trasladar a los prisioneros.

Un ruido de pasos le hace volver la cabeza. Son Royce Todd y Will Moxon, que vienen por el pasillo.

—Se acabó —dice Moxon—. Se los llevan.

Se pone Campello en pie. Los dos marinos tienen un aspecto tan agotado como el suyo.

—Creíamos que habías terminado aquí —comenta Todd.

—Me falta un trámite.

Lo contemplan, curiosos.

—Ya está todo el pescado vendido, muchacho —opina Moxon—. Prisioneros de guerra con las bendiciones de Ginebra. O sea, intocables desde ahora: Windmill Hill y el primer convoy para Sudáfrica o el Mediterráneo oriental, camino de un campo de prisioneros... Fin de la acuática historia, y a esperar la próxima.

—¿Han dicho algo a última hora?

—Ni una puta palabra.

Señala Campello la puerta por la que se fue el comandante del *Nairobi*. Después, imitando con cuatro dedos los galones de capitán de navío, se toca un hombro.

—¿Ni siquiera a él?

Hace Moxon una mueca despechada.

—Ni siquiera... Con ése sólo les faltó besarse en la boca. Ya sabes, jueguecitos de héroes. Reglas de caballeros y toda esa mierda.

—Habrá que rendirse a la evidencia.

—Sí. Habrá que.

Todd está mirando al policía, interesado.

—¿De qué trámite hablabas antes, Harry?

—Un careo rápido, si da tiempo para eso. He ordenado traer a la mujer.

—¿A tu sospechosa?

—A ésa.

—¿Y qué pretendes conseguir?

—No lo sé todavía... Supongo que nada, pero poco pierdo con probar.

—¿Con probar, qué? —inquiere Moxon.

—Tampoco estoy seguro.

—Joder. Esto es un sainete de locos.

Miran los tres hacia la puerta. Elena Arbués acaba de aparecer en el umbral, sujeta de un brazo por Hassán Pizarro.

—La veo muy entera —observa Moxon.

—¿Cómo esperabas verla?... ¿Con un ojo morado? ¿Sin uñas?

—No sé, muchacho. El policía eres tú.

Se acerca Campello a la mujer. Está despeinada, con el cabello apelmazado y sucio, los párpados hinchados y un tono opaco en los ojos sin maquillaje que parecen mirar sin ver, entre aturdidos e indiferentes. La piel muy pálida tiene el color de la cera. Se cubre con la gabardina que lleva ceñida al pecho con una mano y camina con cierta dificultad, insegura en los pasos.

—Lamento... —empieza a decir Campello, pero se interrumpe, pues no sabe qué decir a continuación.

Ella lo mira, o más bien tarda una eternidad en hacerlo; en mover los ojos desde el vacío insondable que parecen contemplar hasta el rostro del policía, cual si hiciese un vago esfuerzo por reconocerlo.

—Créame que lo siento —concluye Campello al fin.

No hay respuesta, ni reacción. Aparta el policía a Pizarro y la toma por el brazo casi con delicadeza, sintiéndola ligera, frágil al contacto. Se dispone a hablar de nuevo, a decir lo que espera de ella y para qué la ha hecho traer, cuando al fondo del pasillo suena una puerta, se oye ruido de pasos y los italianos aparecen escoltados por Kirkintilloch y cuatro infantes de marina. Los prisioneros calzan ahora zapatos del ejército británico y visten pantalón y camisa caqui limpios. Vienen uno detrás del otro sin esposas ni ligaduras, cada uno entre dos guardianes, y el capitán de Inteligencia Naval abre la marcha. Se los llevan de allí, piensa frustrado el policía. Demasiado pronto para ellos, demasiado tarde para él.

—Macarronis duros —dice Moxon, sarcástico—. Más que *al dente*.

Ve Campello cómo Royce Todd se acerca a los italianos y les dirige unas palabras que no alcanza a oír desde donde se encuentra. Sólo advierte que el primero de ellos, el llamado Lombardo, asiente, y que Todd hace un ademán con la mano derecha, llevándosela a la frente en forma de saludo. Después, el jefe de los buzos británicos saca un paquete de cigarrillos, le da uno al italiano y ofrece otro al segundo prisionero, que tose y niega con la cabeza. Camina Lombardo con el cigarrillo sin encender en la boca, y sigue el grupo adelante, acercándose a donde están Campello y la mujer. De pronto, en un destello de lucidez, el policía intuye la oportunidad. El momento.

—Ahí lo tiene —le dice a ella en voz baja—. Espero que haya valido la pena.

La observa con extrema intensidad, atento a las reacciones, pero nada en su rostro delata emoción alguna. Ya se encuentra el grupo a pocos pasos, así que mete la mano en un bolsillo el policía, saca el encendedor de ella y se lo pone en las manos.

—Dele fuego, al menos... Despídase de él.

La transformación de la mujer lo impresiona. Como si cobrasen vida súbita, los ojos fatigados se animan con un relámpago de orgullo y firmeza. La expresión endurecida de pronto, tan agresiva y punzante que Campello, confuso, hace un esfuerzo de voluntad para no dar un paso atrás, lo perfora hasta el cerebro durante un par de segundos que parecen eternos. Después, esa mirada semejante a una astilla de hielo resbala sobre él con inaudito desprecio para fijarse en los hombres que están a pocos pasos, en el primero de los italianos, en el que busca ávidamente el comisario indicios de alerta o reconocimiento sin encontrar más que una total, o aparente, o forzada indiferencia. En ese momento, liberándose con brusco desafío de la mano que le sujeta un brazo, Elena Arbués va al encuentro de Teseo Lombardo, se detiene ante él, y oprimiendo el mecanismo del encendedor le ofrece fuego para el cigarrillo que lleva colgando de los labios. Y Harry Campello, apretados los puños con tanta fuerza que le duelen los nudillos, ve impotente cómo el italiano inclina el rostro, acerca el cigarrillo a la llama que ilumina y aclara sus iris verdes, aspira la primera bocanada de humo y sigue adelante impasible, inexpresivo, sin dar las gracias ni mirar en ningún momento a la mujer. Dejándola a salvo con su silencio.

14. Epílogo

Lucía el sol sobre el canal de la Giudecca, reverberando en el agua, cuando cierta mañana de abril una mujer bajó del *vaporetto* cerca de la punta de la Aduana y anduvo por el muelle Zattere. Llevaba la misma gabardina que cuatro años atrás, un bolso de cuero y una pequeña maleta como único equipaje. Algunas huellas de la guerra todavía eran visibles en la ciudad adriática, y un edificio dañado por las bombas aliadas, o tal vez alemanas, mostraba el costillar negruzco de sus vigas desnudas entre paredes en ruinas, en una de las cuales podía leerse parte de una descolorida consigna fascista: *Chi ha dato tutto a un soldato...* El resto era ilegible. Jugaban unos niños sobre un montón de escombros y la luz reflejada en el agua verdegrís lo envolvía todo, niños, ruinas y muros desconchados, en una atmósfera cegadora e irreal por la que la mujer caminaba como a través de un sueño.

Cruzó un puente de piedra blanca, anduvo un trecho, torció a la derecha bajo un pasadizo oscuro y se detuvo en una pequeña plaza, ante una iglesia cerrada. Allí permaneció un momento, mirando alrededor mientras buscaba inútilmente en los muros próximos un nombre para situarse. Un gato pasó despacio ante ella, vigilándola con recelo, y desapareció de un salto tras unos cubos de basura. Indecisa, la mujer dejó la maleta en el suelo, abrió el bolso y extrajo una carta: un sobre abierto, arrugado, con una dirección en el remite. Después de comprobar ésta cogió la maleta y volvió sobre sus pasos, de regreso al muelle y el canal inundados de luz.

Al fin dio con un indicio: *Rio San Trovaso,* señalaba una carcomida placa en la pared. Había un canal de mediana anchura que desembocaba en el canal grande de la izquierda; al otro lado del cual, velada por el resplandor del sol, se alargaba una línea fantasmal de edificios lejanos. A veces, la silueta de un barco a contraluz hendía majestuosa aquella luminosidad dorada y el sonido de su sirena hacía revolotear lentos y alados rumbos de gaviotas. El resto era silencio, suave rumor de agua en los escalones cubiertos de verdín y las viejas puertas, arruinadas, de las casas roídas por la humedad y el tiempo. Todo parecía, o era, de una belleza antigua, casi dolorosa.

Se detuvo al fin ante otro puente, al llegar a un canal que desembocaba en el muelle. Más allá había un edificio de madera oscura con una cubierta de tejas que los años habían enmohecido. Desde él bajaba hasta el agua una rampa de suave inclinación en la que había varadas dos embarcaciones: popas afiladas, proas ornadas con hierros de dientes horizontales. Dos góndolas elegantes y negras.

La mujer permaneció inmóvil mientras se calmaban los latidos de su corazón, que había roto a palpitar desbocado. Respiró despacio sin apartar los ojos del pequeño astillero. Estudiaba con avidez cada detalle, y por primera vez desde que había emprendido el viaje tuvo miedo. La incertidumbre la estremeció con una sacudida tenue: un temblor ligero, incontrolado, que sólo se calmó al apretar en la mano izquierda el encendedor que llevaba en ese bolsillo de la gabardina. El tacto del metal, cálido entre la palma y los dedos, la tranquilizó como un calmante o un analgésico. Después respiró hondo, irguió la cabeza y cruzó el puente como quien deja atrás su pasado.

Había un operario en la puerta del astillero: un hombre de mediana edad, barbudo con hebras grises, que trabajaba en mangas de camisa húmeda de sudor, cepillando con garlopa unas tablas sujetas sobre un caballete. Al ver aparecer a la mujer alzó la vista para observarla con curiosidad silenciosa.

—Lombardo —dijo ella—. *Cerco al signore Teseo Lombardo.*

La miraba el hombre sin decir nada. Había dejado la herramienta para secarse las manos en las perneras del pantalón, que estaba remendado con parches en las rodillas. Después hizo un ademán indicando el cobertizo que tenía detrás, por cuya entrada asomaba el hierro de una tercera góndola.

—*El xe lì dentro.*

Dejó la maleta en el suelo y anduvo hasta el cobertizo. Deslumbrada por la claridad de fuera, no vio al principio más que bultos confusos en el interior. La penumbra olía a madera, pintura y barniz, y en ella se fue perfilando una forma humana: la de alguien que trabajaba arrodillado junto a la góndola, y que al advertir la sombra de la mujer se quedó inmóvil un momento y luego se incorporó despacio. Para entonces, ella era capaz de ver con mayor nitidez; y de ese modo, como si en una cubeta fotográfica se definiera lentamente la imagen sometida al líquido revelador, en su retina fueron afianzándose la silueta masculina, el contorno de los fuertes hombros y brazos, el torso desnudo donde brillaban minúsculas gotas de sudor. Y cuando al fin él dio un paso hacia ella, acercándose más a la claridad exterior, ésta iluminó los ojos de color verde hierba y la sonrisa ancha, blanca y centelleante como una cuchillada de luz, del hombre junto al que Elena Arbués estaba dispuesta a caminar el resto de su vida. A enfrentarse, como sólo eran capaces de hacerlo los soldados y los amantes, al azar de los días y al frío de las noches.

Algeciras, mayo de 2021

Además de numerosos libros y documentos consultados, esta novela debe mucho a varias personas. Destacan entre ellas Bruno Arpaia, Antonio Cardenal, Augusto Ferrer-Dalmau, Paolo Vasile, Carolina Reoyo y mi viejo amigo el periodista gibraltareño Eddie Campello, ya fallecido, que hace cuarenta años me mostró en su casa el cuchillo de un buzo italiano. También a mi padre, que siendo yo niño me habló por primera vez de las incursiones de los buzos italianos en Gibraltar y Alejandría, y a una película cuyo título no recuerdo, en la que dos gángsters detenidos por la policía se cruzaban aparentando no conocerse. Durante toda mi vida deseé reconstruir esa escena sin la que, tal vez, El italiano *nunca se habría escrito.*

Índice